La casa de las miniaturas

Sobre la autora

Jessie Burton nació en 1982. Estudió en la Universidad de Oxford y en la Central School of Speech and Drama, y ha trabajado de actriz y como secretaria de dirección en la City. En la actualidad vive en el sudeste de Londres.

Jessie Burton

La casa de las miniaturas

Título original: *The Miniaturist*

Traducción del inglés: Carlos Mayor

Maqueta y fotografía de la cubierta: Andersen M Studio
(www.andersenm.com)
Diseño: Katie Tooke

Copyright © Peebo & Pilgrim Limited, 2014
Copyright de la edición en castellano © Ediciones Salamandra, 2015

Publicaciones y Ediciones Salamandra, S.A.
Almogàvers, 56, 7º 2ª - 08018 Barcelona - Tel. 93 215 11 99
www.salamandra.info

ISBN: 978-84-9838-788-9
Depósito legal: B-24.904-2016

1ª edición, enero de 2017
Printed in Spain

Impresión: Romanyà-Valls, Pl. Verdaguer, 1
Capellades, Barcelona

Para Linda, Edward y Pip

La casa de muñecas de Petronella Oortman,
Rijksmuseum (Ámsterdam).

Las siglas VOC hacen referencia a la Compañía Neerlandesa de las Indias Orientales, conocida en neerlandés como Vereenigde Oost-Indische Compagnie. La VOC, fundada en 1602, contaba con cientos de barcos que comerciaban por África, Europa y Asia, incluido el archipiélago indonesio. En 1669, la VOC tenía 50.000 trabajadores, 60 *bewindhebbers* (socios) y 17 regentes. En 1671, sus acciones en la Bolsa de Ámsterdam alcanzaban el 570 por ciento del valor nominal.

Debido a las buenas condiciones agrícolas y a la fortaleza económica de las Provincias Unidas de los Países Bajos, se decía que sus pobres comían mucho mejor que los de Inglaterra, Italia, Francia o España. Los que mejor comían eran los ricos.

«Saquead plata, saquead oro:
no hay fin de las riquezas y suntuosidad
de todo ajuar de codicia.»

Nahum 2, 9

«Y, saliendo del templo, le dice uno de sus
discípulos:

"Maestro, mira qué piedras, y qué edificios."

Y Jesús, respondiendo, le dijo: "¿Ves estos grandes edificios?

No quedará piedra sobre piedra que no sea derribada."»

Marcos 13, 1-2

La Iglesia Vieja, Ámsterdam. Martes 14 de enero de 1687

El entierro debería haber sido una ceremonia íntima, ya que la difunta no tenía amigos. Sin embargo, en Ámsterdam las palabras son como el agua, inundan los oídos y ceden paso a la podredumbre, de modo que el rincón oriental de la iglesia está abarrotado. La mujer presencia la escena desde una silla del coro, sin que nadie la vea, mientras los miembros de los gremios y sus esposas se acercan a la tumba abierta como hormigas atraídas por la miel. Al poco rato aparecen los empleados de la VOC y los capitanes de navío, las regentas, los reposteros... y él, ataviado con el mismo sombrero de ala ancha. Intenta compadecerse de él. La compasión, a diferencia del odio, puede guardarse en un rinconcito y olvidarse.

El techo policromado de la iglesia (lo único que no demolieron los reformistas) pende sobre sus cabezas como el casco de un espléndido buque volcado. Es un espejo del alma de la ciudad; pintados en sus viejas vigas, Jesucristo en majestad sostiene la espada y el lirio, un barco de carga dorado rompe el oleaje, la Virgen descansa en una media luna. La mujer levanta la vieja misericordia de la silla contigua y sus dedos revolotean sobre la imagen proverbial tallada en la madera. El relieve representa a un hombre que caga una bolsa de monedas con una mueca de dolor. «¿Qué ha cambiado?», se pregunta la mujer.

Alguna cosa.

Hasta los muertos han hecho acto de presencia, bajo losas que ocultan cuerpo sobre cuerpo, huesos sobre polvo, todo amontonado bajo los pies de los asistentes al entierro. El suelo esconde mandíbulas de mujeres, la pelvis de un mercader, las costillas huecas de un noble entrado en carnes. Allí abajo hay cadáveres pequeñitos, algunos del tamaño de una hogaza de pan. Observa que los presentes apartan la mirada de esa tristeza condensada, evitan pisar todas las losas diminutas que ven, y lo comprende perfectamente.

En el centro de la muchedumbre, la mujer divisa lo que buscaba. La muchacha parece exhausta, desconsolada, ahí al borde del agujero. Apenas se fija en los ciudadanos que han acudido por curiosidad. El féretro empieza a avanzar por la nave; sus portadores lo mantienen en equilibrio sobre los hombros como si fuera la funda de un laúd. A juzgar por su gesto, podría pensarse que algunos de ellos tienen sus reservas sobre este entierro. «Será cosa de Pellicorne», supone. El mismo veneno de siempre inoculado por el oído.

Por lo general, las procesiones de este tipo siguen un orden estricto, con los burgomaestres a la cabeza y la gente de a pie detrás, pero hoy nadie se ha molestado. La mujer supone que jamás ha habido un cadáver así en ninguna de las casas del Señor de los confines de la ciudad, y disfruta de esa condición peculiar y desafiante. Fundada sobre la base del riesgo, Ámsterdam reclama ahora seguridad, un paso ordenado por la vida, salvaguardando el bienestar que el dinero otorga con una mansa obediencia. «Tendría que haberme ido antes de que llegara este día —piensa—. La muerte se ha acercado demasiado.»

El círculo se deshace al abrirse paso los hombres que portan el féretro. Cuando lo bajan al hoyo, sin ceremonia, la muchacha se aproxima. Deja caer un ramillete de flores en la oscuridad, y un estornino bate las alas y asciende por la pared encalada de la iglesia. Se vuelven algunas cabezas, distraídas, pero ella no se inmuta, y tampoco la mujer del coro: ambas observan el arco de pétalos mientras Pellicorne entona su última plegaria.

Los portadores del féretro colocan la nueva losa en su sitio y una criada se arrodilla junto a las tinieblas que están a punto de desaparecer. Empieza a sollozar y, cuando la muchacha exhausta no hace nada para poner coto a esas lágrimas, hay quien detecta y desaprueba tal falta de dignidad y de orden. Dos mujeres vestidas de seda hablan entre susurros cerca del coro.

—Estamos aquí precisamente por comportamientos como ése —murmura una.

—Si actúan así en público, de puertas adentro deben de ser como animales salvajes —responde su amiga.

—Cierto. Pero ¿qué no daría yo por verlo por un agujerito? Ay.

Las comadres contienen la risa y, en el coro, la mujer se da cuenta de que los nudillos se le han puesto blancos de agarrar con tanta fuerza la misericordia con su moraleja tallada.

Una vez sellado de nuevo el suelo de la iglesia, el círculo se dispersa por completo. Los muertos están a raya. La muchacha, como una santa caída de una vidriera de la iglesia, saluda a los hipócritas que han acudido sin invitación y que emprenden su cháchara mientras salen hacia las tortuosas calles de la ciudad. Los siguen al fin la joven y su criada, que avanzan en silencio por la nave, agarradas del brazo, hasta llegar al exterior. La mayor parte de los hombres regresará a sus escritorios y sus mostradores, porque mantener Ámsterdam a flote requiere un trabajo constante. «El esfuerzo nos dio la gloria —suele decirse—, pero la indolencia nos hundirá en el mar.» Y últimamente las aguas parecen acercarse mucho.

Vacía ya la iglesia, la mujer sale del coro. Aprieta el paso, pues no quiere que la descubran.

—Las cosas pueden cambiar —dice, y su voz retumba en las paredes.

Cuando encuentra la losa recién colocada comprueba que se ha hecho a toda prisa. El granito está todavía algo más caliente que el de las demás tumbas; aún hay polvo en las palabras cinceladas. Que todo lo sucedido sea realidad resulta increíble.

Se arrodilla y mete la mano en el bolsillo para concluir su labor. Ésta es su plegaria, una casa en miniatura tan pequeña que cabe en la palma de la mano, nueve habitaciones y cinco figuras humanas talladas en su interior, un trabajo delicadísimo, tallado en una carrera contra el tiempo. Deposita la ofrenda con delicadeza en el lugar que desde el principio le había atribuido, bendiciendo el frío granito con dedos curtidos.

Luego abre la puerta de la iglesia y busca instintivamente el sombrero de ala ancha, la capa de Pellicorne, a las mujeres vestidas de seda. Todos han desaparecido y podría encontrarse a solas en el mundo si no fuera por el ruido del estornino atrapado. Tiene que marcharse ya, pero por un instante deja la puerta abierta para el pájaro, que, pese a detectar su esfuerzo, revolotea hasta detrás del púlpito.

Cierra entonces la puerta y da la espalda al fresco interior para volverse hacia el sol, que recorre los canales concéntricos en dirección al mar. «Estornino —piensa—, si crees que en este edificio estás a salvo, no seré yo quien te libere.»

UNO

Mediados de octubre de 1686
El Herengracht, Ámsterdam

«No codicies sus manjares delicados,
porque es pan engañoso.»

Proverbios 23, 3

Desde fuera

En el umbral de la casa del hombre con el que acaba de casarse, Nella Oortman levanta la aldaba en forma de delfín, la deja caer y se encoge, avergonzada, al oír el golpe sordo. No acude nadie, aunque la esperan. Se acordó la hora y se escribieron cartas; qué poco cuerpo tenía el papel de su madre en comparación con el de vitela de la residencia Brandt, tan caro. «No —se dice—, no es un gran recibimiento, teniendo en cuenta que la ceremonia del mes pasado ya se celebró en un abrir y cerrar de ojos, sin guirnaldas, sin copa de esponsales, sin lecho nupcial.» Nella deposita el pequeño baúl y la jaula en el umbral. Es consciente de que tendrá que adornar ese momento al escribir a los suyos, cuando haya encontrado la forma de subir, un cuarto, un escritorio.

Le llega la risa de los barqueros, tras rebotar en la pared de ladrillos de la otra orilla, y Nella se vuelve hacia el canal, sin bajar los escalones. Un muchacho enclenque ha ido a estrellarse contra una vendedora que lleva una cesta de pescado, y un arenque medio muerto se desliza por la ancha parte delantera de su falda. El áspero grito de su voz rural hace estremecer a Nella:

—¡Imbécil! ¡Imbécil!

El muchacho, que es ciego, tantea la tierra en busca del arenque escabullido, ese amuleto de plata, con dedos veloces que no temen tocar cualquier cosa. Lo agarra, riendo a carcajadas, y echa a correr por la orilla del canal con su presa y con el brazo libre extendido y preparado por si acaso.

Nella lo aclama en silencio y se concentra en el inusual calor de octubre para empaparse de él mientras dure. En esta parte, el Herengracht se conoce como «la Curva de Oro», pero hoy ese amplio tramo del canal se le antoja marrón y prosaico. Las casas que se levantan ante las aguas de color fangoso son soberbias. Contemplan su propia simetría en la superficie del agua, imponentes y hermosas, como joyas engastadas en el orgullo de la ciudad. Por encima de sus tejados, la naturaleza hace lo que puede para estar a la altura, y las nubes de azafrán y de albaricoque reflejan las teorías de la gloriosa república.

Nella se vuelve otra vez hacia la puerta, ahora entreabierta. ¿O estaba ya así antes? No está segura. La empuja, asoma la cabeza al vacío y nota el aire fresco que sube del mármol.

—¿Johannes Brandt? —pregunta, en voz alta, algo asustada.

«¿Será una broma? —piensa—. ¿Van a tenerme aquí hasta enero?»

Peebo, su periquito, roza las varillas de la jaula con la punta de las plumas y su leve piar se estrella contra el mármol. A su espalda, incluso el canal, que ha recuperado la calma, parece contener la respiración.

Nella escruta las sombras, segura de una cosa: alguien la observa. «Vamos, Nella Elisabeth», se dice, y cruza el umbral. ¿La abrazará su flamante esposo? ¿Le dará un beso? ¿O le estrechará la mano como si se tratase de una mera transacción comercial? En la ceremonia, donde los rodeaban la escasa familia de ella y ni un solo miembro de la de él, no hizo ninguna de las tres cosas.

Para demostrar que las muchachas de pueblo también tienen buenos modales, se agacha y se descalza; lleva unos zapatos finos, de piel (los mejores que tiene, por descontado), aunque no sabe muy bien por qué se los ha puesto. «Por dignidad», ha dicho su madre, pero qué incómoda es la dignidad. Golpea con ellos el suelo, con la esperanza de que el ruido atraiga o ahuyente a quien lo oiga. Según su madre, Nella es fantasiosa, está siempre en las nubes. Al ver los zapatos en el suelo, inertes, se lleva una decepción y se siente estúpida.

En el exterior, dos mujeres se llaman a voces. Nella se da la vuelta, pero la apertura de la puerta sólo le permite ver la espalda de una de ellas, alta, de cabellos dorados, sin cofia, que se aleja a grandes pasos hacia los últimos rayos de sol. A Nella se le ha soltado también un poco el pelo en el trayecto desde Assendelft y la suave brisa libera algún que otro mechón. Si se los recogiera ahora parecería aún más nerviosa, así que deja que le haga cosquillas en la cara.

—¿Vamos a coleccionar animales?

La voz surge con seguridad y rapidez de la oscuridad del vestíbulo. Nella siente un escalofrío; la confirmación de sus sospechas no impide que se le ponga la carne de gallina. Distingue una figura que asoma de las sombras con una mano tendida, no está claro si en señal de protesta o de saludo. Es una mujer, esbelta y bien erguida, vestida de negro riguroso y con la cofia almidonada y planchada con inmaculada perfección. No se le escapa un solo mechón. Con ella llega también un aroma sumamente leve y extraño a nuez moscada. Tiene los ojos grises y la boca severa. ¿Cuánto rato lleva observándola? *Peebo* gorjea ante su aparición.

—Se llama *Peebo* —informa Nella—. Es mi periquito.

—Eso ya lo veo —responde la mujer, mirándola fijamente—. O más bien lo oigo. Esperemos que no haya traído más bestias.

—Tengo un perro pequeño, pero está en casa...

—Mejor. Ensuciaría nuestras habitaciones. Arañaría la madera. Esos perrillos son una extravagancia de los franceses y los españoles —afirma la mujer—. Igual de frívolos que sus dueños.

23

—Y parecen ratas —añade una segunda voz desde algún rincón del vestíbulo.

La mujer frunce el ceño y cierra por un instante los ojos, y Nella la observa atentamente y se pregunta quién más es testigo de esa conversación. «Debo de ser diez años más joven que ella —calcula—, aunque tiene la piel muy tersa.» Cuando pasa a su lado en dirección a la puerta, Nella detecta una elegancia segura y orgullosa en los movimientos de la desconocida, que dirige una breve mirada de aprobación a los pulcros zapatos caídos junto a la puerta y luego se vuelve hacia la jaula con los labios muy apretados. A *Peebo* se le han ahuecado las plumas de miedo.

Nella decide distraer su atención estrechándole la mano, pero la mujer se estremece ante su contacto.

—Huesos fuertes para alguien de diecisiete años —observa.

—Me llamo Nella. Y ya he cumplido los dieciocho —replica ella, apartando la mano.

—Sé perfectamente quién es.

—En realidad me llamo Petronella, pero en casa todo el mundo me...

—Ya lo he oído la primera vez.

—¿Es usted el ama de llaves? —pregunta Nella. Alguien reprime sin mucho éxito una carcajada en las sombras del vestíbulo. La desconocida no se inmuta y dirige los ojos hacia el crepúsculo perlado—. ¿Está Johannes? Soy su mujer. —Sigue sin obtener respuesta, pero Nella insiste, porque no parece que haya muchas posibilidades más—: Celebramos el matrimonio hace un mes, en Assendelft.

—Mi hermano no está en casa.

—¿Su hermano?

Más risas en la oscuridad. La mujer mira a Nella directamente a los ojos.

—Soy Marin Brandt —anuncia, como si eso debiera bastar para que la muchacha lo entendiera todo. A pesar de la dureza de la mirada, Nella detecta que en su voz falla la precisión—. No está aquí. Creíamos que estaría. Pero no está.

—Entonces... ¿dónde está?

Marin levanta la barbilla. Agita la mano izquierda en el aire y de las sombras cercanas a la escalera emergen dos figuras.

—Otto —dice.

Se les acerca un hombre, y Nella traga saliva y clava los pies fríos en el suelo.

Otto tiene la piel de un marrón muy, muy oscuro por todo el cuerpo, el cuello que sale de la camisa, las muñecas y las manos que asoman por las mangas: todo él es una infinitud de piel marrón oscuro. Los pómulos prominentes, el mentón, la frente ancha, absolutamente todo. Nella nunca había visto a un hombre así.

Tiene la impresión de que Marin la observa a la espera de su reacción. Nada en la mirada de los grandes ojos de Otto revela que haya percibido la fascinación mal disimulada de Nella. Se inclina ante ella, que le hace una reverencia, mordiéndose el labio hasta que el sabor de la sangre le recuerda que debe tranquilizarse. La piel de ese hombre resplandece como una cáscara de nuez pulida y el pelo, negro y tieso, brota del cuero cabelludo. Es una nube de lana mullida, no está aplastado y grasiento como el de los demás hombres.

—Eh... —titubea Nella.

Peebo empieza a piar. Otto alarga las manos, cuyas amplias palmas ofrecen un par de zuecos.

—Para los pies —dice.

Tiene acento de Ámsterdam, pero alarga un poco las palabras, que surgen cálidas y líquidas. Nella acepta los zapatos y le roza la piel con los dedos. Con gesto torpe, se pone el calzado, con algo de plataforma. Son demasiado grandes, pero no se atreve a decir nada y al menos le aíslan los pies del frío mármol. Ya se ceñirá las correas de piel luego, arriba, si es que llega a subir, si es que la dejan pasar de ese vestíbulo.

—Otto es el sirviente de mi hermano —explica Marin, con los ojos aún clavados en Nella—. Y ésta es Cornelia, nuestra criada. Se ocupará de usted.

Cornelia da un paso al frente. Tiene algún año más que Nella, quizá veinte o veintiuno, y es algo más alta. Taladra con una mueca hostil a la recién casada; sus ojos azules la repasan de arriba abajo y detectan el temblor de sus manos. Nella sonríe, irritada por la curiosidad de la criada, y trata de responder con algún agradecimiento vacuo. Siente una mezcla de alivio y vergüenza cuando Marin la interrumpe.

—Permítame enseñarle el piso de arriba —se ofrece—. Estará deseando ver su cuarto.

Nella asiente y atisba una mirada risueña en los ojos de Cornelia. El gorjeo alegre procedente de la jaula rebota en las paredes, y Marin indica a la criada con un golpe de muñeca que el lugar del pájaro está en la cocina.

—Pero el humo de los fogones... —protesta Nella. Marin y Otto se vuelven hacia ella—. A *Peebo* le gusta la luz.

Cornelia se lleva la jaula y la balancea como si fuera un balde.

—Con cuidado, por favor —pide Nella.

Marin mira a los ojos a Cornelia, que se dirige a la cocina acompañada por la tenue melodía del piar intranquilo de *Peebo*.

~

En el primer piso, Nella se siente empequeñecida por el esplendor de su nuevo cuarto. Marin se limita a poner mala cara.

—Cornelia ha exagerado con los bordados —asegura—, pero esperamos que Johannes solamente se case una vez.

Hay cojines con sus iniciales, una colcha nueva y dos pares de cortinas cambiadas hace poco.

—El grosor del terciopelo es necesario para mantener a raya las brumas del canal. Éste era mi cuarto —explica Marin. Se dirige a la ventana para mirar las escasas estrellas que han empezado a aparecer en el cielo y pone una mano en el vidrio—. Tiene mejores vistas, por eso se lo hemos cedido.

—No, no —contesta Nella—. En ese caso tiene que quedárselo.

Están cara a cara, cercadas por el cúmulo de bordados, por la abundancia del lino recubierto por la «B» inicial de Brandt, que aparece envuelta en hojas de parra, atrincherada en nidos de pájaros, brotando entre flores. Todas esas «B» tienen la tripa oronda, bien inflada, tras zamparse su apellido de soltera. Con incomodidad, Nella se siente obligada a pasar un dedo por tal profusión de punto, que empieza a afectarle el ánimo.

—¿Su espléndida residencia solariega de Assendelft es cálida y está a salvo de la humedad? —pregunta Marin.

—Puede ser húmeda —decide contestar Nella, mientras se agacha para tratar de ajustarse los grandes zuecos, que lleva mal sujetos—. Los diques no siempre funcionan bien. Pero no es espléndida...

—Tal vez nuestra familia no tenga su abolengo, pero qué importa eso frente a una casa cálida, sin humedades y bien construida —la interrumpe Marin. No es una pregunta.

—Desde luego.

—*Afkomst seyt niet* —prosigue Marin. «El abolengo no es nada.» Da un manotazo a un cojín para subrayar la última palabra—. El pastor Pellicorne lo dijo el domingo pasado y lo anoté en las guardas de la Biblia. Si nos descuidamos, crecerán las aguas. —Niega con la cabeza como si quisiera desechar una idea y agrega—: Escribió su madre. Insistió en pagar el viaje. No podíamos permitirlo. Enviamos la barcaza de repuesto. ¿No se habrá ofendido?

—No. No.

—Muy bien. En esta casa, por mucho que sea la de repuesto, no deja de estar recién pintada y tener un camarote forrado de seda bengalí. Johannes se ha llevado la otra.

Lo que quiere saber Nella es dónde está su marido, con la barcaza buena, y por qué no ha regresado a tiempo para recibirla. Piensa en *Peebo*, a solas en la cocina, cerca del fuego, cerca de las cacerolas.

—¿Solamente tienen dos criados? —pregunta.

—Nos basta —replica Marin—. Somos comerciantes, no holgazanes. La Biblia nos dice que un hombre jamás debe hacer alarde de riquezas.

—No. Por descontado.

—Bueno, si es que le queda alguna de la que alardear —añade Marin, clavándole los ojos, y Nella aparta la mirada.

La luz del cuarto empieza a extinguirse, y Marin acerca una mecha a las velas. Son de sebo, baratas, cuando Nella esperaba cera de abeja más aromática. Le sorprende que se haya elegido esa variedad, con olor a carne y tan humeante.

—Parece que Cornelia ha bordado su nuevo apellido en todo —señala Marin a su espalda.

«Sí, eso parece —piensa Nella, recordando el siniestro escrutinio de la criada—. Debe de tener los dedos en carne viva, ¿y a quién le echará las culpas?»

—¿Cuándo vendrá Johannes? ¿Por qué no está? —pregunta.

—Según su madre, tiene usted muchas ganas de empezar su nueva vida de casada en Ámsterdam —dice Marin tras una pausa—. ¿Es cierto?

—Sí, pero para eso se requiere un marido.

Se hace un silencio cubierto de escarcha, y Nella se queda pensando dónde estará el marido de Marin. Quizá lo ha escondido en el sótano. Con una sonrisa dirigida a uno de los cojines reprime el impulso arrollador de soltar una carcajada.

—Qué hermoso es todo —observa—. No hacía ninguna falta.

—Lo ha hecho Cornelia. Yo no tengo ninguna habilidad para las manualidades.

—Estoy segura de que no es cierto.

—He descolgado mis cuadros. Me ha parecido que éstos serían más de su agrado.

Marin señala la pared, de donde pende de un clavo una pareja de aves de caza inmortalizadas al óleo con plumas y garras enormes. Un poco más allá hay un retrato de una liebre colgada, un trofeo de caza. A su lado ve un montón de ostras pintadas en un plato con dibujos chinos ensombrecido por una copa tumbada, su vino derramado y un cuenco lleno de fruta pasada. Las ostras tienen un aire perturbador, tan abiertas, tan expuestas. En casa, la madre de Nella mantenía las paredes cubiertas de paisajes y escenas bíblicas.

—Son de mi hermano —explica Marin, y muestra un jarrón rebosante de flores, plúmbeo, excesivamente coloreado y con media granada en la parte inferior del lienzo.

—Gracias —contesta Nella, calculando lo que tardará en darles la vuelta antes de acostarse.

—Esta noche preferirá cenar aquí arriba —apunta Marin—. El viaje ha durado muchas horas.

—Sí, es cierto. Se lo agradeceré. —Nella se estremece interiormente ante los picos ensangrentados de las aves, sus ojos vidriosos, la carne apetecible que empieza a arrugarse. Al verlos le entran ganas de algo dulce—. ¿Tienen mazapán?

—No. En esta casa... no se come mucho azúcar. Enferma el alma de la gente.

—Mi madre lo moldeaba para formar figuritas.

Siempre había mazapán en la despensa, el único placer en el que la señora Oortman demostraba las mismas preferencias que su marido. Sirenas, barcos y collares de joyas azucaradas, de pasta de almendra que se derretía en la boca. «Ya no pertenezco a mi madre —piensa la muchacha—. Un día haré figuritas para otras manitas pegajosas, para voces que pedirán algo dulce.»

—Voy a decirle a Cornelia que le suba un poco de *herenbrood* y queso gouda —anuncia Marin, y la saca de su ensoñación—. Y una copita de vino del Rin.

—Gracias. ¿Cuándo calcula que llegará Johannes?

Marin levanta la nariz y pregunta:

—¿A qué huele?

Instintivamente, Nella se lleva las manos a las clavículas.

—¿Soy yo?

—No lo sé. ¿Es usted?

—Mi madre me compró un perfume. Esencia de azucena. ¿Se refiere a ese olor?

—Eso es. Azucenas —dice Marin, asintiendo, y tose levemente—. Ya sabe lo que dicen de las azucenas.

—No. ¿El qué?

—Brotan pronto, se pudren pronto.

Y con esas palabras cierra la puerta tras de sí.

El manto

A las cuatro de la madrugada Nella aún no ha podido conciliar el sueño. Ese nuevo entorno tan extraño, reluciente y cubierto de bordados, impregnado del olor del sebo humeante, le impide relajarse. Los cuadros siguen expuestos, ya que no ha tenido valor para ponerlos de cara a la pared. Agotada, sin moverse de la cama, da vueltas a los acontecimientos que han desembocado en ese momento.

Hace dos años, al morir el señor Oortman, en Assendelft se dijo que aquel hombre era el padre de las fábricas de cerveza. Aunque Nella detestaba la insinuación de que su padre no era más que un Príapo beodo, tristemente resultó ser cierta. Los dejó atados de pies y manos con un buen puñado de deudas: la sopa estaba cada vez más aguada, la carne fue perdiendo calidad y los criados empezaron a desaparecer. No había construido un arca, como se suponía que debían hacer todos los holandeses, para luchar contra la crecida de las aguas.

—Debes casarte con un hombre que sepa guardar los florines en el monedero —le dijo su madre, cogiendo la pluma.

—Si no tengo nada que ofrecer —objetó ella.

—Pero ¡bueno! ¿Tú te has visto? ¿Con qué otra cosa contamos las mujeres?

Aquella frase la dejó aturdida. Que su propia madre la menospreciara así le provocó una angustia inusitada, y la aflicción por su padre dejó paso a una especie de aflicción por sí misma. Sus hermanos pequeños, Carel y Arabella, tenían permiso para seguir en la calle, jugando a los caníbales o a los piratas.

Durante dos años Nella ensayó para ser una señora. Andaba con una nueva elegancia, aunque se quejaba de que no había adónde ir y por vez primera sintió deseos de huir del pueblo; no veía los cielos formidables, sólo una bucólica cárcel que ya acumulaba una fina capa de polvo. Embutida en un corsé bien ajustado, practicaba el laúd, deslizando los pulcros dedos por los trastes, sin rebelarse tan sólo porque la preocupaban los nervios de su madre. En julio, las indagaciones de la señora Oortman dieron fruto por fin, gracias al último de los contactos de su marido en la ciudad.

Llegó una carta con la dirección escrita con letra elegante y fluida y con aplomo. Su madre no se la dejó leer, pero al cabo de una semana Nella se enteró de que tenía que tocar para un hombre, un mercader llamado Johannes Brandt, que había llegado al campo procedente de Ámsterdam. Cuando el sol ya se ponía en las llanuras doradas de Assendelft, aquel desconocido tomó asiento en el salón de su casa, que se desmoronaba poco a poco, dispuesto a oírla tocar.

A Nella le pareció que se había conmovido, y de hecho, al terminar, le dijo que le había gustado.

—Me encanta el laúd —aseguró—. Un instrumento hermoso. Tengo dos colgados en una pared, pero hace años que no los toca nadie.

Y así, cuando Johannes Brandt («¡Treinta y nueve años, más viejo que Matusalén!», según dijo Carel) pidió su mano, Nella decidió aceptar. Rechazarlo habría parecido una ingratitud y, desde luego, una estupidez. ¿Qué otra posibilidad cabía, aparte de la «vida de casada», en palabras de Marin?

Después de la ceremonia oficiada en Assendelft en septiembre, y una vez inscritos sus nombres en el registro de la parroquia, celebraron un breve almuerzo en casa de los Oortman y Johannes se marchó. Había que entregar un cargamento en Venecia, explicó, y debía hacerlo él en persona. Nella y su madre se limitaron a asentir. Era sumamente encantador, con aquella sonrisa ladeada y la insinuación de un gran poder. En su noche de bodas la novia durmió igual que durante los últimos años, en la misma cama que su hermana (que no dejaba de dar vueltas), y cada una con la cabeza en un extremo. Sin embargo, se dijo que tenía suerte. Se imaginaba resurgiendo de las llamas de Assendelft convertida en una nueva mujer, una mujer casada, y con toda la vida por delante.

El ruido de unos perros en el vestíbulo interrumpe sus pensamientos. Nella oye a un hombre. Es la voz de Johannes, está segura. Ha llegado su marido, está en Ámsterdam; con cierto retraso, pero ha llegado. Se incorpora en su lecho nupcial y ensaya adormilada: «Estoy muy contenta. ¿Ha ido bien el viaje? ¿Sí? Qué alegría, sí, qué alegría.»

Sin embargo, no se atreve a bajar, la emoción de verlo no alcanza a superar la tenaza de los nervios. Mientras espera con una aprensión creciente en el estómago, se plantea cómo empezar. Finalmente se pone los zuecos, se echa un chal por encima del camisón y sale con sigilo al pasillo.

Las uñas de los perros repiquetean por las losas. Llevan el aire del mar en el pelo y aporrean los muebles con la cola. Marin ha interceptado a Johannes, y Nella los oye hablar.

—Yo no dije eso —afirma él, con voz grave y seria.

—Vamos a dejarlo. Hermano, cuánto me alegro de verte. He rezado para que volvieras sano y salvo.

Cuando Marin sale de las sombras para verlo bien, la luz de su vela pierde intensidad y titila. Inclinada sobre la barandilla, estirando el cuello, Nella observa el bulto extraño del manto de viaje de Johannes, sus dedos tienen la sorprendente fuerza de un carnicero.

—Pareces agotado —agrega Marin.

—Ya lo sé, ya lo sé. Y el otoño de Londres...

—Es espantoso. Así que es allí donde has estado. Permíteme. —Con la mano libre lo ayuda a quitarse el manto—. Ay, Johannes, qué flaco estás. Llevas demasiado tiempo lejos de casa.

—No estoy flaco. —Se aparta—. *Rezeki*, *Dhana* —llama a las perras, que lo siguen con mucha familiaridad.

Nella asimila el extraño sonido de sus nombres: *Rezeki*, *Dhana*. En Assendelft, Carel había puesto a sus perros *Morro* y *Ojo Morado*, un reflejo poco imaginativo pero muy acertado de su carácter y su aspecto.

—Ya la tenemos aquí, hermano —anuncia Marin.

Johannes se detiene, pero no se vuelve. Deja caer los hombros e inclina la cabeza un poco más sobre el pecho.

—Ah —contesta—. Entendido.

—Habría sido mejor que hubieras estado aquí para recibirla.

—Seguro que tú lo has llevado muy bien.

Marin hace una pausa y se instala el silencio entre su rostro pálido y la corpulencia arqueada de la espalda de su hermano.

—No te olvides —le advierte.

—¿Cómo iba a olvidarme? —replica él, pasándose los dedos por el pelo—. ¿Cómo iba a olvidarme?

Parece que Marin va a añadir algo, pero en lugar de eso se cruza de brazos.

—Qué frío hace —dice por fin.

—Pues vete a la cama. Yo tengo trabajo.

Johannes cierra una puerta tras de sí, y Marin se echa el manto de su hermano por los hombros. Nella se asoma un poco más y la ve hundir el rostro en los largos pliegues del paño. La barandilla cruje, y Marin retira el manto con un latigazo y escudriña la oscuridad. Cuando abre un armario del vestíbulo, la muchacha regresa con sigilo a su cuarto a esperar.

Al cabo de unos minutos, al oír que Marin cierra la puerta de su habitación al final del pasillo, Nella baja furtivamente. Se detiene ante el armario del vestíbulo esperando ver el manto colgado, pero está hecho un bulto en el suelo. Se agacha y lo recoge. Huele a humedad, a un hombre cansado y a las ciudades que ha visto. Después de colocarlo en un colgador se acerca a la puerta tras la cual ha desaparecido su marido y llama.

—¡Por el amor de Dios! Ya hablaremos por la mañana.

—Soy yo. Petronella. Nella.

Al cabo de un momento se abre la puerta y aparece Johannes, con la cara entre las sombras. Qué corpulento es. Nella no recuerda que le pareciera tan imponente en la iglesia medio vacía de Assendelft.

—*Esposa mía* —la saluda en español.

Nella no entiende lo que le ha dicho. Johannes da un paso atrás y la luz de la vela ilumina su cara, curtida y maltratada por el sol. Sus iris, grises como los de Marin, son casi translúcidos. Su marido no es ningún príncipe, tiene el pelo grasiento pegado a la piel y de un tono metálico y sin brillo.

—Ya estoy aquí.

—Eso veo. —Johannes señala el camisón—. Deberías estar durmiendo.

—Quería darte la bienvenida.

Él se inclina hacia delante y le besa la mano con unos labios más mullidos de lo que cabía esperar.

—Ya hablaremos por la mañana, Nella. Me alegro de que hayas llegado sana y salva. Me alegro mucho.

Sus ojos van de un lado para otro y no se posan en nada durante mucho rato. Nella se queda pensando en el enigma de su fatiga cargada de energía y detecta un olor a almizcle en el aire, intenso y perturbador. Johannes regresa al resplandor amarillo de lo que parece ser su despacho y cierra la puerta.

Nella permanece inmóvil un instante, mirando la escalera principal, que lleva hacia la más absoluta oscuridad. «Marin estará dormida, sin duda —se dice—. Sólo voy a echar una ojeada, para asegurarme de que mi pajarito se encuentra bien.»

Baja de puntillas la escalera de las cocinas y ve la jaula del periquito colgada junto al fogón descubierto, cuyas ascuas agonizantes iluminan levemente las barras de metal. «Todas las criadas son peligrosas —le dijo su madre—, pero las de ciudad son las peores.» No le explicó exactamente por qué, pero al menos *Peebo* está vivo, en su percha, con las plumas levantadas, dando saltitos y golpecitos en respuesta a la presencia de Nella. Lo que más desea en el mundo es llevárselo a su cuarto, pero piensa en lo que podría hacer Marin si se la desobedece; Cornelia podría servir para cenar dos muslitos con una guirnalda de plumas verdes.

—Buenas noches, *Peebo* —susurra.

Por la ventana de su cuarto se levanta la bruma del Herengracht y la luna en lo alto es una moneda desdibujada. Corre las cortinas y se abriga con el chal antes de sentarse en un rincón, temerosa aún de esa cama gigantesca. Su flamante esposo es un rico mercader de Ámsterdam, un poder en la sombra, un señor de los mares y de todos sus botines.

—La vida resulta difícil si no estás casada —le dijo un día su madre.

—¿Por qué?

Habiendo presenciado cómo el constante enojo de su madre con su padre se transformaba en pánico al descubrir las deudas que les había dejado en herencia, Nella le preguntó por qué tenía tantas ganas de amarrar a su hija a un riesgo posiblemente parecido. La mujer la miró como si hubiera perdido la razón, pero entonces sí le dio explicaciones:

—Porque el señor Brandt es un pastor de la ciudad y tu padre era una simple oveja.

Nella mira el aguamanil de plata que hay a un lado, el escritorio de caoba pulida, la alfombra turca, los cuadros voluptuosos. Un bello reloj de péndulo marca plácidamente el paso del tiempo. Tiene soles y lunas en la esfera, y filigranas en las manecillas. Es el reloj más hermoso que ha visto en la vida. Todo parece nuevo y habla de riquezas. Nella no conoce aún ese lenguaje, pero cree que le hará falta. Recoge del suelo los cojines caídos y los coloca sobre el cubrecama de seda escarlata.

La primera vez que le vino la sangre, a los doce años, su madre le dijo que el propósito de aquello era dar «la seguridad de los hijos». A ella nunca le pareció que hubiera razón alguna para sentirse segura, y menos cuando resonaban por todo el pueblo los gritos de las mujeres sometidas a los dolores del parto, seguidos a veces, poco después, por un féretro camino de la iglesia.

El amor era algo mucho más impreciso que unas manchas en unos trapos de lino. La sangre de todos los meses no parecía tener relación con lo que sospechaba que podía ser el sentimiento soñado, algo vinculado al cuerpo, pero que iba más allá.

—Eso es amor —afirmó en una ocasión la señora Oortman al ver cómo aferraba Arabella al cachorrillo *Ojo Morado* hasta casi asfixiarlo.

Al cantar al amor, los músicos del pueblo hablaban, de hecho, de mucho sufrimiento encubierto. El amor verdadero era una flor en las tripas con los pétalos desplegados del revés. Por él se arriesgaba todo, con gran felicidad, pero nunca sin unas gotas de consternación.

La señora Oortman se quejaba siempre de que no había buenos pretendientes en los alrededores, y de los muchachos del pueblo decía que no valían más que para mascar heno. La ciudad, y en ella Johannes Brandt, custodiaba el futuro de su hija.

—Pero... ¿Y el amor, madre? ¿Lo amaré?

—¡La muchacha quiere amor! —exclamaba la mujer, con aire teatral, entre las paredes desconchadas de su casa—. ¡Quiere que la vida sea de color de rosa!

El matrimonio era la oportunidad de marcharse de Assendelft, y desde luego en los últimos tiempos sólo había pensado en salir corriendo. Ya no tenía ganas de jugar a los naufragios con Carel y Arabella, pero eso no impide que ahora la invada la decepción, ahora que está en Ámsterdam, sentada junto a su lecho nupcial vacío, como una enfermera junto a un paciente. ¿Qué sentido tiene estar ahí si su marido ni siquiera la recibe como Dios manda? Trepa al colchón vacante, se hunde entre los cojines y toda seguridad en sí misma queda frustrada por la mirada desdeñosa de Cornelia, la agresividad de la voz de Marin y la indiferencia de Johannes. «Mi vida está desvaída —se dice—. No es de color de rosa ni de ningún otro.»

A pesar de lo intempestivo de la hora, la casa parece despierta. Oye la puerta de la calle, que se abre y se cierra, y luego otra en el segundo piso. Llegan susurros y luego pasos amortiguados por el pasillo, antes de que el silencio envuelva las habitaciones.

Aguza el oído, desconsolada, y un finísimo resquicio de luz de luna centellea sobre la liebre y la granada podrida del lienzo. El sosiego es engañoso, como si la casa estuviera respirando. Sin embargo, no se atreve a salir otra vez de la cama esa primera noche. El recuerdo del recital de laúd del verano ha desaparecido y ahora sólo tiene en la cabeza las palabras de la vendedora de arenques, «¡Imbécil! ¡Imbécil!», aquel chillido con acento de pueblo.

Un nuevo alfabeto

Tras descorrer las cortinas para que entre todo el sol de la mañana, Cornelia se acerca al extremo de la cama revuelta de Nella.

—El señor ha regresado de Londres —informa al piececillo que asoma entre las sábanas—. Van a desayunar juntos.

Nella levanta de inmediato la cabeza de la almohada. Tiene la cara hinchada como la de un querubín. Oye a todas las criadas del Herengracht, cuyos mochos chocan contra los baldes como campanas sordas para limpiar la porquería de la entrada de las casas.

—¿Cuánto he dormido?

—Lo suficiente —contesta la criada.

—Tengo la impresión de llevar tres meses en esta cama, como hechizada.

Cornelia no puede contener la risa.

—¡Menudo hechizo!

—¿Qué quieres decir?

—Nada, señora. —Se encoge de hombros—. Vamos. Tengo que vestirla.

—Anoche te acostaste tarde.

—Sí, ¿verdad?

El tono de Cornelia es descarado y esas confianzas descolocan a Nella. Ninguna de las criadas de su madre le contestaba así.

—Oí la puerta de la calle en plena noche —afirma—. Y otra en el piso de arriba. Estoy segura.

—Imposible. Toot la cerró con llave antes de que se acostara usted.

—¿«Toot»?

—Otto. Yo lo llamo así. A él los motes le parecen una tontería, pero a mí me gustan. —Saca una camisola, se la pasa por la cabeza y le pone un vestido azul de rayas plateadas—. Lo ha pagado el señor —agrega, con la voz cargada de admiración.

La ilusión de Nella ante el regalo se desvanece enseguida, porque las mangas son demasiado largas y, por mucho que apriete Cornelia, su tórax parece empequeñecido dentro del corsé, excesivamente grande.

—La señora Marin mandó sus medidas a la costurera —se lamenta la criada, tirando y tirando de las cintas y consternada al comprobar todos los palmos que sobran—. Se las puso su madre en una carta. ¿Qué voy a hacer con todo esto de más?

—La costurera ha debido de equivocarse —concluye Nella, mirándose los brazos anegados—. Estoy convencida de que mi madre sabe cuáles son mis medidas.

~

Cuando Nella entra en el comedor, Johannes está hablando con Otto, murmurando algo frente a unos documentos extensos. Al ver a su mujer, inclina la cabeza con una mirada risueña. El color de sus ojos se ha intensificado, ha pasado de la piel de pescado al sílex. Marin, que bebe a pequeños sorbos agua con limón, contempla el gigantesco mapa que cuelga detrás de la cabeza de su hermano, con pedazos de tierra suspendidos en inmensos mares de papel.

—Gracias por el vestido —logra decir Nella.

Otto se dirige a un rincón y se queda a la espera con las manos cargadas de los papeles del señor.

—Será uno de ellos —contesta Johannes—. Encargué varios. Pero no te queda como esperaba. ¿No te va algo grande? Marin, ¿no le va algo grande?

Su hermana se sienta y coloca la servilleta formando un cuadrado blanco perfecto, una baldosa suelta en la negra extensión de su regazo.

—Mucho me temo que sí, señor mío —contesta Nella, y el temblor de su voz la avergüenza.

¿En qué punto concreto, en la vía de comunicación entre Assendelft y Ámsterdam, quedó reducido su cuerpo nupcial a esta caricatura? Mira el mapa de la pared, decidida a no toquetear la absurda cantidad de tela que le sobra en las mangas. Ahí está Nueva Holanda, con la costa bordeada de palmeras, aguas azul turquesa y rostros de ébano que invitan a cualquiera que se los quede mirando.

—No importa, Cornelia te los entrará —asegura Johannes, y cierra la mano en torno a un vasito de cerveza—. Ven, siéntate, come algo.

Un pan duro y un escuálido pescado esperan en una fuente en el centro del mantel de damasco.

—Hoy desayunamos frugalmente —explica Marin, mirando de reojo el vaso de su hermano—. Un gesto de humildad.

—O la emoción de la renuncia —murmura Johannes, y se lleva un trozo de arenque a la boca.

La habitación queda sumida en un silencio roto únicamente por el sonido de su tenue masticación, y el pan conforma una barrera entre ellos, seco e intacto. Nella trata de tragarse el miedo, mira su plato vacío y se fija en el aura de tristeza que enseguida envuelve a su marido. «Imagínate todo lo que comerás, Nella —decía su hermano, Carel—. Me han contado que en Ámsterdam se zampan fresas bañadas en oro.» Qué poco lo impresionaría todo esto.

—Marin, prueba esta cerveza tan buena —propone Johannes al cabo de un rato.

—Me provoca indigestión.

—La dieta de nuestros conciudadanos: dinero y vergüenza. No se puede confiar en uno mismo. Vamos, atrévete. Últimamente el valor es algo muy poco común en Ámsterdam.

—Es que no me encuentro bien.

Johannes se ríe al oírla, pero Marin hace una mueca de dolor y no sonríe.

—Papista —añade.

A lo largo del severo desayuno Johannes no se disculpa por no haber estado presente para recibir a su mujer el día anterior. Se dirige a su hermana y, mientras tanto, Nella se ve obligada a arremangarse para no arrastrar los puños por el pescado grasiento. Otto recibe permiso para retirarse y lo hace con una reverencia, aferrando con cautela los fajos de papeles.

—Encárgate tú, Otto —indica Johannes—. Y dales las gracias de mi parte.

Nella se pregunta si los hombres con los que comercia su marido también tendrán criados así o si será el único. Inspecciona el rostro de Otto en busca de algún rastro de desasosiego, pero le parece hábil y seguro de sí mismo.

El precio del oro en lingotes, los cuadros como moneda de cambio, la falta de atención de algunos de los cargueros que trasladan sus mercancías desde Batavia: Marin devora con avidez los chismes que va soltando Johannes, mucho más jugosos que el desayuno. Si en algún caso se muestra reacio a revelar algo, ella se lo sonsaca, un honor que podría desvanecerse. Escucha con atención sus breves noticias de la venta de tabaco, de seda y café, de canela y sal. Habla de las nuevas limitaciones del shogunato al transporte de oro y plata desde Dejima, de los daños que ello puede provocar a largo plazo y de que la VOC está convencida de la conveniencia de anteponer el beneficio al orgullo.

A Nella le marea un poco toda esa información, mientras que Marin parece concentrada. ¿Qué se sabe del tratado con el sultán de Bantén sobre la pimienta y cómo afectará a la VOC? Johannes le cuenta las rebeliones de los plantadores de clavo en Ambon, cuyas tierras están repletas de árboles debido a los intereses de la VOC. Cuando ella le pregunta por la naturaleza exacta de ese descontento, el señor de la casa se limita a hacer una mueca.

—A estas alturas, Marin, la situación habrá cambiado y ya no sabremos nada.

—Y ése es el problema, Johannes, con demasiada frecuencia. —A continuación se interesa por una seda que debía recibir un sastre de Lombardía—. ¿Quién se ha llevado los derechos de importación?

—No me acuerdo.

—¿Quién, Johannes? ¿Quién?

—Henry Field. Un comerciante de la Compañía Británica de las Indias Orientales —contesta por fin.

—¡Los ingleses! —exclama Marin, dando un puñetazo en la mesa. Él la mira, pero no dice nada—. Piensa en lo que significa eso, hermano. Piensa. Los últimos dos años. Permitir que se lo embolse otro hombre. No hemos...

—Pero los ingleses nos compran todo el lino de Haarlem.

—Con precios que demuestran lo agarrados que son.

—Lo mismo dicen ellos de nosotros.

De los lingotes a los sultanes pasando por los ingleses, la conversación de Marin no deja de sorprender. Sin duda, Johannes se salta con ella una barrera prohibida: ¿qué otra mujer sabe tanto sobre los entresijos de la VOC?

Nella se siente invisible, ninguneada. Acaba de llegar y ni el uno ni la otra le han hecho una sola pregunta, si bien ese intercambio pecuniario le ofrece al menos la oportunidad de examinar a su marido con discreción. Esa piel tostada: a su lado, Marin y Nella parecen fantasmas. Se lo imagina con sombrero de pirata en un navío azotado por las olas azul oscuro de un mar lejano.

Sigue adelante y piensa en él desnudo, elucubra sobre lo que tiene debajo de la mesa, lo que la espera. Su madre le ha contado lo que les sucede a las mujeres casadas: la vara que crece y provoca dolor, la posibilidad de que no dure mucho, el húmedo rastro de una almeja entre las piernas. En Assendelft hay muchos carneros y ovejas, no es difícil descubrir lo que sucede exactamente.

—No quiero ser esa clase de esposa —le dijo Nella.

—No hay otra. —Fue la respuesta, pero al ver el gesto de su hija la señora Oortman se ablandó un poco, la abrazó y le acarició el vientre—. Tu cuerpo es la llave, cariño. Tu cuerpo es la llave.

Cuando la muchacha preguntó qué cerradura tenía que abrir exactamente y cómo, su madre se cerró en banda.

—Tendrás un techo. Da gracias a Dios —sentenció.

Por miedo a que los otros dos vean esos recuerdos dibujados en su semblante, Nella clava la mirada en el plato.

—Dejemos ya todo eso —dice entonces Marin, y Nella se sobresalta, como si le hubiera leído el pensamiento.

Johannes sigue hablando de los ingleses y apura el líquido ámbar que queda en el fondo del vaso.

—¿Has hablado con Frans Meermans sobre el azúcar de su mujer? —lo interrumpe Marin, y ante su silencio pone mala cara—. Está muerto de asco en el almacén, Johannes. Llegó de Surinam hace más de una semana y todavía no les has dicho qué vas a hacer con él. Están esperando.

Johannes deja el vaso.

—Me sorprende ese interés por la reciente fortuna de Agnes Meermans —responde.

—Lo que me preocupa no es su fortuna. Sé las ganas que tiene de abrir una brecha en nuestras paredes.

—¡Siempre con tus sospechas! Quiere que distribuya su azúcar porque sabe que soy el mejor.

—Entonces véndelo y termina esos tratos con ellos. Recuerda lo que está en juego.

—¡De todo lo que podría vender, insistes en esto! ¿Qué hay de la *lekkerheid*, Marin, de la pasión por lo dulce? ¿Qué diría tu pastor? —Johannes se vuelve hacia su mujer—. Mi hermana cree que el azúcar no es bueno para el alma, Nella, pero aun así quiere que lo venda. ¿Qué te parece eso?

La muchacha recuerda el rechazo a su petición de mazapán y agradece la atención repentina. «Las almas y los monederos —se dice—. Estos dos están obsesionados con las almas y los monederos.»

—Lo único que pretendo es que no se me lleve el diluvio. Temo a mi Dios, Johannes. ¿Tú no? —replica Marin, cortante. Agarra el tenedor como un pequeño tridente—. Véndelo ya, hermano, te lo ruego. Al menos tenemos la suerte de que no haya gremio de azucareros. Ponemos nosotros los precios y elegimos al comprador. Deshazte de él y date prisa. Sería lo mejor.

Johannes contempla el pan intacto, que sigue en el centro del mantel. Nella oye que le suenan las tripas y se lleva la mano al vientre instintivamente, como si así pudiera acallarlas.

—Otto no aprobaría este nuevo libre comercio —afirma Johannes, mirando la puerta de reojo.

—Es todo un holandés. Pragmático. Ni siquiera ha visto una plantación de caña de azúcar con sus propios ojos —contesta Marin, clavando los dientes del tenedor en el damasco.

—Estuvo a punto.

—Comprende nuestro negocio igual de bien que nosotros. —Los ojos grises de Marin taladran los de su hermano—. ¿No estás de acuerdo?

—No hables en su nombre. Además, trabaja para mí, no para ti. Y este mantel costó treinta florines, así que, por favor, deja de agujerear todas mis propiedades.

—Ayer por la mañana fui al puerto —espeta Marin—. Los burgomaestres ahogaron a tres hombres, uno detrás de

45

otro. Les colgaron pesos del cuello. Los metieron en un saco y los echaron al agua.

Se oye el estruendo de una bandeja en el pasillo.

—¡*Rezeki*, estate quieta! —grita Cornelia, pero Nella se fija en que las dos perras duermen plácidamente en un rincón del comedor.

Johannes cierra los ojos y su mujer se queda pensando en qué tendrán que ver tres ahogados con un cargamento de azúcar, o las opiniones de Otto, o la intención de Agnes Meermans de abrir una brecha en sus paredes.

—Sé lo que es morir ahogado —murmura su marido—. No olvides que he pasado casi toda la vida en el mar.

El tono de advertencia de Johannes no detiene a Marin:

—Pregunté a un señor que estaba limpiando el muelle por qué los burgomaestres los habían condenado y me dijo que no tenían los florines que hacían falta para aplacar a su Dios.

Jadeante, se detiene. Johannes se ha hundido en la silla, prácticamente desolado.

—¿No se supone que Dios lo perdona todo, Marin? —pregunta, aunque no da la sensación de que espere respuesta alguna.

El aire está recalentado y el ambiente, cargado. Aparece Cornelia, con las mejillas coloradas, y recoge los platos. Johannes se levanta de la silla. Las tres mujeres lo miran con expectación, pero sale de la estancia sin más, dando golpes al aire con una mano. Nella tiene la impresión de que Marin y Cornelia entienden el significado de ese gesto, y la primera coge el libro que ha bajado para el desayuno. Nella lee el título: es *Warenar*, la obra teatral de Hooft.

—¿Con qué frecuencia viaja? —pregunta.

Marin deja el libro y chasquea la lengua, fastidiada, cuando una página se dobla contra la mesa.

—Mi hermano se va. Luego vuelve. Y se va otra vez. —Suspira—. Ya lo verá. No es difícil. Podría hacerlo cualquiera.

—No he preguntado si era difícil. ¿Quién es Frans Meermans?

—Cornelia, ¿cómo está hoy el periquito de Petronella?

—Está bien, señora. Bien.

La criada evita la mirada de Nella. Hoy no hay risas contenidas ni comentarios maliciosos. Parece cansada, como si la preocupara algo.

—Necesita aire fresco —afirma Nella—. La cocina debe de estar cargada del humo de los fogones. Me gustaría que volara por mi cuarto.

—Se pondrá a picotear algo de valor —objeta Marin.

—No es cierto.

—Se escapará por la ventana.

—No la abriré.

Marin cierra el libro violentamente y se marcha. La criada se pone derecha y observa la puerta por la que ha salido su señora con los ojos azules apenas abiertos. Tras un instante de titubeo, también se va. Nella se hunde en la silla y mira el mapa de Johannes sin verlo. La puerta ha quedado abierta y oye los susurros de Marin y Johannes delante del despacho.

—Por el amor de Dios, Marin. ¿No se te ocurre nada mejor que hacer?

—Ahora tienes una mujer. ¿Adónde vas?

—También tengo un negocio.

—¿Qué negocio es ése? Hoy es domingo.

—Marin, ¿crees que esta casa funciona por arte de magia? Voy a ver el azúcar.

—No te creo —responde ella entre dientes—. No pienso permitir estas cosas.

Nella advierte que la tensión entre los hermanos aumenta. Es un segundo lenguaje mudo que se desborda.

—¿Qué otro hombre permite que su hermana le hable así? Tu palabra no es la ley.

—No, pero se acerca más de lo que crees.

Johannes sale a la calle con paso decidido. Nella oye la aterciopelada succión del aire al cerrarse una vez más la puerta principal. Se asoma y ve a su nueva cuñada en el pasillo. Marin se ha llevado las manos a la cara y ha hundido los hombros en un gesto de sufrimiento.

Un trampantojo

Cuando Marin sube al primer piso y sus pasos se pierden en dirección a su cuarto, Nella se dirige sigilosamente a la planta inferior, donde *Peebo* chasquea el pico para llamarla. Se sorprende al descubrir que la jaula está colgada en la cocina buena, donde no se prepara ningún alimento; el esfuerzo se reserva para la otra, la de trabajo, al otro lado del pasillo. La cocina buena es una sala que se emplea únicamente para exponer la porcelana de los Brandt, sin cacerolas ni sartenes que salpiquen, sin manchas en las paredes. Nella se queda pensando cuánto tiempo llevará *Peebo* respirando aire puro y, lo que aún la intriga más, a quién se deberá esa obra de caridad.

Otto está sentado ante una mesita auxiliar, lustrando con parsimonia la cubertería de plata que se utilizará en el almuerzo. No es alto, pero sí ancho de hombros, y la silla le queda pequeña. Al verla en el umbral señala la jaula.

—Qué ruidoso, el pajarito —comenta.

—Lo lamento. Me lo llevaría a mi cuarto, pero...

—Me gusta oírlo.

—Ah. Muy bien. Gracias por ponerlo ahí.

—No he sido yo, señora.

«Señora.» Qué maravilla cuando lo dice él. Lleva la camisa impoluta, bien planchada, sin un solo hilo suelto ni una mancha. Bajo el calicó, sus brazos se mueven con una elegancia natural. ¿Qué edad tendrá? Treinta años, tal vez alguno menos. Sus botas relucen como las de un general. Todo en él es nuevo, desconocido. Que la llame «señora» en su propia casa un criado de ropa tan pulcra es, de repente, el apogeo de su existencia. La gratitud le inunda el pecho, pero no parece que Otto se dé cuenta.

Ruborizada, se acerca a la jaula y acaricia al periquito entre los barrotes. *Peebo* emite un leve «hic, hic» y empieza a pasarse el pico por las plumas como si buscara algo.

—¿De dónde es? —pregunta Otto.

—No lo sé. Me lo regaló mi tío.

—O sea, que no nació de un huevo en Assendelft.

Nella niega con la cabeza. Nada tan vistoso y original podría haber nacido en Assendelft. Se siente incómoda y aturdida a la vez: Otto sabe el nombre de su pueblo. ¿Qué pensarían de ese hombre su madre, los ancianos de la plaza o los niños del colegio?

Mientras el criado levanta un tenedor y pasa una gamuza por los dientes, uno a uno, Nella clava las yemas de los dedos en los barrotes hasta que se le ponen blancas y alarga el cuello para seguir con la vista las baldosas de las paredes, cuadradas y relucientes, hasta llegar al techo, en el que alguien ha pintado un trampantojo: una cúpula de vidrio se abre camino en el yeso hacia un cielo imposible.

—Lo encargó el señor Brandt —explica Otto, siguiendo la dirección de su mirada.

—Es ingenioso.

—Es un truco. Con la humedad, no tardará en desconcharse.

—Pero Marin me dijo que esta casa no es húmeda. Y que el abolengo no importa nada.

—En ese caso, tengo que estar en desacuerdo con ella. —Otto sonríe.

Nella no sabe a cuál de las dos afirmaciones de Marin se refiere. Contempla los enormes estantes empotrados, en los que tres inmensos vidrios protegen toda una vajilla de porcelana. Nunca había visto una colección tan completa. En su casa tenían unas cuantas piezas de Delft y poco más, pues se habían visto obligados a vender el resto.

—El mundo de nuestro amo en una hilera de platos —apunta Otto, y Nella presta atención para descubrir si hay orgullo o envidia en su voz, pero no detecta ninguna de las dos cosas. Habla con un tono calculadamente neutro—. Delft, Dejima, China. Vajillas de los siete mares.

—¿Mi marido no es lo bastante rico para que viaje otro en su lugar?

Otto frunce el ceño sin apartar la vista de la hoja del cuchillo que está limpiando.

—Hay que mantener la fortuna a flote, y para eso no hay delegación que valga. Al que no va con cuidado se le escapa entre los dedos.

Termina y dobla la gamuza con esmero para formar un cuadrado.

—¿Por eso trabaja tanto?

Otto dibuja una espiral con el dedo, dirigida a la falsa cúpula de vidrio del techo, hacia la ilusión de profundidad.

—Sus acciones han subido muchísimo.

—¿Y qué sucede si llegan a lo más alto?

—Lo que sucede siempre, señora. Que las cosas se desbordan.

—¿Y luego?

—Pues luego supongo que se tratará de hundirse o flotar —contesta Otto, que contempla ahora sus rasgos combados y encogidos en la plata convexa de una cuchara sopera.

—¿Tú te embarcas con él?

—No.

—¿Por qué no? Eres su criado.

—Ya no navego.

A Nella le gustaría saber cuánto tiempo lleva viviendo en esta tierra artificial, apuntalada en las marismas, ganada al mar a base de tenacidad. Marin acaba de decir que es holandés.

—El espíritu del señor se encuentra a gusto en los mares —añade Otto—. El mío no, señora.

Nella aleja la mano de la jaula de *Peebo* y se sienta junto a la chimenea.

—¿Cómo sabes tanto del espíritu de mi marido?

—¿Acaso no tengo ojos y oídos?

Nella se sobresalta. No esperaba ese descaro, aunque lo cierto es que también Cornelia se toma la libertad de decir lo que piensa.

—Sí, por supuesto, lo que...

—El mar tiene algo a lo que la tierra no puede aspirar, señora. Ningún paraje permanece inmutable.

—Otto.

Ahí está Marin, en la puerta. Otto se levanta. Ha ido disponiendo la cubertería como un arsenal de armas relucientes.

—Está trabajando —dice—. Tiene mucho que hacer.

—Sólo le preguntaba por el trabajo del señor —contesta Nella a su cuñada.

—Deja eso, Otto —ordena Marin—. Tienes que enviar los papeles.

Dicho eso, da media vuelta y desaparece.

—Señora —susurra el criado cuando los pasos aún no se han apagado—. ¿Le daría una patada a una colmena? Sólo conseguiría que le picaran las abejas.

Nella no tiene claro si se trata de un consejo o de una orden.

—Mantendré la jaula bien cerrada, señora —agrega, señalando a *Peebo* con la cabeza.

Nella se queda escuchando sus pasos, que suben por la escalera de la cocina ligeros y perfectamente acompasados.

El regalo

Durante las dos noches siguientes Nella espera a que Johannes le ponga la mano encima para que empiece su nueva vida. Deja la puerta de su dormitorio entornada y la llave colgada sobre el grueso entrepaño de roble, pero cuando se despierta por la mañana está intacta, igual que ella. Al parecer, su marido trabaja hasta tarde. Por la noche oye el crujido de la puerta de la calle al abrirse y a menudo también a primera hora, cuando el sol empieza a ascender por el cielo. La luz mortecina se filtra por los párpados cuando se incorpora, y acto seguido se da cuenta de que vuelve a estar sola.

Una vez vestida, recorre sin rumbo fijo las habitaciones de la planta baja y el primer piso. En la parte trasera, lejos de cualquier posible invitado, la decoración es más austera, dado que todo el esplendor se ha reservado para las estancias cuyas ventanas dan a la calle. Esas piezas delanteras son más hermosas cuando están desiertas, cuando no hay nadie que desgaste los muebles o deje huellas de barro en los suelos abrillantados.

Husmea en torno a las columnas de mármol, las chimeneas vacías, y su mirada inexperta va de cuadro en cuadro. ¡Cuántos hay! Barcos con mástiles que se elevan como crucifijos hacia el cielo, paisajes de aspecto tórrido, más flores marchitas, cráneos del revés que hacen pensar en tubérculos parduzcos, violas con cuerdas rotas, tabernas llenas de gente que baila tambaleándose, platos dorados y tazas esmaltadas que parecen de carey. Verlos todos tan deprisa provoca náuseas. El papel de las paredes, de cuero con pan de oro, conserva un vago olor a cerdo y le recuerda las granjas de Assendelft. Aparta la vista, ya que no desea pensar en el lugar que tantas ganas tenía de abandonar, y se encuentra con amplios tapices bíblicos que cuelgan de los paneles de la pared: María y Marta con Jesús, las bodas de Caná, el ingenioso Noé con su robusta arca.

En la cocina buena se fija en los dos laúdes de Johannes, que Cornelia tiene bien limpios, sujetos a sendos colgadores en los azulejos. Alarga el brazo para bajar uno y da un brinco, alarmada, al notar que una mano disuasoria se ha posado ya en su hombro.

—No es para tocarlo —espeta Marin—. Es una pieza de artesanía y si lo puntea lo estropeará.

—¿Me ha seguido? —Ante el silencio de su cuñada, Nella propina unos golpecitos a los instrumentos—. Tienen las cuerdas flojas. Por falta de cuidados.

Da media vuelta y sube la escalera con paso airado. El dormitorio de Marin, al final del pasillo del primer piso, sigue por explorar, y de lejos contempla el ojo de la cerradura pensando en la celda espartana que debe de haber al otro lado. La furia casi la empuja a entrar. ¿Quién es Marin para impedirle nada? Al fin y al cabo, la señora de la casa es ella.

A pesar de todo, regresa a su cuarto y se enfrenta con consternación a las plumas ensangrentadas de las aves pintadas, con picos de lagarto y orificios nasales curvados. ¡Santo cielo, su cuñada detesta incluso la música! ¿No sabe que los laúdes no están hechos para colgar de una pared?

Por lo general, Marin no le dirige la palabra si no es para darle instrucciones o soltarle sermones sacados directamente de la Biblia familiar y elegidos casi siempre para avasallarla. La primera vez que reúne a todos los habitantes de la casa en el vestíbulo para escuchar pasajes de las escrituras, Nella se sorprende de que se encargue ella. En Assendelft se ocupaba su padre cuando estaba sereno, y últimamente quien lee a sus hermanas y a su madre es Carel, que a sus trece años tiene amplia experiencia.

En algunos momentos, Marin se acomoda en una butaca de terciopelo verde del salón para poner al día el libro de contabilidad. Parece llevar con mucha diligencia las cuentas de la casa, como si las columnas verticales fueran su pentagrama natural y los números, notas musicales con las que el dinero familiar va trazando una muda melodía. Nella quiere saber más del negocio de su marido, del azúcar de Frans y Agnes Meermans, pero hablar con Marin nunca resulta fácil.

No obstante, el tercer día entra discretamente en el cuarto en el que está sentada con la cabeza gacha, como si rezara. Como de costumbre, tiene el libro de contabilidad abierto en el regazo.

—¿Marin? ¿Puedo hablar contigo?

Hasta ahora no se había dirigido a ella por su nombre de pila, ni la había tuteado; siente con ello un arrojo extraño e insólito, pero el intento de establecer algo de intimidad fracasa.

—¿Sí?

Marin levanta la cabeza bruscamente, deja la pluma sobre las páginas abiertas con un gesto teatral y coloca las manos en las intrincadas hojas talladas de los brazos de la butaca. De la severidad de sus ojos grises Nella deduce que el diálogo sobre el laúd no está olvidado. Nota el escrutinio de la mirada de su cuñada y el pánico crece en su interior. Una gota de tinta cae de la punta de la pluma.

—¿Esto va a ser siempre así? —dice, sin más.

La pregunta sin rodeos carga el ambiente, y Marin tensa la espalda.

—¿Así? ¿Cómo?

—No lo... No lo veo nunca.

—Si te refieres a Johannes, puedo asegurarte que existe.

—¿Dónde trabaja, exactamente?

Nella dirige la conversación a preguntas que requieran una respuesta más concreta, pero ésa tiene un efecto aún más extraño que la primera: el semblante de Marin se convierte en una máscara.

—En distintos lugares —contesta, con voz tensa y controlada—. La Bolsa, el muelle, las oficinas de la VOC en la Oude Hoogstraat.

—¿Y qué hace exactamente en esos lugares?

—Si yo lo supiera, Petronella...

—Sí que lo sabes. Sé que lo sabes...

—Convierte el barro en oro. El agua en florines. Vende las existencias de los demás al mejor precio. Llena sus barcos y los hace zarpar. Se considera el preferido de todo el mundo. Eso es todo lo que sé. Pásame el brasero, tengo los pies como icebergs.

Nella se dice que debe de ser la sucesión de frases más larga que le ha dirigido desde que se conocen.

—Siempre puedes encender el fuego —replica, y empuja uno de los pequeños braseros, muy caliente, hacia Marin, que lo detiene clavando el pie ante él. Al no obtener respuesta, prosigue—: Me gustaría ver dónde trabaja. No tardaré en hacerle una visita.

Marin cierra el libro de contabilidad con la pluma atrapada dentro y se queda mirando la maltrecha cubierta de cuero.

—No te lo recomiendo.

La muchacha sabe que le conviene dejar de hacer preguntas, porque siempre recibe un no por respuesta, pero es superior a sus fuerzas.

—¿Por qué no?

—Está ocupado.

—Marin...

—Tu madre debió de decirte que las cosas serían así, ¿no? —espeta Marin—. No te has casado con el notario del pueblo.

—Pero Johannes...

—¡Petronella! Es un hombre ocupado. Y tú tenías que casarte con alguien.

—Pero tú no. Tú no te has casado con nadie.

Marin tensa la mandíbula y Nella siente una leve chispa de triunfo.

—No —responde Marin—. Pero siempre he tenido todo lo que quería.

~

A la mañana siguiente, Marin escoge un proverbio y una historia aleccionadora de Job, y concluye con las aguas transparentes de Lucas:

Mas ay de vosotros, ricos, porque ya tenéis vuestro consuelo.

Ay de vosotros, los saciados, porque tendréis hambre.

Ay de vosotros, los que ahora reís, porque tendréis aflicción y llanto.

Lee con rapidez, sin música, como si le diera vergüenza oír el eco de su voz contra las infinitas losas blancas y negras, y sus manos se aferran al atril como si fuera una balsa. Nella levanta los ojos durante el sermón de su cuñada, intrigada por saber por qué sigue allí, soltera, sin una alianza en el dedo anular. Quizá no ha habido ningún hombre con estómago suficiente para soportar el vapuleo. Nella saborea el placer de un pensamiento malicioso.

«¿Ésta es mi nueva familia?», se pregunta. Parece imposible que ninguna de esas personas se haya reído jamás, con la excepción de algún amago ahogado en una manga. Las tareas de Cornelia se le antojan interminables. Cuando no está abajo cociendo un esturión, se dedica a sacar brillo a los muebles de roble y palisandro, a sacudir las sábanas o a limpiar una ventana tras otra. Todo el mundo sabe que el trabajo es virtud, que mantiene a los buenos holandeses a salvo de las garras del peligroso lujo ocioso, pero, a pesar de todo, en ella hay algo que no parece del todo puro.

Otto pone gesto pensativo mientras escucha. Al encontrarse con la mirada de Nella aparta la suya precipitadamente. El contacto humano en un momento de reflexión espiritual como ése parece, en efecto, casi pecaminoso. Johannes decide apretar las manos para formar un puño de oración, con los ojos clavados en la puerta.

Nella regresa a su cuarto y trata de escribir una carta a su madre para contarle sus apuros, pero las palabras que escoge no revelan sus mejores cualidades, se niegan a corresponder a sus sentimientos. No logra describir su desconcierto, sus diálogos con Marin, a un marido que habla todas las lenguas menos la del amor, ni a los criados, cuyos mundos están ocultos, cuya risa también es otro lenguaje. Acaba garabateando algunos nombres («Johannes», «Otto», «Toot») y dibujando a Marin con una cabeza gigantesca, así que hace una bola con el papel y lo lanza hacia el fuego, aunque cae a poca distancia.

Una hora después suben por la escalera principal voces de hombre, unos ladridos y la risa de Johannes. Nella mira por la ventana que da al río y ve a tres robustos obreros con sogas echadas al hombro. Salen de casa hacia el canal y van arremangados.

Cuando abre la puerta de su cuarto, Marin ya está en el vestíbulo.

—Johannes —la oye decir entre dientes—, ¿se puede saber qué has hecho?

La muchacha avanza en silencio por el descansillo y se le escapa un grito ahogado al ver lo que han dejado los tres hombres en el piso de abajo.

Sobre el mármol hay un aparador, una estructura imponente que mide casi una vez y media lo que su marido, que se encuentra a su lado: es un armario gigantesco que descansa sobre ocho recias patas curvadas, con la parte delantera cubierta por dos cortinas de terciopelo de color mostaza. Johannes, que ha apartado el atril de la Biblia para hacer sitio, apoya una mano en el armazón y contempla la madera reluciente con una sonrisa infatigable. Parece reanimado; Nella nunca lo había visto tan atractivo.

Marin se aproxima al aparador con precaución, como si pudiera caérsele encima o estuviera a punto de cobrar vida. *Rezeki* se aparta con un fuerte gruñido.

—¿Es una broma, hermano? ¿Cuánto ha costado esto?

—Por una vez, Marin, mejor no hablar de dinero. Me dijiste que buscara una distracción...

—No una monstruosidad. ¿Esas cortinas están teñidas con azafrán?

—¿Una distracción? —repite Nella desde la escalera.

Marin da media vuelta para mirarla, horrorizada.

—Es para ti. Un regalo de bodas —anuncia Johannes, y cuando da una palmada en el lateral del aparador parece que las cortinas se retuercen.

—¿Y qué es, esposo?

—Es de roble y olmo. El olmo es resistente —afirma él, como si ésa fuera la explicación que esperaba su mujer. Y volviéndose hacia su hermana añade—: Se utiliza para los féretros.

—¿De dónde lo has sacado, Johannes? —pregunta ésta, apretando los labios.

—En el puerto había un hombre que decía que le quedaban unos aparadores del taller de un carpintero fallecido —contesta él, encogiéndose de hombros—. Lo he refinado con un revestimiento de carey e incrustaciones de peltre.

—Pero ¿por qué lo has hecho? Petronella no necesita una cosa así.

—Es para educarla.

—¡¿Qué?! —exclama Nella.

Johannes busca a *Rezeki* con la mano, pero la perra elude a su amo.

—Calla, preciosa. Calla.

—No le gusta —dice Cornelia, que ha bajado tras los pasos de su nueva señora.

Nella se queda pensando si se refiere a ella o a la perra. «A las dos, por lo visto», deduce, al ver que a *Rezeki* se le eriza el pelo. La criada sostiene la escoba ante sí como una vara, como si esperase un ataque.

—¿«Educarla»? —se mofa Marin—. Como si a Petronella le hiciera falta educación.

—Yo diría que sí, y mucha —replica Johannes.

«No es cierto —piensa la muchacha—. Tengo dieciocho años, no ocho.»

—Pero ¿qué es, esposo? —insiste, tratando de disimular su consternación.

Por fin, Johannes agarra las cortinas y, con un ademán exagerado, las abre. Las mujeres se quedan sin habla. Ante ellas ha aparecido el interior del aparador, dividido en nueve cubículos, algunos forrados de papel estampado con relieves de oro y otros de un revestimiento de madera.

—¿Es... es esta casa? —dice Nella.

—Es tu casa —la corrige Johannes, satisfecho.

—Mucho más fácil de limpiar, eso seguro —apunta Cornelia, y alarga el cuello para ver las habitaciones de la última planta.

La fidelidad del aparador es sobrecogedora, como si la casa en la que viven se hubiera encogido y un bisturí la hubiera cortado en dos para dejar sus órganos al descubierto. Las nueve habitaciones, desde la cocina de trabajo hasta el salón, pasando por el desván en el que se almacenan la turba y la leña lejos de la humedad, son réplicas perfectas.

—También hay un sótano oculto —dice Johannes.

Les muestra un espacio vacío disimulado debajo del suelo, entre la cocina de trabajo y la buena. En esta última el techo está pintado con un trampantojo idéntico al original. Nella recuerda la conversación con Otto, cuando le dijo que las cosas siempre se desbordan, señalando aquella cúpula irreal.

Rezeki gruñe y rodea el aparador.

—¿Cuánto ha costado esto, Johannes? —pregunta Marin.

—El armazón, dos mil —contesta él, sosegadamente—. Con las cortinas quedó en tres mil.

—¿Tres mil florines? ¿Tres mil? Bien invertidos, darían para que viviera una familia durante varios años.

—Marin, tú jamás has vivido con dos mil florines al año, por mucho que no comas más que arenques. Y, teniendo el contrato de los Meermans, ¿por qué hay que preocuparse?

—Bueno, si estuvieras haciendo algo no me preocuparía...

—Por una vez en la vida, cállate.

Marin se aparta a regañadientes de la estructura de madera. En ese momento llega Otto de la cocina y contempla la novedad con interés. Johannes parece ligeramente desalentado, como si tuviera la impresión de que su gesto empieza a resultar contraproducente.

El revestimiento de carey evoca en Nella los otoños de Assendelft, los naranjas y los marrones atrapados en pleno movimiento, y Carel que la toma de las manos y la hace dar vueltas bajo los árboles del jardín. En efecto, hay incrustaciones de peltre como finas venas de metal que recorren toda la superficie, incluso las patas. La madera y el carey provocan una extraña sensación. Incluso el contacto con las cortinas de terciopelo transmite cierta impresión de poder.

Nella sabe de niños de Assendelft más ricos que ella a los que regalaron casas de muñecas, pero ninguna era tan espléndida. Antes de que su padre se bebiera todo el dinero de la familia quizá existiera la posibilidad de que ella también recibiera una, más pequeña que ésta, como instrumento de práctica para aprender a encargarse de la despensa, de las mantelerías, de los criados y del mobiliario. Ahora que está casada le gustaría creer que no le hace falta.

Se da cuenta de que su marido la observa.

—El suelo del vestíbulo es idéntico —comenta.

Señala bajo sus pies las losas blancas y negras y luego posa el dedo con delicadeza en los cuadrados en miniatura que las reproducen.

—Mármol italiano —informa Johannes.

—No me gusta —tercia Marin—. Y a *Rezeki* tampoco.

—Bueno, nadie ha dicho que las perras tengan buen gusto —replica su hermano.

Marin se ruboriza y se dirige con paso airado a la puerta de la calle, que cierra de golpe al salir.

—¿Adónde va? —pregunta Cornelia, que parece alarmada, y Otto y ella siguen con los ojos a su señora por la ventana.

—Creía que sería una buena sorpresa —dice Johannes, volviendo a mirar el aparador.

—Pero, esposo, ¿qué debo hacer con él? —pregunta Nella.

—No estoy seguro —confiesa Johannes, algo perplejo, y acaricia las cortinas de terciopelo entre el índice y el pulgar antes de cerrarlas—. Ya se te ocurrirá algo.

Desaparece en su despacho con el chasquido de un cerrojo. Otto y Cornelia se marchan a toda prisa al piso inferior, en dirección a la cocina de trabajo. Nella, a solas con *Rezeki*, que gimotea por las paredes del vestíbulo, piensa en su regalo. Está descorazonada. «Soy demasiado mayor para estas cosas —se dice—. ¿Quién contemplará esta obra?, ¿quién se sentará en estas sillas?, ¿quién se comerá estos alimentos de cera?» No tiene amigos ni familia en Ámsterdam que puedan visitarla y prorrumpir en exclamaciones de admiración: es un monumento a su impotencia, a su refrenada condición de mujer adulta. «Es tu casa», le ha dicho su marido, pero ¿quién puede vivir en esas habitacioncillas, en esos nueve cuartos ciegos? ¿Qué clase de hombre compra un regalo así, por muy majestuosa que sea la envoltura, por muy bien hecho que esté?

—No hace falta que nadie me eduque —dice en voz alta. *Rezeki* aúlla y Nella la tranquiliza—: No tengas miedo. Sólo es un juguete.

«Tal vez pueda hacerse un sombrero con las cortinas», se dice mientras las separa.

Al contemplar el interior empieza a sentirse inquieta. El caparazón hueco de madera de olmo y carey parece observarla como si las habitaciones fueran ojos. Le llega una conversación airada desde la cocina de trabajo: sobre todo habla Cornelia, y Otto contesta sin levantar tanto la voz. Nella pone una mano indecisa sobre la madera. En contraste con el terciopelo, resulta refrescante. Está dura como una piedra pulida.

«Ahora que Marin ha salido y esos dos están abajo, en la cocina de trabajo, podría ir a buscar a *Peebo* y soltarlo un rato —piensa—. Johannes ni se enteraría, y me sentaría bien ver volar a mi pajarito.» Sin embargo, al dejar a su espalda el aparador ve la escalera y su imaginación se posa de nuevo en el lejano agujero de la cerradura de Marin, arriba, al final del pasillo. «Olvídate de esta casita de muñecas insultante —se dice, para animarse, y cierra las cortinas de color mostaza—. Puedes ir a donde te plazca.»

Con el corazón acelerado, abandona el regalo de Johannes sobre el mármol y, sin pensar más en el periquito, se dirige al cuarto de su cuñada. Sin embargo, en la escalera la audacia del vestíbulo empieza ya a flaquear. «¿Y si me descubren? —se pregunta, con la imaginación desbordada mientras corre por el pasillo tan deprisa como se lo permite la falda—. ¿Qué me pasará?»

No obstante, abre la pesada puerta de entrada al santuario de Marin y se queda boquiabierta ante el extraordinario espectáculo de su interior, que disipa toda reserva.

Invasiones

Todavía en el umbral, Nella sigue sin dar crédito. Por tamaño, la habitación parece una celda de monja, pero con su contenido se podría llenar todo un convento. ¿Es posible que Marin haya cedido de buen grado la amplitud de su antiguo cuarto para instalarse en esa celda inundada de fantasía?

Del techo cuelga una muda de piel de serpiente enorme adornada como un banderín y con un tacto parecido al papel. Plumas de todas las formas y colores, pertenecientes en su día a las aves más exóticas, rozan sus dedos extendidos. Instintivamente busca una verde y comprueba con alivio que ninguna se parece a las de *Peebo*. Hay una mariposa, más ancha que la palma de su mano, clavada con alfileres en la pared; volutas de negro recorren el azul celeste de sus alas. La habitación rebosa olores. El más intenso es el de nuez moscada, pero también reconoce el de sándalo, y hasta las paredes están impregnadas de olor a clavo y pimienta: son aromas de calor y de advertencia.

Nella se adentra en ese espacio. En los sencillos anaqueles de madera hay una miscelánea de cráneos amarillentos pertenecientes a animales que ni se atreve a adivinar: largas mandíbulas, morros chatos, dentaduras fuertes y afiladas. Unos caparazones de escarabajo, resplandecientes como granos de café e irisados por la luz, lucen su color negro con tintes rojos. Un caparazón de tortuga del revés se mece ligeramente cuando lo toca. Por todas partes hay plantas secas, bayas, vainas y hasta semillas desperdigadas, de las que proceden esos efluvios embriagadores. Esa habitación no es de Ámsterdam, por mucho que refleje el instinto de acaparamiento de sus habitantes. Más bien parece un inventario del alcance de la república entre cuatro pequeñas paredes.

Hay un mapa del continente africano, gigantesco, tan desconocido. En mitad de la costa occidental ve un lugar marcado con un círculo: Porto Novo. Encima hay varias preguntas escritas con la letra firme de Marin: «¿Tiempo?», «¿Comida?», «¿Dios?». Ve también un mapa de las Indias, con muchos más círculos y flechas que indican de dónde proceden la flora y la fauna del cuarto. «Molucas, 1676», «Batavia, 1679», «Java, 1682»: viajes que sin duda Marin nunca ha emprendido en persona.

Encima de la mesa situada junto a la ventana reposa un cuaderno abierto que parece contener un catálogo pormenorizado de todos los objetos. Nella reconoce la escritura de Marin, mucho más fluida que sus palabras cuando habla, por su parecido con el sobre que recibió su madre unos meses antes. Vuelve a sentir la tensión de quien invade una propiedad ajena: anhela quedarse y descubrir más cosas, pero la atemoriza la trampa que ella misma se ha tendido. «Tengo yo tanto de señora de esta casa como la pequeña Arabella de la de Assendelft», se dice.

En el mismo anaquel, más allá, hay una lámpara de aspecto curioso, con las alas de un pájaro y la cabeza y el pecho de una mujer. Nella acerca la mano para tocar el metal, frío y grueso. Al lado encuentra un montón de libros cuyas páginas desprenden un olor terroso en el que se mezclan la humedad y la piel de cerdo. Levanta el primero y la curiosidad por descubrir las aficiones literarias de su nueva cuñada hace que se olvide del peligro de que alguien suba por la escalera.

Se trata de un diario de viajes titulado *La desventurada travesía del Batavia*. En las Provincias Unidas casi todo el mundo conoce la desgraciada historia del amotinamiento de Corneliszoon y la esclavitud de Lucretia Jans, a la que después se implicó en el asesinato de los supervivientes. Nella no es la excepción, pero su madre reprobaba los detalles más obscenos del relato.

—Por esa Jans las señoras ya no viajan tanto, cosa que tampoco está mal —aseguró un día el padre de Nella—. Las mujeres a bordo traen mala suerte.

—Traen simplemente la suerte que les dan los hombres —replicó su esposa.

Nella cierra el libro, lo coloca en su sitio y pasa los dedos con delicadeza por la irregular columna de lomos. Hay muchísimos, pero, aunque le gustaría leer todos los títulos, sabe que no le conviene entretenerse. «Marin debe de dejarse sus buenos florines en esta afición», presume, rozando el papel, grueso y de buena calidad.

Debajo de *La desventurada travesía* hay una obra de Heinsius, que está desterrado por homicidio, como todo el mundo sabe. Poseer un libro suyo es casi un delito, y Nella se asombra al ver ése entre los de Marin. Tiene también una edición en folio del *Almanaque* de Saeghman; *Enfermedades infantiles*, de Stephanus Blankaart, y *Memorable descripción de la travesía del Nieuw Hoorn*, de Bontekoe. Nella los hojea. La descripción de este último comprende historias de viajes y peligros repletas de magníficos grabados, costillas de navíos naufragados, amaneceres formidables y mares voraces. En una de las imágenes se ve una costa con olas al fondo que acarician una gran embarcación. En primer plano hay dos hombres frente a frente. El primero tiene los brazos y las piernas rayados con finas líneas negras, un anillo en la nariz y una lanza en una mano. El otro va vestido al estilo tradicional holandés. Sin embargo, muestran la misma expresión. Imperturbables, atrapados en las esferas limitadas de sus experiencias respectivas, los separa una brecha mayor que el mar que se ve detrás.

El lomo es flexible, el libro se ha consultado con frecuencia. Cuando Nella se dispone a colocarlo en su lugar, sus páginas dejan escapar un pedazo de papel escrito. Se agacha para recogerlo y al ver lo que dice le da un vuelco el corazón:

Te quiero. Te quiero. Por detrás y por delante, te quiero.

Siente un hormigueo en el velo del paladar. Aturdida, repone el libro, pero no puede soltar esa nota extraordinaria. Hay más palabras, palabras apresuradas y danzarinas que no ha escrito la mano de Marin.

Eres un rayo de sol por la ventana, y al bañarme en él entro en calor.
Una caricia dura mil horas. Cariño mío...

Siente un pinchazo en el brazo: alguien se lo ha agarrado y no lo suelta. Ahí está Marin, pálida, que le da la vuelta como si fuera una muñeca de trapo. El papel cae balanceándose, y Nella lo pisa para taparlo cuando Marin ya la arrastra hacia el pasillo.

—¿Has mirado mis libros? —pregunta en voz baja—. ¿Los has mirado?

—No, no...

—Sí, sí que los has mirado. ¿Los has abierto?

—Por supuesto que no...

Marin la aferra con más fuerza y le tiembla la mano debido a la presión.

—Marin... —logra decir—. Me duele. Me haces daño.

Sigue reteniéndola durante un par de segundos más, pero al final Nella logra soltarse.

—¡Se lo diré a mi marido! —grita—. ¡Le enseñaré lo que has hecho!

—No nos gustan los traidores —contesta Marin entre dientes—. Vete. Ahora mismo.

Nella se aleja tambaleándose y con las prisas por salir de allí se da de bruces contra la piel de serpiente.

—¡Nada de esto es tuyo! —grita su cuñada.

La muchacha da un portazo y el aroma a especias se evapora. Una vez a salvo en la isla de su cama empieza a murmurar algo contra la almohada, con la boca seca y la mente incrédula. «Una caricia dura mil horas.» Esa tinta era el néctar de algún secreto: Marin no se ha casado.

Aunque la caligrafía era apresurada, Nella está convencida de que no era de Marin. «No tendría que haber entrado ahí —piensa—. Es capaz de haberme esperado entre las sombras para pillarme in fraganti.» Se imagina a Marin colgándola con una cuerda de una de las vigas del techo: se le caerían los zuecos al sacudir los pies entre las plumas, y la luz poética del sol calentaría su cuerpo helado al colarse por una ventana.

La idea que tenía de su cuñada empieza a variar. Marin deja caer su monótona vestimenta negra y resurge como un ave fénix, envuelta en su aroma a nuez moscada. Nada de azucenas, nada de sutilezas florales para ella. Cubierta por los símbolos de la ciudad, es digna hija de su poder: estudiosa secreta de mapas, anotadora de especímenes... y también de algo más que no resulta tan fácil de catalogar. Nella se imagina el olor a especias en la piel de Marin y la oye, al otro lado del mantel de damasco, indicar a su hermano exactamente cómo hay que comerciar. ¿Quién es esa mujer? «Por detrás y por delante, te quiero.»

Al día siguiente, muy poco antes del amanecer, baja de puntillas a la cocina buena. El silencio envuelve la casa, incluso Otto y Cornelia duermen todavía. Resuelta, sin vacilar, Nella recoge la jaula de *Peebo* y se la lleva a su cuarto, convencida de que a partir de ahora será mejor que no le quite el ojo de encima al periquito.

«La Lista de Smit»

Por encima de la cabeza de Nella, *Peebo* pía y aletea feliz, dando vueltas al dormitorio, y le brillan los ojitos negros.

—Puede que Marin te decapite —le dice su ama para sopesar la verosimilitud de la amenaza, mientras se ajusta el chal al cuerpo para defenderse del frío matinal.

A la luz del día le parece ridículo, pero recuerda que las normas de la casa están escritas en el agua. «O me hundo o salgo a flote», piensa. El moratón del pellizco de ayer parece una pequeña salpicadura de vino y le duele si se lo aprieta. Desde luego, es asombroso. ¿Acaso Johannes no ve a Marin? No ha hecho nada para domeñarla, a pesar de su evidente antipatía por la mujer con la que acaba de casarse.

Alguien llama con brío a la puerta y se le hace un nudo en el estómago.

—Adelante —contesta, molesta al comprobar el temor que revela su voz.

Marin, pálida, titubea en el umbral. Nella se levanta y deja caer el chal para que quede al descubierto la marca oscurecida. Su cuñada se pone rígida y prefiere mirar al periquito, que se ha posado al pie de la cama. Lleva un libro aplastado contra el pecho y sus finos dedos lo sujetan con intensidad.

—Voy a tenerlo en mi cuarto —informa Nella.

—Ten. —Es todo lo que responde Marin, con voz ronca, mientras alarga la mano y le ofrece el libro.

—¿Qué es?

—«La Lista de Smit.» El registro de todos los artesanos y los comercios de esta ciudad.

—¿Y para qué me hace falta «La Lista de Smit»? —pregunta la joven, arrebatándosela.

—Para decorar tu casa.

—¿Cuál de ellas, Marin?

—Si dejas vacío ese aparador, convertirás el regalo de Johannes en un derroche pecaminoso. Estás obligada a hacer algo con él.

—Yo no estoy obligada a nada...

—Ten. Pagarés con el sello y la firma de mi hermano —prosigue Marin. Saca un fajo del libro y sus dedos nerviosos lo retuercen—. Cualquier vendedor al que le compres algo puede llevarlos a la Stadhuis y canjearlos. Sólo tienes que escribir la cantidad y refrendarlos. —Le tiende los documentos como si con ello alejara de sí al demonio—. No más de mil florines por pagaré.

—¿A qué viene esto, Marin? Creía que según la Biblia no había que hacer alarde de riquezas.

A pesar de sus palabras, Nella está entusiasmada por recibir el dinero. No podría quedar más lejos aquel día aciago en que murió su padre y Arabella no encontró en el tarro de las monedas más que un botón y una araña boca arriba. Se da cuenta de que Marin jamás comprendería su alivio.

—Cógelos, Petronella.

La agresividad vuelve a extenderse entre ellas, como una mancha que ya les resulta familiar. Cuando Nella retira los pagarés de la mano de Marin, como era de esperar, se da cuenta de lo abatida que está su cuñada. «Si esto es un juego, hemos perdido las dos», reflexiona, pero al pasar los dedos por los pedazos de papel percibe su poder invisible.

—¿Y qué dirá de esto mi marido?

El agotamiento se refleja en el rostro de Marin, que contesta:

—No te preocupes. Mi hermano conoce los peligros de la ociosidad.

Una vez a solas, Nella trata de no pensar ni en Marin ni en su nota de amor. Lleva «La Lista de Smit» a la mesa escritorio y la abre. El libro está organizado claramente por gremios en orden alfabético. Astrónomos, boticarios, cerrajeros, chocolateros, libretistas y veleros son apenas algunos de los oficios que pagan un tanto a Marcus Smit para que los incluya. Cada uno escribe su propio anuncio, sin restricciones de contenido.

Por la ventana ve el canal lleno de vida. Los barqueros comentan la llegada del frescor invernal, un vendedor de pan pregona su mercancía en un rincón apartado y dos niños chillan y juegan con un aro y un palo. En cambio, dentro de la casa el silencio es casi absoluto: en su cuarto únicamente se oye el leve tictac del péndulo dorado. Sigue hojeando el libro y al llegar a la «M» un anuncio le llama la atención:

MINIATURISTA
Signo del sol, Kalverstraat
Natural de Bergen
Aprendizaje junto a Lucas Windelbreke,
gran relojero de Brujas
TODO Y, SIN EMBARGO, NADA

No aparece nadie más en la categoría de miniaturistas, y a Nella le gusta su concisión, su peculiaridad. No tiene ni idea de dónde está Bergen, ni de a qué se dedica un miniaturista, ni se imaginaba que pudiera considerarse grande a un relojero. Desde luego, el miniaturista no es de Ámsterdam, eso está claro. Por consiguiente, no puede ser miembro de uno de los gremios de la ciudad, y aceptar un trabajo por el que podría ganar dinero un ciudadano registrado es ilegal. Se lo enseñó su padre, que era de Leiden y aseguraba que las draconianas leyes gremiales tenían más culpa de su declive que las jarras de cerveza. Y, por otro lado, tampoco parece posible que exista un gremio de miniaturistas. Le extraña incluso que el anuncio haya llegado a aparecer en «La Lista de Smit».

Liberada de la presencia de su cuñada, Nella siente que su rebeldía cobra cuerpo. Ni siquiera se ha disculpado por pellizcarla como si fuera una niña traviesa. Marin con sus mapas y su autoritarismo, Johannes con su puerta siempre cerrada, y Cornelia y Otto... con el santuario que comparten, con su lenguaje mudo del corte, de la limpieza, del paso del mocho y del resplandor del cuchillo.

Nella se pone en pie de un brinco, desesperada por deshacerse de sus pensamientos, de lo que Marin ha llamado «los peligros de la ociosidad». El aparador la trae sin cuidado, es una ofensa a su madurez, y, sin embargo, abre en abanico los pagarés y se da cuenta de que nunca había visto tanto dinero junto, aunque de momento sea sólo una promesa. Mientras *Peebo* pasa por delante de los caros cuadros de Johannes, Nella se sienta ante el escritorio, levanta la pluma y da rienda suelta a su furia con garabatos explosivos:

Apreciado señor:

He visto su anuncio en «La Lista de Smit» y deseo solicitar su ayuda.

Tengo una casa de nueve habitaciones, en miniatura, que se exhibe en un aparador. Me atrevo a enviarle estas tres peticiones y quedo a la espera de su respuesta. He llegado a la conclusión de que está especializado en el arte de los objetos pequeños. Esta lista no es en absoluto exhaustiva. Puedo pagar generosamente.

Artículo: un laúd, con sus cuerdas.

Artículo: una copa de esponsales, llena de confeti.
Artículo: una caja de mazapanes.
Vaya de antemano mi gratitud.

Petronella Brandt,
signo del delfín, Herengracht

Su nuevo apellido se le antoja truncado, muy brusco en comparación con el que ha llevado durante dieciocho años. Todavía se siente incómoda al escribirlo, como quien se pone un vestido que le pertenece pero no se adapta a sus hechuras. Lo tacha y escribe en su lugar: «Gracias, Nella Oortman.» Se dice: «Se dará cuenta y es posible que se ría.» Guarda la carta en el bolsillo junto con un pagaré por trescientos florines y baja a la cocina de trabajo para ver si, aunque se haya hecho tarde, puede desayunar algo en la encimera de Cornelia, plagada de cicatrices. Un panecillo, una tajada de carne, cualquier cosa menos arenque.

Por lo que parece, Cornelia está rellenando un ganso con una zanahoria sin escatimar un ápice de violencia en la inserción. A su espalda, Otto se dedica a agujerear nueces con alfileres que antes ha afilado. Nella no entiende por qué hace una cosa así, pero no se lo pregunta, dando por hecho que le respondería con una de sus evasivas habituales. En el fuego borbotea una salsa. Cualquiera diría que Cornelia y Otto son un matrimonio que prepara el almuerzo en su casita de pueblo. Nella vuelve a percibir su intimidad, su comodidad, y se siente desgraciada. Aferra la carta que lleva en el bolsillo, tratando de sacar fuerzas de su insurrección ante el intento de Johannes y Marin de someter a la recién llegada. «Sí, pienso decorar mi casa, Marin —decide—, con todo lo que detestas.»

—¿Le duele, señora? —pregunta Cornelia, con las peladuras de zanahoria colgadas de la mano como turbias serpentinas anaranjadas.

Nella se arropa con el chal.

—¿A qué te refieres?

—A lo del brazo.

—¿Me has espiado?

Otto la mira fijamente, pero la criada se limita a soltar una carcajada.

—Es como un cangrejo que sale del caparazón para clavar sus pinzas, señora —asegura él—. Nosotros no le hacemos caso y usted tampoco debería.

Cornelia deja las peladuras en la encimera.

—Se ha llevado su pájaro —observa, casi con admiración—. Voy a decirle algo. La señora Marin sólo viste de negro, pero lo de debajo es otra historia.

—¿Qué quieres decir?

—Cornelia —dice Otto a modo de advertencia.

—El forro. —La criada parece decidida a contárselo—. Marta cibelina y terciopelo en todos los vestidos. Mi señora, que nos cita a Ezequiel, «Pondré fin a la soberbia de los poderosos», va por ahí con pieles clandestinas.

—¿De verdad?

Nella se ríe, abrumada por el obsequio. Alentada, se quita el chal con un gesto seco para mostrar el moratón. Cornelia silba.

—Eso se va a poner bonito —pronostica, mirando a Otto—. Pero pasará. Como todo.

Nella, que esperaba una reacción más maternal, se siente torpe.

—¿Anoche volviste a acostarte tarde? —pregunta.

—¿Por qué, señora? —Cornelia echa las pieles de zanahoria al fuego y va por el mocho.

A cada pregunta que hace, Nella se da cuenta de que el ambiente cordial se desvanece un poco más.

—Estoy segura de haber oído voces.

La criada se concentra en el balde de agua sucia.

—Nosotros estamos demasiado cansados para oír voces —dice Otto.

Dhana surge de las sombras al trote y acaricia con el hocico la mano de Nella. Se echa boca arriba y le brinda el vientre, en el que se ve una manchita negra. Cornelia se sorprende ante tal despliegue de afecto.

—Eso no lo hace con todo el mundo —afirma, con una pizca de admiración. Nella se dirige hacia la escalera y la criada le dice—: Tenga, señora.

Le tiende la mano para ofrecer un panecillo caliente untado con mantequilla, que la recién casada acepta. «En esta casa, las ofrendas de paz cobran formas muy extrañas», piensa.

—¿Adónde va, señora? —pregunta entonces Otto.

—Salgo. Está permitido, ¿no? Voy a la Kalverstraat.

Al oírla, Cornelia mete el mocho en el balde. El agua choca contra los costados y su superficie se convierte en un espejo roto.

—¿Sabe dónde está, señora? —dice Otto, amable.

—La encontraré —contesta Nella. Nota que le caen gotas de mantequilla por la muñeca—. Suelo orientarme bien.

Otto y Cornelia intercambian otra mirada, esta vez más larga. Nella capta el movimiento lateral casi imperceptible de la cabeza del criado.

—La acompaño, señora —propone Cornelia—. Así me da el aire.

—Pero...

—Será mejor que se ponga un abrigo —recomienda Otto—. Hace mucho frío.

Cornelia coge su chal y le indica el camino a la señora.

En la Kalverstraat

—Santo cielo —musita Cornelia—. Otto tenía razón. Este invierno va a ser malísimo. ¿Por qué quiere ir a la Kalverstraat?

—Para dejar un recado a alguien —contesta Nella, molesta por la facilidad con que la interroga la criada.

—¿A alguien? ¿A quién?

—A nadie. Un artesano.

—Comprendo. —Cornelia tirita—. Habrá que comprar la carne pronto, para que dure como mínimo hasta marzo. Qué raro que no nos haya enviado nada.

—¿Quién no nos ha enviado nada?

—Da igual. —La criada mira al canal y agarra del brazo a Nella—. Nadie.

Las dos muchachas caminan muy juntas y avanzan a buen paso por el Herengracht hacia el centro de la ciudad. El frío aún no es insoportable del todo, pero ya falta poco para que lo sea. Nella lo presiente. Al notar el brazo de Cornelia entrelazado con el suyo reflexiona sobre lo insólito de ese contacto. En Assendelft los criados nunca se comportaban con tanta familiaridad. En la mayor parte de los casos, se habrían negado con vehemencia a hacerlo.

—¿Por qué no ha venido Otto? —pregunta, y cuando Cornelia no responde decide insistir—: Lo he visto. No ha querido.

—Se queda donde resulta más sencillo.

—¿«Más sencillo»? —Nella se ríe, y la criada frunce el ceño.

La señora tiene la esperanza de que no vuelva a darle la callada por respuesta, pero cuando se trata de Otto no le importa hablar.

—Toot dice que su suerte es una espada de doble filo. Está aquí... y en realidad no está.

—No lo entiendo.

—Lo metieron en un barco negrero, señora, que iba de Porto Novo, en Dahomey, a Surinam. Sus padres habían muerto. El señor había ido a visitar la Compañía de las Indias Occidentales para venderles cobre para sus refinerías de caña de azúcar.

—¿Qué sucedió?

—El señor vio el estado en el que se encontraba Toot y se lo trajo a Ámsterdam.

—Johannes lo compró.

Cornelia se muerde el labio.

—A veces, los florines funcionan más deprisa que una oración.

—Que no te oiga Marin.

Cornelia hace caso omiso del comentario; al parecer, ha pasado el momento de los chismorreos sobre Marin y sus pinzas de cangrejo.

—Otto tenía dieciséis años cuando llegó y yo, doce. Y también era nueva en la casa.

Nella trata de imaginárselos en el umbral, como ella unos días antes. ¿También entonces estaría Marin acechando en las sombras del vestíbulo? ¿Qué mundo había dejado atrás Otto? Le gustaría preguntárselo, pero no sabe si querría contarlo. Nella ha oído hablar de las palmeras, pero no es capaz de imaginar el calor de Porto Novo, el mundo de Surinam. ¿Cómo debió de ser cambiar todo aquello por paredes de ladrillo y canales, además de un idioma desconocido?

—Ahora es todo un señor holandés, aunque hay quien no está de acuerdo —asegura Cornelia, y Nella detecta algo nuevo en su voz—. Cuando llegó se pasó un mes sin hablar. Sólo escuchaba, escuchaba a todas horas. Esa piel como los granos de café. —Y con cierta malicia añade—: Usted lo mira, me he fijado.

—No es verdad.

—Lo mira todo el mundo. Muy poca gente ha visto a un hombre como él. Cuando aún venían de visita, las señoras le colocaban pájaros cantores en el pelo como si fuera un nido. No le hacía ninguna gracia. —Cornelia se detiene un instante—. No me extraña que la señora Marin no soporte a su periquito.

Siguen adelante por calles paralelas a los canales, sumidas en un silencio peculiar. En los laterales de las lentas aguas marrones que las separan se forma una fina capa de hielo. Nella trata de invocar la imagen del jovencito negro con la cabeza llena de cantos de pájaros mientras los dedos de las señoras le toquetean el pelo. Se avergüenza de que su fascinación por él sea tan evidente. Johannes lo trata como a un hombre cualquiera y lo es, pero esa voz, ese rostro... En Assendelft nadie se lo creería.

—¿Por qué han dejado de venir las señoras? —pregunta.

Sin embargo, esta vez no hay respuesta, ya que Cornelia se ha parado delante de una confitería; el cartel, encima de la puerta, muestra dos pilones de azúcar y el nombre «Arnoud Maakvrede».

—Vamos, señora. Entremos.

Pese a que le gustaría demostrar un ápice de autoridad, Nella huele los pasteles y es incapaz de resistirse.

El calor del interior es una delicia. Al fondo de la tienda, detrás de un arco, Nella distingue a un hombre corpulento de unos cuarenta años, con la tez roja, que suda ante el fogón. Al verlas, pone cara de circunstancias y grita al aire:

—¡Hanna, ha venido tu amiga!

Aparece entonces una mujer algo mayor que Cornelia, con la cofia bien planchada y el vestido blanqueado de harina y azúcar. Se le ilumina el rostro.

—¡Cornalina! —exclama.

—¿«Cornalina»? —repite Nella, y la criada se ruboriza.

—Hola, Hanna.

—¿Dónde te habías metido?

Hanna les hace un gesto para que se acomoden en el rincón más fresco de la tienda. Coloca el cartel de «Cerrado» en la puerta, dejando a su paso un perfume a canela.

—¿Se puede saber qué diantres haces, mujer? —grita su marido.

—Ay, Arnoud. Cinco minutos —reclama Hanna. La pareja se mira a los ojos y él vuelve a concentrarse en la cocina para aporrear unas bandejas siguiendo un ritmo airado. Ella susurra—: Esta mañana, bolados. Y por la tarde, mazapanes. Mejor no cruzarse en su camino.

—Pero tarde o temprano te lo encontrarás y será peor —apunta Cornelia, con gesto de preocupación.

—Bueno, ahora estás tú aquí y quiero verte —responde su amiga, mirándola de reojo.

Nella observa el suelo de madera reluciente, el mostrador bien limpio y los pasteles que engalanan el escaparate, apilados cual regalos irresistibles. No tiene claro por qué Cornelia la ha llevado allí en lugar de ir directamente a la Kalverstraat, pero el olor de los dulces es delicioso. ¿Quién es Cornalina, esa muchacha más amable y más jovial que ha hecho aparecer la mujer de un confitero? El bautismo verbal ha sido extraño y repentino, y ha trastornado la esencia de Cornelia. Recuerda lo que le dijo aquella primera mañana, cuando le contó que llamaba *Toot* a Otto: «A él los motes le parecen una tontería, pero a mí me gustan.»

El papel que utilizan para envolver los pasteles parece caro y hay hojas de colores variados: escarlata, añil, verde hierba, blanco nube. Cornelia mira de modo significativo a Hanna y agacha la barbilla en un gesto que la otra parece comprender.

—Eche un vistazo, señora, haga el favor —propone Hanna a Nella.

La joven obedece y vaga por la confitería fijándose en los gofres, las galletas con especias, los siropes de canela y chocolate, los pasteles de naranja y limón y los bollitos de frutas. Observa también a Arnoud, que al otro lado del arco sigue golpeando las tercas bandejas de bolados enfriados, mientras trata de escuchar la conversación de Hanna y Cornelia, que hablan en voz baja.

—Frans y Agnes Meermans se han empeñado en que lo distribuya el señor —dice Cornelia—. Saben lo lejos que llegan sus negocios en el extranjero. Y la señora Marin lo fomenta, por mucho que deteste el azúcar y por mucho que sea precisamente de ellos.

—Podrían ganar mucho dinero.

Cornelia arruga la nariz.

—Sí, podrían, pero creo que hay otros motivos.

Hanna deja pasar el comentario; le interesa más la vertiente comercial del asunto.

—¿Y por qué no lo vende aquí? Como no hay gremio que controle a esos bribones, gran parte del azúcar de Ámsterdam se rebaja en refinerías de tres al cuarto con harina, yeso y vete a saber qué más. En el Nes y en la calle de los bollos hay reposteros y panaderos a los que les vendría bien un producto de más calidad.

Arnoud suelta una maldición cuando por fin consigue despegar algunos bolados.

—Pruebe algo —ofrece Hanna de buen humor.

Se acerca al mostrador y regresa con un paquetito arrugado. Nella, abrumada por la lástima con que parece mirarla, desenvuelve el obsequio y descubre una bola de masa frita cubierta de azúcar y canela.

—Gracias —dice, y vuelve a dirigir la vista hacia Arnoud, que está encendiendo el horno, para simular que concentra toda su atención en el rollizo confitero.

—Hanna, creo que ha vuelto a las andadas —musita Cornelia aún más bajo.

—La otra vez ni siquiera estabas segura.

—Ya lo sé, pero...

—No puedes hacer nada, Cornalina. La cabeza gacha: es lo que nos enseñaron.

—Hanna, ojalá...

—Calla y ten esto. Ya casi no queda.

Nella se da la vuelta a tiempo de ver que un paquete cambia de manos y desaparece velozmente dentro de la falda de Cornelia.

—Debo irme —anuncia la criada, y se levanta—. Tenemos una visita pendiente en la Kalverstraat —agrega, sopesando la última palabra con un gesto sombrío.

—Bueno, dale una patada a la puerta de mi parte —contesta Hanna, apretándole con fuerza la mano—. Han pasado los cinco minutos. Tengo que ir a echarle una mano a Arnoud. A juzgar por cómo aporrea las bandejas, cualquiera diría que está forjando una armadura.

Una vez fuera, Cornelia aprieta el paso.

—¿Quién es Hanna? —pregunta Nella—. ¿Por qué te llama «Cornalina»? ¿Y por qué vamos a darle una patada a una puerta?

Pero Cornelia se muestra apesadumbrada y taciturna; la charla con Hanna ha suscitado una melancolía inesperada.

La Kalverstraat es una calle larga y concurrida, apartada del canal, donde muchos comerciantes ofrecen sus mercancías. Ya no se venden becerros y vacas, pero el estiércol de los caballos le confiere un ambiente acre y denso entre los talleres de tinte y estampado, las mercerías y las boticas.

—¿Qué te pasa, Cornelia? —pregunta Nella.

—Nada, señora —es la respuesta tardía y huraña.

En ese momento, Nella ve el signo del sol. Es un pequeño astro rey tallado en una placa de piedra incrustada en la pared de ladrillo. Con su reciente pintura dorada parece un cuerpo celestial bajado a la tierra, un orbe refulgente del que surgen luminosos rayos pétreos. A Nella le gustaría tocarlo, pero está muy alto. Justo debajo hay un lema grabado: «El hombre toma por un juguete todo lo que ve.»

—Por eso jamás deja de ser un niño —apostilla Cornelia, pensativa—. Llevaba años sin oír ese dicho.

Mira a un lado y otro de la calle como si buscara algo. Nella llama a la puerta, pequeña y sencilla, casi inadvertida entre el ruido y el bullicio, y aguarda la aparición del miniaturista.

No hay respuesta. Cornelia patea el suelo para entrar en calor.

—Señora, aquí no hay nadie.

—Espera un momento.

Vuelve a llamar. Cuatro ventanas dan a la calle y le parece haber visto una sombra en una de ellas, pero no está segura.

—¿Hay alguien? —grita, pero nadie contesta.

No tiene más remedio que meter la carta y el pagaré por debajo de la puerta y empujarlos con fuerza. En ese momento se da cuenta de que la criada ha desaparecido.

—¿Cornelia? —la llama, oteando la Kalverstraat.

El nombre se le ahoga en la garganta. A pocos pasos de la puerta del miniaturista, una mujer la observa. No, es más que eso: la vigila. Inmóvil entre la muchedumbre que se apiña en la calle, tiene los ojos clavados en el rostro de Nella, que experimenta una sensación desconocida: la mujer la examina con detenimiento y es como si la atravesara un haz de luz que la disecciona, que la impregna de una conciencia repentina de su propio cuerpo. La desconocida, que no sonríe, parece dispuesta a absorber la imagen de Nella y sus ojos castaños semejan casi naranjas bajo la tenue luz del mediodía, mientras que su pelo descubierto parece hilo de oro claro.

Un escalofrío, una intensa claridad, penetra en los huesos de Nella. Se ajusta el chal al cuerpo y la mujer no deja de observarla. Todo parece más luminoso, como si hubiera cobrado relieve, aunque el sol sigue tapado por una nube.

Nella se dice que la súbita falta de calor podría deberse a los ladrillos viejos, a la piedra húmeda. Quizá, pero esos ojos... Nadie la había mirado así en toda su vida, con una curiosidad tan plácida, tan subyugante.

Entonces pasa un muchacho que tira de una pesada carretilla y está a punto de atropellar a Nella.

—¡Por poco me partes un pie! —le grita.

—Pero ¿qué dice? —replica el carretillero.

Cuando Nella vuelve a mirar, la mujer ha desaparecido.

—¡Espere! —la llama, y echa a andar por la Kalverstraat.

Vislumbra una nuca del color del trigo reluciente, pero entonces sale el sol de detrás de las nubes y la ciega. «¿Qué querrá de mí?» Convencida de que la ha visto desaparecer por un estrecho callejón, se abre paso con más ímpetu entre la gente. Se adentra en el oscuro corredor y le da un vuelco el corazón al ver una figura al fondo, pero es Cornelia, que está sola, mustia, temblando ante una gran puerta.

—¿Qué haces? —pregunta Nella—. ¿Has visto a una señora rubia?

Cornelia propina una ágil patada a la puerta.

—Todos los años —dice—. Para recordar la suerte que tengo.

—¿De qué estás hablando?

—Aquí vivía yo —explica la criada, cerrando los ojos.

El ruido de los comerciantes de la Kalverstraat queda amortiguado por los muros del angosto callejón, donde Nella tiene que apoyarse en la puerta recién atacada. Encima del arquitrabe hay una placa con niños vestidos con los colores de la ciudad, el negro y el rojo, y reunidos en torno a una paloma gigantesca. Por debajo, unas palabras forman una rima forzada:

Somos cada vez más y crujen las paredes.
Para que no nos riñan, ayúdennos con sus mercedes.

—¿Un orfanato, Cornelia? ¿Qué...?

Pero la criada vuelve ya por el callejón hacia la vida, la luz y el ruido. Nella tiene que apretar el paso para alcanzarla, alterada todavía por la mirada penetrante de la mujer de la cabellera rubia.

~

Al llegar al Herengracht, Nella descubre que Marin ha organizado el traslado del aparador a su cuarto. Como no cabía por la puerta, lo han subido por la fachada con un cabrestante.

—No podía quedarse en el vestíbulo —explica, mientras abre las cortinas color mostaza para mostrar las nueve habitaciones vacías—. Es demasiado grande. Lo dejaba todo a oscuras.

Aparte de la presencia molesta del aparador, el cuarto huele intensamente a azucenas. Por la noche, Nella encuentra el frasco de perfume de Assendelft roto debajo de la cama, donde el aceite ha formado un charco viscoso.

—Han sido los porteadores —asegura Marin cuando le muestra los fragmentos de vidrio y le pide una explicación.

Poco convencida, la muchacha tira encima de la mancha varios de los cojines bordados con motivo de la boda, con la esperanza de que absorban el olor. Se alegra de haber quitado de en medio los burlones emblemas matrimoniales.

Se echa en la cama y oye a *Peebo* chasquear en su jaula. El desacertado regalo de su madre impregna el aire, y Nella piensa en Otto y en Cornelia. El joven esclavo, la niña huérfana. «¿Cómo llegaría de allí al Herengracht? ¿La "rescataría" Johannes, como a Otto? ¿Te rescató también a ti?», se pregunta. Hasta el momento, la vida en esa casa parece lo contrario de la libertad.

En la oscuridad de su dormitorio recuerda la cabellera rubia y los curiosos ojos de la mujer de la Kalverstraat. Ha sido como si la desollara, igual que a esos animales de los cuadros de su marido, y luego disgregara su cuerpo miembro a miembro. Y, sin embargo, al mismo tiempo se sentía de una sola pieza. «¿Por qué estaba esa desconocida allí, en la calle más transitada de Ámsterdam, quieta, atenta? ¿No tendría nada mejor que hacer? ¿Y por qué me miraba?»

Cuando la vence el sueño se imagina grandes bandejas de plata que Johannes hace girar mientras mira su techo embustero, la profundidad que no existe. En pleno ascenso por esa agitada espiral de pesadilla, la despierta un grito breve y agudo, como el de un perro que sufre. «Quizá haya sido *Rezeki*», piensa, completamente despejada y con el corazón acelerado.

Vuelve a hacerse el silencio, denso como una tela de Damasco, y Nella mira el aparador vacío. Monumental, casi vigilante, como si llevara toda la vida en ese rincón de su cuarto.

Una entrega

Tres días después, Cornelia se va al mercado de la carne con Marin.

—¿Puedo acompañaros? —pregunta Nella.

—Vamos más deprisa las dos solas —responde de inmediato Marin.

Johannes se ha marchado a su despacho de la VOC, en la Oude Hoogstraat, y Otto está en el jardín trasero, plantando bulbos y semillas de cara a la primavera. El jardín es su dominio. A menudo sale a podar nuevas siluetas en el seto y a conversar con Johannes sobre la humedad del suelo.

Mientras Nella cruza el vestíbulo con un puñado de frutos secos hurtados para *Peebo*, una serie atropellada de aldabonazos la sobresalta. Se mete los frutos secos en el bolsillo, abre los pestillos y tira de la pesada puerta.

En el escalón superior se encuentra un joven algo mayor que ella. A Nella se le corta la respiración al verlo. El desconocido tiene las largas piernas muy separadas, como si tratara de ocupar todo el espacio. El pelo, castaño y desaliñado, remata una cara pálida de pómulos tallados con precisión simétrica. Lleva ropa a la moda, pero se la ha puesto de cualquier manera. Los puños de la camisa sobresalen bajo las mangas del lujoso abrigo de cuero, y las botas, más flamantes todavía, se le pegan a las pantorrillas como si no quisieran soltarlas. Lleva la camisa desanudada y en lo alto asoma un triángulo de piel con unas cuantas pecas. Su cuerpo es toda una historia, de inicio vibrante y final incierto. Nella se agarra al marco de la puerta con la esperanza de devolver a ese hombre al menos parte del brillo que tan seguro está de emitir.

—Una entrega —dice el joven, sonriente, y Nella se sorprende al oír su voz. El acento es peculiar, poco melodioso, plano. Habla en holandés, pero está claro que no es su lengua materna.

Rezeki empieza a dar saltos y a ladrar al muchacho, y le gruñe cuando trata de acariciarla. Nella se fija en que no lleva nada en las manos.

—Tienes que llamar a la puerta de abajo para entregar un pedido —dice.

—Por supuesto —contesta él, con otra sonrisa—. Siempre me olvido.

Nella, desconcertada por su belleza, quiere tocarle los pómulos, aunque solamente sea para apartarlos de sí. De repente percibe una presencia a su espalda y se da la vuelta. Johannes llega a su altura, da un paso al frente y se interpone entre los dos.

—¿Johannes? ¡Creía que estabas en el trabajo! —exclama—. ¿Por qué te...?

—¿Qué haces aquí? —pregunta su marido al muchacho con un hilo de voz, casi un susurro.

No presta atención a la expresión de asombro de Nella y de un empujón vuelve a meter en casa a *Rezeki*, que no deja de gruñir.

Aunque el joven introduce una mano por dentro de la chaqueta con aire despreocupado, lo cierto es que se ha erguido un poco y ha juntado las piernas.

—Traigo un paquete —informa.

—¿Para quién?

—Para Nella Oortman.

Mira a los ojos a Johannes mientras deja caer con aplomo el apellido de soltera de Nella, que observa la tensa reacción de su marido. El muchacho sostiene un paquete en alto, y ella se percata de que lleva el sello del signo del sol. «¿Habrá acabado ya mis piezas el miniaturista?», se pregunta, apenas capaz de reprimir el ansia de arrebatarle el bulto y correr a su cuarto.

—Tu señor trabaja deprisa —comenta, tratando de recuperar un ápice de compostura.

«Es un paquete para mí, no para mi marido», se dice.

—¿A qué maestro se refiere? —pregunta Johannes.

El joven se echa a reír y entrega el envoltorio a Nella, que lo sostiene pegado al cuerpo.

—Me llamo Jack Philips. De Bermondsey —se presenta, y le besa la mano con unos labios secos y suaves que le provocan un escalofrío.

—¿«Ber-mond-sey»? —repite ella.

No tiene ninguna imagen que vincular a esa palabra extraña; de hecho, no tiene ningún sentido que atribuir a ese muchacho tan peculiar.

—Al ladito de Londres. A veces trabajo para la VOC y a veces por mi cuenta —explica Jack—. En mi país era comediante.

En el vestíbulo, *Rezeki* ladra y el ruido resuena en el cielo nublado.

—¿Quién te ha pagado para que vinieras? —pregunta Johannes.

—Por toda la ciudad hay gente que me paga para entregar paquetes, señor.

—¿Quién ha sido esta vez?

Jack da un paso atrás.

—Su mujer, señor —responde—. Su mujer.

Hace una reverencia a Nella, baja tranquilamente los escalones y desaparece.

—Ven, Nella —dice Johannes—. Vamos a cerrar la puerta, hay muchos curiosos.

~ ~ ~

Una vez dentro, encuentran a Otto expectante en lo alto de la escalera de la cocina, aferrando un rastrillo de dientes afilados y refulgentes.

—¿Quién era, señor? —pregunta.

—Nadie —responde Johannes, y el criado asiente. Entonces se vuelve hacia su mujer, que se siente empequeñecer ante él: le parece más corpulento allí, en los confines del vestíbulo—. ¿Qué hay en el paquete, Nella?

—Piezas para la casa de muñecas que me compraste —contesta, con la curiosidad de saber qué diría si viera el laúd, los mazapanes y la copa de esponsales.

—Ah. Perfecto.

Nella le concede tiempo para mostrar una mayor curiosidad, pero es en vano. En realidad, Johannes parece bastante alterado.

—¿Quieres que lo abra arriba? Podrías venir a verlo —propone, con la esperanza de que la acompañe—. Podrías comprobar cómo va creciendo tu regalo de boda.

—Tengo que trabajar, Nella. Es mejor que lo abras en la intimidad —contesta con una sonrisa forzada, y con una mano señala su despacho.

«¡No necesito ninguna intimidad! —exclama en silencio—. Renunciaría a ella al instante, a cambio de tu atención.» Pero Johannes ya se ha marchado, como siempre con *Rezeki* pegada a los talones.

~

Inquieta todavía por la aparición de Jack Philips de Bermondsey, Nella se encarama a su gigantesca cama y se sienta con el paquete delante. Es voluminoso, ancho como un plato llano, y está envuelto en papel satinado atado con un cordel. Hay una frase escrita en torno al sol en mayúsculas negras:

Nella lo lee dos veces, perpleja y con un aleteo de emoción en el vientre. «Las mujeres no construyen nada, y mucho menos su destino —piensa—. Todos nuestros destinos dependen de Dios, y mucho más el de una mujer, que tras pasar por las manos del marido se somete a la tortura de los partos.»

Extrae el primer objeto. Sostiene la cajita de plata en la mano. Tiene una «N» y una «O» talladas en la tapa, rodeadas de flores y parras. La abre con cuidado y comprueba que las silenciosas bisagras en miniatura están bien engrasadas. En el interior hay un pedazo de mazapán de factura esmerada, aproximadamente del tamaño de un grano de café, y sus papilas gustativas se despiertan ante la aparición de la almendra azucarada. Clava una uña y se la lleva a la punta de la lengua: sí, es mazapán de verdad, incluso perfumado con agua de rosas.

Saca un segundo objeto. Es un laúd, no más largo que su dedo índice, con cuerdas también de verdad, afinadas, y un cuerpo de madera con la curva idónea para acoger el sonido de las notas. Nunca había visto nada así: qué maestría, qué esmero, qué belleza la de esas piezas. Lo toca vacilante y se queda pasmada cuando se oye un tímido acorde. Recuerda la esencia de la melodía que interpretó para Johannes en Assendelft y vuelve a tocarla, a solas.

La siguiente incursión tiene como resultado la copa de esponsales solicitada. Es de peltre, no supera el diámetro de un grano de trigo y en torno al borde hay una pareja con las manos entrelazadas. En la república, todos los recién casados beben de copas así, como deberían haber hecho Johannes y ella en septiembre. Nella se imagina a su lado, tomando un sorbo de vino del Rin en el viejo huerto de su padre, mientras les lanzan arroz y pétalos por la cabeza. Esa copita es un recuerdo de algo que no llegó a suceder, y lo que ideó como una rebeldía contra Marin de repente le parece patéticamente lamentable.

Al recoger los envoltorios para deshacerse de ellos, Nella se da cuenta de que dentro hay más cosas. «Tiene que ser un error —se dice, pero su tristeza se transforma en curiosidad—. Todo lo que encargué está ya encima de la cama.»

Vuelca el paquete y caen sobre el cubrecama tres formas envueltas. Forcejea con la tela que reviste la primera y descubre dos butacas exquisitas. Los brazos llevan tallados leones del tamaño de mariquitas, y los respaldos están forrados de terciopelo verde tachonado con clavos de cobre. En la madera, monstruos marinos se retuercen alrededor de hojas de acanto. Nella se da cuenta de que conoce esas butacas. Las vio la semana pasada en el salón: Marin estaba sentada en una de ellas.

Algo intranquila, desenvuelve el siguiente objeto. Un objeto pequeño pero consistente aguarda entre los pliegues de una tela, y lo libera de inmediato. Es una cuna de roble con finas incrustaciones florales, balancines de hojalata y un ribete de encaje en la capota. Un discreto milagro de madera cuya presencia, no obstante, constriñe la garganta de Nella. Se la coloca en la palma de la mano, donde se mece con un vaivén perfecto, casi por su cuenta.

La deja encima de la cama. «Tiene que ser un error —decide—. Estos muebles son para otra persona. Butacas, una cuna: quizá lo que encargaría cualquier mujer para una réplica de su casa, pero yo no lo he pedido, desde luego que no.» Arranca el papel del tercer paquete y bajo otra capa de tela azul aparece una pareja de perros en miniatura. Dos cuerpos de lebrel, pequeños como polillas, cubiertos de pelo gris y sedoso y con cráneos del tamaño de guisantes. Entre los dos hay un hueso para morder, un trocito de clavo pintado de amarillo (el olor es inconfundible). Nella coge los animales y los mira de cerca. Se le acelera la sangre por todo el cuerpo. No son dos perros cualesquiera. Son *Rezeki* y *Dhana*.

Los suelta de golpe, como si la hubieran picado, y se levanta de un brinco. En el rincón oscuro del cuarto, la casa de muñecas espera sus nuevas incorporaciones. Las cortinas siguen descorridas, como faldas levantadas sin decoro. Se permite un fugaz vistazo a los cuerpos caídos de los lebreles. La misma curva y el mismo color de las ijadas, esas maravillosas orejas estilizadas. «Vamos, Nella Elisabeth —recapacita—. Vamos. ¿Quién dice que son las mismas perras que ahora están acurrucadas junto a la cocina de Cornelia?»

Levanta los dos animales en miniatura para acercarlos a la luz. Tienen cuerpos ligeramente esponjosos y patas articuladas, están forrados de piel gris de ratón y son mullidos como el lóbulo de una oreja. Al darles la vuelta, el pulso se le convierte en un lento golpeteo desagradable. Una de las dos perras tiene una manchita negra en el vientre, exactamente en el mismo sitio que *Dhana*.

Mira a su alrededor. ¿Hay alguien con ella? Hace un esfuerzo por ser razonable. «Por supuesto que no, Nella —se dice—. Estás más sola que nunca.» ¿Quién querría tomarle el pelo así? Cornelia no tendría el dinero necesario para jugar a esas cosas, ni tiempo para idearlas. Y Otto tampoco, y sin duda no haría una petición así a un desconocido por su propia voluntad, ¿verdad?

Nella se siente invadida, como si alguien observara de cerca su insensatez de recién casada. «Es Marin —concluye—. Marin, que se venga por el matrimonio de Johannes y porque me he interpuesto en su camino. Derrama mi perfume de azucenas, me prohíbe el mazapán, me pellizca con furia el brazo. "La Lista de Smit" me la dio ella. ¿Por qué no iba a pagar al miniaturista para atemorizarme? Para ella es un simple entretenimiento intrascendente.»

Pero no. «Entretenimiento» e «intrascendente» no son palabras fáciles de relacionar con Marin Brandt, y, aunque haya pensado en su cuñada, Nella sabe que no tiene sentido. Marin come menos que una ratita y gasta menos que una monja, salvo en libros y en objetos curiosos que, por otro lado, probablemente ha hurtado de los recuerdos que trae Johannes de sus viajes. No puede ser obra suya, porque habría tenido que dedicarle dinero. Sin embargo, vuelve a mirar los objetos no solicitados y en parte desea que sean obra de su cuñada. «Porque, si no ha sido Marin, ¿a qué clase de aberración he abierto las puertas de esta casa?», se pregunta.

Alguien acaba de asomarse a su vida y la ha dejado descolocada. Si esos objetos no han llegado por error, la cuna es una burla de su lecho matrimonial aún por visitar y de lo que empieza a parecerle una virginidad eterna. ¿Quién osaría tal impertinencia? Las perras, tan esmeradas; las butacas, tan exactas; la cuna, tan sugerente: se diría que el miniaturista observa al detalle su intimidad.

Vuelve a subir a la cama, consciente del trastorno que han provocado esas piezas, de que su curiosidad se agita con un terror creciente. «Me niego —concluye—. No pienso permitir que me intimiden ni de lejos ni de cerca.»

Con el tictac constante del péndulo de oro de fondo, rodeada de esos objetos inexplicables, escribe una segunda carta al miniaturista.

Apreciado señor:
Agradezco el envío de los objetos que solicité, entregados hoy por Jack Philips de Bermondsey. Su destreza es excepcional. Obra usted milagros con las yemas de los dedos. El mazapán está especialmente logrado.

La pluma de Nella vacila, pero, sin darle tiempo a cambiar de idea, la punta se posa en el papel con una descarga febril de palabras.

Sin embargo, ha ampliado el encargo de un modo imprevisto. Con los lebreles, pese a la precisión conseguida, podría pensarse que ha acertado por casualidad, señor mío, ya que en esta ciudad mucha gente tiene perros de esa raza. Sin embargo, yo no soy como mucha

gente y esos perros, la cuna y las butacas no me pertene-
cen. Como esposa de un comerciante de alto rango de la
VOC, me niego a que me intimide un artesano. Gracias
por su trabajo y su tiempo, pero doy por terminadas
nuestras transacciones a efectos inmediatos.

    De buena fe,

Petronella Brandt

Esconde los objetos debajo del cubrecama y llama a Cornelia para que no le dé tiempo a arrepentirse antes de dejar en sus manos la nota recién redactada y sellada. No va a negar que la posibilidad de echarse atrás es acuciante. «Acabo de rechazar algo —se plantea—. Un reto o un propósito oculto de esas piezas inesperadas que ya nunca se desenmascarará. ¿Me arrepentiré lo más mínimo? No —se corrige—. Son imaginaciones tuyas.»

—¿Otra vez el artesano? —pregunta Cornelia al leer la dirección—. ¿El que no era nadie?

—No la abras —ordena Nella, y la criada asiente, por una vez enmudecida frente al apremio de la voz de su joven señora.

Cuando ya se ha marchado a la Kalverstraat, Nella se da cuenta de que no ha devuelto los objetos no solicitados al miniaturista. Los saca de su escondite y, uno por uno, va colocándolos en la casa de muñecas. Se diría que encajan a las mil maravillas.

La barcaza

Al día siguiente, Cornelia parece haber recuperado fuerzas.

—Vamos, señora, déjeme arreglarle ese pelo —propone, entrando con decisión, seguida de cerca por Marin—. ¡Se lo recojo, le escondo esos mechones rebeldes!

—¿Y eso, Cornelia?

—Johannes va a llevarte esta noche a un banquete en el gremio de plateros —interviene Marin.

—¿Ha sido idea suya?

Marin se vuelve hacia la casa de muñecas, cuyas cortinas están cerradas, a salvo de miradas indiscretas.

—Le encantan las fiestas —contesta—. Le ha parecido apropiado que asistas.

«Ahora sí que va a empezar la aventura —piensa Nella—. Mi marido va a lanzar su balsita a los mares tormentosos de la alta sociedad de Ámsterdam y, siendo como es el mejor de los marineros, se encargará de guiarme.» Decide olvidarse de los lebreles y de la cuna en miniatura, se agacha, mete una mano debajo de la cama, frota los dedos en el aceite de azucena y, delante de Marin, se los restriega por el cuello.

Nella espera a que se vaya su cuñada para preguntar a la criada cómo le fue en la Kalverstraat.

—Tampoco contestaron —asegura Cornelia—, así que pasé la nota por debajo de la puerta.

—¿En la casa del signo del sol? ¿No viste a nadie?

—A nadie, señora, pero Hanna le manda recuerdos.

~

—Marin, ¿por qué no vienes? —pregunta Johannes por la noche, mientras espera la barcaza.

Lleva un traje de terciopelo negro de excelente factura, una camisa blanca almidonada y unas botas de piel de becerro que Otto, quien aguarda ahora con una escobilla en la mano, ha lustrado hasta dejar como espejos.

—Bien mirado, creo que deben verte con tu mujer —contesta Marin, con la vista clavada en su hermano.

—¿A qué viene eso de «bien mirado»? —interviene Nella.

—Habla con la gente, Johannes —prosigue su cuñada—. Presume de ella...

—Voy a presentarte, Nella —la interrumpe Johannes, con cara de pocos amigos—. Creo que eso es lo que quiere decir Marin.

—Y habla con Frans Meermans, hermano. Va a asistir —añade ésta con gesto serio—. Invítalos a cenar a los dos.

Johannes asiente, lo que sorprende a Nella. ¿Por qué permite que su hermana le hable así?

—Johannes, ¿me prometes...?

—Marin. —Johannes salta por fin al oírla hablar de nuevo—. ¿Cuándo he hecho mal mi trabajo?

—Nunca —suspira ella—. Al menos, hasta el momento.

~

Aunque tiene la boca seca, Nella siente el estómago como una nasa llena de peces. El trayecto por los canales hasta el gremio de plateros es la primera ocasión en que los esposos están a solas fuera de casa. Le da la impresión de que el silencio va a asfixiarla, pero dentro de la cabeza tiene una voz tan potente que sin duda Johannes también debe de oírla. Quiere preguntarle por el cuarto de Marin y todos sus mapas, por Otto y el barco negrero... Quiere hablarle de los lebreles diminutos, de la cuna, del hermoso laúd en miniatura. No piensa mencionar a la mujer de la Kalverstraat y su mirada fija (por algún motivo, eso quiere guardarlo para ella sola), pero de cualquier forma es incapaz de abrir la boca.

Johannes empieza a limpiarse las uñas distraídamente. Las medias lunas de suciedad desechada caen flotando al suelo de la barcaza, y él se da cuenta de que lo mira.

—Cardamomo —explica—. Se mete debajo de las uñas. Como la sal.

—Ah, claro.

Nella inhala el aire de la embarcación, el rastro de los lugares en los que ha estado su marido, el aroma a canela que lleva pegado a los poros de la piel. Desprende vagamente aquel olor a almizcle que notó en su despacho la noche de su regreso. Su rostro curtido y su pelo, demasiado largo, quemado y enmarañado por el sol y el viento, desencadenan un anhelo incómodo: un deseo no necesariamente dirigido a él, sino a saber qué sentirá cuando por fin yazcan juntos. El regalo de la casa de muñecas y ahora el banquete en el gremio... ¿Puede que suceda esa misma noche después de la fiesta? Entre los dos, arrebatados por el vino, darán el paso.

El agua está tan tranquila y el barquero es tan experto que da la impresión de que se muevan las casas y no la barcaza. Nella, más acostumbrada a montar a caballo, se inquieta con ese ritmo reposado que debería infundir tranquilidad, pero que a ella le provoca precisamente lo contrario. Trata de disipar los nervios apretando las palmas de las manos. «¿Cómo empiezo a amarte?» La pregunta, monumental, imposible de relegar, le da vueltas y más vueltas en la cabeza mientras lo mira.

Se esfuerza por pensar sólo en cómo será el salón de los plateros, una estancia bañada por una luz desvaída, con platos como monedas gigantes y el reflejo de los comensales en todas las superficies.

—¿Qué sabes de los gremios? —pregunta él, interrumpiendo sus cavilaciones.

—Nada.

Johannes acepta la ignorancia de su mujer con un asentimiento, y ella es testigo de cómo la asimila. Le gustaría ser más inteligente.

—El de los plateros tiene mucho dinero —le explica—. Es uno de los más ricos. Los gremios ofrecen protección ante las dificultades, aprendices y una vía para vender, pero también determinan el volumen de trabajo y controlan el mercado. Por eso insiste tanto Marin en que venda el azúcar.

—¿A qué te refieres?

—Bueno, como el del chocolate y el tabaco, y los diamantes, la seda y los libros, es un mercado abierto. No hay gremio. Puedo poner el precio que quiera. En fin, los que pueden son Frans y Agnes Meermans.

—¿Y por qué vamos al gremio de plateros?

—Para cenar gratis. —Johannes sonríe de oreja a oreja—. No, es broma. Quieren que aumente mi aportación, y es bueno que se me vea. Soy la grieta en el muro que da al jardín mágico.

Nella se pregunta hasta qué punto es mágico su jardín y si de verdad puede permitirse estirar tanto el brazo. Marin parecía muy intranquila por el gasto que representaba la casa de muñecas y... ¿qué fue lo que dijo Otto? «Las cosas se desbordan.» «No seas tonta. Ahora vives en el Herengracht», piensa.

—Al parecer, Marin tiene mucho interés en que vendas el azúcar de Frans Meermans —se atreve a decir, pero al momento se arrepiente.

Se produce un largo silencio, tanto que le parece que sería mejor morir antes que seguir soportándolo.

—La plantación es de Agnes Meermans —responde finalmente Johannes—, pero ahora la lleva Frans. El padre de ella murió el año pasado sin haber tenido hijos varones, aunque lo cierto es que no dejó de intentarlo hasta el último momento. —Se detiene al ver que Nella se ruboriza—. Lo lamento. No pretendía ser tosco. Su padre era un hombre espantoso, pero, a pesar de todo, Agnes heredó sus extensos campos de caña de azúcar. Acabó apareciendo un nombre de mujer en la escritura, pese a todos los esfuerzos del padre. Ahora, ella lo ha dejado todo en manos de Frans. Con esos conos de azúcar, se han vuelto bastante prósperos de la noche a la mañana. Es precisamente lo que esperaban.

—¿«Lo que esperaban»?

—Una buena oportunidad. —Johannes hace una mueca—. Los tengo en mi almacén y he accedido a venderlos. Mi hermana no hace más que ponerlo en duda.

—¿Por qué?

—Porque se pasa el día en casa y se le ocurren ideas, pero no comprende los matices del comercio en sí. Yo me dedico a esto desde hace décadas. Demasiado tiempo. —Suspira—. Hay que andar con pies de plomo, pero ella irrumpe como un elefante.

—Entendido —contesta Nella, aunque no tiene ni idea de qué es un elefante. Podría tratarse de una flor elegante, pero por el tono de Johannes no parece que estuviera dedicando ningún cumplido a su hermana—. Johannes, ¿Marin es... amiga de Agnes Meermans?

Su marido se echa a reír.

—Se conocen desde hace mucho tiempo y a veces resulta difícil querer a una persona a quien se conoce demasiado bien. Ahí tienes la respuesta. No pongas esa cara de asombro.

El comentario se clava en Nella como un cuchillo de hielo.

—¿De verdad crees eso, Johannes?

—Cuando uno llega a conocer de verdad a alguien, Nella, cuando ve más allá de los gestos más cariñosos, de las sonrisas, cuando descubre la rabia y el miedo lamentable que todos ocultamos, el perdón lo es todo. Todos lo necesitamos desesperadamente. Y Marin no está muy... dispuesta a perdonar. —Hace una pausa—. Hay algunas escalas en esta sociedad y... a Agnes le gusta mucho subir por ellas. Lo malo es que nunca le gusta lo que se ve desde arriba. —Se le iluminan los ojos ante una broma invisible—. En fin. Te apuesto un florín a que Frans lleva el sombrero más exagerado de la fiesta, y seguro que Agnes lo habrá obligado a ponérselo.

—¿Las esposas suelen asistir a estas celebraciones?

—Su presencia suele estar *interdite* —responde él con una sonrisa—, salvo en ocasiones especiales. Aunque entre las mujeres de Ámsterdam existe una libertad de la que carecen las francesas y las inglesas.

—¿«Una libertad»?

—Pueden ir solas por la calle. Las parejas incluso pueden tomarse de la mano. —Se detiene otra vez y mira por la ventanilla—. Esta ciudad no es una cárcel para quien traza su camino correctamente. Puede que los de fuera tuerzan el gesto, con sus «*well, I never*» y sus «*ça alors*», pero estoy seguro de que nos tienen envidia.

—Por descontado —responde Nella, que una vez más no comprende sus palabras extranjeras, no entiende nada.

«*Interdite.*» En el poco tiempo que lleva Nella en la casa, ha oído a Johannes hablar con frecuencia en otros idiomas, lo cual la deja boquiabierta. No da la impresión de que pretenda presumir; más bien busca algo que su lengua materna no logra expresar. Nella se da cuenta de que ningún hombre (ninguna persona, en realidad) le ha hablado nunca como Johannes en ese momento. Pese a las alusiones misteriosas, la trata de igual a igual; espera que entienda lo que le cuenta.

—Ven aquí, Nella —le pide.

Obediente, con un poco de miedo, se acerca a su marido, que le levanta ligeramente el mentón para alargarle el cuello. Lo mira y se evalúan el uno a la otra como esclava y amo en un mercado. Él le coge la cara con las manos y acaricia el perfil de su joven pómulo. Ella se echa hacia delante. Nota que tiene las yemas de los dedos ásperas, pero ha llegado el momento que esperaba. Le late el corazón con fuerza al notar su contacto. Cierra los ojos y recuerda las palabras de su madre: «La muchacha quiere amor. Quiere que la vida sea de color de rosa.»

—¿Te gusta la plata? —pregunta Johannes.

—Sí —musita Nella. No quiere estropear el momento hablando demasiado.

—No hay nada en el mundo más hermoso que la plata. —Las manos de Johannes se apartan de su rostro, ella abre los ojos de golpe y siente un arrebato de bochorno al verse así, con el cuello estirado—. Voy a encargar un collar para esa garganta.

Su voz suena lejana entre el estruendo de los pensamientos de Nella, que se aparta y se frota la garganta como si quisiera resucitarla.

—Gracias —contesta, sin darse ni cuenta.

—Ahora estás casada. Se supone que hemos de vestirte con elegancia.

Johannes sonríe, pero para Nella la frase tiene algo descarnado, y una piedra de miedo se endurece en su vientre. Se da cuenta de que no tiene nada que decir.

—No voy a hacerte daño, Petronella —asegura él.

La joven mira por la ventanilla la marea incesante de fachadas que van pasando. Aprieta los muslos con fuerza y se imagina el momento de la penetración. ¿Se desgarrará algo? ¿Será tan doloroso como teme? Sea cual fuere la sensación, sabe que no podrá evitarla, que debe hacerle frente.

—Lo digo muy en serio. Muy en serio —insiste Johannes. Ahora le toca a él inclinarse un poco hacia ella. El olor a sal y a cardamomo estancados y su extraña virilidad amenazan con sofocarla—. ¿Me oyes, Nella?

—Sí, te oigo, Johannes. No vas... a hacerme daño.

—Muy bien. De mí no tienes nada que temer.

Tras decir esas palabras, se aparta de ella y se queda mirando las casas de la orilla del canal. Nella piensa en el grabado del libro de viajes de Marin, con el indígena y el conquistador, sus cuerpos separados por un abismo de incomprensión. Ya ha anochecido del todo. Se fija en las luces de las barcas más pequeñas y se siente completamente sola.

Matrimonios

El salón de banquetes del gremio de plateros es grande y está lleno de gente cuyos rostros se difuminan en una mezcolanza de ojos, bocas y plumas que dan saltitos en las alas de los sombreros. A su alrededor crece el tintineo de la cubertería de plata y las carcajadas masculinas rebotan en las paredes con el contrapunto más sutil de las risillas femeninas. La abundancia de comida es casi monstruosa. Hay hileras de largas mesas vestidas de damasco blanco en las que se amontonan bandejas de pollos, pavos, fruta escarchada, empanadas con cinco tipos de carne y candelabros de plata retorcida. Johannes toma a Nella del brazo y muy juntos esquivan el mareante despliegue sin separarse mucho del revestimiento de caoba oscura de las paredes. Da la impresión de que los susurros y las risas contenidas recorren la estancia a su paso.

Las demás esposas se dirigen sigilosamente a sus puestos, como si supieran dónde sentarse. Van todas de negro y con la piel del busto cubierta de chorreras de encaje que apenas dejan al descubierto una rendija de carne blanca. Una en concreto clava en Nella unos ojos decididos que relucen como el azabache a la luz de las velas. Esa mirada no podría ser más distinta de la de la mujer de la Kalverstraat.

—Sonríe y ponte a mi lado —dice Johannes, dedicando una sonrisa forzada a la desconocida—. Vamos a llenar el estómago antes de enfrentarnos a las masas —agrega, y Nella se imagina que, de no haber tanta comida, la devorarían viva.

Se sientan ante una mesa en la que se ha servido un primer plato de cangrejo.

—Gran parte de mí se refleja en la comida —comenta él, levantando el tenedor del marisco.

Nella, que observa las esplendorosas bandejas de plata y las formidables jarras de vino, no entiende a qué se refiere. Delante de toda esa gente, los problemas que tiene con Marin quedan olvidados. Johannes se muestra cordial, consciente de las miradas de los presentes, y charla con su joven esposa como si hubieran pasado veinte años juntos surcando los siete mares.

—Un queso joven salpicado de semillas de comino me recuerda que soy capaz de sentir placer —dice en voz alta—. La mantequilla de Delft, cremosa y exquisita, tan distinta de las demás, me produce una enorme satisfacción. Vendo platos de porcelana en esa ciudad y la compro en grandes cantidades. Y la cerveza de mejorana y ciruela de Cornelia me hace más feliz que un buen acuerdo comercial. Tiene que preparártela.

—Mi madre la hace —responde Nella, a la que los ruidos de la masticación y el estrépito de la fiesta empiezan a amilanar. La energía del salón, cristalizada como los pedazos de fruta azucarada, la fatiga.

—Los higos con nata agria para desayunar pronto en verano —prosigue Johannes, sin percatarse de nada—. Una delicia especial que me transporta a la infancia, de la que sólo guardo sabores. —La mira—. Tú recordarás bien la tuya, sin duda, puesto que es bastante reciente.

Nella no sabe si esa pulla es intencionada o un síntoma de su nerviosismo, del hecho de haber acudido con compañía a someterse a ese escrutinio. Sea como sea, siente ganas de negarlo. En ese momento, su infancia le parece sumamente lejana. La ha sustituido una incertidumbre, un leve grado de consternación permanente. La piedra de miedo se abre para dar paso a una ansiedad enfermiza en su estómago; no soporta la estridencia de ese lugar, el timbre de la conversación, la invasión de lo desconocido.

—Dejé la cuna hace mucho —murmura, pensando en el inesperado obsequio del miniaturista y sintiéndose aún más desorientada.

—La comida estimula el recuerdo —dice él—. Tiene un lenguaje propio. Las chirivías, los nabos, los puerros y las endivias... Y, sin embargo, son cosas que masco cuando no me oye nadie. ¡Y el pescado! Mis preferidos son la platija, el lenguado, el abadejo y el bacalao, pero me como a gusto todo lo que ofrecen los mares y los ríos de mi república.

Nella advierte en su forma de hablar cierta voluntad de protegerla, como si anhelara que sus palabras la impidieran sumirse en la preocupación.

—¿Qué comes cuando navegas? —le pregunta, reuniendo el valor necesario para seguir el juego.

—Como hombres —responde él, dejando el tenedor en el plato.

Nella brinda una tímida carcajada que se desploma entre los dos y se estrella contra el mantel. Johannes se lleva otro pedazo de cangrejo a la boca.

—El canibalismo es la única forma de sobrevivir cuando se acaba la comida —afirma—, pero yo prefiero las patatas. Mi taberna preferida de la ciudad está en las Islas Orientales, cerca de mi almacén. Hacen unas patatas calientes con una carne muy jugosa. —Pincha varias veces el cangrejo que tiene en el plato—. Ese lugar es mi secreto.

—Pero acabas de hablarme de él.

—Es cierto —reconoce, dejando de nuevo el tenedor—. Es cierto.

Parece concentrado en el comentario de su mujer y aparta la mirada hacia el cangrejo. Nella, sin nada que añadir, también examina la carne abierta y perecedera, las pinzas del color de la tinta y el caparazón con sus tonos rojizos más encendidos. Johannes arranca una pata y con el tenedor extrae los últimos restos de blancura fibrosa mientras saluda a uno de los plateros. Nella hace un esfuerzo para comer un bocadito de su plato. El cangrejo está salado y se le pega a los dientes.

Tras acabar de limpiar el suyo, Johannes la abandona.

—No tardaré —asegura, con un suspiro—. Es trabajo —añade, como si le supusiera un esfuerzo, y va a instalarse en un rincón con un grupo de hombres.

Sin él, Nella se siente completamente expuesta, pero observa fascinada la transformación de su marido. Si está cansado de hablar de trabajo, de comisiones y del estado del comercio, logra disimularlo. Qué apuesto es en comparación con los demás, por mucho que también vistan chaquetas buenas y botas de piel. Elevan sus risas por encima de sus sombreros y echan atrás la cabeza; Johannes, bronceado y sonriente, se sitúa en el centro del círculo de rostros alzados y distraídos, mejillas enrojecidas y barbas moteadas de pedacitos de cangrejo.

«Podría enamorarme de él —piensa Nella—. Debería resultar fácil ser la mujer de un hombre así. Y el amor tiene que llegar. Si no, me será imposible vivir. Tal vez crezca poco a poco, como las semillas invernales de Otto.»

Los aprendices empiezan a acercarse a él, a mostrarle el resultado de su trabajo, y Johannes sostiene cada una de las piezas, analiza los aguamaniles y los jarrones de plata con respeto y delicadeza. Con un cumplido de sus labios los jóvenes se alejan gozosos. Los demás comerciantes dan un paso atrás y advierten con perspicacia cómo inicia el debate artístico y ensalza los méritos de los grabados marinos frente a los florales. Se muestra erudito, observador, original hasta la médula. Anota nombres, se guarda una cajita de plata, indica a un aprendiz que vaya a verlo a la VOC.

Nella contempla su segundo plato, un cuenco de vieiras rociadas con caldo de cordero y salsa de cebolla, cuando se acerca la mujer de la mirada penetrante. Camina erguida y lleva el pelo rubio enroscado bajo una compleja toca coronada por una cinta de terciopelo negro con aljófares cosidos a lo largo de la curva. En silencio, Nella da gracias a Dios por pequeños milagros como la habilidad de Cornelia con la costura, que ha permitido que le ajustara el vestido.

La mujer se detiene ante la mesa y hace una pronunciada reverencia.

—Bueno, ya decían que era joven.

Nella sujeta el borde del cuenco.

—Tengo dieciocho años.

La desconocida se endereza y recorre el salón con los ojos.

—Nos intrigaba saber qué aspecto tendría —prosigue, siempre en voz baja—, pero ahora compruebo que Brandt ha aplicado a la elección de esposa el mismo esmero que a todo lo demás. El apellido «Oortman» es muy antiguo. ¿Y qué se dice en el Eclesiastés? «Mejor es el buen nombre que el más valioso ungüento.»

El tono es solícito, admirativo, pero comporta algo que aguijonea la vulnerabilidad de Nella.

La muchacha trata de liberarse del banco en el que está sentada, pero el sobre de la mesa y la voluminosa falda se confabulan para retenerla. La recién llegada aguarda paciente la reverencia, observando las dificultades de Nella. Tras escapar de la estrecha abertura entre el caballete y el banco, Nella se inclina por fin y su rostro se acerca a la falda de brocado negro de su interlocutora, que se abre ante ella como las alas de un cuervo asfixiante.

—Ay, levántese, jovencita —le dice, y Nella piensa: «Demasiado tarde, señora»—. Soy Agnes, la mujer de Frans Meermans. Vivimos en el Prinsengracht, en una casa con el signo del zorro. A Frans le gusta mucho la caza y lo eligió él.

Ese detalle íntimo se queda flotando incómodamente en el aire, y Nella se limita a sonreír, pues ha aprendido ya con Marin que el silencio otorga una mínima ventaja.

Agnes se lleva las manos a la toca y Nella ve lo que tiene que ver, los anillos que adornan todos y cada uno de sus dedos: pequeños rubíes, amatistas y el resplandor verde y mineral de la esmeralda. Tal despliegue de piedras preciosas ante todo el mundo es muy poco holandés, la mayoría de las mujeres lleva las joyas bien enterradas entre los pliegues de la ropa. Nella trata de imaginarse las manos de Marin con todos esos brillos.

Ante el silencio de la muchacha, Agnes le dedica una sonrisa de labios prietos y continúa:

—Somos prácticamente vecinas, del mismo *gebuurte*.

Agnes Meermans tiene una forma de hablar extraña y forzada. Sus palabras no parecen espontáneas, como si hubiera ensayado su elegancia ante el espejo. Nella se queda mirando el halo hundido de aljófares que rodea su altiva cabeza. Las perlas, del tamaño de dientes de leche, centellean bajo la luz titilante de los candelabros.

Agnes debe de ser algo mayor que Marin, pero su semblante delgado y poco atractivo no presenta marcas: no hay lunares ni manchas de sol, ni ojeras, ni rastro de esfuerzos o de partos. Parece etérea, como si apenas hubiera pasado la vida por ella, salvo por los ojos marrones, que parpadean varias veces seguidas y luego quedan entrecerrados con una indolencia felina. Se fija en el vestido plateado de Nella, en su cintura estrecha.

—¿De dónde es? —pregunta.

—De Assendelft. Me llamo Petronella.

—Un nombre frecuente que llevan muchas mujeres de esta ciudad. ¿Le gustaba Assendelft?

Nella se fija en que tiene los dientes ligeramente manchados. Se plantea cuál será la mejor respuesta para esa mujer, que parece estar sometiéndola a una prueba.

—Salí de allí hace once días, señora, y podría haber sido hace una década.

—El tiempo es una candela muy terca para los jóvenes —contesta Agnes, entre risas—. ¿Y cómo la encontró Marin?

—¿Cómo me encontró?

Agnes la interrumpe con una nueva carcajada que es una ligera expulsión de aire, un desdén aspirado. No se trata de conversar, sino de lanzar dardos y observar cómo se clavan. Parece haber un tono constante de regocijo en su voz, pero Nella está convencida de que hay una corriente incesante y oculta en la que se apoya esta seguridad, algo que percibe, pero no es capaz de identificar con un nombre exacto. La mira a los ojos y sonríe, y protege su angustia con unos dientes más blancos y más jóvenes.

Los olores del pollo guisado y la fruta cocida, junto con el chapoteo de las jarras de vino, amenazan con invadir el círculo cerrado que conforman las dos mujeres, pero la atracción magnética que siente Nella por Agnes repele todo lo demás.

—Una esposa para Johannes Brandt —prosigue ésta con un suspiro, y tira del brazo de Nella delicada pero insistentemente para sentarla a su lado en el banco—. Ha pasado tanto tiempo... Marin debe de estar muy satisfecha; siempre ha mantenido que su hermano debía tener hijos, pero él se mostraba tan exasperante al hablar de descendencia...

—¿Cómo?

—«No hay nada garantizado. Puede ser feo por mucho que nazca entre las piernas de una belleza, grosero pese a la decencia de los cuidados y estúpido pese a la inteligencia de los padres», aseguraba. Gracioso hasta cierto punto, por descontado. Como siempre en el caso de Brandt. Pero a alguien hay que transmitirlo todo.

Parece muy insolente, muy impertinente, que se refiera a él sólo por su apellido, que hable de él con tanta libertad. Nella está ofendida, muda, incapaz de imaginarse en qué circunstancias llegaría a hablar Johannes de su descendencia con esa mujer tan extraña.

Agnes levanta una jarra y sirve dos copas de vino. Durante unos instantes se quedan en silencio, contemplando la embriaguez en aumento, las salpicaduras de vino sobre el damasco, el destello de las bandejas vacías, los últimos platos que están sirviendo.

—La Curva de Oro —dice Agnes, y con los ojos le da un repaso como si fuera una baraja de cartas—. Viniendo de Assendelft, tiene que parecerle algo tan lejano como Batavia —asegura, y se recoge un pelo imaginario detrás de la oreja, con lo que los dedos enjoyados vuelven a relucir.

—Un poco.

—Un matrimonio tan acertado como el mío es muy poco común. Frans me consiente —susurra con aire conspiratorio—. Más o menos como la consentirá Brandt a usted.

—Eso espero —responde Nella, que se siente ridícula.

—Mi Frans es un buen hombre. —El comentario gratuito flota en el aire como un desafío, y Nella se pregunta el motivo de tan extraña provocación. Puede que las conversaciones de sociedad sean así, combativas y perturbadoras, disfrazadas de charlas despreocupadas. Agnes prosigue—: ¿Y ya conoce al negro? Un prodigio. En mi hacienda de Surinam hay muchos, pero yo no he visto a uno solo.

—Se refiere a Otto —responde Nella tras beber un sorbo de vino—. ¿Usted ha estado en Surinam?

—¡Qué encantadora es usted! —ríe Agnes.

—¿Eso quiere decir que no?

La sonrisa se congela. Agnes casi parece afligida.

—El hecho de que recibiéramos la plantación es un ejemplo maravilloso de la beneficencia de Dios, señora. No había ningún hermano varón al acecho, ¿sabe usted? Soy hija única. No podría jugarme la vida en un viaje de tres meses, ahora que Dios me ha confiado los panes de azúcar de mi padre. ¿Cómo iba a honrar su memoria encerrada en un barco?

A Nella se le sube el vino por la nariz. Agnes se le acerca.

—Supongo que el negro quizá no será un esclavo en el más estricto sentido. Brandt no nos permite llamarlo así. Un par de regentas que conozco tienen uno aquí, en Ámsterdam. A mí me gustaría uno que tocara algún instrumento. ¡El recaudador general tiene tres, ni más ni menos, incluida una mujer que además toca la viola! Eso demuestra que hoy en día todo se compra, supongo. ¿Cómo se sentirá? Es lo que queremos saber todos. Fue típico de Brandt traérselo...

—Agnes —interrumpe una voz, y la mujer se levanta precipitadamente—. Por favor —agrega el hombre que tienen delante, haciendo un gesto a Nella para indicar que no son necesarias las reverencias cuando se va vestida de pesado tafetán.

Los ágiles dedos de Agnes se entrelazan en su regazo.

—Mi marido, el señor Meermans —anuncia—. Ésta es Petronella Oortman.

—Petronella Brandt —repite él, mirando alrededor—. Ya lo sé.

Por un momento, esa escena, con el hombre en pie y la mujer a su lado, vestidos con opulencia y unidos por vínculos invisibles, es la imagen más perfecta de un matrimonio que ha visto Nella. La sensación de unidad resulta intimidatoria.

Frans Meermans es algo más joven que Johannes y su rostro alargado no ha sufrido los estragos del viento ni el sol; podrían comerse cinco vieiras en esa mandíbula limpia y amplia. Lleva en la mano un sombrero con el ala más ancha que ningún otro de los presentes. «Te debo un florín, Johannes», piensa Nella, intrigada por saber qué otro tipo de apuestas ganará su marido.

Se imagina que Meermans es de esos hombres que no tardarán en engordar. «Tampoco sería de extrañar, teniendo en cuenta la comida que sirven en estos lugares.» Huele un poco a perro mojado y a humo de madera, más agreste que la pomada afrutada de su mujer. Se inclina hacia delante y coge una cucharilla resplandeciente.

—¿Es usted del gremio de plateros? —pregunta a Nella.

Agnes responde con una sonrisa tensa a ese chiste sin gracia y dice:

—¿Hablaremos con Brandt esta noche?

Instintivamente, Meermans levanta la cabeza y recorre el salón con la mirada. Johannes se ha apartado del grupo cercano a la mesa y no se lo ve por ningún lado.

—Sí —contesta—. El azúcar lleva casi dos semanas en su almacén.

—Tenemos... Tenéis que acordar las condiciones. Que ella no pruebe los dulces no quiere decir que los demás no puedan.

Agnes lanza al aire un «ja» que no tiene nada de divertido; se sirve otra copa de vino y le tiembla ligeramente la mano.

—Tengo que encontrar a mi marido —anuncia Nella, puesta en pie.

—Por ahí viene —responde Agnes, muy remilgada.

Meermans se toca el ala del sombrero. Su mujer hace una reverencia lenta y marcada ante la llegada de Johannes. Meermans tensa la espalda y saca pecho.

—Señora Meermans —saluda Johannes.

Los dos hombres evitan saludarse con una reverencia.

—Señor —suspira Agnes, y sus ojos castaños toman buena nota del corte caro de su chaqueta. Nella tiene la impresión de que hace un gran esfuerzo para no extender el brazo y acariciar la solapa de terciopelo—. Veo que esta noche está prodigando su magia habitual.

—Nada de magia, señora. Soy como soy.

Agnes mira de reojo a su marido, que parece muy concentrado en el mantel. Como si notara sus ojos en la nuca, Meermans interviene:

—Queríamos tratar el asunto del azúcar...

Deja la frase a medias y Nella detecta una nube de preocupación en su rostro, medio escondido.

—¿Cuándo se venderá? —tercia Agnes, y la pregunta atiza el aire.

—Lo tengo por la mano, señora.

—Por supuesto, señor. Jamás pondría en duda...

—La corrupción de Van Riebeeck en el Goede Hoop, esos dichosos emperadorzuelos de nuestros asentamientos lejanos —dice Johannes—. Los sobornos de Batavia, los mercados negros de Oriente... La gente busca buenos productos y yo les digo que el suyo lo es, señora mía. Las Antillas terminarán por salvarnos a todos, supongo, pero no voy a llevar su azúcar a la Bolsa. El parquet es un circo; los corredores, arpías enloquecidas. Este azúcar requiere una distribución cuidadosa y controlada en el extranjero...

—Pero no a los ingleses —interrumpe Agnes—. Los detesto. Cuántos problemas dieron a mi padre en Surinam...

—A los ingleses jamás —garantiza Johannes, y con mano izquierda añade—: Está bien almacenado. Puede ir a comprobarlo si lo desea.

—Es usted muy peculiar, señor, con esa insistencia en vender en el extranjero —comenta Meermans—. La mayoría de los buenos holandeses se quedarían un tesoro así para sí mismos, y dada su calidad alcanzaría un buen precio.

—Ese amor propio me parece contraproducente. No ayuda a nadie. Fuera de nuestras fronteras se nos considera poco fiables. Yo no tengo intención de serlo. ¿Por qué no propagar la reputación de su azúcar?

—Para bien o para mal, tenemos que confiar en usted.

—He conservado un pan de azúcar en casa —interviene Agnes, para calmar las aguas—. Es de una... una belleza muy sólida. Duro como un diamante, dulce como la miel. Eso decía mi padre. —Juega con el encaje del cuello—. Casi no me atrevo a romperlo.

Nella se balancea y observa el poso de la copa de vino, ligeramente embriagada.

—Iré a Venecia por ustedes —informa Johannes—. Allí hay muchos compradores. No es el mejor momento para que llegue su azúcar, pero no les quepa duda de que habrá venecianos dispuestos a adquirirlo.

—¿Venecianos? —se sorprende Agnes—. ¿Papistas?

—Mi suegro se esforzó mucho, señor Brandt, para no llenar los estómagos de los católicos —asegura Meermans.

—Pero un florín tiene el mismo valor venga de donde venga, ¿no es cierto? Un auténtico negociante lo sabe bien. En Venecia y en Milán se come azúcar como aquí en Holanda se respira...

—Vamos, Agnes —dice Frans—. Estoy cansado. Y ahíto.

Se encasqueta el sombrero como si fuera a poner coto a sus pensamientos. Ella se queda a la expectativa y se produce un silencio violento.

—En ese caso, buenas noches —se despide finalmente Johannes, con una amplia sonrisa que no consigue ocultar la fatiga que acusan sus ojos.

—Queden con Dios —dice Agnes, y entrelaza el brazo con el de su marido.

Cuando el matrimonio ya se aleja entre la pared de caoba y los manteles maltratados y cubiertos de jarras de plata volcadas y restos de comida, una sensación de preocupación se apodera de Nella.

—Johannes, ha dicho Marin que teníamos que invitar a...

Su marido le pone la mano en el hombro y la hunde con su peso.

—Nella —suspira—, a la gente así siempre es mejor dejarla con ganas de más.

Sin embargo, cuando Agnes vuelve la cabeza y le dirige una mirada altiva, Nella empieza a ponerlo en duda.

El despacho

De vuelta a casa, Johannes se tumba en el banco de seda del interior de la barcaza como una foca varada en la arena.

—Conoces a mucha gente, esposo mío. Te admiran.

—¿Crees que me dirigirían la palabra si no fuera rico? —dice él, sonriendo.

—¿Somos ricos? —se sorprende Nella, pero las palabras se le escapan antes de que pueda detenerlas, la preocupación es demasiado evidente en su voz, y la interrogación, demasiado fuerte y acusadora.

Johannes vuelve la cabeza hacia ella y se le queda el pelo atrapado contra el banco, debajo de la mejilla.

—¿Qué te pasa? No hagas caso de Marin, de lo que dice. Le gusta mucho preocuparse.

—No es por Marin —responde Nella, pero a continuación piensa que quizá sí sea por ella.

—Que alguien le cuente algo con un poco de pasión no quiere decir que sea cierto. He sido más rico, pero también más pobre. La diferencia nunca se nota demasiado. —Habla más despacio, con la voz narcotizada por la comida y el cansancio de la velada—. En realidad, Nella, mi fortuna no es tangible. Está en el aire, se hincha, se deshincha. Crece otra vez. Lo que se compra con ella es sólido, pero puedes atravesarla con la mano como si fuera una nube.

—Pero, esposo mío, sin duda no hay nada más sólido que una moneda. —Mientras él bosteza y cierra los ojos, Nella se imagina el dinero de su marido como un vaho que se deshace y se regenera sin previo aviso—. Johannes, tengo que contarte algo. —Hace una pausa—. Hay un... miniaturista al que he encargado...

En ese momento se da cuenta de que el peso del estómago lleno lo ha vencido y siente deseos de despertarlo para seguir haciéndole preguntas. A diferencia de Marin, siempre le da respuestas interesantes. Se ha quedado algo intranquilo tras la partida de Frans y Agnes; sus ojos grises han empezado a dar vueltas a ideas privadas y una vez más la han dejado fuera. ¿Por qué parecía Meermans mucho menos entusiasta que su mujer ante la idea de tratar con él? ¿Y por qué Johannes no los ha invitado a casa?

Nella huele los restos de la pomada floral de Agnes en sus manos. Le resuenan las tripas bajo la enagua de encaje y se arrepiente de no haber comido más. La edad de Johannes se deja ver en la caída de los párpados y en la barbilla desplomada sobre el pecho. Está curtido, a los treinta y nueve años tiene un rostro de cuento de hadas. Ella se queda pensando en los silencios que siguen a los momentos de afabilidad y locuacidad de su marido, antes de hundirse de nuevo en un aturdimiento sombrío. Nella cierra los ojos y se apoya una mano en el vientre plano. «Más o menos como la consentirá Brandt a usted.»

Recuerda la nota de amor oculta en el cuarto de Marin. ¿De dónde habrá salido? ¿Cuántos días, o años, llevaría entre esas páginas? Se pregunta cómo la leerá Marin, si con placer o con desdén. El suave roce de la marta cibelina por dentro del canesú negro y sencillo, el ramo de novia convertido en un cráneo amarillento en un estante. No. Nadie sería capaz de consentir a Marin. No se dejaría.

Levanta la mano en la penumbra y contempla su alianza, sus uñas como pálidas conchas rosas. Puede que en Assendelft no hubiera mucho más que la plaza del pueblo, pero al menos la gente que se reunía allí la escuchaba. En Ámsterdam es una marioneta, un recipiente en el que los demás vierten sus palabras. No se ha casado con un hombre, sino con un mundo. Los plateros, una cuñada, extraños conocidos, una casa en la que se siente perdida y otra en miniatura que la asusta. En apariencia tiene muchas cosas al alcance de la mano, pero la asalta la impresión de que le arrebatan algo.

Cuando entran en casa se vuelve hacia él, decidida a hablar, pero se lo encuentra agachado, concentrado en *Rezeki*. Está claro que es su preferida. Le pasa la palma ahuecada por la cabeza y la perra enseña los dientes con placer, sin agresividad. Nadie ha encendido las velas del vestíbulo, que está muy oscuro porque no entra la luna por los altos ventanales.

—¿Te han dado de comer, preciosa? —pregunta Johannes con voz tierna, cargada de amor, y cuando *Rezeki* responde golpeando el suelo con el musculoso rabo, se echa a reír.

La risa molesta a Nella, que ve depositada en un animal la atención que quisiera para ella.

—Bueno, me voy a la cama —anuncia.

—Sí, sí —contesta él, poniéndose derecho—. Estarás cansada.

—No, Johannes. No estoy cansada.

Lo mira fijamente hasta obligarlo a apartar los ojos.

—Tengo que tomar notas sobre esos hombres que he conocido —asegura él, y se dirige a su despacho seguido de cerca por la perra.

—¿Te hace compañía? —pregunta Nella, y piensa: «Once días a solas cerca de mi marido. A Dios le costó menos crear el mundo.»

—Me ayuda. Si trato de resolver un problema directamente, no lo consigo. Si me ocupo de ella, me viene la respuesta.

—Es decir, que te resulta útil.

—Sí —contesta Johannes con una sonrisa.

—¿Y cuánto te costó Otto? ¿También te resulta útil? —pregunta su mujer con voz fría y estridente debido a los nervios.

Johannes tuerce el gesto, y Nella nota el palpitar de la sangre en la cara.

—¿Qué te ha contado Agnes?

—Nada —responde, pero es cierto que las palabras de Agnes se le han quedado muy dentro.

—Me limité a pagar el salario de Otto por adelantado —dice su marido con serenidad.

—¿Y Otto cree que lo liberaste?

Johannes aprieta los dientes.

—Petronella, ¿no estás cómoda viviendo aquí con él?

—No, qué va. Es que... Nunca había... Quiero decir que...

—Es el único sirviente que he tenido. Y que tendré —replica, y da media vuelta.

«No te vayas —ruega Nella en silencio—. Si te vas, me volveré invisible, ahora mismo en este vestíbulo, y nadie me encontrará jamás.»

—¿Es *Rezeki* o *Dhana*? —pregunta, señalando a la perra, sentada obedientemente al pie de su amo.

Johannes arquea las cejas y da unas palmaditas cariñosas al animal.

—Veo que has prestado atención. Ésta es *Rezeki*. *Dhana* tiene una mancha en el vientre.

«Como si no lo supiera», piensa ella, recordando la figurita que espera en su cuarto, en la casa de muñecas.

—Tienen nombres curiosos.

—En Sumatra no lo son.

—¿Qué quiere decir *Rezeki*?

Se siente joven y tonta.

—Fortuna —contesta él.

Se mete en el despacho y cierra la puerta.

~ ~ ~

Nella escruta la oscuridad y la alcanza una corriente de aire frío, como si se hubiera abierto una puerta al otro lado de las losas de mármol. Se le eriza el vello de la nuca. Hay alguien entre las sombras.

—¿Quién anda ahí?

De las profundidades de la cocina llegan voces apagadas, murmullos insistentes, algún que otro golpe a una cacerola. La sensación de que la observan disminuye ligeramente y esos ruidos, pese a la distancia, la reconfortan. En busca de cierta seguridad, de un sentido de la proporción que se le escapa por el tamaño de la casa, extiende una mano y toca la madera del marco de la puerta de Johannes. Entonces le parece oír una respiración a su espalda y cree notar que algo le roza los bajos del vestido. Golpea con los dos puños la puerta del estudio de su marido.

—Ahora no, Marin.

—¡Soy yo, Nella!

No hay contestación, y Nella se queda mirando la oscuridad, esforzándose para no sucumbir al terror.

—Déjame pasar, Johannes, haz el favor.

Cuando se abre la puerta, el resplandor amarillo es tan grato que casi se le saltan las lágrimas.

Lo que le llama la atención es que el despacho parece mucho más acogedor que cualquier otra parte de la casa. Es una habitación con un objetivo claro. No engaña. Y Nella no se había sentido tan próxima a su marido como ahora. Johannes la deja entrar y cierra la puerta, y Nella trata de sacudirse el miedo que la atenazaba en el vestíbulo.

—Ahí fuera no hay nadie, Nella —asegura Johannes—. Es la oscuridad. ¿Por qué no te acuestas?

¿Cómo puede saber que estaba asustada, o que Agnes había alborotado sus sentimientos hacia Otto? «Cuando Johannes te observa es como si te contemplara un búho —piensa—. Te sientes inmovilizada.»

Ha empezado a llover, es un suave golpeteo nocturno, rítmico y familiar. En el cuartito hay un olor penetrante, como a papel, una mesa de madera alta unida con goznes a la pared, un batiburrillo de rollos y una escribanía de oro. El humo de las velas ha cubierto el techo bajo de verdugones negros, y el dibujo de espirales de una alfombra turca de pelo largo apenas resulta visible bajo las hojas sueltas escritas en idiomas que no le resultan familiares. Por todas partes hay rastros de sellos de cera roja, algunos de los cuales se han pegado a la lana.

Tiene mapas por doquier, más que Marin. Nella se fija en la forma de Virginia y del resto del continente americano, del Mare Pacificum, de las Molucas y de Japón. Están todos marcados con finas líneas que se dispersan formando rombos. Son cartas de precisión que no están salpicadas de preguntas cargadas de intención. Debajo de la ventana ve un enorme cofre cerrado con un candado, de madera oscura tallada.

—Ahí están guardados los florines —explica Johannes, y se sienta en su taburete.

A Nella le gustaría que fuera más lobo que búho. La ayudaría a ocupar el lugar que le corresponde, o incluso le proporcionaría una pista para cumplir su cometido marital.

—Quería... darte las gracias —titubea—. Por la casa de muñecas. Tengo muchos planes...

—No hay de qué —responde él, volviendo a propinar golpes al aire con una mano—. Es lo mínimo que podía hacer.

—Pero quería demostrarte mi reconocimiento.

Trata de imitar la elegancia de Agnes Meermans y le acaricia una manga de la camisa con una mano temblorosa. Le gustaría que esa unidad, esa estampa de un matrimonio, fuera real. Johannes no reacciona. Los dedos de su mujer lo manosean como los de un niño insistente.

—¿Sí?

Nella baja la mano y la detiene en lo alto del muslo. Jamás había tocado a un hombre de ese modo, y mucho menos a alguien tan imponente. Siente el volumen musculoso de la pierna bajo la gruesa lana.

—Cuando hablas en esos idiomas me fascinas —dice.

Se da cuenta de inmediato de que ha cometido un error. Johannes se levanta del taburete.

—¿Qué? —pregunta, tan consternado que ella se lleva las manos a la boca como si pudiera borrar sus palabras.

—Sólo quería... Era un...

—Ven aquí —la interrumpe, y entonces la sorprende al acariciarle el pelo con movimientos bruscos.

—Lo siento —dice ella, aunque no sabe por qué.

Johannes se inclina, la agarra por los delgados brazos y la besa en los labios. La impresión (esos alarmantes restos cálidos de vino y cangrejo) la sobrecoge, y debe hacer un tremendo esfuerzo para no tensarse ante el contacto de su marido. Separa un poco los labios, aunque sólo sea para dispersar la presión de esa otra boca. Él sigue agarrando a Nella, que decide en ese instante, antes de que el miedo se apodere de ella, bajar la mano hasta la parte delantera de los calzones de Johannes. «Si esto es lo que tienen que hacer todas las mujeres —se dice—, tal vez con la práctica se vuelva más placentero.»

Apenas distingue la protuberancia ceñida de la que nada sabe, pero no es la vara que le prometió su madre, sino más bien un gusano acurrucado, un...

Como si sus dedos hubieran accionado un resorte, él la suelta y se aparta con un impulso para ir a chocar contra el borde de la mesa.

—Nella. Dios mío.

—Espo...

—¡Vete! —le grita—. Sal de aquí.

Nella se aleja dando un traspié y oye un único ladrido de advertencia de *Rezeki*. Johannes cierra de un portazo y se oye el giro de la llave en la cerradura. Cuando el espanto de encontrarse en ese vestíbulo tenebroso se apodera de nuevo de ella, echa a correr escaleras arriba hacia su cuarto.

Descorre las cortinas de la casa de muñecas, que está allí, en su rincón, y la cuna resplandece como un insulto a la luz de la luna. Propina un puntapié a la pata del aparador, pero la masa de madera y carey no cede y, en cambio, se oye el crujido de sus huesos. Chilla de dolor, pero se niega a llorar. Renqueando por el dormitorio, va dando la vuelta a los cuadros de su marido. Desde la liebre apresada hasta la granada podrida, del primero al último.

Pasos

—¿Por qué están todos los cuadros del revés? —pregunta Cornelia, y devuelve a su posición natural el más cercano. Una oruga de óleo que surge de la granada se arrastra hacia el marco. La criada se estremece y mira la casa de muñecas. En voz baja afirma—: Puede aprender a vivir aquí, señora. Lo único que necesita es voluntad.

Nella la observa con un ojo abierto mientras la invade la humillación de la víspera y la clava contra la cama. Hunde el rostro en la almohada. «¿Estaba Cornelia en el vestíbulo, escuchando el desarrollo del desastre? En ese caso, ¿por qué no me consoló?» La idea de que alguien oyera su fracaso como mujer casada es demoledora.

La reacción de Johannes recubre su espíritu como una película. Se daría de cabezazos si con eso lograra dispersar esas ingenuas ilusiones de amor sincero, de lechos conyugales, de risas y de hijos. Cuando la criada gira otro lienzo, con una ostra abierta sobre un fondo añil oscuro, Nella tiene la impresión de que se le caen encima las paredes repletas de imágenes de animales muertos y flores marchitas.

—Creo que Marin ha tratado de endosarle los peores cuadros, señora.

Otra migaja, al menos: esa sonrisa burlona, un detalle revelado, Marin y su astucia traicionados por alguien más taimado.

Cornelia abre las cortinas y la luz matinal de finales de octubre confiere a todo un relieve abrupto. Hace una mueca y se quita un zueco para dejar al descubierto un piececillo.

—Aunque no se lo crea, señora, los pies también se me cansan. —Se apoya en la pared y empieza a frotarse la suela—. Se me cansan un horror. Son como los de un muerto.

Nella se incorpora. En Assendelft no tenían criadas así, con esa sensación de libertad de Cornelia, que hace y dice cosas que ni se atrevería a proponer en ningún otro lugar. Habla con entusiasmo y familiaridad; el placer de frotarse los pies es tan grande que supera toda preocupación por lo que piense su señora. «Tal vez es algo que tiene esta casa, una permisividad que no comprendo», piensa Nella. Sin duda, la vida entre esas cuatro paredes está descolocada: parece desatinada, pero algo los alumbra a todos. ¡Qué zurcidas están las calzas de Cornelia, por las que se cruzan pulcras puntadas y alguna roncha de lana! ¿No podría Marin darle unas mejores? Recuerda el comentario de Johannes sobre su fortuna nebulosa e intocable.

No logra olvidar el vago contacto con el cuerpo de Johannes, enroscado e insensible. Se estremece. Mientras Cornelia da la vuelta al cuadro de la liebre colgada, siente que el resentimiento le escuece por la piel. «No tienes ni idea —querría decir—. Ya me gustaría ver cómo llevas la vida de casada.»

—Cornelia, ¿por qué se empeña Marin en vender el azúcar de Agnes? —pregunta—. ¿Somos pobres?

— ¡Qué cosas tiene, señora! —exclama, boquiabierta, la criada—. ¿Pobres? Las mujeres de todo Ámsterdam darían el brazo derecho por estar en su lugar...

—No me sueltes un sermón, Cornelia. Te he hecho una pregunta...

—¿Con un marido que la trata con respeto, que la lleva a banquetes y le regala vestidos y casas de muñecas de tres mil florines? Nos da de comer, se preocupa por nosotros. Otto le dirá lo mismo.

—Otto me dijo que las cosas se desbordan.

—Bueno, el señor tiene muchos dones admirables —responde Cornelia con precipitación, con vehemencia—. A Toot lo ha criado como a un hijo. ¿Quién más haría una cosa así? ¿Un sirviente que habla francés e inglés? ¿Capaz de trazar un mapa, de comprobar la calidad de un rollo de lana de Haarlem...?

—Pero ¿de qué le sirve todo eso? ¿De qué nos sirve nada a ninguno de nosotros?

—En mi opinión, señora, su vida acaba de empezar —dice Cornelia, que parece incómoda, y entonces mete la mano en el bolsillo principal del delantal y deposita un gran paquete en la cama—. Tenga. Lo han dejado delante de la puerta, es para usted. ¿Qué sucede?

—Nada —tartamudea Nella.

El paquete inesperado, marcado con el signo del sol, descansa encima del cubrecama.

—Hoy no hay arenques, supongo que se alegrará —agrega la criada, sin dejar de mirar el paquete—. Mermeladas de invierno y mantequilla batida. El señor ha pedido comer pronto.

Recoge el zueco descarriado y, sin agacharse, vuelve a ponérselo.

—No me sorprende —contesta Nella—. Gran parte de él se refleja en la comida. Enseguida bajo.

Una vez cerrada la puerta, sostiene el paquete con cuidado. «Yo no lo he encargado —se dice—. En la carta indicaba expresamente al miniaturista que no enviara nada más.» Sin embargo, mientras lo recuerda sus dedos ya rasgan el papel. «¿Quién no abriría un paquete así?», razona. Recuerda la nota con claridad: «Como esposa de un comerciante de alto rango de la VOC, me niego a que me intimide un artesano.»

Cae un papel balanceándose. Lleva escritas unas palabras:

LUCHO PARA SALIR A FLOTE.

—¿Ah, sí, señor miniaturista? —dice Nella en voz alta.
Inclina el paquete y cae toda una serie de objetos domésticos minúsculos. Planchas largas como dos granos de cebada, cestitas, sacos tejidos, unos cuantos toneles y un mocho, un brasero para secar la ropa. Hay sartenes y cacerolas, cuchillitos de pescado y tenedorcillos, un cojín bordado, un tapiz enrollado que revela el retrato de dos mujeres y un hombre. Nella está convencida de que es el mismo que tiene Johannes abajo: Marta y María discuten por Jesús. El miedo empieza a mezclarse con la indignación que siente.

En un marquito dorado está pintado al óleo un florero y no falta una oruga que se arrastra. «Es un motivo común», se dice Nella, tratando de conservar la calma mientras mira la versión de tamaño natural que Cornelia acaba de descubrir en la pared. Ve varios libros exquisitamente encuadernados, algunos pequeños como una moneda de un *stuiver*, cubiertos de letras ilegibles escritas a mano. Los hojea, casi esperando encontrar una nota de amor, pero no la hay. A todo eso se suman dos mapitas de las Indias y una Biblia con una gran «B» en la cubierta.

Le llama la atención un bulto independiente en el que algo resplandece debajo de la tela. Entre los pliegues encuentra una llavecita de oro colgada de un lazo. La balancea y la fría luz de la mañana la ilumina. Es preciosa, pequeña como la uña de su meñique, y lleva forjado con esmero un dibujo en relieve que la recorre a lo largo. Le parece demasiado diminuta para abrir ninguna puerta, es inútil pero hermosa.

El paquete no contiene nada más: no hay ninguna nota, ninguna explicación, solamente el extraño lema desafiante y ese torbellino de objetos. Cornelia le juró que había entregado la carta en la que ordenaba al miniaturista que no volviera a mandar nada. Entonces, ¿por qué la ha desobedecido?

No obstante, al contemplar esas piezas, de belleza extraordinaria y propósito indescifrable, Nella se plantea si de verdad desea que no haya más envíos. Está claro que el miniaturista no tiene intención de desistir.

Con ternura, coloca los nuevos objetos en la casa de muñecas de uno en uno y siente un fugaz arrebato de gratitud que la sorprende.

~

—¿Adónde vas? —pregunta Marin una hora después, cuando su cuñada cruza el vestíbulo.

—A ninguna parte —responde Nella, pensando ya en el signo del sol, en las explicaciones que se ocultan tras la puerta del miniaturista.

—Ya decía yo. El pastor Pellicorne va a predicar en la Iglesia Vieja y me imaginaba que querrías asistir.

—¿Johannes va a ir?

Johannes no va a ir, ha aducido que debe presentarse en la Bolsa, para averiguar cuáles son las últimas cifras que circulan por el parquet. Nella se pregunta si lo que elude su marido es la oración.

Desesperada por visitar la Kalverstraat, Nella se queda rezagada deliberadamente detrás de Marin, cuyos pies golpean las calles que discurren junto a los canales como si le hubieran hecho alguna afrenta personal. *Rezeki*, nunca muy feliz lejos de su amo, lo ha acompañado a la Bolsa. Para no dejar atrás a *Dhana*, Nella camina junto a ella, y el animal trota obediente con el morro negro y húmedo levantado hacia la dueña que acaba de adoptar.

—¿Soléis llevar a las perras a la iglesia? —pregunta la joven a Cornelia.

—Sí. La señora Marin dice que a saber lo que harían solas en casa.

—Podría traer a *Peebo*.

—No digas tonterías —tercia Marin volviendo la cabeza, y Nella se asombra ante su capacidad para escuchar con disimulo.

Hace un día radiante; los tejados de terracota son de un color casi bermellón, y la temperatura, tan baja que diluye cualquier hedor procedente del agua. Los carruajes pasan con su traqueteo, los canales están llenos de barcos cargados de hombres, de bultos con mercancías e incluso de alguna que otra oveja. Recorren el Herengracht, suben por la Vijzelstraat y cruzan el puente para llegar al mercado de la turba, de camino a la Iglesia Vieja. Nella mira con melancolía hacia su destino original, antes de que Cornelia le recuerde que, a no ser que la señora mire por dónde va, la señora va a tropezar con los adoquines.

En los barcos, detrás de las ventanas, en las orillas de los canales, la gente los mira. A cada paso que dan ante las casas altas y esbeltas de los mercaderes de seda de la Warmoestraat, ante los escaparates que venden mayólica italiana, tafetán español, porcelana de Núremberg y lino de Haarlem, los habitantes de Ámsterdam van mostrando una amplia gama de expresiones. Por un momento Nella se pregunta qué han hecho, pero entonces ve los músculos tensos de la nuca de Otto, que llama a *Dhana* para ponerle la correa.

—Pero ¡si habla! —oye decir la muchacha a alguien que suelta una carcajada.

Son pocas las bocas que no se quedan abiertas ante la sorpresa de ver pasar al criado con esas mujeres. Algunos gestos se transforman para reflejar sospecha, otros desdén y otros directamente miedo. Hay quien muestra una absoluta fascinación y quien no parece inmutarse, aunque éstos son tan pocos que no compensan el resto.

Cuando el grupo baja desde la Warmoestraat para llegar a la parte trasera de la Iglesia Vieja, un individuo con cicatrices de viruela, sentado en un banco menudo ante una puerta, grita algo al ver pasar a Otto:

—¿Yo no encuentro trabajo y ustedes emplean a ese animal?

Marin vacila, pero Cornelia se detiene. Desanda varias zancadas y levanta el puño a un palmo del rostro marcado.

—Estamos en Ámsterdam, Cara de Cráter —lo increpa—. Aquí gana el mejor.

Nella deja escapar una risa nerviosa y ahogada que se corta cuando el hombre también levanta el puño ante la cara de Cornelia.

—Sí, estamos en Ámsterdam, puta. Aquí el mejor sabe qué amigos le convienen.

—¡Esa lengua, Cornelia! —la reprende Marin—. Vámonos.

—¡A él tendrían que cortársela!

—¡Cornelia! Santo cielo, ¿es que somos todos animales?

—Toot lleva diez años aquí y nada ha cambiado —murmura la criada, y se reúne con su señora—. Ya podían haberse acostumbrado.

—¿«Cara de Cráter»? Cornelia, ¿cómo has podido? —dice Marin, pero Nella detecta una clara inflexión de aprobación en su voz.

Otto contempla el horizonte, mucho más allá de los edificios de Ámsterdam. No mira a Cara de Cráter.

—*Dhana* —dice, y el animal se detiene por fin, levanta la cabeza y se acerca a él al trote—. No te alejes demasiado, preciosa.

—¿Es a mí o a la perra? —suspira Cornelia, sofocada.

Aunque la gente sigue mirándolos con los ojos desorbitados, nadie más hace comentarios. Nella se fija en que también observan a Marin. Es especialmente alta para ser mujer, con ese cuello largo y esa cabeza bien erguida, como un mascarón de proa que deja olas de rostros vueltos a su paso. Nella la ve con los ojos de los transeúntes: la holandesa perfecta, inmaculada, bien parecida, que anda con decisión. Lo único que le falta es un esposo.

—¿Qué pensarán al ver que Johannes no viene a la iglesia? —dice a Otto, y ante su silencio se vuelve hacia las dos jóvenes y pregunta a su cuñada—: ¿Ha invitado a los Meermans a cenar?

Nella titubea, a punto de mentir.

—Aún no.

Marin se detiene, incapaz de ocultar su rabia, con la boca convertida en una indecorosa «O» de asombro y los ojos grises mirando a Nella de forma acusadora.

—Bueno, no he podido obligarlo —se defiende la muchacha.

—¡Santo cielo! —exclama Marin, y mete el pie en un charco de bazofia. Sigue andando con paso decidido y deja a los otros tres atrás—. ¿Es que tengo que hacerlo todo yo?

Brotes y frutos

Es la primera vez que Nella entra en la Iglesia Vieja.

—¿Quién es ese Pellicorne? —susurra al oído de Cornelia—. ¿No leemos ya mucho la Biblia en casa?

La criada tuerce el gesto, porque Marin lo ha oído.

—También hay que rendir culto en público, Petronella —afirma.

—¿Y da igual lo que haya que soportar? —musita Otto.

—Es Pellicorne —continúa Marin, haciendo caso omiso de sus palabras, para recordar que se trata de un pastor especialmente notorio—. Y la *civitas* observa.

La iglesia de Assendelft es pequeña y, en comparación, ésta parece gigantesca. Unas columnas altísimas de piedra blanca dividen la nave y sostienen los arcos. En varias de las vidrieras hay escenas bíblicas, y el sol atraviesa sus santos pintados para inundar el suelo de rojo acuoso y oro, de añil claro y verde. Nella tiene la impresión de que podría zambullirse, pero los nombres de los muertos grabados en el suelo le recuerdan que lo que parece agua es en realidad piedra.

La iglesia está abarrotada; los vivos reclaman su territorio. Nella se sorprende de que se permita tanto ruido, los padres con niños pequeños, los chismorreos y las bromas, los perros sin correa. Los ladridos y la cháchara infantil ascienden por las paredes encaladas y la madera de la cubierta apenas absorbe una parte de los sonidos. Un perro hace sus necesidades allí cerca, con la pata apoyada tranquilamente en una columna. Hay luz por todas partes, como si durante una hora Dios hubiera centrado toda su atención en ese alto templo y en los corazones que laten en su interior.

Cuando Nella baja la vista hacia la gente que se arremolina en la iglesia, el corazón le manda un cálido borbotón de sangre al estómago.

Allí está la extraña mujer de la Kalverstraat, sentada a solas cerca de la puerta lateral, y el sol que se cuela por una ventana sin imágenes ilumina la parte superior de su rubia melena. Una vez más, observa atentamente a Nella. No hay nada neutro en esa mirada, es activa, curiosa y hasta inquisidora, pero la desconocida está tan quieta que podría ser una de las figuras pintadas, una santa caída de las vidrieras.

La muchacha sucumbe a la sensación de que la estudia y no acaba de encontrarla apta, y se siente incapaz de aguantar la intensa mirada, que entonces se desvía hacia Otto, Cornelia y Marin, hasta *Dhana* incluso, y los examina a los cinco. Sin darse cuenta, Nella empieza a levantar la mano para saludar, pero la interrumpe la voz de Marin.

—Es muy mayor, no debería salir.

—¿Qué? —dice Nella, y baja la mano.

—La perra —contesta Marin, y se agacha.

Trata de mover a *Dhana*, que se ha instalado con firmeza en el suelo y se niega a desplazarse. Empieza a gemir, con el morro levantado hacia la hermana de su amo, y arrastra las garras ruidosamente por la piedra.

—¿Se puede saber qué le pasa? —Marin se levanta y le frota la parte inferior de la columna—. Hace un momento estaba bien.

Nella vuelve a mirar en dirección a la mujer rubia, pero ya no queda nada más que una silla vacía.

—¿Dónde se habrá metido? —pregunta en voz alta.

—¿Quién? —dice Cornelia.

Pese a la luz solar, la iglesia parece muy fría. La algarabía se eleva y disminuye para elevarse de nuevo, la gente sigue arremolinándose y la silla de la desconocida permanece vacía. *Dhana* empieza a ladrar.

—Nadie —contesta Nella, y, dirigiéndose a la perra, ordena—: Silencio. Estás en la casa del Señor.

Cornelia se ríe entre dientes y Marin la reprende:

—Hacéis demasiado ruido las dos. No te olvides de que la gente está siempre observando.

—Lo sé muy bien —replica Nella, pero su cuñada ya se ha apartado.

Como corresponde en la práctica calvinista, el púlpito está en el centro de la nave, donde la multitud se congrega en grupos entre murmullos.

—Como las moscas ante un pedazo de carne —comenta Marin con desdén cuando Nella la alcanza, y avanza digna y lentamente por la nave—. No vamos a sentarnos con toda esa gente. La palabra de Dios llega lejos. No hace falta abrirse paso como niños de cuatro años para ver al pastor Pellicorne.

—Cuanto más se esfuerzan por parecer devotos, menos me convencen —apunta Otto.

Una sonrisilla se forma en la comisura de los labios de Marin, pero se desvanece en cuanto aparecen los Meermans. Agnes, que parece flotar sobre las gélidas lápidas con su gran falda negra, deja una nube de una fragancia intensamente floral a su paso.

—Han traído al salvaje —susurra a su marido, con los ojos clavados en Otto.

—Señores Meermans —saluda Marin, y saca el salterio de un bolsillo que lleva a la altura de la cintura para pasárselo de una mano a otra como si estuviera considerando utilizarlo como arma arrojadiza.

134

Las mujeres hacen sendas reverencias. Frans Meermans se inclina y se fija en los esbeltos dedos de Marin, que se mueven nerviosos por el cuero desgastado del libro.

—¿Dónde está su hermano? —pregunta Agnes—. El día del Juicio Final...

—Johannes tiene trabajo. Hoy da las gracias a Dios de un modo distinto —asegura Marin, y Meermans resopla—. Es absolutamente cierto, caballero.

—Sin duda —responde él—. Es bien sabido que en la Bolsa se congregan los devotos.

—Hubo un descuido en el gremio de plateros —replica Marin, pasando por alto su tono—. Mi hermano tenía la intención de invitarlos, pero las obligaciones no le permiten pensar en otra cosa. —Hace una pausa—. Tienen que venir a cenar a casa.

—No necesitamos... —empieza Meermans, con desdén.

—Será un honor, señora —lo interrumpe Agnes, con malicia en los oscuros ojos y una emoción contenida—, pero ¿no debería extender esa invitación la mujer de Brandt?

Nella nota que se ruboriza.

—Cenen con nosotros mañana —insiste Marin, cortante.

—¿«Mañana»? —repite Nella, sin poder contenerse. No parece propio de su cuñada precipitarse así, actuar con tanta prisa—. Pero...

—Y no se olviden de traer un pan de azúcar. Lo probaremos y brindaremos por la buena fortuna que los espera.

—¿Desea probar nuestro tesoro caribeño?

Agnes hunde el mentón en el ostentoso cuello de piel que lleva y sus iris de azabache taladran a su interlocutora. Marin sonríe y Nella se percata de lo atractiva que es en esos momentos, aunque esté fingiendo.

—En efecto —responde—. Tengo muchas ganas.

—Agnes —interviene Meermans, y el nombre de su mujer queda transformado por un apunte de advertencia—, vamos a ocupar nuestro lugar.

—Nos veremos mañana —se despide Agnes—. Y llevaremos una dulzura como no ha probado jamás.

—Me entran ganas de matarlo —murmura Marin con los ojos clavados en las espaldas que se alejan. Nella no entiende a qué se refiere—. ¿«Tesoro caribeño»? ¡Por favor! ¿Cómo se habrá comprometido Johannes a esto?

—Pero ¿no lo necesitamos, señora? —susurra Cornelia—. Usted misma lo dijo...

Marin vuelve la cabeza de golpe.

—No repitas mis palabras como un loro, jovencita. Escuchas detrás de las puertas, pero no sabes nada. Limítate a poner una cena digna encima de la mesa mañana por la noche.

Cornelia se echa hacia atrás, asombrada, y se agacha para encontrar una distracción en la perra. En su rostro se ha congelado el orgullo herido. Marin se restriega las sienes y cierra los ojos con un gesto de dolor.

—¿Te encuentras bien? —pregunta Nella, que se siente obligada a intervenir.

Marin la mira, distante y preocupada.

—Perfectamente.

—Tenemos que sentarnos —anuncia Otto. Parece aislado, rodeado por los comentarios que acompañan todos sus movimientos y que apenas se disimulan con bisbiseos—. Hay sitio en el coro.

El pastor Pellicorne sube al púlpito. Es alto, entrado en la cincuentena, va bien afeitado y lleva el pelo cano corto y arreglado, y el alzacuello ancho y blanquísimo. Su aspecto revela que cuenta con criados atentos.

Pellicorne no pierde el tiempo en introducciones.

—¡Cuánta falta de rectitud! —brama para hacerse oír a pesar de los perros y los niños, los pies que corretean y los gemidos de las gaviotas en el exterior.

Se hace un silencio y todos los ojos se dirigen hacia él, menos los de Otto, que con la cabeza gacha se concentra en el nudo de sus manos entrelazadas. Nella se vuelve hacia Agnes, que levanta el semblante hacia el pastor como una

136

niña embelesada. «Qué rara es —piensa—. Tan pronto se muestra altiva y charlatana como infantil y deseosa de causar buena impresión.»

—En esta ciudad hay muchas puertas cerradas que nos impiden ver —prosigue el pastor, firme e implacable—, pero no creáis que podéis ocultar vuestros pecados a Dios. —Sus dedos afilados aferran el borde del púlpito y sigue hablando sobre las cabezas de los feligreses—. Os descubrirá. Nada oculto quedará por revelar. Sus ángeles mirarán por las ventanas y las cerraduras de vuestros corazones, y deberéis ateneros a las consecuencias de vuestros actos. Nuestra ciudad se levantó en una ciénaga, nuestra tierra ya ha sufrido la ira de Dios. Salimos victoriosos y domeñamos las aguas, pero no podemos quedarnos cruzados de brazos: si triunfamos fue gracias a la prudencia y a la buena vecindad.

—¡Sí! —exclama un individuo entre la multitud.

Un recién nacido se pone a llorar, y *Dhana* gimotea y trata de meterse debajo de la falda de Nella.

—Si no sujetamos con fuerza las riendas de nuestra vergüenza —sigue Pellicorne—, regresaremos todos al mar. ¡Sed íntegros por el bien de la ciudad! ¡Examinad vuestro corazón y pensad en los pecados que habéis cometido contra vuestro vecino, o en los que él mismo ha cometido!

Hace una pausa dramática, la superioridad moral lo deja sin resuello. Nella se imagina a los feligreses abriéndose las costillas para contemplar la masa latente de sus corazones pecadores y mirando los de todos los demás antes de cerrar sus cuerpos. En una esquina de la iglesia, un estornino bate las alas. «Alguien debería abrirle la puerta», piensa.

— Siempre se queda atrapado alguno —dice Cornelia en voz baja.

—No permitamos que la furia divina vuelva a hacernos daño. —Se oyen varios gruñidos de asentimiento entre los presentes ante las palabras de Pellicorne, cuya voz ha empezado a temblar ligeramente de la emoción—. Es la codicia. La codicia es el cáncer que debemos extirpar. ¡La codicia es el árbol y el dinero, su raíz bien profunda!

—También ha servido para comprar ese alzacuello tan bonito —mascula Cornelia.

A Nella se le corta la respiración al tratar de reprimir la risa. Se atreve a mirar a Frans Meermans. Mientras la atención de su mujer se dirige al púlpito, él observa a las Brandt.

—No debemos engañarnos creyendo que hemos dominado la fuerza de los mares. —Pellicorne modula la voz para convertirla en un zumbido insistente y arrullador antes de clavar el puñal—. Sí, la recompensa de Mammón ha llegado a nosotros, pero un día nos ahogará a todos. ¿Y dónde os hallaréis en esa jornada aciaga? ¿Dónde? ¿Estaréis inmersos en dulces y grasientas empanadas de pollo? ¿Sumidos en sedas y ristras de diamantes?

Nella oye a Cornelia suspirar y murmurar:

—Ojalá. Ay, ojalá.

—Tened cuidado, tened cuidado —advierte Pellicorne—. ¡Esta ciudad prospera! Su dinero os da alas para alzar el vuelo. Pero es un yugo sobre vuestros hombros y deberíais prestar atención al moratón que lleváis en el cuello.

Marin aprieta mucho los ojos, como si fuera a llorar. Nella tiene la esperanza de que sea sencillamente una especie de arrobamiento espiritual, un abandono a la fuerza de las palabras de virtuosa advertencia de Pellicorne. Meermans sigue pendiente de ellas. Cuando Marin abre los ojos y se da cuenta, aprieta los nudillos en torno al salterio y se retuerce en la silla con el rostro ceroso y marcado por el dolor. A Nella se le ha secado la garganta, pero no se atreve a toser. Pellicorne está a punto de llegar al clímax, y los cuerpos de los fieles se congregan, se solidifican, son todo atención.

—¡Adúlteros! ¡Usureros! ¡Sodomitas! ¡Ladrones! —vocifera el pastor—. ¡Cuidaos de todos ellos, tened los ojos bien abiertos! Avisad a vuestro vecino si se aproxima la nube del peligro. No dejéis que el mal cruce el umbral de vuestra casa, pues una vez llega el cáncer no resulta fácil arrancarlo. El suelo que pisamos se abrirá y la furia de Dios penetrará en la tierra.

—¡Sí! —exclama el mismo individuo—. ¡Sí!

Dhana ladra cada vez con más inquietud.

—Calla —susurra Cornelia.

—¿Qué podéis hacer para ahuyentarlo? —clama Pellicorne, de nuevo a todo pulmón, con los brazos alzados como el mismísimo Jesucristo—. Amad. ¡Amad a vuestros hijos, porque son las semillas que harán florecer esta ciudad! Hombres, amad a vuestras esposas; mujeres, sed obedientes, por todo lo sagrado y bueno. ¡Mantened la casa limpia y vuestras almas seguirán el ejemplo!

Ha terminado. Hay suspiros de alivio, voces de aprobación, un despertar general de piernas que se estiran. Nella empieza a marearse. El sol ilumina las lápidas. «Sed obedientes.» «Hombres, amad a vuestras mujeres.» «Eres un rayo de sol por la ventana, y al bañarme en él entro en calor. Cariño mío.» El recién nacido vuelve a llorar y las dos cuñadas levantan la vista a la vez hacia la madre, que trata en vano de hacerlo callar y acaba separándose de los demás feligreses para salir por la puerta lateral de la iglesia.

Nella sigue la mirada de Marin y ambas observan con envidia el exiguo recuadro de luz dorada que se forma al salir la madre. En este intenso mundo nuevo que es Ámsterdam, en esta fría iglesia de ciudad, una hora de adoración parece un año.

~

Por la noche, en el cuarto de Nella, la luna ilumina la casa de muñecas a trozos. El tictac del reloj de péndulo bate el aire como un pulso ahogado y parece cobrar volumen dentro de sus oídos. Piensa en la mujer de la iglesia, que la observaba en silencio.

—¿Por qué no me dices nada? —pregunta en alto, contemplando los espacios de sus nueve habitaciones oscuras—. Tengo algo que te interesa. ¿Qué es?

No obtiene respuesta, por supuesto, y los objetos de la casa de muñecas proyectan un resplandor plateado y tornadizo. «Mañana —piensa—, iré a ver al miniaturista para dar por terminada de una vez por todas esta presencia impuesta. Sin duda, es inaceptable que envíe cosas que no se le han encargado. Eso es adentrarse en un territorio prohibido.»

Está contenta de haberse marchado de Assendelft, es cierto, pero no se siente en casa: su hogar no está ni en aquellos campos ni en estos canales. Va a la deriva, como si hubiera naufragado entre la ilusión de su matrimonio y su estado actual, y la casa de muñecas, hermosa e inútil, le recuerda todo eso de un modo espantoso. El retraimiento de Johannes ha empezado a desgarrarla. Se ha marchado en muchas ocasiones, sin más, a la Bolsa, a la VOC, a su almacén junto a las tabernas de las Islas Orientales, donde las patatas tienen la carne muy jugosa. No muestra interés por ella, no acude a la iglesia. «Al menos Marin me presta atención, aunque sea para dejarme moratones», se consuela. ¡Qué ridiculez, estar agradecida por un pellizco! Nella ha soltado el ancla, pero no ha encontrado un lugar donde agarrarse al fondo y la cadena la arrastra, enorme, imparable y peligrosa, y la hunde en el mar.

Unos murmullos la arrancan de la autocompasión. Se incorpora y nota una vez más el olor a esencia de azucenas que impregna el aire. «Hasta a mí empieza a desagradarme», se dice. Cruza el cuarto con sigilo y aguza el oído al abrir la puerta. El pasillo está helado. Oye sin lugar a dudas dos voces procedentes del vestíbulo, palabras aventadas con un aliento apurado. Parecen nerviosas o asustadas, y desde luego son descuidadas, pues los susurros se dispersan por la casa.

Nella duda si la estará traicionando la imaginación cuando se acallan las voces, resuenan dos puertas al cerrarse y la quietud vuelve a adueñarse de la casa. Avanza por el pasillo, pega la frente a los barrotes de la barandilla y escucha, pero es en vano. Sólo queda el silencio, como si la madera de las paredes hubiera engullido a los propietarios de las voces.

Cuando empiezan los arañazos se le eriza el vello de los brazos. Se le hace un nudo en el estómago y busca con los ojos el origen del ruido, que va creciendo, pero no es más que *Rezeki*, solamente *Rezeki*, que levanta la vista hacia ella antes de escabullirse pegando el cuerpo al mármol. Avanza como un líquido derramado, suelto, como una figura del ajedrez que se aleja rodando.

Una mujer casada

A las doce, Cornelia ya lleva varias horas en la cocina de trabajo preparando la cena de los Meermans. Va a ser todo un festín: una comilona a base de alimentos invernales sazonados a fondo con exquisiteces procedentes de los tratos de Johannes en Oriente.

Nella la encuentra sentada a la mesa, picando un par de repollos enormes.

—¿Tiene hambre? —pregunta la criada, al verla vacilar en el último escalón, con *Dhana* a su lado.

—Un hambre de lobo —contesta Nella.

Busca en su semblante rastros que puedan confirmar si ha pasado la noche en vela, pero la sirvienta parece más bien aturdida.

—¡Ya podía haber avisado antes! Le toca comer pan seco y arenque hasta que haya terminado todos los platos. La señora Marin ha insistido. Estos repollos necesitan un aliño. —Al ver la cara que pone Nella, se aplaca—. Está bien. Tenga. Cómase un *puffert*. Acaban de salir de la sartén.

Le acerca un plato en el que se amontonan las tortitas fritas y rebozadas de azúcar.

—¿Qué te dio Hanna en la tienda de su marido? —pregunta Nella.

Dhana se dirige a su cama, junto al fuego, y las manos de Cornelia planean sobre lo que queda de los repollos. Las tiene en carne viva, con las uñas blancas de tanto exponerlas al jabón.

—Lo que se está comiendo. —Cornelia se echa hacia delante. Qué redondos y qué azules son sus ojos, con el iris rodeado de un círculo negro—. Los últimos restos del azúcar bueno de Arnoud. Hanna tiene razón: casi todo el que se vende en esta ciudad es malísimo. Qué pena que el señor coloque todo el de Agnes en el extranjero.

Con esa confidencia, Cornelia ha agrietado una coraza, y Nella siente que la inunda una sensación cálida. Se diría que hasta los repollos resplandecen como verdes orbes ante la luz afable de las llamas del fogón.

~

Nella aspira una buena bocanada de aire frío y tose al notar el olor de las aguas residuales. «En verano, este canal será un horror», piensa mientras avanza por la Curva de Oro. De momento, en cualquier caso, le parece maravilloso andar a solas, y tampoco se siente demasiado observada porque, como advirtió su marido en la barcaza, no es tan inusual aquí ver a una mujer sin compañía. Pasa por la Vijzelstraat, cruza la Reguliersdwarsstraat y llega a la Kalverstraat tras preguntar a alguien, y enseguida encuentra el signo del sol con el lema debajo: «El hombre toma por un juguete todo lo que ve.» Llama con los nudillos a la pesada puerta. No hay mucha gente en la calle: prefieren quedarse en casa y no pasar frío. El aliento de Nella se transforma en vaho. Vuelve a llamar:

—¿Hay alguien?

Ruega para sus adentros que acudan a abrirle. «Buenas tardes. Soy Nella Oortman. Petronella Brandt. Tengo que hablar con usted. Me ha enviado objetos que no le he encargado. Me gustan, pero no entiendo por qué ha actuado así.»

Pega la oreja a la recia madera, esperando en vano oír algún paso. Se echa hacia atrás y mira las ventanas del piso de arriba. No hay velas encendidas, ni se oye ruido alguno, pero se percibe la atmósfera inconfundible de los lugares habitados.

Cuando aparece el rostro en la ventana, Nella retrocede con un traspié hacia la Kalverstraat, y la conmoción de haberlo reconocido le corta la respiración. El vidrio es grueso y está combado, cierto, pero esa melena es inconfundible. Se trata de la mujer que la observaba en la iglesia.

El pelo rubio refulge tras las sombras oscuras del vidrio, en el que la mujer, con el semblante como una moneda deslucida, apoya una mano. Se queda quieta en esa postura y dirige una mirada sosegada hacia la calle.

—¡Usted! —exclama Nella, pero la mujer no se mueve—. ¿Por qué...?

—No saldrá —la interrumpe una voz masculina—. Ya puede intentarlo. Ganas de denunciarla a las autoridades no me faltan.

Nella se vuelve hacia el hombre que habla. Está a escasa distancia, sentado a la puerta de lo que parece una tienda de lana. Nella traga saliva. Es el hombre de la viruela, Cara de Cráter, el que llamó «animal» a Otto y recibió los gritos de Cornelia en plena calle. De cerca tiene la piel como una esponja, llena de boquetes rosados.

Nella mira de nuevo hacia la ventana. La mujer ha desaparecido, no hay nadie al otro lado del vidrio y de repente la casa parece apagada; se diría que nadie vive en ella. Se abalanza sobre la puerta y empieza a aporrearla, como si los golpes fueran a devolver la vida al edificio.

—Ya le he dicho que no contesta. Vive según su propia ley —afirma Cara de Cráter.

Nella se da media vuelta y pega la espalda a la puerta.

—¿Quién es? Dígame quién es.

—No habla mucho —contesta él, encogiéndose de hombros—. Tiene un acento raro. Nadie lo sabe.

—¿Nadie? ¡No me lo creo!

—Bueno, no todos somos buenos ciudadanos, señora. Ésa guarda las distancias.

Nella dedica unos instantes a recuperar la respiración.

—En «La Lista de Smit» se anunciaba un miniaturista en esta dirección. ¿Me está diciendo que la única persona que vive aquí es una mujer?

Cara de Cráter se quita unas hebras de lana de los pantalones y contesta:

—Pues sí, señora. Y a saber qué estará tramando ahí dentro.

—Todo y, sin embargo, nada.

—No me diga que las señoras finas lo llaman así.

Es imposible que una mujer viva sola en el centro de Ámsterdam, a la vista de los burgomaestres, los gremios y los puritanos hipócritas como Cara de Cráter. ¿Qué ideas rondan bajo esa melena clara? ¿Por qué envía esos objetos sobrecogedores que nadie le ha encargado?

«Sólo quiero saber por qué», piensa, y cierra los ojos para recordar la sensación inexplicable que le provocó la mirada de esa mujer en la iglesia y, días antes, allí mismo en la Kalverstraat. Es tan maravilloso que le parece increíble: ¡una mujer! El bochorno le recorre todo el cuerpo al pensar en lo que escribió en la segunda carta: «Apreciado señor, doy por terminadas nuestras transacciones a efectos inmediatos.» Pero no parece que le haya importado. Se diría que a la miniaturista le gusta saltarse las normas.

—Sólo puede haber una razón para que una mujer así esté sola —continúa Cara de Cráter—. Es una ramera. Y el muchacho que vino a buscar los paquetes también era extranjero. Esos tejemanejes tendrían que limitarse a las Islas Orientales. La gente decente que sólo pretende trabajar y vivir bien no debería...

—¿Cuánto tiempo lleva aquí?

—Tres o cuatro meses, supongo. ¿Por qué? Parece que le interesa mucho.

—No, no —contesta Nella, y la mentira se le atasca en la boca. Tiene la impresión de traicionarla. Hace un esfuerzo, movida por el afán de proteger a la desconocida, aunque no sabe exactamente por qué, y añade—: No me interesa en absoluto.

Le parece ver movimiento en una de las ventanas de arriba, pero la confunde el reflejo de otra mujer que se ha asomado en el piso situado encima de la tienda de lana para sacudir una alfombra y que parece molesta por el alboroto producido delante de su casa.

—Señor, si habla con ella...

—Ni se me ocurriría —la interrumpe Cara de Cráter—. Está endemoniada.

Nella rebusca en el monedero y le pone un florín en la palma mugrienta.

—Si llegara a hablar con ella... —Se vuelve y grita las palabras a la ventana—: ¡Dígale que Nella Brandt lo siente! Y que no haga caso de su última carta. Lo único que quiero es saber el motivo. Y dígale... que espero su próximo envío.

Mientras pregona esas palabras hacia la ventana empieza a dudar de que sea realmente cierto. Sólo las viudas y las prostitutas viven solas, algunas felices, otras en contra de su voluntad. Así pues, ¿qué hace allí exactamente la miniaturista, mandando esos objetos, vagando por la ciudad sin compañía? Nella ignora con qué está jugando, pero desde luego no parece un juguete.

Regresa por la Kalverstraat arrastrando los pies. Concluye que alguien como Cara de Cráter es incapaz de apreciar lo que tiene de extraordinario la existencia de la miniaturista. Porque sabe que —independientemente de la explicación final— ha de tratarse de algo extraordinario, aunque sólo sea por esos ojos, esa mirada, esos paquetes asombrosos repletos de pistas y de historias. Nella nota un cosquilleo en la nuca y se da la vuelta al instante, como si algo la vinculara a esa casa con el signo del sol.

Sin embargo, la Kalverstraat, de nuevo en calma, parece ignorar la presencia que se oculta en sus entrañas.

~

Al llegar, sube corriendo la escalera hasta la casa de muñecas y pasa los dedos por las creaciones de la miniaturista. Parecen colmadas de una energía distinta, cargadas de un significado que no logra descifrar, aunque el misterio las vuelve aún más adictivas. «Me ha elegido», piensa, entusiasmada ante ese descubrimiento y ansiosa por saber más.

La voz y los pasos de Cornelia, que se acerca, la sacan de su ensimismamiento. Corre apresuradamente las cortinas del aparador, justo cuando la sirvienta asoma ya la cabeza por la puerta.

—Los Meermans llegarán dentro de menos de una hora —farfulla la criada— y el señor aún no ha vuelto.

En la planta baja, Cornelia y Otto se han dedicado con ahínco a limpiar, a fregar y a sacar brillo, a sacudir las cortinas y a ahuecar los cojines, como si la casa estuviera deformada y necesitara que alguien cumpliese la imposible tarea de alinearla de nuevo. La fayenza y la porcelana de la cocina buena relucen, el nácar centellea en las incrustaciones y, al ver que han sustituido todas las velas de sebo por otras de cera de abeja, Nella aprovecha para inhalar su delicado aroma.

—Los quehaceres entre el caos tienen sus límites —oye mascullar a Otto al pasar, y se queda con la duda de qué querrá decir.

Marin se ha puesto su mejor atuendo negro, aunque no se ha rebajado hasta el punto de perfumarse. Envuelta en el escudo de una falda voluminosa, recorre el salón de un lado a otro con pasos amplios, tan regulares como el péndulo del reloj. Sus largos dedos juguetean con el salterio y lleva el pelo recogido por una rígida cinta de encaje blanco que deja al descubierto sus facciones, atractivas pero severas. Nella, a quien Cornelia ha arreglado otro de sus trajes nuevos, dorado en esta ocasión, toma asiento y pregunta:

—¿Dónde está Johannes?

—Ya llegará —responde Marin.

Cuanto más pisotea impaciente Marin el suelo recién lustrado, más ganas tiene Nella de subir a su cuarto y buscar entre las miniaturas alguna pista de lo que cabe esperar en el siguiente envío, si es que lo hay, y de lo que significan sus sentencias.

Cuando llegan los Meermans, seguidos por una ráfaga de aire frío del canal que se cuela tras ellos en el vestíbulo, Johannes todavía no ha regresado. Otto ha limpiado todas las ventanas y en sus vidrios se refleja el parpadeo de veinte velas encendidas en el crepúsculo, mientras su fragancia de miel se mezcla con el olor más acre del vinagre y la lejía.

Si Agnes Meermans se fija en el esfuerzo que ha exigido Marin a los criados, no lo demuestra con ningún comentario. Entra con elegancia y con un porte, ahora sí, perfecto, sin rastro alguno del gesto infantil de la iglesia. Las mujeres intercambian reverencias y sólo rompe el silencio el crujir de las anchas faldas al aplastarse contra el suelo. A continuación, Frans da un paso al frente con expresión tensa. Marin levanta la mano y él la acepta; el oro de su alianza, junto a la piel blanca de la anfitriona, parece una estridencia. Da la impresión de que el tiempo se ha ralentizado; las luces centellean en el aire que los rodea.

—Señor —saluda Marin.

—Señora.

—Entren, hagan el favor —reclama, y retira la mano para acompañarlos hasta el salón.

—¿Está el negro? —pregunta Agnes, pero Marin finge no haberla oído.

Las mujeres tardan unos minutos en acomodarse en las sillas en torno al fuego, debido a la cantidad de tela que las envuelve. Meermans se queda de pie junto a una ventana, mirando la calle. Nella se fija en las butacas de terciopelo verde, con sus clavos de cobre y sus leones tallados en la madera, y piensa en sus réplicas empequeñecidas de la casa de muñecas. «¿Por qué se le habrá ocurrido a la miniaturista enviarme precisamente eso?», se pregunta, desesperada por saberlo.

Sin embargo, el miedo late en su interior: «Me ha elegido, pero ¿para qué? ¿Quién es esa mujer que me observa desde la distancia, que comenta mi vida?» Instintivamente, se vuelve hacia las ventanas, pensando que allí podría encontrar una cara que espiase desde el exterior, pero fuera la oscuridad avanza y, además, la mole de Meermans asustaría a cualquier merodeador.

—Cornelia debería correr las cortinas —apunta Marin.

—No —contesta Nella.

—Hace frío, Petronella. Sería lo mejor.

—Siéntese a mi lado —tercia Agnes.

Nella obedece y se acerca entre crujidos. Se siente ridícula con ese vestido dorado.

—¡Parece usted una moneda! —exclama la recién llegada, y el estúpido comentario, lanzado con fuerza y alegría por los aires, se estrella contra la indiferencia de los demás.

—¿Dónde está Johannes? —pregunta Meermans.

—Enseguida viene, señor —dice Marin—. Se ha retrasado por un asunto de trabajo inesperado.

Agnes mira de reojo a su marido.

—Estamos bastante cansados —observa.

—¿Ah, sí? ¿Y eso por qué, señora Meermans? —pregunta Marin.

—No, Agnes. Llámeme «Agnes». Marin, no entiendo por qué, después de doce años, todavía no es capaz de hacerlo —replica la convidada, riendo con ese «ja» que siempre estremece a Nella.

—Agnes —transige Marin, en voz baja.

—De tanto banquete, principalmente —explica la invitada, en tono cómplice—. Cuántas bodas antes del invierno... ¿Sabía que Cornelis de Boer se ha casado con Annetje Dirkmans?

—El nombre no me dice nada.

Agnes tuerce el gesto y expone el labio inferior.

—Siempre igual —aclara a Nella, con un tono que mezcla una amonestación jovial y una pulla deliberada—. A mí me encantan las bodas. ¿A usted no?

Ni Marin ni Nella contestan.

—El matrimonio es... —Agnes se detiene deliberadamente, al percatarse de quiénes son sus interlocutoras.

Marin tiene las manos tan inmóviles en el regazo que podrían estar cinceladas en una tumba. Nella percibe el tintineo discordante de la conversación, y en su cerebro se van anudando las frases que quedan en suspenso, las palabras que no llegan a decirse.

Sólo se oye el crepitar del fuego y el crujir esporádico de las botas de piel de Meermans cuando cambia el peso de un pie a otro, sin apartarse de la ventana. De la cocina de trabajo llega una ráfaga de olores de los platos preparados por Cornelia, capones con macis y romero, pichones con perejil y jengibre.

—Tengo una curiosidad —anuncia entonces Agnes, y Marin se vuelve con desasosiego—. ¿Qué regalo de bodas le ha hecho Brandt, Nella?

La joven mira a su cuñada antes de responder.

—Una casa.

—¡Menudo bribón! —Los ojos de Agnes se salen de sus órbitas—. ¿Es un pabellón de caza? Nosotros vamos a comprar uno en Bloemendaal.

—La mía está revestida de carey —agrega Nella, que empieza a disfrutar—. Sería... Sería imposible vivir dentro.

—¿Y eso por qué? —Agnes está desconcertada.

—Es esta misma casa, reducida al tamaño de un aparador —explica Marin, y junto a la ventana Meermans se vuelve.

150

—Ah, una de ésas —dice Agnes con cierto desdén—. Creía que era de verdad.

—¿Usted tiene una? En la de Petronella hay incrustaciones de peltre —apunta Marin.

La actitud aniñada de la invitada vuelve a hacer su aparición y en su rostro se dibuja un desafío momentáneo.

—Por descontado. ¡Y la mía está cubierta de plata!

El alarde de riqueza queda disuelto en una especie de mentirijilla que se estanca entre las tres mujeres, que permanecen en silencio y miran con detenimiento la tela de sus vestidos, incapaces de levantar la vista.

—¿A quién ha encargado que se la amueble? —pregunta Agnes por fin.

Nella titubea. La idea de que esa mujer se presente en la Kalverstraat, de que tenga relación con la miniaturista, de que sepa siquiera de su existencia, le resulta insoportable. Sería como si le arrancaran su secreto y mordisquearan sus detalles más jugosos.

Como si detectara una debilidad, Agnes se inclina hacia delante.

—¿Y bien?

—Eh...

—Mi madre me dejó algunas piezas de la infancia y Petronella las ha ido utilizando —interviene Marin.

—Pero ¿cómo? ¿Usted tuvo infancia, Marin? —dice Agnes.

—Voy por el vino del Rin —replica Marin, haciendo caso omiso de ese comentario y de la gratitud que reluce en el rostro de Nella—. Otto no se ha acordado de sacarlo.

Sale del comedor, llamando a voces al criado. Agnes la observa y se recuesta en la silla.

—Pobrecita. Pobrecita —musita, y se vuelve hacia Nella con expresión de gran preocupación—. No sé por qué es tan desgraciada. —Se le acerca aún más y le toma una mano entre las suyas. Tiene los dedos húmedos como una rana sacada de un estanque—. Nuestros maridos, Nella, eran tan buenos amigos... —Aprieta con fuerza y las piedras de sus anillos retorcidos se hunden en la palma de su anfitriona—. Sobrevivieron juntos a algunas de las peores tormentas que ha visto el mar del Norte.

—Te preocupa demasiado el pasado, cariño —afirma su marido desde la ventana—. ¿No es más interesante el presente?

—Ay, Frans. —Ríe—. Nella, su marido le habrá contado que se conocieron a los veintidós años, cuando trabajaban en los barcos de la VOC, ¿verdad? Cruzaron el Ecuador y pudieron esquivar las tormentas del Caribe gracias al impulso de los vientos del noreste.

Agnes lo relata como si fuera un cuento infantil memorizado tras años de repeticiones.

—Querida...

—¡Tenían tanto que dar y se pusieron al servicio de la república! Por descontado, al final Frans encontró su lugar en la Stadhuis, pero las paredes de ladrillo de Ámsterdam jamás podrían retener a Brandt.

Cuando su marido se detiene en el umbral, la mirada de Agnes lo sigue como la de un halcón.

—¿Le ha contado Brandt sus historias de Batavia? —pregunta a Nella.

—No.

—Vendió la mercancía y multiplicó por cuatro el dinero con el que había empezado. Llenó el bolsillo de florines gracias a su labia pasmosa y regresó con tripulación propia.

El tono de admiración de Agnes, teñido de un desdén indefinible, resulta hipnótico. Aunque el relato parece incomodar en cierta medida a Meermans, Nella ansía más información.

—Eso fue hace diecisiete años, Agnes —dice él con una cordialidad contundente—. Ahora es más feliz en las Islas Orientales, atiborrándose de patatas.

Nella se sorprende al ver que sale de la estancia como si viviera en esa casa y supiera adónde va. Oye que sus enérgicas pisadas se detienen al otro lado del vestíbulo y se lo imagina sentado en una silla, buscando un momento de alivio, aunque no comprende de qué quiere alejarse exactamente.

En una cosa tiene razón: Agnes es la única persona de todas las que ha conocido Nella a la que le gusta recordar el pasado. A su madre la hacía sufrir y a su padre, llorar. Y en Ámsterdam parece que todo el mundo quiere mirar hacia delante, seguir construyendo más y más alto a pesar de que el terreno pantanoso podría hundirse perfectamente bajo sus pies.

Agnes parece sin resuello, algo arrebatada. Se encoge de hombros, abre las manos y pellizca con gesto distraído una mota de polvo invisible de la falda.

—Todos los hombres están cortados por el mismo patrón —comenta, recuperando la ambigüedad y la madurez.

—Sin duda —responde Nella, pensando que no podría haber dos individuos más diferentes que Frans Meermans y Johannes Brandt.

—He entregado un pan de nuestro azúcar a su criada. Frans propone probarlo después de cenar. ¿Cree que Marin tomará una cucharada? —Agnes cierra los ojos—. ¡Todos esos panes de azúcar tan perfectos! Frans se ha portado... maravillosamente. El proceso de refinado ha ido como una seda.

—Ésa ha sido toda su herencia, si no me equivoco.

Agnes parpadea y contesta en voz baja:

—Con la sumisión, señora Brandt, una siempre consigue mucho más.

Las tripas de Nella rechazan instintivamente esa confidencia. Decepcionada ante el tenso silencio que se forma entre ellas, Agnes se endereza.

—Aunque puede que llegue más azúcar, es importante que su marido cumpla —asegura—. El tiempo no siempre es propicio en Surinam, y los extranjeros atacan de continuo las tierras de mi padre... Quiero decir nuestras tierras. Esta cosecha podría ser nuestra única fortuna durante muchos años.

—Sí, señora. Nos sentimos muy honrados de que nos hayan elegido.

—¿Ha estado en el despacho de su marido? —pregunta entonces Agnes, visiblemente más relajada.

—Nunca, señora.

—Yo acudo con bastante frecuencia a la Stadhuis. Frans agradece mis visitas, en las que lo pillo in fraganti, por así decir. Me emociona ver sus logros en la regulación de esta república. Es un hombre excepcional. Bueno, cuénteme —prosigue—, ¿Marin la ha sometido a esos almuerzos a base de arenque, esos cataclismos culinarios de contención?

—Hemos...

—¡Almuerzos de un solo arenque y vestidos negros sin adornos! —Se lleva la mano al corazón y vuelve a cerrar los ojos—. Pero es aquí, señora, donde Dios ve nuestros verdaderos actos.

—Eh...

—¿Le parece que su cuñada tiene mala cara? —pregunta, y abre los ojos de golpe para adoptar el mismo gesto de preocupación de antes.

Nella no sabe qué contestar, esa conversación volátil la ha dejado agotada. Da la impresión de que Agnes emana tristeza en oleadas caprichosas y, no obstante, sus confidencias resultan tan convincentes que confunde con facilidad. Tiene un anhelo de algo que Nella no puede saciar.

—Marin siempre había sido la más fuerte —agrega la invitada con una leve inflexión de rencor.

Los ladridos de *Rezeki* libran a Nella de la necesidad de contestar.

—¡Ah! —dice Agnes mientras se recoloca el vestido—: Por fin ha llegado su marido.

Conversaciones

La cena, pese al hambre que tiene Nella y al talento culinario de Cornelia, es un suplicio. Ante el sedoso mantel de blancura inmaculada, Agnes se bebe tres copas de vino del Rin y habla de los maravillosos sermones del pastor Pellicorne y de su devoción, de la importancia de ser siempre agradecido... y de los ladrones de poca monta a los que ha visto salir de la Rasphuis con las manos cortadas.

—¿Qué es la Rasphuis? —pregunta Nella.

—La cárcel de hombres —explica Agnes—. A las mujeres que se portan mal las mandan a la Spinhuis, y en la Rasphuis amansan a los hombres fieros. Allí viven los lunáticos —añade, estirando el cuello hacia delante y abriendo mucho los ojos para representar toscamente la locura. El gesto resulta chocante y, al ver que su esposa lo alarga más de lo necesario, Frans clava los ojos en el mantel—. Abandonados por sus familias, que se limitan a pagar un tanto para mantenerlos allí a buen recaudo. —Señala a Nella con un dedo enjoyado—. Pero los hombres muy muy peligrosos acaban en la sala de torturas del sótano de la Stadhuis, al lado de los almacenes donde se guarda el oro de la ciudad.

Marin habla poco y no deja de mirar de reojo a su hermano, que bebe al mismo ritmo que Agnes y aún se toma otra copa más antes de que Cornelia retire el primer plato.

Conserva la calma, pero tiene la mirada algo perdida y la barba incipiente parece de plata en el rostro bronceado. Observa la comida con gran concentración y hunde el tenedor en los pedazos de pichón bañados en salsa de jengibre. Agnes sigue perdiendo los papeles hasta que Meermans toma las riendas y trata de impresionarlos con su charla mercantil. Quiere hablar de zumo de caña de azúcar y herramientas de cobre, de pilones de azúcar y de hasta qué punto hay que castigar a un esclavo. Johannes masca una zanahoria con una ferocidad apenas reprimida.

Al final, cuando ya han luchado con la torta de ciruelas y la nata líquida y las han engullido, concluida ya la cena, no puede seguir obviándose el verdadero motivo de la presencia de los Meermans en la casa. Ante un gesto de Marin, Cornelia entra el pan de azúcar en un plato de porcelana, con el mismo cuidado que si llevara a un recién nacido. Detrás de ella aparece Otto con unas cucharillas en una bandeja.

Nella examina el pan de azúcar, una estructura cónica y reluciente, larga como su antebrazo, de cristales muy compactados.

—La mitad de la cosecha se transformó en panes antes de la travesía —explica Meermans—. La otra mitad se ha refinado en Ámsterdam.

—¿Cucharillas? —propone Johannes, y las distribuye. Cada uno acepta la suya—. Cornelia, Otto, vosotros también deberíais probarlo. Seguramente sois los expertos.

Agnes abre las ventanas de la nariz y frunce los labios. Con cautela, Cornelia acepta una cucharilla y entrega otra a Otto.

Cuando Johannes exhibe una navajita y se pone en pie para realizar la primera incisión, Meermans se levanta de la silla y saca una daga del cinturón. Cornelia suelta un grito ahogado.

—Permítame —dice el invitado, blandiendo la hoja.

Johannes sonríe y se sienta. Marin permanece rígida, con las dos manos apoyadas en el mantel de damasco.

La primera viruta blanca cae como un rizo junto a la base del cono.

—Para ti —dice Meermans, y se la entrega a su mujer con un ademán exagerado.

Agnes sonríe satisfecha. Su marido sigue distribuyendo más virutas y deja a Johannes y a Otto para el final.

—*Incroyable!* —exclama, al meterse en la boca la lámina que le ha correspondido—. Puede que tu padre no engendrase varones, cariño, pero con este azúcar se llevó la palma.

Nella nota cómo se le derrite la viruta en la boca, dulce y granulada, y se desvanece en un instante. Deja un rastro de vainilla y le pega la lengua al paladar. Marin levanta la cucharilla y aparta los ojos del dulzor que la aguarda. Agnes, que no la pierde de vista, la ve apretar el puño en torno al mango y abrir apenas la boca para tragar con rapidez.

—Es excepcional —afirma con una tímida sonrisa mientras deja la cucharilla en la mesa.

—¿Le apetece otro, señora? —propone Agnes.

—Cornelia, ¿qué te parece? —pregunta Johannes, y Marin dirige a la criada una mirada de advertencia.

—Muy bueno, señor. Delicioso.

Nella nunca le había oído una voz tan apocada.

—¿Y tú qué dices, Otto? —continúa Johannes.

—¡Demos gracias a Dios, porque va usted a hacernos ricos, Brandt! —interrumpe Agnes.

Johannes sonríe y acepta otra viruta blanca del resplandeciente pan. Nella se fija en que Otto se limpia la boca con delicadeza, siempre con un control estricto de sus movimientos.

—¿Cuándo se va a Venecia? —pregunta Meermans—. Con tantos palacios y tantas góndolas será casi como estar en casa.

Marin, que se ha animado a probar otra vez el azúcar, suelta la cucharilla.

—¿A Venecia?

—¿Qué es una góndola, cariño? —dice Agnes a su marido, con aire simple y un brillo en los ojos, producto del vino del Rin y del deseo de recibir amor.

—*C'est un bateau* —contesta él.

—¿Qué? —se sorprende Agnes, y Nella se pregunta por qué insistirá en hablar tanto en un idioma extranjero.

—Dentro de menos de un mes. ¿Tal vez le gustaría acompañarme, Frans? —dice Johannes, y levanta un dedo para agregar—: Ah, me olvidaba de lo mal que soporta el agua.

—Muy pocos hombres se adaptan bien a un mar picado —responde Meermans, torciendo el gesto.

—Cierto. —Johannes apura la copa—. Pero siempre hay quienes lo consiguen.

Marin se levanta de la mesa y sugiere:

—Petronella, ¿por qué no tocas el laúd?

—¿El laúd? —repite la joven, a quien resulta imposible ocultar su sorpresa, puesto que recuerda la advertencia de no acercarse a los instrumentos de su marido.

—Eso he dicho.

Se miran por tercera vez en esa noche y, al comprobar la fatiga de los ojos de Marin, Nella reprime toda protesta.

—Por supuesto, Marin —contesta—. ¿Cómo no?

~

Interpretar música con el laúd es un placer, pero aún lo es más contemplar los rostros de los presentes mientras las cuerdas, afinadas apresuradamente, obedecen a sus dedos. Por una vez, Nella es objeto de una atenta admiración, y durante cuarenta minutos toca en el centro de una herradura de sillas. Hasta Otto y Cornelia acuden a escucharla.

El polémico pan de azúcar, algo reducido, ha regresado a la bolsa en que lo había llevado Agnes, e impera la calma, penetrada de vez en cuando por unas notas sencillas y una canción rasgada sobre un amor perdido. Johannes mira a su mujer con algo parecido al orgullo. Marin contempla el fuego, atenta a la música, y Agnes cabecea a destiempo mientras su marido recoloca las nalgas en la silla.

Los Meermans se van al poco rato, con la promesa de seguir en contacto con Johannes en noviembre para conocer sus progresos. Marin cierra la puerta.

—Gracias a Dios que se han marchado —dice entre dientes—. Ya recogerás mañana —añade, dirigiéndose a Cornelia, que no puede ocultar la sorpresa ante la dispensa que le evita pasar toda la noche fregando platos.

Entusiasmada con su triunfo, Nella abraza el laúd apoyada en una ventana del vestíbulo. Los invitados aún están bajando los escalones que llevan a la calle.

—Carey, Frans. —Agnes apenas se molesta en bajar la voz, o no lo consigue después de tanto vino—. Con peltre.

—Calla, Agnes.

—Qué regalo de bodas tan extraño. ¡Cómo funcionan esas grandes inteligencias! Yo quiero una, Frans. Pronto podremos permitírnosla. Y la mía será mejor.

—Yo no diría que sea precisamente una gran inteligencia...

—Y, por el amor de Dios, ¿has visto la cara de Marin mientras probaba nuestro azúcar? ¡Llevaba semanas esperando ver eso! Fransy, el Señor ha sido misericordioso con nosotros...

—Cierra el pico de una vez, eres insoportable.

A medida que van alejándose, la señora Meermans se sume en un silencio que ya no volverá a interrumpir.

Una joven abandonada

Cornelia ya ha encendido el fuego cuando Nella se despierta a la mañana siguiente. Se viste ella sola, sin molestarse en ponerse un petillo que la apriete: prefiere una blusa y un chaleco a todos los emballenados con los que pueda castigarla Cornelia.

—¿Ha llegado algún paquete para mí? —pregunta a Otto una vez abajo.

—No, señora —contesta él, se diría que aliviado.

El comentario de Agnes sigue rondándole por la cabeza: «Frans agradece mis visitas.» Aunque tocar el laúd le levantó el ánimo, la velada le dejó un poso de malestar.

No tiene el menor deseo de copiar a Agnes Meermans en nada, pero concede que tal vez sepa más sobre el matrimonio que ninguno de los habitantes de esa casa. «Tiene que verse que apoyo a Johannes —se dice—, que lo animo en sus labores. ¿Y acaso a cambio pronto me apoye él también a mí?» Decide sorprenderlo en su lugar de trabajo y, a continuación, regresar a la casa del signo del sol. Si Cara de Cráter no merodea por allí, cabe la posibilidad de que la miniaturista se decida a hablar.

~ ~ ~

Pese a que todas las habitaciones están de nuevo inmaculadas, la casa entera parece enmudecida, como exhausta después de una disputa. La puerta del despacho de Johannes se ha quedado abierta y Nella ve sus mapas y sus papeles desperdigados por el suelo.

Sin rumbo fijo, se mete en el comedor y se topa con Marin, que no ha acabado de vestirse. Se ha echado una bata por encima de una blusa y una falda y al verla se la cierra con ambas manos. Lleva la melena castaña clara suelta, por los hombros; desprende un leve aroma a nuez moscada. Es como ver a Marin a través de una lente que la suaviza y enriquece.

—¿Johannes ya se ha ido a la Oude Hoogstraat? —pregunta Nella.

En ese momento entra Otto para servir dos tazas de café, cuyo amargo olor le agudiza los sentidos. Unas gotas caen de la boca de la jarra y se extienden por el mantel como islas vírgenes en un mapa. El criado se queda concentrado en las manchas que acaba de dejar.

—¿Por qué? —pregunta Marin.

—Quería preguntarle dónde está Bergen.

—En Noruega, Petronella. No lo molestes.

—Pero...

—¿Y por qué te interesa precisamente Bergen? Allí lo único que hacen es vender pescado.

En el vestíbulo, Cornelia cepilla las losas blancas y negras próximas a la entrada, con la cabeza agachada, concentrada. Otto se marcha a la cocina, dejando a su paso el aroma del café. La débil luz de octubre entra sin fuerza por los altos ventanales, y las velas de sebo, rescatadas de su escondite, ya están encendidas. Nella descorre los cerrojos y abre la puerta, y Cornelia se detiene y se yergue cuando entra el aire de la calle.

—Señora, sólo son las ocho —dice, con la cabeza erguida y las manos aferradas al cepillo como si fuera una lanza—. ¿Adónde va a estas horas?

—A hacer recados —responde Nella.

Su mal humor aumenta al ver el gesto escéptico de la criada. Se siente atrapada de nuevo. La incipiente sensación de poder infundida por el concierto de laúd se ha desvanecido ya.

—Las señoras no hacen recados. Tienen que saber cuál es su lugar.

Es una bofetada que ningún sirviente de Assendelft se atrevería a propinar.

—Es mejor que se quede —insiste Cornelia. Casi parece desdichada.

Nella se vuelve para respirar el aire del exterior, como si quisiera apartarse de los efluvios ahumados de las velas y del rostro que la vigila con atención.

—En cualquier caso, no debería ir sola —murmura la criada, ya con más delicadeza, y le pone una mano en el brazo—. Lo único que...

—Al contrario que tú, Cornelia, puedo ir a donde me dé la gana.

~

Será interesante ver a su marido en su lugar de trabajo, ser testigo de sus esfuerzos por consolidar su fortuna. Será una forma de comprenderlo. Nella enfila el Kloveniersburgwal, hasta donde llega el olor del mar, y ve los palos de los altos barcos a media distancia. Mientras anda al borde del canal, se plantea incluso mostrar a Johannes las miniaturas de sus queridas perras. Seguro que le gustarían.

Cruza el arco principal de entrada de la VOC en la Oude Hoogstraat, cerca de la armería, donde resuena el metal de los petos y escudos mientras los ordenan por tallas. Ese punto es el centro neurálgico de la ciudad, para algunos incluso de toda la república. Su padre le dijo una vez que Ámsterdam se había fundado con la mitad del dinero destinado por todo el país a las guerras. Recelaba de su riqueza y su poder, pero en su voz esas suspicacias se mezclaban con un temor reverencial y melancólico.

Nella recorre el perímetro del primer patio, aturdida por los ubicuos muros de ladrillos. En el rincón más alejado charlan dos hombres que, al verla pasar, la saludan con amplias inclinaciones de cabeza. Ella les corresponde con una reverencia y la observan con curiosidad.

—Nunca vemos mujeres en la VOC —dice uno de ellos.

—Sólo de noche —apunta el otro—, y huelen a almizcle y vainilla.

—Busco a Johannes Brandt —anuncia, con la voz cargada de ansiedad ante esas insinuaciones.

El segundo individuo tiene la frente cubierta por una serie de granos rojizos: es poco más que un jovencito. «Dios ha utilizado el pincel con malicia», se dice Nella.

Los hombres intercambian una mirada.

—Pase por ese arco y al llegar al segundo patio verá una puerta al fondo a la izquierda —informa el primero—. Es una zona reservada. No pueden entrar mujeres.

Nella nota sus miradas en la espalda al cruzar ese segundo arco. Nadie responde a su llamada en la última puerta de la izquierda, así que, impaciente, la abre de un empujón. El salitre ha cubierto los escasos muebles y las paredes de esa habitación, fría y húmeda. Al fondo ve una escalera de caracol y empieza a subir, peldaño a peldaño, hasta llegar a un piso más aireado, donde un largo pasillo lleva hasta otra gran puerta de roble.

—¿Johannes?

«Me paso la vida llamándolo —piensa—, siempre esperando delante de una puerta.» Corre hasta el despacho, veloz como una gata, cada vez más emocionada pensando en la sorpresa que va a darle.

—¿Joha...?

Al final del pasillo, el pomo se resiste, y cuando Nella le da un buen empujón y la puerta se abre de par en par, el nombre de su marido se le queda atascado en la garganta.

Johannes está tumbado en un diván pegado a la pared del fondo, con los ojos cerrados, desnudo, desnudo del todo, incapaz de moverse, pues tiene una cabellera castaña y despeinada en la entrepierna.

La melena parece pegada a esa parte de su marido. Y entonces Nella se da cuenta de que la cabeza sube y baja, sube y baja. Está unida a un cuerpo, a un torso enjuto, a unas piernas arrodilladas y medio ocultas tras el diván.

Johannes abre los ojos al oír el portazo y se le salen de las órbitas cuando ve a su mujer. Empieza a retorcerse. La cabeza despeinada se levanta; pertenece a Jack Philips, que vuelve el pálido semblante hacia ella, con la boca abierta y los ojos cargados de espanto. Se levanta por el otro lado del diván, y su pecho desnudo y liso atrae la mirada horrorizada de Nella.

Su marido se mueve como si estuviera bajo el agua y no se cubre, quizá no puede. Reacciona muy despacio, parece incapaz de respirar. Esa cosa, el gusano, es un mástil de apariencia carnosa, erguido, brillante de pura humedad. Johannes aparta a Jack y se pone en pie como una fornida cortesana en su alcoba; su amplio pecho parece muy peludo en comparación con el del joven.

La luz grisácea del día los empalidece a todos.

—Nella —empieza a decir Johannes, pero ella tiene la cabeza en llamas y apenas lo oye—. Se suponía que tú... Tú no...

Cuando Jack le lanza la camisa, se rompe el hechizo. Se mueven los dos con torpeza (brazos, dedos, rodillas), los dos asustados; mientras contempla su danza apresurada, Nella siente que le fallan las rodillas. Sin moverse de la puerta, levanta la vista y ve que su marido ha logrado ponerse en pie. Extiende una mano (hacia ella, hacia Jack, hacia su ropa, no sabría decir) como si aferrara unas cuerdas invisibles en el aire. Y a su lado está Jack de Bermondsey, descamisado, que se pasa los dedos por el pelo. ¿Eso que hay en su boca es una sonrisa burlona, un mohín? ¿O tal vez las dos cosas al mismo tiempo? El estruendo que ruge en la mente de Nella termina con esa idea y la muchacha se lleva las manos a los ojos.

Lo último que ve es el pene de su marido, que empieza a deshincharse, largo y oscuro contra la parte superior del muslo.

El silencio la ensordece, el dolor estalla en el centro de su corazón. La humillación brota en una negra espora y se extiende por millares, y el sufrimiento que hibernaba en ella encuentra por fin una voz.

No sabe si Johannes la oye, si las palabras llegan a salir de sus labios.

—Imbécil, imbécil, imbécil —susurra, con los ojos muy apretados.

Tiene plomo en las piernas, le arde la piel, le pesa el cuerpo como si fuera una rueda de molino. Nota unas manos de hombre que la agarran, la levantan, se le cae la cabeza, alcanza a ver los cinco dedos blancos de un pie de Johannes. Es la primera vez que alguien la toca desde que la pellizcó Marin.

—Nella —dice una voz conocida.

Es Cornelia. Ha llegado Cornelia. Nella deja que la saque a tirones de la habitación, que la conduzca rápida y torpemente por el pasillo interminable, como si huyeran las dos de una ola.

Johannes la llama. Nella lo oye, pero es incapaz de responder, y aun en caso de poder no sabe si querría. Su boca se niega a formar palabras, se le atascan en la lengua.

Cornelia baja con ella los últimos peldaños, le ordena poner un pie delante de otro.

—Por el amor de Dios, señora, camine, haga el favor, camine para que pueda llevarla a casa.

Pasan delante de los mismos hombres, que siguen hablando en el patio. Cornelia tiene que arrastrarla, tapándole la cabeza para que nadie vea los estragos grabados en el rostro de su señora. Cuando toman el Kloveniersburgwal, la angustia de Nella resurge y le sobrevienen las arcadas. Cornelia le cubre la boca con decisión, ya que un grito atraería demasiadas miradas indeseadas en esas calles cercanas y siempre atentas.

Llegan a casa. La puerta se abre como si tuviera voluntad propia, pero entonces Nella ve a Marin y a Otto, que esperan en la penumbra. Esconde la cara y permite que Cornelia haga las veces de barrera y la ayude a llegar al piso de arriba. Sube a la cama y tira enérgicamente de las nuevas sábanas nupciales, recién bordadas. Trata de respirar, pero se ahoga en un mar de lágrimas.

De lo más profundo de su ser surge el aullido, un chillido que desgarra el aire.

Nella siente que alguien le acaricia la frente, una y otra vez, que alguien la sostiene mientras la obliga a tragar algo de beber. Se da cuenta de que sus aullidos empiezan a perder intensidad y el último ruido se extingue cuando Otto, Marin y Cornelia se asoman, como los tres Reyes Magos al pesebre, con rostros que son lunas llenas de preocupación.

«La que se ha equivocado he sido yo —se dice—. Imbécil. No tenía que haber...»

Desaparecen los rostros y Nella se deja caer mientras la imagen de su marido desnudo se desvanece bajo un charco oscuro.

DOS

Noviembre de 1686

«¿Acaso una fuente, por una misma abertura,
echa agua dulce y amarga?»

Santiago 3, 11

Del revés

La despierta la dulzura irresistible de un olor. Abre los ojos y ve a Marin al pie de la cama, ensimismada, con un plato de galletas de barquillo en el regazo. Cuando no sabe que la observan parece mucho más entrañable, con los párpados muy caídos sobre los ojos grises y la boca convertida en una línea de abatimiento. Lleva siete días sentándose junto a la cama, y durante todo ese tiempo Nella se ha hecho la dormida.

La imagen de Johannes y Jack Philips se ha pasado estos días golpeteando el cráneo de Nella como una polilla con su aleteo infatigable. A base de fuerza de voluntad, ella le ha impedido el vuelo, la ha atontado y le ha cortado las alas. Pero no ha desaparecido.

¿Qué más debieron de hacer los dos antes de que llegara a aquel despacho, en aquel diván que era un mapamundi extendido, como dioses sobre su universo de papel? «No estoy hecha para esta vida de Ámsterdam —piensa, con ganas de encontrarse muy lejos—. Me da la impresión de tener menos de dieciocho años, pero siento las preocupaciones de una mujer de ochenta.» Es como si toda su vida hubiera empezado de golpe y tuviera que abrirse paso por un mar de suposiciones sin posibilidad de despejarlas. «Qué ingenua he sido al creer que podría hacerme con Ámsterdam, que podría estar a la altura de Johannes Brandt. Me he arrancado las alas. No tengo dignidad.»

La casa de muñecas, deshabitada, aguarda amenazante en el rincón. Alguien ha descorrido las cortinas, y parece agrandarse cuando los rayos de sol iluminan su contorno. También llama la atención de Marin, que deja el plato en el suelo y se acerca poco a poco. Mete la mano en el salón en miniatura, saca la cuna y la mece en la palma de la mano.

—¡No la toques! —Son las primeras palabras que pronuncia Nella en una semana—. Nada de eso es tuyo.

Marin da un respingo y deja la cuna en su sitio.

—Ahí te he dejado galletas de barquillo hechas con agua de rosas, canela y jengibre. Cornelia tiene una parrilla nueva.

Nella se pregunta qué habrá hecho para merecerla. El fuego está encendido y arde con ímpetu y fulgor. Fuera, el invierno ha llegado de verdad, y dentro del dormitorio siente un rastro de frío.

—¿No decías que era mejor para el alma tener el estómago vacío? —pregunta, aunque ha ido aceptando los cuencos de *hutspot* y las lonchas de gouda que Cornelia dejaba ante su puerta. Se da cuenta de que las acusaciones bullen en su interior, a punto de estallar.

—Come —le pide Marin—. Por favor. Ya hablaremos luego.

Nella acepta el plato, que es una pieza de Delft con un complejo dibujo de flores y hojas. Marin le ahueca los cojines y regresa a su puesto, al pie de la cama. Las galletas están doradas, en su punto, crujientes, y el agua de rosas se funde en la boca con el jengibre, que la hace entrar en calor. En un rincón, *Peebo* grazna en su jaula, como si percibiera el placer reticente de su dueña.

«¿Qué dirá Marin cuando le cuente lo que he visto hacer a su hermano?», se pregunta Nella.

—Tal vez te gustaría levantarte. —Marin parece una reina que intenta congraciarse con una campesina.

Nella señala la casa de muñecas.

—Supongo que serías más feliz si me vieras ahí metida.

—¿Qué quieres decir?

—Mi vida en Ámsterdam ha terminado.

Marin se agarrota al oír eso, y Nella desliza el plato de galletas, que no ha terminado, hacia ella.

—Se acabaron tus órdenes, Marin. Ahora lo entiendo todo.

—No estoy tan segura.

—Puedes estarlo. —Nella toma aire—. Y tengo que contarte algo.

La sangre inunda el pálido semblante de Marin.

—¿El qué? —pregunta, impaciente—. ¿De qué se trata?

Nella, con una sensación pasajera de poder gracias a la información que retiene, cruza las manos encima de la colcha y mira los ojos serios de Marin. Nota el cuerpo pesado, anclado en la cama.

—Si me he quedado aquí toda la semana ha sido por algo. Johannes, tu hermano... No, soy incapaz de decirlo.

—¿De decir el qué?

—Johannes es... Tu hermano es... un sodomita.

Marin pestañea. La imagen obstinada de Johannes y Jack cobra vida de nuevo en la mente de Nella. Un pedacito de masa se le pega a la garganta. Marin sigue sin hablar, prefiere estudiar el bordado del cubrecama, las gruesas iniciales arremolinadas entre el follaje y los pájaros del bosque.

—Siento que estés tan disgustada, Nella —contesta por fin en voz baja—. Johannes es distinto a la mayoría de los maridos, eso desde luego.

Al principio, la muchacha no lo entiende. Luego el semblante de Marin se muestra ante ella como un libro abierto. La invade una sensación punzante que da color a sus mejillas y recorre su sangre a toda prisa.

—¿Lo sabías? ¿Lo sabías? —Nota que se avecina un sollozo. Es casi peor que ver a su marido desnudo en el diván del despacho con Jack—. Dios santo. Os habéis burlado de mí. He sido una idiota desde el momento en que llegué.

—No nos hemos reído de ti, Petronella. Jamás. Nadie se ha burlado de ti.

—Me habéis humillado. Y lo he visto con mis propios ojos. Esas cosas tan horribles, repugnantes, que hacía con... ese muchacho...

Marin se levanta y se dirige a la ventana.

—¿Johannes te parece completamente repugnante?

—¿Qué? Sí. Los sodomitas... «Cuidaos de ellos. La furia de Dios penetrará en la tierra», dijo Pellicorne. ¡Soy su mujer, Marin!

Brotan de su boca palabras que jamás había imaginado que pudiera pronunciar. A cada sílaba, Nella siente que pierde peso, como si hubiera de levitar.

Marin apoya la mano abierta en el vidrio de la ventana y aprieta con tanta fuerza que se le blanquean las yemas.

—Una memoria prodigiosa, qué bien recuerdas ese sermón.

—Sabías que Johannes jamás me querría.

Marin la mira a los ojos y cuando habla le falla la voz:

—No entendía que no pudiera ser. Yo... No siempre lo entiendo todo. —Se detiene—. Pero sí que te quiere.

—Como a un animal de compañía. Y le gusta más *Rezeki*. Soy incapaz de perdonar este engaño, esta humillación. Sabías lo que me aguardaba. Las noches que he pasado a la espera...

—No me parecía un engaño, Nella, sino una oportunidad. Para todos.

—¿Por qué hablas en primera persona? ¿Es que Johannes ni siquiera me eligió personalmente?

—Johannes se mostraba... reacio —vacila Marin—. No quería, pero... yo hice averiguaciones. Uno de los amigos de tu padre en Ámsterdam mencionó vuestras dificultades económicas. Tu madre se mostró encantada. Me pareció que todo el mundo saldría beneficiado.

Nella lanza el plato contra los tablones del suelo, donde se parte en tres pedazos.

—¿Y qué oportunidad he tenido yo, Marin? —exclama—. Lo has controlado todo. Me has encargado la ropa, llevas la contabilidad de la casa, me arrastras a la iglesia, me metes con calzador en un banquete de un gremio en el que todo el mundo me observa. Y pensar en lo agradecida que me sentí cuando me dejaste tocar el laúd. Qué pena me doy. Se supone que soy la señora de esta casa, pero estoy a la altura de Cornelia.

Marin se tapa la cara con las manos y el aire se enrarece entre las dos. Nella se siente más vital al ver el esfuerzo de su cuñada por mantener la compostura.

—Deja de fingir que conservas la calma, Marin. Esto es un desastre. —Las lágrimas se acumulan y Nella lucha para mantenerlas a raya, pero aun así bajan por sus mejillas—. ¿Cómo puedo ser feliz con un hombre que va a arder en el infierno?

El semblante de Marin se transforma en una máscara de furia.

—Calla. Calla. A tu familia no le quedaba más que el nombre, tu padre os había dejado en la indigencia. Habrías acabado casada con un granjero.

—¿Y qué hay de malo en eso?

—No habrías dicho lo mismo al cabo de diez años, cuando se reventaran los diques, cuando tuvieras las manos en carne viva y diez chiquillos correteando a tu alrededor y pidiendo comida. Necesitabas seguridad, querías ser la mujer de un mercader... —Nella guarda silencio. Marin pregunta—: ¿Petronella? ¿Qué vas a hacer?

A medida que el pánico va intensificándose en el discurso de Marin, Nella empieza a comprender que por fin ostenta cierto poder real. «¿Creerá que voy a acudir a los burgomaestres?», se dice. Se queda mirando sus facciones, retorcidas y exangües, mareada ante la posibilidad de que alguien como ella, una jovencita de dieciocho años de Assendelft, pudiera denunciar ante los padres de Ámsterdam que su marido, un respetable mercader, está poseído por el demonio.

«Ay, podrías hacerlo —piensa. Y en ese momento no le faltan ganas—. Y denunciar también a Jack Philips. ¿Quién te lo impediría si te decidieras? Podrías despedazar la vida de esta mujer con una sola frase y librarte de tanta humillación.»

—Formas parte de esta familia, Petronella Brandt —dice entonces Marin, como si le hubiera leído el pensamiento—. Su verdad se pega a ti como el aceite a las plumas de un pájaro. ¿Qué quieres, volver a la indigencia? ¿Y qué sería de Otto y Cornelia si revelaras nuestro secreto? —Extiende los brazos como si fueran alas, y Nella nota que su cuerpo se contrae en el cama—. Las mujeres... no podemos hacer nada, Petronella. Nada. —Sus ojos brillan con una intensidad que nunca le había visto—. Tan sólo podemos aspirar, si tenemos suerte, a subsanar los errores que cometen los demás.

—Agnes es bastante feliz.

—¿Agnes? Ay, Agnes interpreta su papel, pero ¿qué pasará cuando se quede sin texto? Esa plantación era de su padre y ahora la ha puesto en manos de su marido. Me asombra que le parezca una jugada tan inteligente. ¡Algunas mujeres pueden trabajar —exclama Marin—, hacer labores agotadoras por las que no les pagan ni la mitad de lo que ganaría un hombre, pero no podemos tener propiedades, no podemos llevar un caso a los tribunales! Lo único que podemos hacer es parir hijos que pasan a ser propiedad de nuestros maridos.

—Pero tú no te has casado, tú no...

—Hay mujeres a las que sus maridos no dejan en paz. Un niño tras otro hasta que sus cuerpos quedan como sacos arrugados.

—¡Prefiero ser un saco arrugado a estar sola! «Una esposa en público, una vida en privado», ¿no es eso lo que dicen?

—¿Y cuántas mujeres mueren al dar a luz, Petronella? ¿Cuántas muchachas acaban siendo cadáveres en su lecho marital?

174

—¡Deja de gritarme! En Assendelft también había entierros, ¿sabes? Entiendo el peligro.

—Petronella...

—¿Sabía mi madre cómo era Johannes? ¿Lo sabía?

Marin, sin resuello, se queda inmóvil y mira por la ventana.

—Creo que no, pero sí me dijo que eras una jovencita con imaginación, fuerte y capaz, y que en la ciudad florecerías. «Nella encontrará el camino», me escribió. Me dijo que Assendelft se quedaba pequeño para una mente como la tuya. Me lo creí encantada.

—Tal vez sea cierto —responde la muchacha—, pero no tenías derecho a decidir que jamás viviría como una mujer de verdad.

El gesto de desprecio de Marin le desgarra la piel.

—¿Qué quiere decir eso de «una mujer de verdad»?

—Una mujer de verdad se casa, tiene hijos...

—¿Y entonces yo qué soy, Petronella? ¿Acaso no soy una mujer de verdad? No estoy de acuerdo.

—Ni tú ni yo lo somos.

—No pretendo perder los nervios —asegura Marin tras suspirar y restregarse la frente—. Se me escapan y no logro controlarlos. Lo lamento.

La sinceridad de la disculpa da lugar a un momento de paz. Agotada, Nella se echa en la cama y Marin respira hondo.

—Las palabras son como el agua en esta ciudad, Nella —dice—. Bastaría la gota de un rumor para ahogarnos.

—Entonces, ¿Johannes y tú sacrificasteis mi futuro porque el vuestro pendía de un hilo?

—El matrimonio te ha beneficiado. ¿No es cierto? —pregunta Marin, cerrando los ojos.

— Bueno, en Assendelft no me habría ahogado.

—Pero allí vivías como si estuvieras bajo el agua. Un puñado de vacas, esa casa con corrientes de aire, ese aburrimiento. Me pareció que este matrimonio te proporcionaría... una aventura.

—¿No habías dicho que las mujeres no vivimos aventuras? —replica Nella, y en ese instante se acuerda de la miniaturista de la Kalverstraat—. ¿Corremos peligro, Marin? ¿Por qué necesitamos el dinero del azúcar? Johannes no lo vendería si no fuera necesario.

—Hay que mantener a los enemigos cerca.

—Yo creía que Agnes Meermans era amiga vuestra.

—Los beneficios del azúcar nos protegerán —afirma Marin, mirando una vez más por la ventana—. En Ámsterdam, Dios, pese a su infinita bondad, no puede estar en todo.

—¿Cómo puedes decir algo así? Tú, que eres tan devota...

—Mis creencias no tienen nada que ver con lo que puedo controlar. No somos pobres, pero el azúcar es un dique contra las olas que cobran fuerza. Y tú también nos proteges, Petronella.

—¿Yo os protejo?

—Por descontado. Y ten por seguro que te lo agradecemos.

El torpe reconocimiento de Marin se propaga por la sangre de Nella y la llena de prepotencia. Trata de ocultar el placer que siente y se concentra en el dibujo arremolinado del cubrecama.

—Dime, Marin, ¿qué sucedería si Agnes y Frans descubrieran el secreto de Johannes?

—Quisiera creer que tendrían compasión. —Calla y busca una silla—. Pero lo dudo mucho.

Se forma un denso silencio y Marin se deja caer lentamente, como una marioneta: se le doblan las piernas y el cuello y reposa el mentón en el pecho.

—¿Sabes lo que hacen con los hombres como mi hermano? —pregunta—. Los ahogan. Los sacrosantos magistrados les atan un peso al cuello y los tiran al agua. —Se diría que una ráfaga de desolación hunde su cuerpo—. Pero, aunque luego lo sacaran del agua y lo abrieran en canal, seguirían sin encontrar lo que buscan.

—¿Por qué no?

Las lágrimas recorren las blancas mejillas de Marin, que aprieta una mano contra el pecho como si así disminuyera el dolor.

—Porque es algo que lleva en el alma, Petronella. Es algo que lleva en el alma, y no hay manera de arrancárselo.

Decisiones

Nella abre la puerta de su dormitorio una hora después, con la jaula de *Peebo* en la mano. El sol proyecta una luz tenue por la ventana del descansillo y pinta la pared de delante de amarillo limón. Oye a Johannes en el cuartito de Marin, el leve fluctuar de sus voces atenuadas. Deja la jaula junto al inicio de la escalera y avanza con sigilo por el pasillo.

—¿Es que no puedes mantenerte alejado de ese muchacho? Me imagino cómo podría acabar todo esto y me parece insoportable.

—No tiene a nadie, Marin.

—Lo subestimas. —Marin parece agotada—. Lo que no tiene es lealtad.

—Tú piensas lo peor de todo el mundo.

—He visto cómo es, Johannes. Nos chupará la sangre. ¿Cuánto le has pagado ahora?

—Nos ayuda vigilando el azúcar. Es un intercambio justo. Al menos así no se dedica a entregar paquetes y no viene por aquí.

Nella cuenta los compases del silencio de Marin.

—Con qué ojos tan ciegos contemplas el mundo —la oye decir por fin, la voz tensa, la ira contenida—. ¿Por qué te parece que el almacén está menos expuesto que esta casa? Habría que mantenerlo completamente alejado de todo lo que tenga que ver con nosotros. ¿Y si Petronella se lo cuenta a su madre... o a los burgomaestres?

—Nella tiene corazón, Marin...

—Aunque tú apenas hayas reparado en su existencia.

—No es cierto. No es justo. Le he comprado esa casa de muñecas, los vestidos, la llevé a ese banquete. ¿Qué más tendría que hacer?

—Ya lo sabes.

La siguiente pausa es larga.

—Tengo la impresión —dice Johannes al fin— de que es la pieza que le faltaba a nuestro rompecabezas.

—Y corres peligro de perderla. El daño que has provocado, tu falta de atención a las necesidades de los demás...

—¿Yo? Tu hipocresía corta la respiración, Marin. Ya te advertí en agosto de que no podía...

—Y yo te advertí a ti de que, si no te apartabas de Jack, sucedería algo terrible.

Nella no soporta seguir escuchándolos. Regresa a la escalera y recoge la jaula de *Peebo*. Mientras baja se da cuenta de que nunca había tenido tanto poder, ni tanto miedo. Se imagina a Johannes desapareciendo bajo el agua, con el rostro contraído y el pelo arremolinado como una mata de algas grises. Está en su mano provocar que eso suceda. Llevan años amparados por la protección de esas paredes, de esa puerta gruesa, pero resulta que la abrieron para dejar entrar a Nella y las cosas han cambiado mucho. «No nos gustan los traidores»: las palabras de Marin le recuerdan la extraña unidad de ese grupo de gente al que ahora pertenece a medias, y que permanece a la espera de comprobar su lealtad.

Al llegar al último escalón se sienta y deja la jaula a su lado. *Peebo* está en su percha y se aferra a ella, obediente. Nella empieza a tirar de la puertecita, que se abre de par en par con un ligero chasquido. El pajarillo da un salto de sorpresa y sacude la cabeza, intrigado, antes de mirarla parpadeante con los ojillos encendidos.

Al principio vacila, pero luego aprovecha la oportunidad y echa a volar. Da una vuelta tras otra por el inmenso vestíbulo, cada vez más arriba, para lanzarse luego en picado y aletear por el magnífico espacio mientras sus excrementos caen en abundancia sobre el mármol. «Que caigan —se dice Nella—. Que cubran estas dichosas losas de mierda.»

Se echa hacia atrás y contempla el ascenso en espiral de *Peebo*, tiritando por el frío que entra por la ventana de la calle, que se ha quedado entreabierta. El pájaro revolotea de un extremo del vestíbulo al otro. Nella nota el aire que desplaza al batir las alas, el movimiento de huesos y plumas, finos como el papel, la sacudida del álula cuando encuentra una percha en las vigas que su dueña no alcanza a ver.

Pese a las advertencias de su madre acerca de las mujeres a las que enterraron demasiado pronto en el cementerio de Assendelft, Nella siempre había dado por hecho que algún día tendría un hijo. Se toca el vientre, en el que se imagina una curva, un globo de carne con un niño oculto dentro. La vida en esa casa no es solamente absurda, sino que es un juego, un ejercicio de falsedad. ¿Quién es Nella ahora? ¿Qué se supone que debe hacer?

—¿Hay hambre? —pregunta una voz.

Nella se sobresalta al ver surgir a Cornelia de debajo de la escalera, pálida e inquieta. Ni se molesta en preguntarle por qué merodea por allí. En esa casa nunca se está realmente a solas; siempre hay alguien que observa o escucha. ¿Acaso no presta atención también ella a los pasos, las puertas que se cierran y los murmullos apresurados?

—No —responde, aunque no es cierto.

En ese momento podría comerse el banquete entero de los plateros sin detenerse, dar cuenta de él hasta el último bocado para tener la impresión de que su cuerpo existe.

—¿Piensa dejarlo volando por ahí? —dice Cornelia, señalando las verdes plumas de *Peebo*, que se dejan ver durante un instante al bajar, antes de adentrarse de nuevo en las sombras.

—Pues sí —contesta Nella—. El pobre esperaba este momento desde el día en que llegó.

Se agacha, y la criada se arrodilla ante ella y le pone las dos manos en las rodillas.

—Ahora esta casa es su hogar, señora.

—¿Cómo puede alguien llamar «hogar» a este lugar cargado de secretos?

—Aquí sólo hay un secreto —replica Cornelia—. A no ser que usted también guarde uno.

—No —responde Nella, pero piensa en la miniaturista.

—¿Qué iba a encontrar en Assendelft, señora? Nunca habla del pueblo, no debe de echarlo mucho de menos.

—Nadie me pregunta, únicamente Agnes.

—Bueno, por lo que he oído, allí hay más vacas que personas.

—¡Cornelia!

Sin embargo, Nella no logra reprimir una risa nerviosa al pensar en lo lejos que se siente ahora de aquella casa, de aquel lago, de aquellos recuerdos de infancia. Eso sí, le gustaría que la gente no se refiriese a su pueblo con tanta desconsideración. «Podría encontrar la forma de volver —supone—. Mamá tendría que acabar perdonándome, sobre todo cuando le contara la verdad. Si me quedo, Johannes seguirá con sus escapadas y correrá el riesgo de sufrir la ira de los pastores y los magistrados, con la perspectiva de la condenación eterna cada vez más difuminada en contraste con sus deseos. Y yo, mientras tanto, no tendré casi nada. Ni una promesa de maternidad, ni unos secretos compartidos durante la noche, ni una casa que llevar, excepto la que está dentro de un aparador, donde no puede prosperar ningún alma humana. No obstante, hay que luchar para salir a flote, ése es el mensaje que me hizo llegar la miniaturista.»

Assendelft es pequeño, la compañía es limitada y está anclado en el pasado. En cambio, en Ámsterdam las cortinas color mostaza han abierto un nuevo mundo, un mundo extraño, un enigma que Nella desea resolver. Y, sobre todo, en Assendelft no está la miniaturista.

La mujer que vive en la Kalverstraat es imprecisa, incierta. Puede incluso que sea peligrosa, pero en ese momento es lo único que Nella considera propio. Si volviera al campo, no llegaría a saber por qué ha decidido mandarle esos objetos que no le ha encargado, jamás descubriría la verdad de su trabajo. La muchacha es consciente de que en realidad prefiere que los envíos sigan llegando, que no se detengan. En un momento de fantasía se le ocurre que acaso sea su mera existencia lo que la mantiene con vida.

—Cornelia, ¿me seguiste aquel día hasta el despacho de Johannes? —pregunta.

La criada parece apesadumbrada.

—Sí, señora.

—No me gusta que me sigan, pero me alegro mucho de que lo hicieras.

Historias

En la cocina de trabajo, la criada le ofrece una copa de *kandeel* hecho con vino caliente y especias y se sirve también una.

—Por fin hay paz —dice.

—Yo no quiero paz. Preferiría un marido.

—Las empanadas ya deben de estar listas —contesta Cornelia, y se limpia las manos en el delantal en el momento en que un tronco del fuego se parte con una lluvia de chispas resplandecientes.

Nella deja el *kandeel* en la superficie grasienta de la mesita de picar que ve junto a su rodilla. «No voy a hacerte daño, Petronella.» Es lo que le prometió Johannes en la barcaza de camino a la fiesta del gremio de plateros. Siempre ha considerado que la bondad requería esfuerzo, pero no hacer nada, un acto de contención, ¿puede eso ser también una muestra de bondad?

Le han enseñado que la sodomía es un delito contra natura. En ese caso hay pocas diferencias entre la doctrina de un pastor de Ámsterdam y la del sacerdote de su infancia en Assendelft. Sin embargo, ¿está bien matar a alguien por algo que reside en su alma? Si Marin tiene razón y ese algo no se puede extirpar, ¿de qué sirve todo ese sufrimiento? Nella bebe un sorbo de *kandeel* y deja que el sabor de las intensas especias la aparte de la terrible imagen de Johannes sumergido en un mar negro y frío.

—También le he echado guisantes secos. Una idea nueva —dice la criada mientras el calor se escapa por la puerta del fogón y llena la habitación.

Pone una empanada en un plato, la rocía de zumo de limón y caldo de cordero y la unta con mantequilla antes de acercársela.

—Cornelia, ¿Marin ha amado a alguien alguna vez?

—¿«Amado»?

—Eso he dicho.

Los dedos de la criada agarran con fuerza el plato.

—La señora Marin dice que el amor es mejor como fantasma que como realidad, es mejor perseguirlo que atraparlo.

Nella observa la danza de las llamas, que forman un arco y luego desaparecen.

—Puede que diga eso, pero he encontrado algo. Una nota... Una nota de amor, escondida en su cuarto.

Las mejillas de Cornelia se quedan sin color. Nella titubea, pero decide arriesgarse y pregunta:

—¿La escribió Frans Meermans?

—Por todos los ángeles del cielo —musita la pobre con un hilo de voz—. Es imposible... Si no se...

—Cornelia, quieres que me quede, ¿no es cierto? ¿Verdad que no quieres que monte un escándalo?

La criada levanta el mentón y la mira desde arriba.

—¿Está regateando conmigo, señora?

—Tal vez.

Cornelia duda, y luego acerca un taburete y posa la mano sobre el corazón de Nella.

—¿Me lo jura, señora? ¿Jura que no hablará de esto con nadie?

—Lo juro.

—Entonces voy a contárselo. —Y en un susurro agrega—: Agnes Meermans siempre ha sido una gata, por mucho que esconda las garras. Se da muchos aires, pero mírela bien, señora. Mire la preocupación que se refleja en el centro de sus ojos. Es incapaz de disimular su opinión de Marin... porque Marin enamoró a su marido.

—¿Ah, sí?

Cornelia se pone en pie.

—No puedo contarle todo esto sin mantener las manos ocupadas con algo. Voy a preparar *olie-koecken*.

Echa en el mortero un cuenco de almendras, un puñado de clavo y una ramita de canela. Se pone a triturar las almendras y el clavo, y sus susurros y su porte de secreto y convicción resultan más deliciosos para Nella que la empanada que tiene en el plato.

—Cuando lo conoció, la señora Marin era mucho más joven que usted —continúa tras comprobar que no baja nadie por la escalera—. Meermans era amigo del señor cuando estaban empleados en la tesorería. El señor tenía dieciocho años y la señora, unos once.

Nella trata de imaginarse a Marin de niña, pero Agnes tenía razón: resulta imposible. Tiene que haber sido siempre la misma. Entonces se acuerda de algo, de un dato que no concuerda.

—Pero Agnes me dijo que Frans y Johannes se conocieron en la VOC a los veintidós años.

—Bueno, se lo inventó... o quizá Meermans le mintió. Nunca ha trabajado en la VOC. Conoció al señor en la tesorería de Ámsterdam y acabó dedicándose a las leyes en la Stadhuis. No es muy impresionante, la verdad: se quedó en una oficina mientras su amigo se hacía a la mar con la compañía más importante de la república. Se marea, señora. ¿Se lo imagina, un holandés que se marea?

—Bueno, yo prefiero los caballos a los barcos.

Cornelia se encoge de hombros y replica:

—Unos pueden echarte de la silla y los otros, por la borda. En fin, Meermans conoció a la señora en la celebración de San Nicolás. Había música por todas partes, cistros, trompas y violas, y la señora bailó con él más de una vez. Le parecía un príncipe, muy apuesto. Ahora come demasiado, pero en aquella época todo el mundo lo admiraba.

—Pero ¿cómo sabes todo eso, Cornelia? Seguramente ni habías nacido.

Cornelia frunce el ceño y echa la harina de trigo y el jengibre para luego espesar la masa con un batidor.

—Era muy pequeña, estaba en el orfanato, pero he ido atando cabos, ¿verdad? Las cerraduras —susurra, clavando los ojos azules en los de Nella con una mirada de complicidad—. He logrado entenderlo todo. —Acerca un cuenco pequeño lleno de manzanas y empieza a pelarlas sin romper la mondadura—. La señora tiene algo especial. Es un nudo que todos queremos deshacer.

Nella se queda pensando si habrá alguien con los dedos lo bastante diestros y ágiles para desenmarañarla. Con sus cambios de humor y esos momentos de generosidad que se frustran por cualquier comentario desagradable, Marin es de todos ellos la que con más fuerza permanece atada.

Cornelia sigue batiendo, y Nella tiene la sensación de que se le hincha el corazón debajo de las costillas. «Esta muchacha fue al despacho de Johannes a salvarme —se dice—. Si eso es cierto, es la primera amiga de verdad que he tenido.» Apenas puede contenerse, en cualquier momento va a ponerse en pie para abrazar a esa extraña criatura del orfanato que goza del poder de consolar a los demás gracias a sus dotes para la cocina.

—El señor y Meermans eran buenos amigos —prosigue Cornelia—, así que lo visitaba con frecuencia para jugar una partida de *verkeerspel*. Lo del amor llegó después. ¿Qué iba a saber del amor la señora a los once años?

—Yo tengo casi diecinueve y estoy casada, Cornelia, y sin embargo no puedo decir que lo entienda mucho mejor que si fuera una niña.

La criada se sonroja y Nella razona para así: «No parece que al hacerse mayor se gane en certeza. Lo único que se consigue es más motivos para dudar.»

—Los padres de los señores murieron pronto, la madre cuando la señora Marin sólo tenía catorce años. Y entonces su hermano dejó la tesorería para trabajar en la VOC —prosigue Cornelia—. Meermans se trasladó a la Stadhuis.

—¿De qué fallecieron sus padres?

—La madre estaba siempre enferma y los partos la habían debilitado mucho. A duras penas superó el nacimiento de la señora. Tuvo más hijos, aparte del señor y de la señora Marin, claro, pero no sobrevivió ninguno. Había pasado poco más de un año de su muerte cuando su marido sucumbió a unas fiebres. Después el señor se embarcó por primera vez con la VOC para ir a Batavia. La señora Marin tenía quince años. Frans Meermans trabajaba en la Stadhuis, pero sin una carabina no podía verse con él.

Nella se imagina a su marido bajo cielos azules sofocantes, en arenas calientes cubiertas de caparazones tintineantes y sangre derramada. Piratería y aventuras mientras Frans y Marin se quedaban aislados entre muebles de caoba y tapices asfixiantes, entre canales de aguas mansas y el repique de las campanas de la iglesia.

—El señor trató de convencerlo para que entrara en la VOC. Le dijo que aprovechara la oportunidad. «No critiques a Frans. No todo el mundo ha tenido las mismas oportunidades que tú, Johannes, y a ti ya te parece bien», dijo un día la señora.

Cornelia da vueltas a unas pasas empapadas en un bol con el mango de la cuchara de madera.

—Lo malo fue que Meermans no pudo seguir los pasos del señor. No consiguió abrir las puertas idóneas, no inspiró a los hombres. Tuvo un éxito moderado, mientras que el señor se hizo muy rico. Y luego, al cabo de cinco años, cuando Marin había cumplido los veinte, Meermans se presentó de visita sin que ella lo supiera. Había ahorrado dinero y pidió al señor la mano de su hermana en matrimonio.

—¿Esperó cinco años? ¿Y qué dijo Johannes?

—El señor lo rechazó.

—¿Qué? ¿Cinco años de espera para llevarse un no por respuesta? Pero ¿por qué? Meermans no tenía mala reputación, ¿verdad? Y debía de quererla mucho.

—El señor nunca hace nada sin una buena razón —replica Cornelia a la defensiva, y vierte un primer chorro de masa en una sartén con aceite bien caliente.

—Sí, pero...

—Meermans era apuesto, al menos para algunas, pero su reputación dejaba bastante que desear. —Cornelia hace una pausa—. Tenía arranques de mal genio, siempre quería algo mejor. Y después de aquel desaire no volvió por aquí. Hasta ahora.

Saca el buñuelo recién hecho y lo coloca con delicadeza en una bandeja previamente azucarada.

—Rasqué la parte de arriba del cono de azúcar de Agnes —explica con picardía.

—Tal vez Johannes quería mantener a Marin donde le era útil —sugiere Nella—. Como un títere que le hacía las veces de esposa. Ahora ya tiene dos. —La criada tuerce el gesto—. Vamos, Cornelia. Ella sigue siendo la señora de esta casa. Sabes perfectamente lo estricta que es, cómo nos mantiene a todos a raya. De todo eso debería ocuparme yo. Aunque... ¿te has fijado en lo distraída que parece últimamente?

Cornelia se queda en silencio.

—No he visto ninguna diferencia, señora —contesta por fin.

—¿Llegó a enterarse de lo que había hecho Johannes?

—Con el tiempo sí, pero por entonces Meermans ya se había casado con una amiga de la señora. Agnes Vynke. —Pronuncia ese nombre como si fueran las partes del cuerpo de una avispa—. Su padre trabajaba en la Compañía de las Indias Occidentales y se había hecho rico en el nuevo mundo. Le había prohibido casarse con un hombre que no tuviera fortuna. El señor Vynke era un monstruo: ¡a los ochenta años aún trataba de engendrar hijos varones para que ella no heredase! El matrimonio con Meermans fue la primera y única rebelión de Agnes. Lo adora como si fuera una enfermedad. Puso a las demás esposas del gremio en contra de la señora Marin sencillamente para asegurarse de que ese capítulo quedaba cerrado. Agnes ansiaba algo de poder, pero entonces se murió su padre y le dejó todos esos campos.

Nella recuerda la descripción que le hizo Cornelia de esas señoras que en sus visitas le ponían pájaros en el pelo a Otto. ¿Sería Agnes Vynke una de ellas y Marin le prohibió volver?

—La boda fue un banquete colosal —prosigue Cornelia— que pagó Frans con dinero prestado, sin duda. Ése siempre tiene deudas. La fiesta duró tres días. Pero ya sabe lo que dicen de las grandes bodas: que sirven para tapar la falta de apetito.

Nella se sonroja. Si lo contrario fuera cierto, tras su mísera ceremonia Johannes y ella no habrían salido de sus aposentos durante una buena temporada.

—Frans y Agnes llevan doce años casados y siguen sin tener hijos —recuerda Cornelia—. Y entonces aparece la plantación de caña de azúcar de Agnes, que a él le viene como caída del cielo. Mejor que un heredero. Puede que cuente con ese azúcar para reunir un legado, pero no por eso deja de querer a la señora Marin.

Sirve el primer *olie-koeck*. Aún está caliente y la corteza frita se deshace entre los dientes de Nella para liberar una combinación perfecta de almendra, jengibre, clavo y manzana.

—¿Y Marin sigue enamorada de él?

—Uy, estoy segura. Le manda un presente todos los años. Cerdos y perdices, una vez una pata de ciervo. Y la señora no se los devuelve. Es una especie de conversación muda que siguen queriendo mantener. Por supuesto, la que tiene que encargarse de todo es servidora: desplumar, trocear, rellenar, freír, hervir. Un collar daría menos trabajo. —Cornelia limpia el cuenco de la masa con un trapo húmedo—. Así se enteró la señora de que el señor había rechazado la propuesta de Frans. El primer presente llegó poco después de la boda con Agnes.

—¿Y qué era?

—Yo acababa de entrar en la casa. Recuerdo muy bien a la señora en el vestíbulo con un lechón salado en las manos. Estaba muy triste. «¿Por qué me envía un presente, Johannes?», preguntó, y el señor se la llevó al despacho y supongo que tuvo que explicárselo todo.

—Santo cielo.

—Y desde entonces Meermans no ha dejado de mandar cosas. Aunque nunca pone su nombre, todos sabemos que es él. —Cornelia, que está muy seria, se restriega la frente—. Pero lo de la carta de amor es distinto. Una carta de amor es peligrosa. Cierre los ojos, señora Nella, y olvídese de que la ha visto.

~

Cuando Nella sube al vestíbulo para ofrecer a *Peebo* las migas del *olie-koeck*, lleva la cabeza llena de imágenes de Marin de joven, dirigiendo miradas de sonrojo al apuesto Meermans. Es como tratar de concebir a sus padres de solteros, cuando se enamoraron. «Preferiría ascender de la mano del amor —piensa—, llegar hasta las nubes, no desplomarme contra la tierra.» Se imagina ingrávida, adorada, enloquecida de éxtasis.

No ve nada en las vigas. Recorre las habitaciones de la planta baja llamando a *Peebo* con el brazo extendido, convencida de que se posará en ella con su batir de alas, ese cuerpo que conoce tan bien, esos ojos brillantes. Sube al primer piso e incluso comprueba que no se haya refugiado en la casa de muñecas.

—¿*Peebo?*

El cuarto de Marin está cerrado con llave; quiere dormir. Se le pasa por la cabeza una pesadilla repentina con un cuerpo pelado cuyas plumas cuelgan de una cuerda.

El dormitorio de Johannes, escasamente amueblado, también está desierto.

—¿*Peebo?*

Aparece *Dhana* dando brincos. Ha notado que hay un problema, que hay que perseguir algo. La muchacha se imagina al periquito destrozado entre las fauces de la perra, un mordisco afortunado, el curso más cruel de la naturaleza. El espanto le atenaza el estómago y echa a correr escaleras abajo.

—¡Cornelia! —grita—. ¿Sabes dónde está *Peebo?*

Y entonces lo ve: la ventana del vestíbulo ya no está entornada, sino abierta de par en par, y por ella entra una ráfaga de aire frío.

Ocho muñecos

Durante toda la tarde, hasta el anochecer, Cornelia y Nella han recorrido el canal arriba y abajo llamando al periquito, pero ha sido en vano. Dentro de casa las vigas están desiertas, no se oye ningún aleteo. Desorientado y con un ambiente gélido, es imposible que *Peebo* sobreviva mucho tiempo. La temperatura ha bajado repentinamente, el hielo forma una fina capa sobre el Herengracht y la última hebra de la vida anterior de Nella se ha desenredado por el cielo.

—Lo siento —musita—. Lo siento.

Exhausta por la preocupación y el desvelo causados por la desaparición de *Peebo*, a la mañana siguiente encuentra un ramito de flores de intenso rojo y azul con una nota bajo la puerta de su cuarto. La invade la esperanza de que sean de la miniaturista, pero se sorprende al comprobar que el texto empieza con una gran «N» capitular y la letra avanza apresurada, con una inclinación pronunciada, hacia el punto final.

Nella:

Vincapervincas azules para una amistad naciente, duraznillos como reparación. Te regalaría otro periquito, pero sólo sería un triste remedio.

Johannes

Nella huele las flores en la penumbra de su dormitorio y su delicada fragancia se bate con su dolor y con el resurgir de la humillación. ¿Cómo será pasar el resto de sus días casada con ese hombre complejo y hedonista, pero sin compartir un lecho conyugal? Johannes la incluirá en sus reuniones sociales, en sus fiestas y sus banquetes gremiales. Quiere ser su amigo. Sin embargo, no cesarán las interminables noches de soledad y los días cargados de anhelo, mientras que el amor quedará amurallado para siempre. Siente ganas de que la miniaturista le mande algo pronto. El miedo a lo que pueda ser es en sí mismo un valor, ya que la distrae.

Entrelaza dos vincapervincas y se las pone detrás de la oreja. Jamás se había figurado una vida sin que nadie la tocara, pero en el fondo de su ser surge una vocecilla que se hace oír: «Estás aliviada de que no se te acerque.» Reconoce el espanto que sintió al ver a Johannes desnudo. Desde que llegó, una gran parte de ella ha ansiado, e incluso intentado, transformarse en lo que desde hace mucho tiempo considera que debe ser una esposa de verdad, una mujer de verdad. Lleva tanto tiempo anhelando esa transformación, consolidándola en su mente, que ha perdido la noción de su ambigüedad. Ahora el concepto de «una mujer de verdad» carece de sentido. Su firme deseo se fragmenta, pura bruma dispersa en su mente. ¿Qué quiere decir, en el fondo, ser una verdadera esposa?

Una llamada a la puerta la saca del ciclo disperso de sus pensamientos.

—He hablado con Otto —informa Cornelia, asomando la cabeza, pero vacila al ver los ojos hinchados de su señora—. Él no dejó la ventana abierta, y yo tampo...

—No le echo la culpa a nadie, Cornelia.

—Puede que vuelva, señora.

—No volverá. Qué tonta he sido.

—Tenga —dice la criada en voz baja, entregándole un paquete marcado con el signo del sol—. Lo han dejado en la puerta para usted.

La sangre de Nella canturrea en su cabeza. «Es como si me oyera —piensa—, incluso cuando no abro la boca. ¿Qué pretende decirme?»

—¿Lo ha traído... Jack? —pregunta, y le tiemblan ligeramente los dedos al contacto con el paquete, desesperada por abrirlo.

Cornelia se estremece al oír ese nombre, pero no aparta la vista de la mano temblorosa de su señora.

—Estaba fuera cuando he salido a fregar los escalones —contesta—. Yo diría que el inglés se mantendrá alejado. Señora... ¿qué hay exactamente en estos paquetes?

Nella sabe que no está preparada para hablarle de la mujer de la Kalverstraat. Aunque había decidido que lo último que quería era estar sola, ahora no ansía otra cosa; se muere de ganas de descubrir sin compañía qué le ofrece la miniaturista.

—Nada. Objetos que he encargado para la casa de muñecas —responde.

—¿Objetos?

—Puedes retirarte.

Cuando la criada se marcha volviendo la cabeza, Nella vuelca el paquete encima de la cama. Es imposible estar preparada para lo que ve.

Hay ocho figuras sobre una tira de terciopelo azul. Tan reales, tan delicadas, son objetos de una perfección inalcanzable para un ser humano. Nella se siente como un gigante y coge una como si fuera a partirse. En la palma de la mano tiene a Johannes, con un manto añil oscuro ceñido a los anchos hombros y una mano prieta en un puño. La otra está abierta y enseña la palma en un gesto cordial. Lleva el pelo más largo de lo que se lo ha visto Nella, justo por debajo de los hombros. Tiene los ojos oscuros y las sombras del rostro lo hacen parecer más débil que en vida. Lleva colgada del cinto una pesada bolsa de monedas, casi tan larga como la pierna, y está más delgado. La bolsa desequilibra la articulación de las caderas y lo inclina hacia un lado.

El pelo de la muñeca de Nella se sale del tocado, como de hecho suele suceder. La miniatura, que lleva un elegante vestido gris, la mira fijamente, con cierto aire de sorpresa en el semblante congelado. Con una manita sostiene una jaula vacía cuya puerta abierta se balancea. Nella experimenta una extraña sensación corporal, como si le clavaran alfileres por debajo de la piel.

En la otra mano, la muñeca muestra una nota diminuta, escrita con mayúsculas negras muy claras:

LAS COSAS PUEDEN CAMBIAR.

Incapaz de seguir mirando esa versión en miniatura de sí misma, Nella sigue con Cornelia y se queda maravillada ante sus ojos azules, que la representan con cierto aire de alegría. Tiene la mano levantada delante de la cara y, al mirarla más de cerca, da la impresión de que se ha llevado un dedo a los labios.

El siguiente es Otto, cuyo pelo está hecho de lana de oveja teñida. Parece más ágil que Johannes, y también está más delgado que su equivalente real. Nella le toca los brazos; el sencillo uniforme de criado no deja adivinar los músculos bien definidos que hay debajo. La joven aparta los dedos como movida por su resorte.

—¿Otto? —dice en voz alta, y se siente como una tonta cuando la figurita no contesta.

A continuación está Marin, con los ojos grises clavados en un horizonte invisible. Se trata sin duda de ella: el semblante esbelto, la boca solemne que retiene una idea que lucha por estallar. La ropa es sombría, como corresponde: terciopelo negro, un amplio cuello de encaje sencillo. Fascinada, Nella pasa las yemas por las estrechas muñecas, los delgados brazos, la ancha frente y el rígido cuello. Entonces recuerda lo que le contó Cornelia sobre el forro secreto y mullido de la sobria vestimenta de su cuñada y mete el dedo debajo del canesú. Detecta una fina piel de marta cibelina.

«Dios santo, ¿qué pasa aquí?», se pregunta, puesto que la miniaturista nunca había llegado tan lejos. Una llavecita de oro, una cuna, dos perras: podría argumentarse que son detalles gratos de la vida doméstica de un comerciante, pero lo de esas figuras... es otra cosa. ¿Cómo sabe la artesana lo que lleva Marin pegado a la piel, o que *Peebo* se ha escapado?

«Te considerabas una caja cerrada con llave dentro de otra caja cerrada con llave —se dice Nella—, pero esa mujer te ve. Nos ve a todos.» Toca con un dedo tembloroso la falda de Marin (que parece hecha con la mejor lana negra del mercado) y acto seguido esconde esa muñeca en una esquina del salón en miniatura, detrás de una silla, donde nadie la vea.

Llega el turno de una figurita masculina, algo más baja que la de Johannes, con sombrero de ala ancha y espada, y vestida con la librea de la Milicia de San Jorge. Tiene la cara grande y, pese a la escasa articulación de su voluminoso cuerpo, queda claro que se trata de Frans Meermans. La siguiente es Agnes, con su cintura de avispa y sus anillos, hechos de diminutos fragmentos de vidrios de colores. Su semblante es más estrecho de lo que recuerda, pero ahí están los conocidos aljófares, que puntean de blanco la negra cinta de la cabeza. De su cuello cuelga un gran crucifijo y con una mano sostiene un cónico pan de azúcar que no supera en longitud a una hormiga.

La octava y última figura cae del terciopelo y Nella lanza un grito.

Lo recoge del suelo y comprueba que, en efecto, es Jack Philips, con el abrigo de cuero, la camisa blanca, los puños que sobresalen por el extremo de las mangas y las piernas embutidas en unas botas ajustadas. El pelo está despeinado y la boca es rojo cereza. «¿Por qué querrá la miniaturista recordarme a este muchacho grotesco? —se pregunta—. ¿Por qué he de tenerlo en mi casa?»

No recibe respuesta alguna de las figuras, de esas poderosas reducciones que siguen mirándola. Hace un gran esfuerzo para observar con tranquilidad a los personajes postrados en su cinta de terciopelo, hechos con esmero y detalle. Los coloca uno por uno en escondrijos de la casita del aparador.

«No puede haber maldad en ellos, ¿verdad?» Pone mucho empeño en convencerse, pero todo esto parece ir más allá de lo normal, tener un significado que Nella no consigue descifrar. Es más que una simple imitación.

Queda otro bulto, de menor tamaño, envuelto en tela negra. Casi no se ve capaz de abrirlo, pero el impulso es demasiado fuerte. Nada más desenvolverlo, le entran náuseas. Tiene ante sí un pájaro verde en miniatura que la mira con unos ojitos negros e intensos, hecho con plumas de verdad, robadas a otra criatura menos afortunada. Las diminutas garras son de alambre, están cubiertas de cera y pueden manipularse para que el animal se pose en cualquier parte.

Nella piensa que su mundo se encoge, pero parece más difícil de manejar que nunca.

Se vuelve repentinamente. ¿Está la miniaturista allí en su cuarto, escondida debajo de la cama? Se agacha para comprobarlo, aparta las cortinas de la pared con un gesto decidido para sorprenderla desprevenida e incluso mira detrás de las de la casa de muñecas. Tan sólo encuentra espacios vacíos que se burlan de su deseo de creer. «Eres Nella, la que está siempre en las nubes —se dice—, con sus fantasías y su imaginación calenturienta. Se suponía que ibas a dejar a esa niña en Assendelft.»

Al otro lado de la ventana, la gente camina junto al Herengracht. Hoy la calle está muy concurrida, ya que el hielo dificulta la navegación por el canal. La vendedora de arenques da patadas al suelo en la esquina para entrar en calor y los señores pasean con sus mujeres y sus criados, todos bien abrigados para protegerse del frío glacial. Algunos levantan la vista y miran a Nella al pasar, rostros vueltos como copos de nieve hacia el cielo invernal.

Nella se fija entonces en el puente. Un destello de una melena rubia, está segura. Vuelve a sentir un picor en la piel y debilidad en las tripas. ¿Será ella? Hay muchos paseantes que cruzan el Herengracht por ese puente. Nella asoma parte del cuerpo por la ventana. Sí que es ella: esa melena resplandeciente, escondida entre una multitud de siluetas más oscuras que avanzan deprisa para escapar del frío.

—¡Espere! —grita Nella desde la ventana—. ¿Por qué me hace esto?

En la calle, alguien se ríe.

—¿Es una lunática? —pregunta una mujer, y Nella siente el escozor de ese escrutinio injusto y terrible.

La cabellera rubia ha desaparecido. Las dos preguntas quedan flotando en el aire sin respuesta.

Escrito en el agua

Nella baja a toda prisa por la escalera principal con el nuevo *Peebo* en miniatura metido en el fondo del bolsillo. Calzada todavía con los zuecos de estar por casa, se dirige a la puerta de la calle, pero se detiene en seco al oír las voces intensas de Marin y Johannes en el comedor. Vacila, sin saber si salir tras la miniaturista o escuchar la discusión entre los hermanos.

—Dijiste que irías, Johannes, y debes ir. —Marin habla en voz baja y con una crudeza inusual—. He pedido que traigan una barcaza para llevarte al puerto. Cornelia te ha preparado un baúl.

—¿Qué? Me iré dentro de un par de semanas —responde él—. Hay mucho tiempo.

—¡Estamos en noviembre, Johannes! Piensa en todos los pasteles y todas las fiestas que van a necesitar azúcar en estas fechas. Si vas en diciembre será demasiado tarde, aparte de que la humedad del almacén no beneficiará en absoluto al azúcar...

—¿Y qué hay de la humedad de mis huesos si van de barco en barco con este tiempo? No tienes ni idea de lo monótono que es untar manos, de lo agotador que resulta hablar en italiano, comer con cardenales que no tienen otro tema de conversación que el tamaño de sus palacios en la Toscana.

—Tienes razón, y yo no. Pero, dado todo lo sucedido, sería prudente que... te alejaras.

—¿«Prudente»? ¿Por qué? —La voz de Johannes se anima con un tono de provocación—. ¿Qué estás tramando para cuando me vaya?

—No tramo nada, Johannes. Me vendrá bien recapacitar. Y a Petronella también.

—Estoy cansado, Marin. Tengo casi cuarenta años.

—El que decidió venderlo en el extranjero fuiste tú. Y, si te molestaras en visitar el lecho de tu mujer, dentro de quince o dieciséis años podrías traspasárselo todo a tu hijo. Cuando seas un viejo chocho podrás pasarte la vida en una taberna, me traerá sin cuidado.

—¿Qué has dicho? ¿A mi hijo?

Nella prácticamente nota el sabor del silencio que sigue. Cae sobre los tres, Johannes y Marin en el comedor y ella fuera, como un manto de nieve tan denso que si un hombre tropezara en él podría desaparecer. Pega la mejilla a la madera y espera. Eso que ha oído en la voz de su marido... ¿era un anhelo? ¿O es tan sólo la sorpresa? ¿Hasta qué punto tenía razón Agnes, aquella noche en el gremio de plateros? «No hay nada garantizado», habían sido, según ella, las palabras de Johannes sobre la descendencia. «Si las cosas pueden cambiar —piensa Nella, acariciando el pájaro en miniatura que lleva en el bolsillo—, a lo mejor la gente también.»

—Marin —suspira Johannes, y saca de su ensimismamiento a Nella, fundiendo la nieve que la envolvía—. Pretendes que llevemos unas vidas perfectas, trazadas en mapas que no conducen a ninguna parte. Dentro de quince años seguramente estaré muerto.

—Ay, veo nuestros destinos con claridad, hermano. Eso es lo que me hace sufrir.

—Si me voy, tengo que llevarme a Otto.

—Lo necesitamos aquí —responde Marin—. ¿Tres mujeres solas sin un hombre que cargue la leña? Pronto vendrán las heladas.

—¿Quieres dirigir mi negocio y no puedes levantar un tronco? En ese caso —añade Johannes, cuando Marin no replica—, sólo puedo llevarme a otro ayudante.

—Ni se te ocurra...

Nella irrumpe en la habitación. Es la primera vez que ve a su marido desde aquel día en su despacho. Un fugaz gesto de dolor se asoma al semblante de Johannes mientras se levanta de la silla. Arrastra los pies con un andar desgarbado.

—Nella, ¿no estarías...?

—¿Qué es eso? —lo interrumpe su mujer, señalando el plano sobre el que está inclinada Marin.

—El plano de Venecia de De'Barbari —dice ésta, y repara en los pétalos de las vincapervincas recogidas detrás de la oreja de Nella.

—¿Has tenido suerte con el periquito? —pregunta su marido.

Nella hunde la mano en el bolsillo.

—No.

—Ah. —Johannes se detiene, se rasca el mentón con aire pensativo y la observa. Luego mira de reojo a su hermana—. He decidido que tengo que ir a Venecia, para mantener conversaciones relativas al azúcar de Agnes.

—¿A Venecia? —repite Nella—. Entonces, ¿no pasarás la Navidad aquí?

—No puedo garantizarlo.

—Ah.

Nella se sorprende al oír el leve dejo de desilusión en su propia voz. Marin se queda mirándola.

—Nos ha parecido que sería lo mejor —añade Johannes.

—¿Para quién?

—Para el azúcar.

—Para todos —remata Marin.

~ ~ ~

Tal como pretendía su hermana, Johannes sube a la barcaza de la VOC delante de su casa para que lo lleve al puerto, donde va a embarcar. Desde el umbral, Nella tirita cuando su marido levanta una mano reticente para despedirse. Ella repite el gesto, se limita a despedirlo con la mano alzada en el aire frío, sin agitarla siquiera.

—Te has puesto las flores en el pelo —dice él.

—Sí. —Se fija en su piel bronceada, en las arrugas más claras junto a los ojos, en la incipiente barba plateada—. Como reparación.

Ante esas palabras, Johannes parece quedarse sin habla y, en ese breve momento compartido entre los dos, Nella tiene la impresión de haber ganado estatura, como si tuviera por fin su dignidad al alcance de la mano.

Rezeki sale trotando de la casa y ladra de disgusto por ver marchar a su dueño.

—¿Llevas los panes de azúcar de muestra?

—Basta con mi palabra, Marin —responde él con la voz debilitada por la emoción.

«¿Quién es este hombre al que tanto conmueve mi despedida?», se pregunta Nella.

—¿Por qué no te la llevas? —dice Marin.

—Me molestaría —contesta Johannes—. Cuídala bien.

Nella espera que estén hablando de la perra. Marin se muestra tan distante con su hermano que cuesta descubrir sus intenciones. «Se marcha, ¿no? ¿No es lo que pretendía? Tal vez la miniaturista me envíe pronto algo que me ayude a descifrar a esta extraña mujer», se dice Nella, ya que la figurita de su cuñada no ofrece ninguna pista. «Esta noche —decide—. Esta noche iré a la casa del signo del sol.»

Marin entra despacio, como si el frío le hubiera agarrotado las articulaciones. Cornelia observa con atención el avance titubeante de su señora. Con Otto al lado, Nella sigue pendiente de la figura de su marido, que va empequeñeciéndose a medida que la barcaza avanza por la Curva de Oro.

—¿Tú no querías ir a Venecia? —pregunta.

—Ya he estado, señora. —Él también mira la estela en el agua—. Con ver una vez el Palacio Ducal ya basta.

—A mí me gustaría verlo. Podría haberme llevado con él —responde Nella, y se da cuenta de que Cornelia y Otto cruzan una de sus miradas.

Cuando ya van a entrar en casa, los tres reparan en la presencia de Jack Philips canal arriba. A Nella se le revuelve el estómago. El inglés lleva las manos en los bolsillos y el pelo más despeinado que nunca, y mira con el ceño fruncido la embarcación de Johannes en la distancia. Otto ayuda a Nella a subir los escalones y la muchacha se hunde al sentir su contacto, deja que la guíe y oye un ruido sordo a su espalda cuando Cornelia cierra la puerta.

~

En el exterior ha caído la noche invernal. El cielo es un río profundo de añil en el que brillan desperdigadas las estrellas, como lucecillas llevadas por la corriente. Nella se ha sentado junto a la ventana de su cuarto con la miniatura de *Peebo* en el regazo. Hace tiempo que Jack ha abandonado su puesto. ¿Dónde estará ahora Johannes? ¿Subirá a una de esas góndolas? ¿Regresará al Palacio Ducal? «Por supuesto que sí», concluye Nella. Él es así. Se dirige a la casa de muñecas y coloca a *Peebo* con delicadeza encima de una de las butacas de terciopelo. «Las cosas pueden cambiar.» Trata de no pensar en el periquito de verdad, suelto en una noche así, presa de halcones y búhos. ¿Es posible que la miniaturista lo tenga a buen recaudo? Pero ¿de dónde más pueden haber salido esas plumitas recortadas? La idea de que esa mujer se las haya arrancado y le haya hecho daño es insufrible.

Ha llegado el momento de descubrirlo. «A esta hora hará muchísimo frío en la Kalverstraat —piensa, mientras se cubre con el manto de viaje—. Y a saber cuánto rato me costará convencer a la miniaturista para que salga.»

Nella cuelga la llavecita de oro que le mandó la desconocida del cuello de la muñeca que la representa, y luego la arropa con cuidado en su propia cama.

—No tengo miedo —dice en voz alta.

Al volverse, capta un breve destello en la diminuta clavícula de la muñeca. No obstante, no puede quitarse de la cabeza la idea de que sólo ese gesto que acaba de deparar a su miniatura garantiza su regreso sana y salva.

Nunca ha salido a la calle de noche. En Assendelft sólo habría servido para toparse con un zorro errante a punto de meterse en un gallinero. Sospecha que en Ámsterdam los zorros adoptan formas muy distintas.

Abre la puerta sin hacer ruido y aspira una maravillosa fragancia de espliego que se difumina a medida que el vapor humedece el aire. El resto de la casa está en silencio, únicamente le llega un chapoteo procedente del extremo del pasillo. Al parecer, Marin, que esconde sus secretos como armas, que lleva vestidos forrados de marta cibelina, pero come arenques pasados, está dándose un baño en plena noche.

Un baño es un lujo a cualquier hora del día, pero semejante capricho nocturno despierta la curiosidad de Nella. Incapaz de reprimirse, avanza de puntillas por el pasillo y acerca el ojo a la cerradura.

Marin está de espaldas y le impide ver la tina, que ocupa la mayor parte del espacio libre que quedaba en su minúsculo cuarto. ¿Quién la habrá llevado hasta allí y la habrá llenado de agua caliente hasta el borde? No habrá sido ella misma. Su cuñada no es tan esbelta como creía: de espaldas, los muslos y las nalgas muestran una redondez que normalmente queda oculta debajo de la falda. La ropa de Marin es lo primero que se ve, lo que anuncia al mundo quién quiere ser.

En cambio, desnuda es otra criatura, de piel pálida, de brazos y piernas largos. Cuando se inclina para probar la temperatura del agua, Nella comprueba que no tiene los pechos pequeños. Está claro que se los comprime con corsés implacables. Son más carnosos y más redondos de lo esperado, como si pertenecieran a otra persona. A Nella le provoca una extraña inquietud que el cuerpo de Marin sea así.

Marin mete una pierna en la tina de cobre y luego la otra, y va descendiendo lentamente, como si le doliera. Echa la cabeza atrás, cierra los ojos, el agua la cubre. Permanece varios segundos sumergida y al parecer golpea un costado de la tina con la pierna antes de salir para respirar. Los capullos de espliego seco se deslizan por la superficie y liberan su aroma, y Marin se frota la piel hasta que se le pone rosada.

Los mechones mojados se le pegan al cuello y le dan un aire juvenil, de una vulnerabilidad insoportable. Ante sí, en el estante, junto a todos los libros y los cráneos de animales, Nella descubre un cuenco pequeño con nueces confitadas que relucen como joyas a la luz de las velas. No recuerda ni una sola ocasión en la que Marin haya comido en público un buñuelo, un gofre o un bollo, nada, con la excepción del azúcar de Agnes, que tanto le costó tragar. ¿Las habrá hurtado de la cocina? ¿Se habrá confabulado Cornelia para satisfacer el secreto apetito de su señora?

«Es muy propio de ti, Marin —piensa—, esconder nueces confitadas en tu cuarto y criticarme porque me gusten los mazapanes.» El azúcar y los arenques: lo que come Marin define a la perfección sus exasperantes contradicciones.

—¿Qué has hecho? —la oye preguntar, de repente, al aire—. ¿Se puede saber qué has hecho?

Da la sensación de que Marin espera algo con la vista fija en la nada, pero no obtiene respuesta. Nella no separa el ojo de la cerradura, aunque la aterra la idea de que el susurro de los pliegues del manto de viaje pueda delatarla. Al cabo de un rato, Marin sale de la tina con cierta dificultad, y se seca las piernas y los brazos poco a poco. Para ser alguien que come como un pajarito, que afirma ante el mundo renunciar a los placeres de los dulces, parece bien alimentada. Se viste con una ancha combinación de lino y se sienta en la cama, a la izquierda de la tina, para repasar los lomos de sus libros.

Nella es incapaz de apartar los ojos. Han quedado atrás las faldas perfectas de su cuñada, sus petillos negros, los medios halos blancos de las cintas que lleva en la cabeza. Ahora Nella sabe qué hay debajo de todo eso; ha contemplado la piel. Marin extiende un brazo y saca un papel de uno de los libros. Es la carta de amor, no cabe duda, pero de repente la hace pedazos hasta que no queda papel, sino tan sólo unos pétalos blancos que deja caer sobre la superficie del agua. Entonces oculta la cara entre las manos y se echa a llorar.

«Al verla así debería sentirme poderosa —cavila Nella cuando los gemidos le llegan con fuerza a los oídos—, pero incluso en este momento me resulta esquiva.» Como su concepción del amor, Marin se crece con la persecución; atrapada así es aún más inalcanzable. «¿Qué se sentiría —se pregunta la muchacha— al contar con su confianza, al compartir ese dolor y ayudarla a sofocarlo?»

Entristecida de improviso, Nella se retira. Jamás llegará ese día. La intimidad al desnudo de ese momento recorre su cuerpo y apaga el deseo de enfrentarse al exterior, al frío y a la oscuridad. Lo que quiere es dormir. «Mañana», se dice. Por el momento, va a sacar de la cama a su versión reducida, engalanada con la llave de oro, para volver a colocarla en la casa de muñecas.

Se abriga bien con el manto y se encamina a su cuarto, y en ese momento se mueve una sombra en lo alto de la escalera. El extremo de un pie, un talón que se levanta y desaparece en la oscuridad.

El muchacho del hielo

Un cadáver ha ascendido hasta la superficie del Herengracht, un hombre sin brazos ni piernas, tan sólo un tronco unido a una cabeza. Varios individuos asestan golpes de pico al hielo para sacarlo ante la atenta mirada de Marin, que se esconde detrás de la puerta de la calle. Durante todo el año, el canal se utiliza como vertedero y, cuando se solidifica con el frío, emergen actos del pasado, sometidos al escrutinio de toda la ciudad. Arranca ya la segunda semana de ausencia de Johannes y, a medida que se endurece el hielo, aparecen elementos más prosaicos: muebles rotos, orinales, diez gatos en un círculo estrecho y lastimoso. Nella los ve y se imagina calentándolos hasta que resuciten y recuerden la tortura que han sufrido como un simple sueño. Cuando las autoridades se llevan el cadáver mutilado, Marin predice que ese asesinato quedará sin resolver.

—Esas cosas se hicieron en la oscuridad para quedarse en la oscuridad —afirma.

Nella casi vuelve a oler el espliego de la tina de su cuñada. Marin parece distraída, mira por las ventanas y vaga por las habitaciones.

A solas en su cuarto, envuelta en dos chales, Nella sostiene la figurita de Jack Philips. Al no estar Johannes le resulta más fácil. Jack tiene un cuerpo elástico y el abrigo de cuero se ha confeccionado con maestría. Le tira ligeramente del pelo y se plantea si, allí donde esté, el inglés siente el dolor en el cráneo. Parece posible. «Espero que sí», piensa, y la invade al instante una sensación de poder, un ansia de destrucción. Aunque la emoción persiste, Nella ofrece resistencia y devuelve la figura al piso superior de la casa de muñecas, donde se queda inclinada hacia un lado.

Fuera, unos cuantos golfillos decididos patinan en el canal; sus cuerpos ligeros no son ninguna amenaza para la reciente corteza de hielo. Nella se acuerda de Carel, de cómo se deslizaba y resbalaba, dando alaridos de alegría. Abre la puerta principal y los oye llamarse unos a otros: «¡Christoffel!», «¡Daniel!», «¡Pieter!». Sale a la calle y busca instintivamente en el cielo el añorado destello verde, pero no lo ve.

Uno de los patinadores es el muchacho ciego, el que robó un arenque a la pescadera el día de la llegada de Nella. Los demás lo llaman «Bert». Parece desnutrido, pero al menos se diría que saborea el alivio temporal que le ofrece esa diversión, esa actividad física con sus amigos. Nella se asombra al verlo patinar tan deprisa como los demás, con un brazo extendido, listo para la caída. El suelo resbaladizo pone a todo el mundo en el mismo lugar. El muchacho se aleja deslizándose por el interminable rayo helado de luz.

Cada vez que Nella tiene previsto ir a la Kalverstraat, Marin le encuentra una ocupación. No ha habido más paquetes después de aquel de las ocho personas y el *Peebo* en miniatura, de modo que empieza a impacientarse. Johannes lleva dos semanas fuera cuando llega diciembre, y la joven anuncia que debe ir por los regalos navideños de su familia. Sale de compras por las calles de Ámsterdam y escoge una fusta milanesa para Carel y un jarrón de porcelana para tulipanes para su madre, objetos dignos de la mujer de un comerciante de éxito. Mientras recorre la calle de los bollos con Cornelia, en busca del mejor pan de jengibre para su hermana, se da la vuelta constantemente con la esperanza de ver una melena muy rubia y unos ojos fríos y curiosos. Casi anhela que la espíen: al menos se sentiría viva.

Quiere ir a la Kalverstraat, pero Cornelia se las ingenia para acabar en la tienda de Arnoud Maakvrede, argumentando que Arabella se merece lo mejor de las pastelerías de Ámsterdam.

—Han prohibido el pan de jengibre —anuncia Hanna, abatida—. O como mínimo las figuras con forma humana. Arnoud casi echaba espuma por la boca de lo furioso que se puso. Tuvimos que desmigajar familias enteras y venderlas como restos.

—¿Cómo? ¿Por qué?

—Los burgomaestres —responde, como si eso lo explicara todo, y Cornelia se estremece.

Arnoud confirma que, en efecto, están prohibidas las figuritas de hombres y mujeres, de niños y niñas, lo mismo que los puestos que vendían muñecas en el Vijzeldam. El motivo tiene algo que ver con los católicos, asegura. Los falsos ídolos, la importancia de lo invisible por encima de lo tangible.

—Los títeres son cosas muy curiosas —opina Cornelia.

—No por eso tiene razón la Iglesia —replica Arnoud—. Piensa en lo que costará.

—Habrá que hacer figuritas en forma de perro —apunta Hanna, nunca carente de iniciativas.

En lugar del pan de jengibre, Nella compra para Arabella un libro de grabados de insectos. Sospecha que preferiría los excelentes dulces de Arnoud, pero quizá le vendrá mejor un libro, para aprender algo. «En agosto no habrías pensado una cosa así», se dice. Se siente cambiada, como si alguien la dominara y ella hubiera mordido el anzuelo.

Una vez en casa, Marin examina la fusta.

—¿Cuánto ha costado esto? No es más que un niño.

—Piensa en lo que hizo Johannes con mi casa de muñecas —señala Nella, aturdida por las compras que ha hecho, con la sensación de ser rica y poderosa—. Me limito a seguir su ejemplo.

En la tercera semana de ausencia de Johannes cuelgan carámbanos de los marcos de todas las puertas, de todas las ventanas, incluso de las telarañas del jardín, como diminutas agujas de cristal. Los cuatro habitantes de la casa se levantan con frío y se acuestan tiritando. Nella añora la primavera, las flores, el olor de la tierra removida, los animales recién nacidos, el olor intenso y acre de la lana. Espera detrás de la puerta a que llegue algo de la miniaturista, pero es en vano. Un día, al recordar las historias de Hanna sobre los burgomaestres, al pensar en la prohibición de los títeres navideños, la asalta la duda de si la desconocida volverá a mandarle algo.

Regresa a su cuarto y se encuentra a Marin con las manos en el aparador. Verla allí supone una conmoción. Se abalanza sobre ella y trata de cerrar las cortinas.

—¡No has pedido permiso para entrar!

—No, es cierto. No es muy agradable, ¿verdad? —Marin tiene algo en la mano y parece alterada—. Petronella, ¿has hablado de nosotros con alguien?

«Dios mío, por favor, que no haya encontrado su muñeca», pide Nella en silencio. Marin abre el puño y aparece Jack Philips, tan apuesto como el original.

—¿Qué pretendes hacernos?

—Marin...

—Puedo entender la atracción relativa de los muebles y las perras, pero... ¿una figurita de Jack Philips?

Nella se queda boquiabierta cuando Marin abre la ventana precipitadamente y tira a Jack a la calle. Corre hasta el alféizar para presenciar su agitado descenso y lo ve aterrizar en mitad del canal helado, inerte y desamparado en esa masa de blanco. Se estremece de miedo de la cabeza a los pies.

—No deberías haber hecho eso, Marin —advierte—. Te lo digo en serio.

—No juegues con fuego, Petronella.

«Lo mismo podría decirte yo», piensa Nella, mirando con desconsuelo la figurita desechada.

—¡La casa de muñecas es mía, no tuya! —grita cuando su cuñada ya cierra la puerta del dormitorio.

Jack se queda a la intemperie, en el hielo. Nella trata de engatusar a *Rezeki* para que vaya a buscarlo, pero la perra gruñe al verlo, entre resbalones, con el pelo erizado. Le gustaría bajar en persona al canal helado; sin embargo, pesa más que Bert y los demás golfillos, que ya no andan por allí, con lo que tampoco puede pedírselo a ellos. Se imagina que el hielo se rompe bajo sus pies y se ahoga, y todo para salvar una figurita que se siente obligada a proteger, aunque no sabe por qué. Le parece que mantener a Jack en el aparador, donde pueda vigilarlo, es evitar un peligro. Entra en casa a regañadientes, maldiciendo mentalmente a su cuñada.

Por la noche, sucumbe a un sueño agitado en el que flotan las palabras de la carta de amor hecha trizas por Marin. Las dice Jack y su acento inglés choca contra ellas como un esquife en un mar picado. Es como ponerse al sol, como entrar en calor. «Por detrás y por delante, te quiero. Mil horas.» Jack corre por los pasillos de la cabeza de Nella, mojado por el hielo, con uno de los cráneos animales de Marin sobre la cabeza despeinada. Se despierta sobresaltada y el sueño le parece tan real que está convencida de que el joven se encuentra en un rincón del cuarto.

Al día siguiente es San Nicolás, 6 de diciembre. Al abrir las cortinas y bajar la vista, a Nella se le atasca el aire en la garganta. La figura de Jack está sentada en el suelo, apoyada en el marco de la puerta, expuesta a una luz glacial.

La rebelde

Cuando Nella se asoma para recoger la figura helada del escalón superior, la calle sigue desierta. El hielo desprende volutas de bruma, como si soltara remolinos de aliento.

—¿Dónde se ha metido todo el mundo? —pregunta durante el desayuno, con Jack escondido en el bolsillo.

Concentrada en la tarea de desmigar con delicadeza un arenque, Marin no dice nada.

—Los burgomaestres han vuelto a salirse con la suya —asegura con pesar Otto.

El criado acerca a Nella una tabla cargada de *herenbrood* y un grueso disco de gouda bien amarillo. Su hastío ante la burocracia del Estado parece casi ferviente, casi como el de Johannes.

Marin abandona el arenque y remueve un cuenco de compota, con las yemas de los dedos azuladas en torno a la cucharilla. Le da vueltas y más vueltas sin apartar la vista de la refulgente maceración de ciruelas.

—Se ha anunciado públicamente la prohibición de muñecos y títeres —señala. Nella nota la figurita helada de Jack contra la pierna. La pieza causante del conflicto ha formado un círculo húmedo y oscuro en la lana—. Papismo. Idolatría. Un intento nefasto de aprehender el alma humana.

—Cualquiera diría que te dan miedo —responde Nella—, que casi crees que van a cobrar vida.

—Bueno, nunca se puede estar seguro —apunta Cornelia, que, como las otras dos mujeres, va envuelta en varias capas de ropa, en su caso chales de Haarlem con los que se arropa bien.

—Qué ridiculez —espeta Marin.

Nella se imagina granitos de azúcar acumulados como la nieve en las comisuras de los solemnes labios de su cuñada en pleno llanto durante otro baño. Al envolverse en sus pieles camufladas, al devorar su reserva secreta de nueces confitadas, al proteger a su hermano impío, Marin vive entre dos mundos. ¿Ese eterno decoro público surge realmente del miedo a Dios o del miedo a sí misma? ¿Qué late en ese corazón protegido con tanto celo?

Un aire helado silba por las grietas de las paredes del comedor. Hace más frío en la casa, desde luego, como si el aire de la noche se hubiera colado para quedarse.

—Las chimeneas están encendidas —dice Nella—, pero ni se nota. ¿Os habéis fijado?

—Es porque las reservas de madera se han reducido —explica Otto.

—Experimentar algo de frío no nos vendrá mal —responde Marin.

—Pero ¿la experiencia siempre ha de ser sufrimiento? —pregunta Nella.

Todos se vuelven hacia Marin.

—En el sufrimiento encontramos nuestro verdadero yo —dice.

Nella sigue a Cornelia hasta la cocina de trabajo, donde hace más calor, todavía con Jack en el bolsillo. La criada coge el tarro de la compota de ciruela con mucho estruendo y blande un rodillo para atacar la masa de un pastel. Otto llega tras ellas y saca un trapo para abrillantar un batallón de botas de primavera de Johannes dispuestas en fila junto a la puerta.

—Otto, ¿por qué no afanas un poco de turba del desván? La señora no se enterará. —El antiguo esclavo asiente, distraído—. A Marin le encantan sus privaciones, pero en esta ciudad nos gustan las comilonas. A puerta cerrada, me apuesto todas las cacerolas que tengo a que las señoras se echan hombrecillos de pan de jengibre al estómago, digan lo que digan los burgomaestres.

—Y los maridos hincan el diente a las efigies de sus mujeres —agrega Nella.

Es un comentario de mal gusto y queda sin digerir, en el aire. Es una conversación sobre matrimonios, sobre hombres comestibles que caben en la palma de la mano. Prohibido hincarles el diente. Nella se ruboriza, avergonzada. Para distraerse, se imagina escenas más alegres en otras casas, celebraciones de puertas adentro, viviendas decoradas con guirnaldas de papel y ramas de abeto, bollos recién salidos del horno, risas y copas de *kandeel* a base de vino y canela. Eso sucede hoy por toda la ciudad porque es Sinterklaas, la fiesta de San Nicolás, patrón de los niños y los marineros, celebrado con un carnaval que encubre cierto desafío. Ese día les pertenece. Lo mismo que la gula, lo mismo que la culpa.

Resulta difícil imaginarse ahora a los Reyes Magos en el desierto abrasador, yendo a adorar a Jesús, que está a punto de nacer. A Nella le gustaría abrir las puertas y las ventanas para que entrase el espíritu de la revelación. Una ventana abierta podría servir para abrir también la mente.

—Queda poco para la Navidad. Y, luego, la Epifanía —dice Cornelia con cierto éxtasis privado en la voz.

—¿Qué tiene de especial la Epifanía?

—El señor nos da permiso a Toot y a mí para que nos vistamos como señores y nos sentemos a su mesa. No nos toca hacer nada en todo el día. Bueno —añade—, sí que tengo que preparar la comida. La señora Marin no deja que las cosas vayan tan lejos.

—No, por descontado.

—Y también preparo un roscón de reyes, con una moneda escondida en la masa —dice Cornelia—. El que la muerda es rey durante un día.

Otto se ríe, el sonido tiene un fondo amargo y hace que Nella se dé la vuelta. No parece salir de él. Cuando lo mira, él desvía la mirada.

—Te han traído esto —anuncia Marin, que acaba de bajar la escalera de la cocina.

Nella se hace ilusiones de que la miniaturista haya mandado algo nuevo, pero la letra del sobre la sume en la melancolía antes incluso de abrirlo. Es la escritura ensortijada de la señora Oortman, que invita a su hija y a su yerno a pasar parte de las fiestas con ella en Assendelft.

«Carel te echa de menos.» Las elipses y las rectas son un doloroso recordatorio de una vida que para Nella ha dejado de existir.

—¿Piensas ir? —dice Marin.

El tono de súplica de la pregunta la sorprende. Algo ha cambiado en Marin durante las últimas tres semanas y entre sus arrebatos de mal humor muestra una nueva vulnerabilidad. «Parece que de verdad quiere que me quede —se dice Nella—. Además, ¿de veras puedo soportar el regreso, con el vientre plano ceñido por un vestido de seda de Bengala, sin una criatura en ciernes de la que alardear, con un matrimonio que es una victoria hueca? Johannes podría interpretar el papel de marido amoroso sin mucho esfuerzo. Cuando hace falta, se espabila más que nadie. Pero yo me hundiría nada más ver la cara de ilusión de mi madre.»

—No —responde—. Creo que es mejor que me quede aquí. Les mandaré los regalos que les he comprado. Ya iremos el año que viene.

—Lo celebraremos aquí, a nuestro modo —promete Marin.

—¿No habrá arenques?

—Ni uno.

Los dos compromisos revolotean entre ambas mujeres como un par de polillas e impregnan el aire de una nueva energía.

Nella vuelve a colocar a Jack en la casa de muñecas, aunque no está convencida del todo. Todavía le parece mejor tenerlo donde pueda vigilarlo, pero su presencia sigue siendo desconcertante.

Por la tarde, unos músicos clandestinos se arriesgan a tocar una canción en la calle con la esperanza de ganar unas monedas, y Nella se asoma a una ventana del vestíbulo para escuchar su canto acallantado. Otto y Cornelia andan por allí, medio muertos de ganas de ver a los músicos y de miedo por lo que podría decir Marin.

—¿Y si se presenta la Milicia de San Jorge? —dice Cornelia—. Tendría que ver qué espadas. Patrullan para mantener el orden, pero podría haber sangre.

—¿Aplastarían los violines? Que vengan —replica Nella, irónica.

—Habla usted como el señor. —La criada ríe.

Marin recomienda a su cuñada cerrar la ventana y correr las cortinas.

—La gente va a verte asomada como una fregona… o algo peor —dice entre dientes mientras Cornelia se escabulle.

Marin va de un lado a otro por la penumbra del vestíbulo, a espaldas de Nella, pero ésta sigue escuchando a los músicos y Otto también, algo apartado.

La flauta dulce acelera su tonadilla y el tambor marca un ritmo insistente y turbador en la tensa piel de cerdo que late al ritmo del corazón de Nella. Otto le recomendó en su día no dar una patada a una colmena, pero ella no va a dejar de ser, en parte, una muchacha de pueblo. Piensa en Jack, allí, en su cuarto; en todos ellos, encerrados en sus habitaciones diminutas a la espera de que suceda algo. «No —decide—. No me da miedo nada que pueda picarme.»

El zorro febril

A la mañana siguiente, animada por su rebelión musical y la decisión de quedarse en Ámsterdam en Navidad, Nella decide dirigirse a la Kalverstraat con la carta más larga que ha escrito hasta el momento a la miniaturista.

Apreciada señora (sé que es una mujer, tiene vecinos dispuestos a hablar):

Le agradezco los ocho muñecos y la miniatura de mi periquito. Estoy segura de haberla visto en el puente del Herengracht, observando mi desesperación en el momento en que me di cuenta de que había perdido el último vínculo con mi infancia. ¿La reaparición de mi pajarillo es una oferta de consuelo o una enérgica lección?

¿Sabe lo que ha hecho su recadero, el dolor que ha provocado? Supongo que ha sido usted la que ha devuelto esa figurilla, la que la ha dejado en la puerta de casa. No sé si porque está orgullosa de su trabajo de artesanía o para acosarme. Lamento que su admirable creación acabara en el hielo, pero sus intenciones siguen siendo un misterio y hay quien pierde los nervios.

Me cuentan que los burgomaestres han intentado prohibir las imágenes humanas de todo tipo. No sé si temerá usted su ira, con los mundos que fabrica, con esos

*ídolos minúsculos que se han metido sigilosamente en
mi cabeza y tienen intención de quedarse. Hace tiempo
que no me envía nada y, si bien es cierto que me inquieta lo que pueda llegar, mi gran preocupación es que deje
de mandarme paquetes por completo.*

*Supongo que aún tengo la posibilidad de encargar-
le algún objeto, ¿no es así? En ese caso, le ruego que me
haga un tablero de* verkeerspel, *mi juego de estrategia y
azar preferido. No voy a volver a la casa de mi infancia
en Navidad y echo de menos esa clase de entretenimien-
tos en mi vida. Consuéleme, entonces, con una versión
en miniatura.*

*Un día, usted y yo nos conoceremos. Insisto. Estoy
convencida de que sucederá. Tengo la impresión de que
me guía como una estrella brillante, pero con mi esperanza convive el miedo de que su luz no sea benigna.
No descansaré hasta saber más de usted, pero, mientras
tanto, la comunicación por escrito debe ocupar el lugar
de una mejor comprensión. Adjunto otro pagaré por
quinientos florines. Espero que con este aceite se lubriquen las testarudas bisagras de la puerta de su casa.*

Con todo mi agradecimiento y anhelo,

Firma la carta: Petronella Brandt

Mira por la ventana para admirar la blanca extensión de
hielo. La ciudad está preciosa con ese manto de escarcha,
el aire fino, los ladrillos más rojos y los marcos pintados de
las ventanas como ojos inmaculados. Se lleva una sorpresa
al ver a Otto andar a toda prisa por la calle, junto al canal.
Picada por la curiosidad, sin perder ni un segundo en desayunar o en ponerse un abrigo, se guarda la carta en un bolsillo y sale de casa sin que nadie la vea, decidida a seguirlo
a toda prisa.

El criado cruza la plaza Dam, pasa ante la imponente nueva sede de la Stadhuis, donde tiene su puesto Frans

Meermans, que podría estar allí trabajando en ese preciso instante. «Vende el azúcar de su mujer, Johannes», piensa Nella, y le envía un mensaje mudo mientras pisa a toda velocidad la arena que han esparcido encima de los adoquines para que resulte más fácil andar. Recuerda una vez más a Marin en la tina, preguntando al aire: «¿Qué has hecho?» Sería mejor que los Meermans no tuvieran nada que ver con ellos.

Tras la ocultación del Día de San Nicolás, parece que la gente de Ámsterdam ha decidido disfrutar al máximo de la ciudad. Hace sol, las campanas de la Iglesia Vieja resuenan por los tejados resplandecientes y su canto es extraordinario. Cuatro campanas agudas repican para anunciar el próximo nacimiento de Jesús, y otra más grave (la voz de Dios, sincera y persistente) retumba bajo su clamor. En nombre de la obediencia comunal, parece ser que cierta música sí puede tocarse bien fuerte.

El olor a carne cocinada impregna el aire, y Otto pasa junto a un puesto de vino con especias montado, sin el menor reparo, frente a la entrada principal de la iglesia. El pastor Pellicorne trata de ahuyentar a los vinateros mientras los ciudadanos contemplan con anhelo el caballete abombado por el peso de las vasijas repletas de vino.

—Ése es más estrecho que el culo de un lechón —musita un individuo—. Lo ha organizado el gremio, los burgomaestres han dado permiso.

—Dios antes que los gremios, amigo mío —responde su acompañante, poniendo una voz altiva.

—Eso es lo que Pellicorne quiere que pensemos.

—Alegra esa cara, mira —dice el otro, mostrando dos botellitas de un líquido rojo y humeante que esconde debajo del gabán—. Hasta le he metido un trocito de naranja.

Se alejan con prisa hacia parajes menos saludables, y Nella se alegra de perderlos de vista, y más todavía de que no se detengan a mirar a Otto embobados. Los ojos de Pellicorne se clavan en ella, que finge no darse cuenta.

Otto entra en la Iglesia Vieja con la cabeza gacha. Nella tirita al cruzar el umbral, ya que el interior parece más frío que la calle. Aunque su objetivo es seguir a Otto, no puede evitar una mirada alrededor en busca de una cabeza muy rubia, un faro dorado entre el marrón y el blanco que dominan el espacio. Da unas palmaditas a la carta que lleva en el bolsillo. En estas fechas, ¿no podría hacer otra visita la miniaturista, para recordar a su familia en Noruega, para rezar por la clemencia de los burgomaestres? Los hilos de la imaginación de Nella empiezan a hacerse un ovillo y van bordando conversaciones hilvanadas a base de retazos. «¿Quién eres? ¿Por qué? ¿Qué quieres?» El problema es el siguiente: parece que si se acerca abiertamente a la miniaturista provoca su desaparición. Y, sin embargo, a menudo es ella quien se presenta, observa, espera. Nella no tiene claro quién es la cazadora y quién la presa.

No pierde de vista a Otto. Casi todas las sillas arracimadas en torno al púlpito están vacías, con la excepción de alguna persona sola aquí y allá que tal vez no tenga otro sitio adonde ir. Por descontado, lo normal es rezar en común: la gente se encarga de que todo el mundo se percate de su presencia, como si con eso la oración fuera más pura. Otto se sienta y, sin dejarse ver, Nella se aparta y lo vigila desde detrás de una columna.

El criado mueve los labios febrilmente. No es una plegaria serena, sino ferviente, casi angustiada. Resulta asombroso que haya ido hasta allí, a solas. ¿Qué lo ha empujado a sentir tal necesidad de acudir a la casa de Dios, exponiéndose a que lo vean, teniendo en cuenta quién es y lo que puede suceder? Nella se fija en que retuerce las manos, en que su cuerpo es presa del pánico. Algo la impide acercarse a él. No estaría bien interrumpir a alguien en ese estado.

Se estremece y pasea la mirada por las sillas, por las blancas paredes y por el techo, cubierto con antiguas pinturas católicas. ¡Cómo ansía que la miniaturista aparezca ante ella!

¿Es posible que esté allí escondida en ese mismo instante, observándolos a los dos?

A su espalda empieza a sonar el órgano con un estruendo que la sacude hasta la médula. No le gusta ese instrumento tan escandaloso, prefiere el suave punteo del laúd, el sosiego atiplado de la flauta dulce. Un gato que ha entrado para resguardarse del frío se escabulle por las tumbas con el pelo de punta. Sus movimientos provocan que Otto levante la vista, y Nella se esconde rápidamente detrás de la columna. Se tapa los oídos para mitigar los bramidos del órgano, cierra los ojos y se abandona al mareo.

Una mano le toca la manga. Nella aprieta aún más los párpados, no se atreve a mirar. Ha llegado el momento: es esa mujer, se ha presentado.

—Señora Brandt —dice una voz.

Al abrir los ojos, Nella se encuentra a Agnes Meermans, más delgada que la última vez que la vio, con su rostro vulgar ahora más flaco y de un blanco resplandeciente entre un cuello de zorro y conejo. No le suelta la manga.

—¿Señora Brandt? —repite—. ¿Se encuentra bien? Si ni siquiera lleva abrigo. ¡Por un momento he pensado que el Espíritu Santo se había apoderado de usted!

—Señora Meermans. He venido... a rezar.

Agnes entrelaza un brazo con el suyo.

—¿O a vigilar a su salvaje? —susurra, señalando el lugar que ocupa Otto, al otro lado de la columna—. Muy inteligente por su parte. Todo cuidado es poco, Nella. ¿Qué le pasa, que parece tan ensimismado? —Agnes se ríe con su cortante «ja»—. Vamos —propone.

La envuelve con una estola de zorro, demasiado apretada. Nella vuelve a oler la pomada afrutada. La piel está húmeda y fría.

—No hemos visto mucho a Marin por la iglesia —comenta Agnes, mientras ajusta la estola al cuello de Nella con unas palmaditas.

Parece incapaz de dejar los dedos quietos. Nella se fija en lo limpios que los tiene, sin anillos. Da la impresión de que va medio desnuda. El órgano calla de repente y Agnes se muestra inquieta, como si se resquebrajara muy por debajo del barniz bien lustrado que la cubre.

—A Brandt tampoco —agrega—. Ni a usted.

—Mi marido está de viaje.

Agnes abre las aletas de la nariz.

—¿«De viaje»? Frans no me ha dicho nada.

—Tal vez no lo sabía. Creo que está trabajando para ustedes, señora. Ha ido a Venecia. —Nella trata de zafarse—. Tengo que volver, señora Meermans. Marin no se encuentra bien.

Pese a las ganas de huir, de inmediato se arrepiente de esa excusa. Los ojos de Agnes se abren como platos.

—¿Por qué? —pregunta—. ¿Qué tiene?

—Una afección invernal.

—Pero si nunca se pone enferma. Podría mandarle a mi médico, aunque Marin no confía en los médicos.

Vuelven a oírse las notas del órgano, cae una sobre otra, un estrépito antiarmonioso a oídos de Nella.

—Se pondrá bien, señora. Es la temporada de los catarros.

Agnes vuelve a apoyarle una mano en la manga.

—Dígale algo que podría hacer que se levantara de la cama: toda mi herencia sigue en ese almacén de las Islas Orientales. —Lo dice casi entre dientes—. Esos campos de caña de azúcar no son de fiar, señora, ¿quién sabe cuándo habrá otra cosecha? Su marido no ha vendido un solo pan de lo que hemos logrado refinar. ¿Y ahora, por lo visto, se ha ido a Venecia con las manos vacías? Necesitamos ese dinero.

—Lo venderá, estoy segura. Basta con su palabra...

—Frans ha ido al almacén. Lo ha visto con sus propios ojos. Cuando me lo contó me costó creérmelo. ¡Amontonados hasta el techo! Me dijo: «No tardará mucho, Agnes.

222

Cristalizará. Y nuestro dinero se pudrirá sin que lo hayamos visto.»

Las notas del órgano resuenan en el tórax de Nella, que nota la creciente inquietud de Agnes. Busca a Otto al otro lado de la columna, pero no hay ni rastro de él.

—Le garantizo, señora...

—A mi marido no le gusta que le tomen el pelo —espeta Agnes—. No tenía claro que Johannes Brandt fuera el comerciante más indicado, pero yo insistí. Yo. Los Brandt creen que pueden conseguirlo todo, pero no es cierto. No se rían de él. Ni de mí.

Se aleja con la misma rapidez con la que se ha abalanzado sobre Nella, que la ve cruzar la iglesia a toda prisa, encorvada y, por una vez, carente de elegancia. Abre la puertecita lateral y desaparece.

Nella decide que lo mejor es volver a casa e informar a Marin de esa perturbadora conversación. Y, sin embargo, la visita a la miniaturista sigue pendiente. «Le pediré a Cornelia que lleve la carta», se dice, aún aturdida por la furia de Agnes. Abandona la iglesia y regresa al Herengracht.

Mientras se acerca a la casa apresuradamente para contárselo todo a Marin, se da cuenta de que ha sucedido algo. La puerta está abierta de par en par, las enormes fauces del interior en penumbra. Oye los ladridos de las perras, pero ninguna voz humana. Se detiene y luego asciende en silencio por los escalones hasta un lado de la entrada.

Lo primero que distingue son las botas, de la piel de becerro más fina, ahora ya un poco raspada. Ante esa imagen se le hace un nudo en el estómago. Horrorizada, ve a Jack Philips, con aspecto febril y la mala intención escrita en la frente, avanzar a grandes zancadas por el mármol del vestíbulo.

Grietas

Se miran cara a cara. Jack va sin afeitar, está famélico, el brillo de su piel se ha apagado. Unas manchas moradas afean la curva inferior de sus ojos penetrantes. Sin embargo, sigue teniendo presencia, con el abrigo de cuero y las botas. La última vez que Nella lo vio tan de cerca iba con el pecho desnudo y estaba empapado del sudor de su marido. Al recordarlo, se ahoga.

Cornelia sube a la carrera desde la cocina y trata de sacarlo a empujones.

—¡Alto, tengo algo para usted, señora! —grita, levantando las manos con aire inocente.

Nella recuerda su extraño acento inglés, la incapacidad de adaptarse a la vibración y la guturalidad del holandés. Mete la mano por dentro del abrigo y Cornelia se tensa como una gata.

—Vuelvo a entregar paquetes —asegura.

—¿Qué? Tendría que estar vigilando nuestro azúcar —replica Nella—. Johannes dijo que...

—Chilla usted como un ratón.

Se ha quedado con la mano extendida, como si el bulto que ofrece ilustrara el insulto. Es menos voluminoso que el último, pero ahí está por fin, con el inconfundible signo del sol en tinta negra. Nella se lo arrebata, no quiere que se le acerquen esos dedos.

Cornelia sube al primer piso apresuradamente, blanca de miedo.

—Tengo que verlo —dice Jack—. ¿Ha vuelto? Johannes, ¿estás ahí? —lo llama por el pasillo que lleva al despacho.

Arriba se abre una puerta con un chasquido, y Nella oye los susurros de Cornelia.

—¿Es verdad que se ha ido a Venecia? —pregunta el inglés—. Típico de él.

Nella se ruboriza al percibir otro tipo de intimidad entre los dos hombres, otro aspecto que hasta ahora había negado.

—Ha cambiado nuestra plaza Dam por el Rialto. Más pescado fresco —añade Jack con una sonrisa forzada. Se acerca a ella con una insistencia sosegada en la voz y pregunta—: ¿Le creyó cuando le dijo que iba a trabajar?

—¿Cómo se atreve a venir...?

—Nunca sabrá tanto como yo de él, señora. En Venecia no trabaja nadie. En Milán quizá sí. En Venecia sólo hay canales oscuros y cortesanas, y muchachos que son como polillas: vuelan hacia la llama que da más luz.

El cuerpo de Nella parece ligero, como si la voz de Jack la hubiera hipnotizado. Tal vez haya sido buen actor, en su propio idioma. Siente el corazón diminuto, como un guisante que rebota entre las costillas.

—¿Qué pasa aquí? —La voz de Marin impone su autoridad desde el descansillo del primer piso—. ¿Por qué está abierta la puerta de la calle?

Al oírla, Jack se acerca para que lo vea y extiende los brazos en cruz. «Qué guapo es, sí —piensa Nella—. Qué indómito.» No puede despegar la vista de él.

—Petronella, cierra la puerta —ordena Marin.

—No quiero quedarme encerrada...

—He dicho que la cierres, Petronella. Ahora mismo.

Con mano temblorosa, obedece. El vestíbulo queda convertido en un escenario mal iluminado, aunque no se atreve a pensar para qué clase de representación. Se pregunta si Johannes se alegrará de estar lejos de ese muchacho asilvestrado o si, por el contrario, echa de menos su presencia magnética, esa voz saltarina. Un ruido de tela rasgada la empuja a volverse.

Jack ha hundido una daga estrecha y larga en el lienzo de un bodegón. La abundancia de flores e insectos ha quedado desgarrada como una herida y los pétalos cuelgan en un ángulo extraño. Cornelia, que está en la escalera al lado de Marin, deja escapar un gemido de náuseas.

—¡Quieto ahí! —chilla Nella, y se dice: «Controla la voz. Tiene razón él: pareces un ratón. ¿Acaso no eres la señora de esta casa?» Se le retuerce el estómago y se le seca la boca—. Otto —trata de decir, pero su voz es apenas un susurro.

—¡Philips!

La frialdad de la voz de Marin, en comparación, desciende por toda la escalera y deja petrificado a Jack. Está claro que no es el único actor presente. Marin se transforma y se concentra por completo en el joven de pelo oscuro que ha penetrado en sus dominios.

—¿Cuántas veces te he dicho que no te acerques a esta casa? —pregunta, y un eco devuelve sus palabras, lo que multiplica la amenaza de su presencia.

Jack da varios pasos atrás hasta el centro del vestíbulo y Marin llega al último escalón sin prestar atención al cuadro. El muchacho, que aún sostiene la daga inerte, escupe en el suelo.

—Límpialo.

La orden es clara. Él blande la daga ante el cuerpo de Marin y le dice:

—Su hermano se pasaría por la piedra hasta a un perro si le saliera a cuenta.

—Philips...

—Dicen que también se la beneficia a usted, que es el único hombre dispuesto a hacerlo.

Marin levanta la mano.

—Qué insulto tan manido —replica, acercando la palma cada vez más a la punta de la daga. Jack se aparta un poco, pero apenas quedan dos dedos entre la afilada hoja y la carne de Marin, que lo provoca—: A ver si en el fondo eres valiente o no. ¿Te atreves a hacerme sangrar? ¿Es eso lo que pretendes?

Jack aferra el arma con más fuerza y, cuando Marin pone la mano directamente sobre la punta, la retira de inmediato.

—¡Zorra! —le grita—. Me dijo que no va a darme más trabajo. ¿Quién habrá tomado esa decisión?

—Vamos, Jack —dice Marin, serena y razonable—. Eso también lo hemos hablado. Deja de comportarte como un chiquillo y dime cuánto va a costarme que te vayas de aquí.

—No, no quiero su dinero. He venido a demostrarle lo que les pasa a los entrometidos.

Con un grito, Jack levanta la daga hacia sí mismo y, casi sin dar tiempo a que Nella vea lo que está sucediendo, Marin estira una mano y lo abofetea. Jack deja caer los brazos y se queda mirándola, atónito.

—¿Por qué eres tan débil? —pregunta ella, entre dientes, aunque Nella se da cuenta de que ha empezado a temblar—. Es imposible confiar mínimamente en ti.

Jack se restriega la cara mientras intenta recuperar la calma.

—Lo ha obligado a deshacerse de mí.

—Te equivocas. Johannes es libre, pero tú prefieres creer lo que te dice. Era de mi padre —añade Marin, señalando la daga.

—Pues Johannes me la regaló.

Ella saca del bolsillo un fajo de florines arrugados y se lo entrega. Le roza la palma de la mano con los dedos.

—Aquí no se te ha perdido nada —dice.

Jack acaricia los billetes con aire pensativo y entonces, sin previo aviso, tira de Marin hacia sí y la besa con ímpetu en los labios.

—Dios mío —musita Nella.

Tanto Cornelia como ella, decididas a separarlos, se lanzan sobre Marin, que, sin embargo, levanta una mano como diciendo: «Apartaos. Esta transacción debe tener lugar.»

Cornelia se detiene, incrédula y horrorizada. Su señora, agarrotada, no abraza al muchacho, pero el beso parece durar una eternidad. «¿Por qué hace eso? —se pregunta Nella—. ¿Y por qué lo permite ella?» Sin embargo, por un instante no puede dejar de imaginarse lo que debe de sentir su cuñada con el contacto de una boca tan hermosa.

De repente se abre la puerta de la calle y aparece Otto, que vuelve de la iglesia. Su cuerpo entero se queda estupefacto cuando ve a Marin y a Jack entrelazados. Como si se activara un resorte en su interior, se precipita hacia ellos.

—¡Tiene un cuchillo! —chilla Nella, pero Otto no se detiene.

Al oírla, Jack se separa de Marin, que retrocede tambaleándose hacia la escalera.

—La vieja sabe a pescado —suelta con desdén a la cara de Otto.

—¡Vete! Vete, si no quieres que te mate —amenaza él.

Jack se dirige a la puerta con brío, pero replica:

—Aunque te vistas como un señor, no dejas de ser un salvaje.

—Cerdo. —La voz de Otto retumba como la del pastor Pellicorne.

—¿Qué, muchacho? —pregunta Jack, paralizado de golpe—. ¿Qué me has llamado?

El criado se le acerca.

—¡Otto! —exclama Marin.

—Se va a deshacer de ti, salvaje —dice Jack—. Sabe que has hecho algo y va a...

228

—¡Aléjate de él, Toot! No seas tonto.

—¡Que alguien cierre la puerta!

—...Dice que no puedes fiarte de un negro asqueroso.

Otto levanta el puño.

—¡No! —chilla Cornelia, y Jack da un paso atrás. Pero lo único que hace el criado es apoyarle la palma en el pecho sin hacer fuerza. Esa mano, una pluma de hierro que se clava, sube y baja al ritmo de la respiración del inglés.

—Le traes sin cuidado, jovencito —murmura Otto—. Y ahora vete.

Retira la mano, y en ese momento *Rezeki* entra en el vestíbulo dando saltos y un haz de luz tenue del exterior le confiere el color de una seta clara. Gruñe a Jack con las orejas aplastadas en lo alto de la cabeza. Agazapada sobre el mármol, trata de ahuyentarlo.

—*¡Rezeki!* ¡Apártate! —ordena Otto.

El destello de pánico en los ojos de Jack impulsa a Nella a intervenir:

—¡Jack! Jack, le prometo que diré a Johannes que ha...

Pero el muchacho ya ha clavado la daga en el cráneo del animal.

Es como si todos estuvieran en el fondo del mar y nadie pudiera respirar. La hoja rasga el pelo y la carne con un crujido estremecedor, y *Rezeki* se derrumba.

Empieza a oírse un leve gemido que va en aumento, hasta que Nella se da cuenta de que surge de Cornelia, que avanza tambaleándose hacia el cuerpo de la perra.

Rezeki se ahoga. Jack ha hundido la daga con tanta fuerza que los dedos de la criada no consiguen sacarla. Por el mármol se extiende la oscura sangre en pliegues de escarlata. Con ternura, temblorosa, Cornelia acuna la cabeza de la perra, que suelta sus últimos estertores y asoma una lengua enrojecida e inerte por la boca abierta. Cuando los nervios de las patas tiemblan hasta quedar inmóviles, la joven la abraza con ímpetu, desesperada por retener la calidez que ya se desvanece.

—Se acabó —susurra—. Su niña favorita ha muerto.

Otto cierra la puerta y se interpone para separar a Jack del mundo exterior con su propio cuerpo. El inglés logra arrancar la daga de la cabeza de *Rezeki* y se derrama más sangre por las losas.

—¡Aparta! —grita, y se lanza sobre el criado como una flecha.

Le da un cabezazo en el pecho, con la hoja en alto, y luchan cuerpo a cuerpo. Hay una refriega, un titubeo —un instante—, y luego Jack da un paso vacilante hacia atrás. Se mira el cuerpo con terror en los ojos.

Entonces se vuelve hacia Nella, que ve que lleva la daga clavada en lo alto del pecho, debajo de la clavícula, peligrosamente cerca del corazón. Sus manos revolotean en torno a la empuñadura.

—¡Dios mío! —grita Marin, a lo lejos—. ¡No, por favor, Dios mío!

Jack se tambalea como un potrillo, extiende los brazos mientras le flojean las piernas, y al desplomarse se agarra a la falda de Nella. Se arrodillan juntos sobre las losas blancas y negras, y en la camisa del muchacho empieza a florecer un rojo muy intenso. Ni siquiera el olor metálico de las sangres entremezcladas logra ocultar la fetidez de su orina.

—Otto, ¿qué has hecho? —pregunta Nella, pero su voz se queda en un susurro afónico.

Jack la abraza y la muchacha siente la presión del calor rígido de la empuñadura entre sus cuerpos.

—Estoy sangrando —gime de dolor el inglés al oído de Nella—. No quiero morir.

—Jack...

—¡Levántate! —exclama Marin—. ¡Levántate!

—Marin, se muere...

—Señora Nella —murmura al oído de la joven, agarrándola con fuerza, como si se aferrara a la vida.

—No te preocupes —dice ella—. Vamos a traerte un médico.

—Ay, señora —murmura. A Nella le parece que se está riendo, aunque el tocado casi enmudece su voz—. Chiquilla. Para matarme hará falta mucho más que un pincho de mierda.

Nella tarda un momento en comprender. Jack repta para ponerse en pie. Se dirige a la puerta dando bandazos, con la hoja aún clavada, con un balanceo más propio de una taberna, embriagado por su actuación. A ella le cuesta casar la camisa empapada de sangre, la empuñadura que sobresale y las súplicas de moribundo con esa petulancia, ese regocijo malsano por haberle hecho creer que estaba a las puertas del infierno.

—Me lo he creído —confiesa.

Otto se aparta, pasmado. El inglés abre la puerta y tras salir poco a poco a la escasa luz del exterior, se vuelve hacia ellos y se inclina ampliamente mientras sus dedos manosean la empuñadura. Con una mueca de dolor, saca la daga de la herida y se muestra complacido al ver el gesto de espanto de Nella.

—Me vendrá muy bien —afirma, conteniendo el derrame con una mano para levantar con la otra la hoja de metal escarlata—. Intento de asesinato. La prueba.

—Ojalá se te hubiera clavado en el corazón —le dice Nella.

—Lo tengo bien escondido —replica él, y le sonríe victorioso, con el pelo despeinado pegado a la frente y la daga chorreante en la mano.

Da media vuelta y baja los escalones corriendo con el cuerpo encorvado.

Marin, con la cara manchada por la leve marca roja de los labios de Jack, se derrumba contra el revestimiento de madera de la pared.

—Jesús —susurra, los ojos grises clavados en Otto—. Jesús, sálvanos a todos.

TRES

Diciembre de 1686

«Su paladar, dulcísimo: y todo él codiciable.
Tal es mi amado, tal es mi amigo,
oh, doncellas de Jerusalén.»

Cantares 5, 16

Manchas

—El señor encontró a *Rezeki* en un saco —recuerda Cornelia en mitad del vestíbulo con la voz espesa por la congoja. Mira a Nella, que empieza a meter el cadáver rígido del animal en un saco de cereal vacío—. Por la parte de atrás de la VOC, hace ocho años. Estaban muertos todos los cachorros menos ella.

—Nos hace falta un mocho, Cornelia. Zumo de limón y vinagre.

Cornelia asiente. Sigue habiendo rastros rojos de sangre por el suelo de mármol, pero la criada no se mueve. El marco del cuadro objeto del ataque de Jack está apoyado contra la madera de la pared. Marin ha ordenado que lo vaciaran.

—No le importará, señora —ha objetado Otto, pero ella ha insistido.

—No lo hago por él —ha contestado—. No soporto verlo medio destrozado.

El criado ha terminado el trabajo iniciado por Jack, aunque le ha temblado ligeramente la mano al cortar el lienzo a ras del marco.

Ahora, en la cocina, Marin y Otto hablan en voz baja. «Es culpa mía —piensa Nella—, por haber vuelto a meter la figurita de Jack en casa después de que Marin la tirase por la ventana. Ahí estaba, a la mañana siguiente, apoyado en el último escalón, como mal augurio de lo que iba a suceder. Si fue la miniaturista quien lo dejó ahí, como espantoso presagio de lo que iba a pasar en este vestíbulo, ¿qué sentido tienen sus actos? ¿Por qué insistir en que esa criatura nociva estuviera cerca de nosotros?»

—Cornelia, tenemos que limpiar esto —anuncia, saliendo de su ensimismamiento.

Trata de introducir las patas de *Rezeki* en el saco a la fuerza, pero son demasiado largas.

Cuando las dos jóvenes bajan a la cocina, las extremidades de la perra aún sobresalen de forma poco elegante. Entre los destellos de las cacerolas impera un aire de desolación. Con la Navidad a la vuelta de la esquina, la muerte de un animal de compañía muy querido por su dueño parece el primer acto de un macabro carnaval. Su asesino anda suelto, se ha marchado con algo más que una herida física.

Otto posa las manos trémulas en el roble antiguo de la mesa. Nella tiene las ideas enmarañadas. Quiere consolarlo, pero él ni la mira. *Dhana* se ha desplomado junto al fuego y solloza mirando el saco.

—¿Podemos enterrarla ya? Por favor —pide Cornelia.

Se produce una pausa violenta.

—No —contesta Marin.

—Pero empezará a oler mal...

—Pues llévala al sótano.

Le toca a Nella bajar con *Rezeki* y dejarla con cuidado, en la penumbra, encima de la marga húmeda y las patatas.

—Pobre preciosa, pobrecita —musita, y el aliento se le queda clavado en la garganta—. Ve con Dios.

—¿Y si Jack me denuncia? —pregunta Otto, de nuevo en la cocina—. Tiene la daga, la herida para demostrarlo y una lengua viperina. Ha dicho que era la prueba, ha hablado de intento de asesinato. La milicia me detendrá. ¿Y si le preguntan a qué había venido?

—¡Precisamente! —exclama Marin, dando un puñetazo en la mesa—. Conozco un poco a Jack Philips. Le gusta disfrutar de la vida. Es un fanfarrón, pero jamás acudiría a las autoridades. Sería firmar su propia sentencia de muerte, y lo sabe muy bien. Es inglés, es sodomita y ha sido actor. No se me ocurren tres cosas que nuestros burgomaestres detesten más.

—No tiene dinero, señora. ¿De qué es capaz un hombre desesperado? —comenta Otto, con gesto cada vez más sombrío—. Si le preguntan a qué ha venido, el señor se verá involucrado.

Niega con la cabeza y en ese momento se acerca Cornelia, enérgica, con una cesta de *herenbrood*, unos trozos de achicoria y, en el otro lado, un pedazo generoso de gouda. Nella corta el queso mientras la criada empieza a trabajar ante el fogón. Para cenar no habrá ni patatas ni setas, porque no se atreve ni a mirar hacia la puerta del sótano, mucho menos a adentrarse en su oscuridad. Nella se consuela con el ruido habitual de la actividad doméstica y resuelta, el clamor metálico de las cacerolas, las cebollas que se doran en mantequilla, la panceta que chisporrotea. Su ritmo irregular pero constante le parece mejor en ese momento que la melodía navideña de un músico callejero.

Cornelia coloca ante ellos las tiras de panceta frita, y Nella se da cuenta de lo pálida que la ha dejado la preocupación.

—El señor me salvó —dice Otto—. Me lo enseñó todo. ¿Y cómo se lo he pagado? *Rezeki*...

—Ha sido Jack, no tú. Y no hay ninguna deuda que pagar —afirma Marin—. Mi hermano te compró para su esparcimiento personal.

A Cornelia se le cae una cacerola pesada en el fregadero y echa pestes entre dientes.

—Me dio trabajo, señora —replica Otto.

Marin rebaña la grasa de la panceta con un trozo de pan, pero no se lo come. Nella no consigue sacudirse el mal humor. Se cree decidida a no dejarse arrasar por los acontecimientos y, sin embargo, allí está su cuñada, más provocadora que nunca.

—El muchacho está vivo —espeta Marin—. No has matado a nadie. Johannes se preocupará más por *Rezeki* que por ti.

Esa afirmación es un mazazo para Otto.

—Los he puesto en peligro —afirma—. He puesto a todos en peligro.

Marin lo toma de la mano. Es una visión extraordinaria —esos dedos juntos, claros y oscuros—, y Cornelia no puede apartar la mirada. Otto se suelta y se marcha escaleras arriba. Marin lo ve alejarse, blanca como el papel, los ojos consumidos.

—Petronella, deberías cambiarte —dice con un hilo de voz.

—¿Por qué? ¿Qué tiene de malo esta ropa?

Marin la señala y, al bajar la vista, la muchacha se percata de que lleva el corsé y la blusa cubiertos de manchas marrones de la sangre del inglés.

~

En el primer piso, Nella tirita medio desnuda mientras Cornelia le quita con una esponja los últimos restos de la sangre de Jack. La viste con una bata y pide permiso para retirarse.

—Otto me preocupa, señora. No tiene nadie más con quien hablar.

—En ese caso, ve con él.

Es un alivio quedarse sola. Le duele el cuerpo por la tensión de la mañana, aún conserva la huella de los dedos de Jack en los brazos. Recoge la muñeca que la representa, y que yacía inerte en la cocina en miniatura, y aprieta su cuerpecillo como si con eso fuera a desaparecer el malestar. Le duelen de verdad las costillas al oprimir la figura, y durante un breve instante le parece que no hay diferencia entre la versión reducida confeccionada por la miniaturista y sus miembros humanos. «¿Y qué soy, sino el producto de mi propia imaginación?», se pregunta. Pero la carita ovalada la mira sin revelar nada y Nella sigue ofuscada y presa del sufrimiento.

Encima de la cama está el paquete entregado por Jack unas horas antes. Ha estado a punto de dejarlo debajo de la silla del vestíbulo, sin saber si le apetecía abrirlo, y ahora, al volver a mirarlo, una especie de pavor húmedo le recorre el cuerpo entero. Sin embargo, ¿quién más puede abrir esos paquetes? No soportaría que fuera otra persona.

Si la miniaturista es una extraña profesora que se niega a dar la lección por terminada, en ese momento Nella se siente la alumna más reticente. No ha conseguido comprender el sentido de las lecciones. Sólo desea una última miniatura que le explique lo que quiere de ella esa mujer. Abre el bulto con decisión y descubre que, en efecto, contiene un único objeto.

Mira el diminuto tablero de *verkeerspel* que tiene en la palma de la mano. Los triángulos no están pintados sin más, sino que son incrustaciones de madera, y también hay fichas en una minúscula bolsa de tela. Su aroma desvela que se trata de semillas de cilantro cortadas por la mitad y pintadas de negro y rojo.

Nella suelta el tablero y rebusca por los bolsillos de la falda. La larga carta que ha escrito a la miniaturista esa misma mañana, en la que le pedía un tablero de *verkeerspel*, ha desaparecido. «Pero si la tenía —recapacita—. Cuando he seguido a Otto a la iglesia la he notado en el bolsillo, luego he hablado con Agnes, he vuelto a casa y entonces me he encontrado a Jack en el vestíbulo, caminando de un lado para otro. Después, me he olvidado de ella por completo.»

El tiempo se ha derretido; las horas no significan nada cuando no se pueden medir. Nella vuelca el paquete y un papel se desprende con un aleteo.

NELLA: LA REMOLACHA NO PUEDE CRECER
EN EL TERRUÑO DEL TULIPÁN.

«Me ha llamado por mi nombre», piensa, pero el placer personal que eso provoca se desvanece enseguida ante la extraña sentencia que aparece a continuación. Siente una vergüenza que se apodera de ella. «¿Está diciendo la miniaturista que soy una remolacha? —se pregunta—. La remolacha y el tulipán representan expresiones de la naturaleza completamente distintas, una práctica y sencilla en cuanto a estructura, y el otro, decorativo y manipulado por la mano del hombre.»

Nella se toca la cara en un gesto instintivo, como si la refinada caligrafía fuera a transformar sus mejillas en algo terroso, rollizo y carnoso, en un vegetal anodino de Assendelft. La miniaturista es la criatura radiante, elegante y de vivos colores cuya fuerza atrae las miradas. «¿Querrá advertirme de que debo alejarme? ¿Querrá decirme que jamás llegaré a comprender?»

Se acerca entonces a la casa de muñecas y le quita el abrigo de cuero a la miniatura de Jack. Agarra uno de los cuchillitos de pescado entre el índice y el pulgar y se lo clava en el pecho como si fuera un alfiler, lo bastante cerca de la garganta como para que se asfixie. Se hunde de un modo satisfactorio, se adentra en el cuerpo blando y sobresale como un dardo plateado.

Vuelve a dejar en la casa de muñecas al Jack diminuto, que ahora refleja con más exactitud la nefasta situación, y coge el doloroso recordatorio del cuerpo de *Rezeki*. «Johannes debería haberte llevado consigo», le dice. ¿Cómo va a contarle, a su vuelta, lo que le ha sucedido a su animal preferido? «Le ofreceré esta miniatura como evocación de su vida —piensa, y tiene una idea que la hace sentir culpable—. Así, mi marido no se olvidará de cómo es Jack en realidad.»

Los dedos de Nella dejan de acariciar la cabeza de la perra y se quedan petrificados en la nuca, junto al cuello. Allí, en su cuerpecillo, hay una marca roja irregular con una forma muy parecida a la de una cruz. La acerca a la ventana; es inconfundible, del color del óxido. Se le acelera el corazón y se le seca la garganta. No recuerda si esa marca existía ya antes, nunca la había mirado con tanto detenimiento.

Puede que sea accidental, que a la miniaturista se le cayera una gota de rojo sobre la cabeza del animal al pasar el pincel por encima. Puede que no se percatara del error y las finas líneas se expandieran por la curva del cráneo. La figurita de *Rezeki* permanece en la mano de Nella con su cabeza articulada, y la marca de la parte trasera le hace pensar en un bautismo macabro. Hace frío en el cuarto, y el cuerpo manchado de *Rezeki* le provoca un escalofrío que baja hasta la rabadilla.

Trata de controlar sus pensamientos. La miniaturista no debía de saber que Otto iba a clavarle la daga en el cuello a Jack, porque el muñeco de este último llegó sin mácula: «Esa historia he tenido que contarla yo por ella. Así pues, estas figuras... ¿son ecos o presagios? ¿O habrá sido una coincidencia afortunada?»

Entonces toma una decisión: «Tienes que ir a la Kalverstraat. Esta vez, nada de distracciones, y te quedarás hasta que salga la miniaturista. Si has de pasarte todo el día allí en la calle con Cara de Cráter, aguantarás.»

Mientras devuelve la perra a la casa de muñecas, le llega el recuerdo flotante de la conversación entre Cornelia y Marin sobre ídolos papistas: la criada dijo entonces que nunca se puede estar seguro de que esas cosas no vayan a cobrar vida, y en ese momento la figura de *Rezeki* parece vibrar con una energía que Nella no es capaz de identificar. Y también la casa en sí: da la impresión de que el armazón de madera resplandece, con ese carey tan espléndido y ese interior tan suntuoso. Nella observa su imagen en miniatura, que agarra la jaulita, la trampa dorada que no encierra nada. En silencio, recita las notas anteriores de la miniaturista: «Las cosas pueden cambiar. Toda mujer es el arquitecto de su futuro. Lucho para salir a flote.»

«Pero ¿quién de las dos lucha para salir a flote y quién es la arquitecta? ¿La miniaturista o yo?», se plantea, y reaparece la misma pregunta de siempre, aún sin respuesta: «¿Por qué me hace esto esa mujer?» Ese personaje anónimo vive fuera de la sociedad, sin las ataduras de sus reglas. «Sin embargo, da igual si eres un tulipán o una remolacha —piensa Nella—, al final todos hemos de rendir cuentas a alguien.» *Rezeki* está muerta y *Peebo*, desaparecido; Jack anda suelto, y el azúcar de Agnes languidece en las Islas Orientales: Nella presiente la llegada del caos y únicamente ansía algo de control.

La miniaturista debe ayudarla. La miniaturista lo sabe todo. En esa casa, todo el mundo tiene demasiado miedo para hacer otra cosa más que tirar muñecos por la ventana, pero eso no sirve de nada. Nella busca papel y pluma. Escribe:

Apreciada señora:
La remolacha crece sin que nadie la vea, mientras que el tulipán brota en la superficie. El segundo complace las miradas, mientras que la primera alimenta el cuerpo, pero ambas creaciones viven del suelo. Por separado, cada uno cumple su función y ninguno de los dos es más valioso que el otro.

Nella vacila, pero luego, incapaz de contenerse, continúa.

Y los pétalos del tulipán caerán al fin, señora. Caerán mucho antes de que brote la remolacha de la tierra, sucia pero victoriosa.

Tiene miedo de ser grosera, demasiado directa.

Ayúdeme. ¿Qué debo hacer?

Deja la pluma. Se siente un poco tonta con tantas frases sobre plantas, pero al mismo tiempo le da verdadero pánico pensar que la miniaturista sabía desde un principio lo que iba a suceder con la perra de Johannes. Antes de ver esa marca en el cuello de *Rezeki*, Nella la consideraba una observadora, una maestra, una comentarista, pero eso, eso es más bien una profecía. ¿Sabe algo más? ¿Algo que pueda evitarse? Peor aún: ¿algo que ha decidido que debe ocurrir?

~

Ya casi rompe el alba cuando Nella sale a hurtadillas de su dormitorio con su cuarta nota para la miniaturista en el bolsillo del manto de viaje. «Esta no pienso soltarla —se dice— hasta ponérsela yo misma en la palma de la mano.» Tiene un miedo considerable de lo que pueda descubrir en la Kalverstraat, por fin cara a cara con la mujer que, además de ver los entresijos de su mundo, parece también capaz de construirlo.

Con un candelero en una mano, Nella corre lentamente los pestillos de la puerta de la calle. Al abrirla, reconfortada por la luz tenue que se levanta a lo lejos en el cielo, oye un ruido metálico que surge de las entrañas de la casa. Se queda inmóvil y el ruido continúa. Mira hacia la calle y luego hacia la cocina, y titubea. «Otra vez —piensa—. Siempre que llega el momento de ir a ver a la miniaturista hay algo en esta casa que me retiene.»

El martilleo cercano apela a su curiosidad innata, es tan inmediato que no puede hacer caso omiso de él. «Llevo demasiado tiempo oyendo murmullos y ruidos», decide, y cierra la puerta para bajar de puntillas y cruzar la cocina buena en pos del sonido sin identificar. Las fuentes redondas (de mayólica, de Delft y de porcelana) relucen en la enorme alacena como hileras de ojos abiertos cuando pasa, iluminadas por una única vela.

Se detiene y olfatea el aire. Hierro, tierra húmeda y una respiración esforzada. Piensa al instante en *Rezeki*. «Ha resucitado —decide—. De algún modo, la miniaturista está en esta casa y le ha devuelto la vida.» Poco a poco, avanza por el estrecho pasillo que separa la cocina buena y la de trabajo hacia la puertecita del fondo, donde se guardan los barriles de cerveza y los encurtidos. El olor es más intenso y se le pega a la parte de atrás de la lengua. Es sangre, ahora ya inconfundible, y la respiración se ha acentuado.

Nella se detiene con los dedos ya en el pomo, convencida como en una pesadilla de que *Rezeki* está al otro lado, de que con sus largas patas ha logrado salir del saco y está arañando la puerta para escapar. La muchacha traga saliva y empuja la puerta del sótano, aterrada hasta la médula.

Ahí está Marin, arremangada, con un farolillo a su lado, en la mesa, que da poca luz. Junto a él hay una serie de trapos blancos en los que al parecer está lavando manchas de sangre.

—¿Qué haces? —pregunta Nella. El alivio le recorre el cuerpo entero, pese a que la confusión generada por esta extraña escena le plantea batalla—. ¿Se puede saber qué demonios haces?

—Sal de aquí —ordena Marin—. ¿Me has oído? Sal de aquí.

Nella da un paso atrás, sorprendida por la ferocidad de la voz de su cuñada, por la rabia que tensa su rostro, por la impresionante mancha de sangre que tiene en la mejilla. Cierra de un portazo y sube corriendo la escalera de la cocina hasta el vestíbulo. Mezclando mentalmente la marca roja de *Rezeki* con los trapos carmesíes de Marin, sale a trompicones por la puerta de la calle y baja los escalones cuando ya amanece.

Dulces armas

La Kalverstraat, esa larga franja de ruido y comercio, está todavía relativamente tranquila. Pasa algún que otro frutero tirando de su carretilla, y un gato anaranjado con iniciativa rebusca entre los huesos de animales que no acabaron en el canal anoche. Mira a Nella con sus ojos amarillos y estira el cuerpo rollizo, que atestigua su habilidad para encontrar comida.

Nella localiza el signo del sol y se detiene ante él, con la nota todavía en el bolsillo, respirando el aire húmedo, el residuo de la bruma, el olor a basura tapada precipitadamente con paja. Llama a la puerta varias veces, en una sucesión que demuestra seguridad en sí misma, y aguarda. No acude nadie. «Pienso quedarme aquí, señora Tulipán, pienso esperar todo lo que haga falta para que me dé una respuesta», decide.

Da un paso atrás y mira las cuatro ventanas de la fachada, el sol dorado y el lema grabado debajo: «El hombre toma por un juguete todo lo que ve.» Parece una mofa, y Nella se pone de mal humor. «No es mi caso —se dice—. O como mínimo ha dejado de serlo.» Ni su *Peebo* en miniatura ni la pequeña *Rezeki* con su marca de sangre le parecen juguetes ahora, ni cree que pueda obtener de ellos el menor consuelo.

—¡Sé que está ahí dentro! —grita, pese a lo temprano de la hora—. ¿Qué tengo que hacer?

De inmediato se abre una puerta a su espalda. Nella se da la vuelta y ve a un hombre gordinflón con un delantal, la cara rechoncha y la tripa que sobresale un palmo entero con respecto a las botas, plantado con los brazos en jarras. Tras él, en una habitacioncilla fría cuelgan largos hilos de lana sin teñir y varias pieles de oveja clavadas a las paredes.

—Jovencita, no hace falta berrear como si quisiera que la oyeran en Amberes.

—Perdone, caballero. He venido a ver a la miniaturista.

—¿A quién? —pregunta, arqueando las cejas. Nella se vuelve hacia la casa y el hombre da varias patadas contra el suelo para entrar en calor. Con más amabilidad añade—: Ah, ella. Pues no le contestará. No vale la pena insistir.

—Eso me han dicho, pero no me importa esperar —responde ella, mirándolo una vez más.

El individuo contempla la casa con los ojos entrecerrados.

—Pues se morirá de frío aquí. Hace más de una semana que no entra nadie en ese edificio.

Una leve desolación golpea el estómago de Nella, que contesta:

—No puede ser. Si ayer mismo me envió...

—¿Cómo se llama? —pregunta el lanero.

—¿Por qué?

—Puede que tenga algo para usted.

—Me llamo... —Hace una pausa—. Petronella Brandt.

—Aguarde —dice él, y se adentra en la penumbra de su negocio. Cuando reaparece lleva en la mano un paquetito con la estampa del signo del sol—. Estaba en la puerta, ahí delante, pero me pareció que uno de los gatos podía cogerle cariño. Por lo visto, el muchacho inglés ya no le entrega los paquetes, así que decidí ponerlo a buen recaudo.

Lo coloca en la mano abierta de Nella y mira de nuevo el dorado sol tallado encima de la puerta de la miniaturista.

—¿Se puede saber qué quiere decir eso de que el hombre toma por un juguete todo lo que ve? —pregunta.

—Quiere decir que nos creemos gigantes, pero no lo somos.

—Entiendo. —Vuelve a arquear las cejas—. Debería considerarme insignificante, ¿no es eso?

—En absoluto, señor. Sólo que las cosas... no son siempre lo que parecen.

—Soy bastante gigantesco. —El lanero ríe, extendiendo los brazos a ambos lados del cuerpo—. Eso lo tengo muy claro.

Nella se rinde, sonríe lánguidamente y mira detrás de él la penumbra del negocio, agarrando con fuerza el paquete.

—¿Tiene alguien que le eche una mano? ¿Un hombre con cicatrices de viruela?

—Ah, sí. Cargó lana durante dos semanas y luego se largó.

—¿Y eso por qué?

—El hombre se asustó.

—¿Se asustó?

—Estaba completamente aterrorizado. Se marchó en plena noche. A saber lo que le pasó.

No muy lejos se oye un estampido, soldados que marchan por la Kalverstraat. El lanero entra en la tienda.

—La Milicia de San Jorge —murmura, y empieza a bajar la persiana—. Apártese, jovencita, si no quiere acabar aplastada.

—¡Espere! —exclama Nella, enfurecida—. ¿Adónde ha ido esa mujer? ¿La vio marcharse?

La Milicia de San Jorge se acerca amenazadora por el horizonte, y el gato de ojos amarillos se escabulle justo a tiempo. Sobre el ancho pecho todos los hombres llevan bandas rojas que, al captar la luz invernal, parecen serpentinas de sangre. Las botas, de puntera de acero, dejan su rastro en la tierra de la calle, mientras que las armas que portan con exceso de entusiasmo resuenan en sus caderas: pistolas nacaradas y trabucos colgados del hombro para que todo el mundo los vea.

Nella distingue entre ellos a Frans Meermans, que, sacando pecho, mira con mala cara el signo del sol.

—¡Buenos días! —saluda ella, pero, al verla, él aparta la cara y acerca más la pica al torso.

Se alejan entre una nube de polvo y desaparecen en la mañana de Ámsterdam marchando con mucho afán.

La calle se queda en silencio y Nella se da cuenta de que tiene los dedos de los pies entumecidos por el frío. Abre el paquete de mala manera, furiosa por la grosería de Frans Meermans y aún más porque se le haya escapado de nuevo la miniaturista. «Cada vez que salgo en su busca —se dice—, acabo completamente sola.»

Sin embargo, la frustración se transforma en alegría al ver lo que tiene ante sí, ya que se encuentra con una serie de dulces y pasteles diminutos. *Pufferts* y gofres a rayas cruzadas, personitas de pan de jengibre, *olie-koecken* espolvoreados de blanco, redondos y apetitosos. Parecen hechos con masa de verdad, pero cuando los toca se muestran duros, implacables. Hay también otro mensaje escrito en un papel, debajo de los dulces:

NO DEJES QUE LAS DULCES ARMAS
CAIGAN EN EL OLVIDO.

Nella mira las ventanas de la casa y grita:
—¿«Dulces armas»?

Pasa la nota que ha escrito ella, esa súplica, por debajo de la puerta, y la frustración se desborda cuando la luz matinal alcanza los vidrios y oculta los secretos de la miniaturista. Mira los manjares incomestibles y siente la tentación de lanzarlos al canal más cercano. «¿Qué querrá decir con esto? —piensa—. Nunca se ha ganado una guerra con un arsenal de dulces delicadezas.»

El vacío

Cuando Nella vuelve a casa, Cornelia la espera en la puerta.

—¿Qué sucede? —dice, al ver la expresión afligida en el rostro de la criada.

—El señor. Ha vuelto de Venecia y ya ha preguntado dónde está *Rezeki*.

—¿Qué?

Nella siente que el aire se enrarece y un bulto de miedo le obstruye la garganta. Se imagina el cadáver bañado en sangre de *Rezeki*, que sigue en el sótano, y a Johannes, que no sabe nada y espera oír el repiqueteo de sus elegantes patas.

—Tiene que decírselo usted, señora —suplica Cornelia—. Yo soy incapaz.

La joven señora cierra la puerta sin hacer ruido y mira el suelo, aliviada porque ya no se ven rastros de sangre. Cornelia ha fregado con todas sus fuerzas: ha empapado el mármol de vinagre y zumo de limón y ha echado agua caliente con lejía por las manchas. Sin embargo, en la casa de muñecas no ha sido posible borrar la marca en forma de cruz de la cabeza en miniatura de *Rezeki*.

—¿Y por qué yo? —pregunta.

—Porque es fuerte, señora. Mejor que lo sepa por usted.

Nella no se siente fuerte. Cree estar mal preparada y le intimida pensar en la historia que debe relatar. «Me haría falta un poco más de tiempo para endulzar la verdad con alguna mentirijilla —piensa—. ¿Cómo se empieza una conversación así?»

Johannes está en medio del salón, observando el marco vacío apoyado sobre el mural que cubre las cuatro paredes. Ha traído dos gruesas alfombras con dibujos matemáticos. «Ya tienen veinte o treinta de esos tapices —piensa ella—. ¿Para qué querrán más?» Hace mucho frío en la estancia y él lleva puesto todavía el manto de viaje.

Le sorprende que los ojos de su marido se iluminen al verla. Parece que Johannes se alegra de verdad.

—Johannes. Has vuelto sano y salvo. ¿Has... disfrutado de Venecia? —pregunta, y mentalmente oye el holandés sinuoso de Jack: «Más pescado fresco.»

Él olfatea el aire y arruga la nariz ante el persistente hedor a vinagre procedente del vestíbulo. Nella ruega que las cacerolas de Cornelia empiecen a borbotear pronto y lo enmascaren.

—Venecia es Venecia —contesta Johannes—. Los venecianos hablan demasiado y mis rodillas no llevan bien tantos bailes.

Se queda pasmada al recibir un prolongado abrazo. La cabeza sólo le llega hasta el esternón de Johannes, que le oprime la oreja contra un punto en el que oye el latido de su corazón. Cuando él le clava el mentón en la coronilla, Nella siente en el torpe apretón un alivio inesperado. Es la primera vez que tiene tanto contacto con él. Sus pies empiezan a separarse del suelo como si se hubiera colgado de una viga. Cierra los ojos y se le aparece la cara ennegrecida de *Rezeki*, que no logra borrar por mucho que se frote los párpados.

—Estoy muy contento de verte, Nella —asegura Johannes antes de dejarla en el suelo—. ¿Por qué no han encendido el fuego en esta habitación? ¡Otto!

—Yo también, Johannes —responde, tratando de rebuscar en su mente palabras que se desvanecen cada vez que se aproxima a ellas—. ¿Me...? ¿Nos sentamos?

Él se deja caer en una silla con un suspiro y Nella, sin saber por qué, se queda de pie.

—¿Qué sucede? —pregunta Johannes, y la muchacha entiende que ese tono de preocupación le hará perder la calma.

—Nada, Johannes. Es que... Me he... Agnes se ha enfadado conmigo —espeta, sin resuello.

Se ve incapaz, incapaz de decirlo. Resulta más fácil sacar el tema de Agnes Meermans que darle la noticia relativa a su querida perra.

—¿Y por qué? —pregunta él, frunciendo el ceño.

—La... la vi en la Iglesia Vieja. Dice que todo su azúcar sigue en el almacén. Que podría empezar a cristalizar.

Johannes se pasa la mano por un lado de la cara.

—No tenía derecho a hablarte así.

Aparece Otto en el umbral del salón con una cesta de turba. Titubea, casi sin fuerzas para levantar la vista.

—Ah, el fuego —dice Johannes—. Pasa, Otto, y haznos entrar en calor.

—Bienvenido a casa, señor.

—¿Qué prepara Cornelia?

—Pudin de hígado de cerdo con cebada, señor.

—¡Lo que más me gusta en diciembre! A saber qué he hecho para merecérmelo.

Johannes sonríe, vuelve a olisquear el aire y acaricia el marco vacío.

—¿Qué ha pasado? Era uno de mis cuadros preferidos.

Otto casi parece gris con la tenue luz del salón. Johannes lo mira intrigado.

—Un accidente —interviene Nella.

—Comprendo. Bueno, amontona las astillas para encender la chimenea, Otto. Tengo los pies tan fríos que se me van a caer.

Nella se da la vuelta y ve en la puerta a Marin, que aprieta la mandíbula y vacila antes de entrar discretamente para quedarse pegada a la pared.

—¿Cuántos panes de azúcar has vendido en Venecia, hermano? —pregunta.

—Haz un fuego bien grande, Otto.

—Hermano, ¿cuántos hemos vendido?

Sin moverse de la silla, Johannes levanta el marco vacío y se lo deja apoyado en el regazo. Queda enmarcado de cintura para arriba y se pone a hacer muecas. Adopta una pose regia, pagado de sí mismo y ridículo.

—Cuesta tanto como predije —anuncia—. Habría sido mejor ir a principios de año.

—En ese caso, quizá deberías dejar ese fuego tan grande para cuando de verdad esté vendido el azúcar, ¿no? —El posterior silencio de Johannes parece enfurecer a su hermana—. «Alborota su casa el codicioso.»

—Cada vez me recibes peor, Marin. Fuiste tú la que me forzó a subir a un barco rumbo a Italia con este frío. No me hables de codicia. Y, hazme el favor, deja de citar la Biblia. Se hace pesado, teniendo en cuenta que tu devoción es cuando menos dudosa.

Marin suelta una risotada, un ruido extraño en ella que desgarra el aire.

—Quien no deja de provocar eres tú, no yo —replica, como si cada una de esas palabras le costara un gran esfuerzo.

—Y deja de hablar de esta casa como si fuera tuya. Pertenece a Petronella —agrega su hermano tras quitarse el manto de viaje y lanzarlo hecho un bulto.

Sus palabras cruzan el aire hacia Nella a toda velocidad, como un relámpago, pero Marin lo mira a él, atónita.

—Pues que se la quede —sentencia.

«¿Así de sencillo?», piensa Nella, volviéndose hacia ella. No parece posible; no puede hablar en serio.

—He malgastado la vida para que la tuya fuera más fácil —prosigue Marin, aproximándose a su hermano—. Somos meros prisioneros de tu deseo.

Johannes suspira y acerca las manos al fuego para calentarse.

—¿«Prisioneros»? —Se dirige al criado, que está de rodillas al otro lado de las intensas llamas—. Otto, ¿tú te sientes prisionero?

—No, señor —contesta con un hilo de voz tras tragar saliva.

—Nella, ¿te tengo bajo siete llaves?

—No, Johannes —responde su mujer.

Sin embargo, piensa que todas esas noches vacías a la espera de sus visitas le parecieron sin duda alguna una cárcel. En ese momento le gustaría estar arriba, en su cuarto, enterrada debajo de la colcha.

—Esta casa es el único lugar donde podemos ser libres. —Johannes se echa hacia delante y apoya la cabeza en las manos—. Y sobre todo tú, Marin, no puedes negarlo.

—¡Qué tontería! —espeta ella. Nella intuye que esta discusión viene ya de antiguo y, como el fuego de la chimenea, va cobrando calor—. Qué egoísta eres. Te viene bien tenerme aquí y prácticamente ni te molestas en esconder tus actividades.

Johannes levanta la vista y Nella se da cuenta de lo agotado que está, con las mejillas hundidas y con ojeras.

—¿Te crees que me viene bien? —pregunta—. ¿Es ésa la historia que te cuentas? Marin, en contra de lo que dictaba mi conciencia, me he casado con una niña. Y lo he hecho por ti.

—No soy ninguna niña —musita su mujer, y por fin se deja caer en una silla, hundida por la fuerza de esas palabras.

Sin embargo, sí que se siente infantil. Johannes la ha transformado en un instante. Nella anhela que acuda su madre, o quien sea, a darse cuenta de su dolor, a llevarse por fin el cadáver de *Rezeki*.

—¡Y no ha cambiado nada! —exclama Marin, haciendo caso omiso de la súplica de su hermano—. La actitud negligente ante el azúcar de Meermans, nuestro futuro...

Johannes da una patada al marco, que se hace astillas y se desliza por el suelo abrillantado en el momento en que entra Cornelia, arremangada y con la frente sudada. Lleva una bandeja con vino y pan, pero al ver el estropicio se queda en la puerta.

—¡Tú nunca has tenido que transigir! —grita el señor.

—No he hecho otra cosa. Crees que puedes comprar lo abstracto, Johannes. El silencio, la lealtad, el alma de la gente...

—Te llevarías una sorpresa...

—Pero dime una cosa: ¿qué pasará cuando finalmente te pillen con las manos en la masa? ¿Qué pasará cuando los burgomaestres se enteren de lo que eres?

Junto al fuego, Otto se atraganta.

—Soy demasiado rico para los dichosos burgomaestres.

—No. —Marin habla con severidad—. No. No prestas atención. La que mira dos veces los libros de contabilidad soy yo. Yo, y permite que te diga que lo que cuentan es un relato bien triste.

Johannes se levanta y parece agarrotarse poco a poco a medida que las palabras de Marin se clavan en él con la facilidad que dan treinta años de práctica.

—Siempre te has creído distinta, ¿no es cierto? No te has casado, te inmiscuyes en mi negocio. ¿De verdad consideras que por tener cuatro mapas de las Indias Orientales en tu cuarto, un par de libros de viajes, unas bayas medio podridas y un puñado de cráneos de animales sabes cómo es la vida en esos lugares? ¿Sabes lo que hago para que vivas con estas comodidades? Tú sí que no tienes ni idea.

Marin clava la mirada en su hermano y dice:

—Tengo que darte una mala noticia.

«No —piensa Nella—. Así no.» A Otto se le cae un pedazo grande de turba en los tablones del suelo y las migas negras se dispersan por la madera.

—¡Si pudieran, los burgomaestres te azotarían por no haberte casado! Era lo único que tenía que hacer, hermana mía, casarte bien, casarte con alguien con dinero. Ay, por Dios, casarte sin más. Pero ni de eso fuiste capaz. Lo intentamos, ¿verdad? Intentamos casarte, pero ni todos los florines de Ámsterdam bastaron para...

Un sonido sombrío e irregular surge de la garganta de Marin, que tuerce la boca y refleja en el rostro a todas luces los años de frustración.

—¿Me oyes bien, Johannes?

—Eres una inútil sin amistades, un fastidio desde el día en que naciste...

—Ayer pasó por aquí tu inglés. Tu mariposilla de burdel. ¿Y sabes qué hizo?

—¡No! —chilla Nella.

—Por su culpa, tu adorada *Rezeki* ha muerto.

Johannes no se mueve.

—¿Qué has dicho?

—Ya me has oído.

—¿Qué? ¿Qué has dicho?

—Jack Philips le clavó una daga en la cabeza en mitad del vestíbulo. Te lo advertí, te dije que era peligroso.

Johannes regresa muy lentamente a la silla y se sienta con una extraña precaución, como si no confiara en el contacto de la madera.

—Es mentira.

—Si no hubiera sido por Otto, podría habernos matado a todos.

—¡Marin! —chilla Nella—. ¡Basta ya!

Johannes mira a su esposa.

—¿Es cierto, Nella? —pregunta—. ¿O miente mi hermana?

Ella separa los labios para responder, pero no lo consigue. Al ver su gesto, su marido se tapa la boca para reprimir un grito.

—Tenía una daga, señor —explica Otto, ya de pie, con los ojos llenos de lágrimas—. Creía que iba a... Yo no quería...

—Jack no está muerto, Johannes. Otto tuvo compasión —interrumpe Marin—. Tu inglesito se levantó y se fue por su propio pie, y luego tu mujer bajó el cadáver de *Rezeki* al sótano.

—¿Otto? —Johannes pronuncia el nombre de su criado como una pregunta que ni siquiera soporta formular.

Cae la mano de la cara, convertida en un espacio en blanco a la espera del embate de la tristeza.

—Fue todo muy rápido —susurra Nella.

Sin embargo, Johannes, imbuido de una extraña energía, aparta a su hermana y pasa al lado de Cornelia, muda de asombro, todavía junto a la puerta. Lo oyen cruzar el vestíbulo a trompicones y bajar a la cocina. Nella lo sigue. A lo lejos, su marido abre la puerta del sótano y su dolor retumba por el pasillo.

—Mi adorada preciosa —se lamenta—. Mi adorada preciosa, mi adorada preciosa. Pero ¿qué te ha hecho?

Nella se acerca con sigilo, haciendo frente al impulso de detenerse, ya que una parte de sí le dice que debe intentar consolarlo. Se lo encuentra de rodillas, acunando al animal, ya rígido, con medio cuerpo fuera del saco manchado de sangre. La cabeza de *Rezeki* se apoya en el brazo de quien era su dueño, la herida parece aceitosa en la penumbra, los dientes quedan al descubierto en una mueca torcida.

—Lo siento en el alma —dice Nella, pero él no puede hablar.

Levanta la vista hacia su esposa con los ojos llenos de lágrimas y se aferra, incrédulo, a la criatura que tanto amaba.

El testigo

Durante un par de días se diría que la casa se lame las heridas en una especie de quietud suspendida. Marin permanece en su cuarto, Cornelia organiza las cajas de beneficencia que se enviarán a los orfanatos en Navidad, este año con tartas más pequeñas y con menos empanadas. Otto los rehúye a todos y se queda en el jardín, donde aguijonea innecesariamente la tierra congelada.

—Vas a estropear los bulbos —le advierte Cornelia, pero él no le hace caso.

Nella percibe el olor del potaje de manitas de cerdo que cuece en el fuego y oye el roce de los platos y el choque de las cucharas al ritmo de la angustia de la criada.

Johannes sale esas dos noches. Nadie le pregunta adónde va por miedo a la respuesta. Dos días después de la discusión, a última hora, sola en su cuarto, Nella se dirige al aparador y acerca la muñeca de Agnes a la luz, ya tenue. Oye que en algún rincón de la casa alguien vomita en un cuenco de hojalata, salpicaduras, susurros, una refrescante vaharada de té a la menta para calmar un estómago revuelto. A ella también le gustaría purgar algo: la zozobra que aguarda en su interior. Espera que Johannes esté en el almacén de las Islas Orientales, trabajando para colocar el azúcar, aunque la conducta de Agnes en la Iglesia Vieja fue tan desconcertante que a Nella le cuesta creer que las perspectivas comerciales fueran el único motivo de su furia.

Al examinar la miniatura de Agnes, siente un escalofrío que le sube por la espalda y en un instante se le pone la carne de gallina. La punta del pan de azúcar se ha vuelto completamente negra. Se le escapa un grito, trata de retirar las esporas con la uña y lo único que consigue es que manchen el resto del pan como si fueran hollín. Trata de arrancar el cono, pensando en enterrarlo en el jardín para anular su poder, y algo se parte: ha roto la diminuta mano de Agnes.

Arroja la muñeca mutilada al suelo sin soltar la mano seccionada, que conserva el pan de azúcar estropeado.

—Lo siento —dice en voz baja, sin saber exactamente a quién pide disculpas, si a la muñeca, a Agnes o a la miniaturista.

La destrucción de la manita le parece irrevocable y no puede haber más culpable que ella.

Las esporas podrían ser consecuencia del mal tiempo, pero en el primer piso no hay tanta humedad. Podría ser tizne de la chimenea, pero la casa de muñecas no está cerca del fuego. Tantas posibilidades lógicas que nunca acaban de encajar... Como la marca de *Rezeki*, ¿esa mancha negra ha existido desde el primer momento, diminuta y casi inapreciable? ¿O ha aparecido de un modo inexplicable y se ha extendido en respuesta al pánico que siente Nella al pensar en Agnes? «No, eso no puede ser —se dice—, qué tontería. Ha sido sencillamente otra advertencia más que se te ha pasado por alto.» Se queda mirando las habitaciones, la colección de pasteles, la cuna, los cuadros, los cubiertos y los libros, arrepintiéndose por no haber prestado más atención a los muñecos y los perros en el momento de su llegada. ¿Habrá más bombas en miniatura, listas para explotar, que hayan escapado a su escrutinio?

Marin afirma que odia los muñecos por la idolatría, pero ese cono ennegrecido, esa marca roja de *Rezeki*, esos ejemplos extraordinarios de artesanía... son algo más que idolatría. Son intromisiones que Nella sigue sin poder definir. Aquí se está contando una historia, y parece ser la de Nella, pero no se le da la oportunidad de contarla por sí misma. «Ella mueve los hilos —concluye—. Ella mueve los hilos y yo no logro ver las consecuencias.»

Abre una vez más «La Lista de Smit». Las sentencias de la miniaturista, conservadas entre sus páginas, caen como confeti al desplegarse el lomo. Encuentra el anuncio: «Aprendizaje junto a Lucas Windelbreke, gran relojero de Brujas. Todo y, sin embargo, nada.» Y piensa: «Cada vez que voy a su casa, cada vez, y aporreo como una tonta esa puerta que nunca se abre, me quedo igual. Lo quiero todo y desde luego no consigo nada.» Necesita otra táctica y la pista está en el anuncio, ¿cómo no se le ha ocurrido antes? Se acabaron las largas cartas, las réplicas ocurrentes y semifilosóficas, los tulipanes y las remolachas, las carreras invernales que sólo sirven para pasar vergüenza en la Kalverstraat.

Se dirige a toda prisa a la mesa escritorio de caoba y recuerda la espera ante la puerta de Johannes aquel primer día, la gente que deambulaba por el Herengracht, el ciego del arenque, las risas de las mujeres. «¿Me conocería ya la miniaturista? —se pregunta—. ¿Sabría cómo anhelaba un cuarto, un escritorio, un papel que embelleciera la triste acogida?»

Saca una hoja, moja la pluma y empieza la carta:

Apreciado señor Windelbreke:

Escribo para interesarme por alguien que aprendió el oficio con usted.

Lo único que sé de ella, aparte de que se trata de una mujer, es que es alta y muy rubia, y que me mira como si me viera el alma. Se ha metido en mi vida, señor mío, y las miniaturas que me envía son cada vez más desconcertantes. ¿Por qué motivo no me responde directamente, sino que prefiere convertirme en el centro de su trabajo?

Cuénteme cómo llegó a usted y por qué se marchó.
¿Qué fuerzas se mueven en su interior para recrear mi
vida en miniatura, sin que yo se lo haya pedido, pero de
un modo exquisito y con un mensaje misterioso? La he
considerado mi maestra y ahora, que Dios me perdone,
una profeta, pero si en su día fue un demonio que se
dedicaba a espiar y usted se vio obligado a expulsarla,
le ruego me lo haga saber por escrito.

Quedo a la espera, con gran ansiedad,

Petronella

Alguien llama a la puerta. Nella esconde la carta debajo de un libro, corre las cortinas del aparador y recoge las sentencias de la miniaturista.

—Adelante.

Se sorprende al ver entrar a Johannes arrastrando los pies.

—¿Lo has encontrado? —pregunta, cerrándose la bata y guardando en el bolsillo los papeles.

Le resulta imposible decir el nombre de Jack en voz alta, pero da por hecho que su marido ha pasado con él las dos últimas noches, aunque nadie se haya atrevido a decirlo.

—No, por desgracia —contesta él, mostrando las manos como un ladrón torpe, como si Jack se le hubiera escapado entre los dedos.

—Pareces un crío que miente después de robar un *puffert*, Johannes.

Él arquea las cejas. Aunque la propia Nella se sorprende de su franqueza, lo cierto es que cada vez le cuesta más ocultar sus sentimientos ante su esposo, que en vez de negar la acusación trata de congraciarse con ella.

—Petronella, sé que no eres una niña —afirma, y la gentileza casi le hace más daño que la crueldad.

—Hay muchas cosas que no comprendo —responde ella, sentándose en la cama y mirando el aparador, ahora cerrado—. A veces en esta casa veo una rendija de luz, como si me hubieran regalado algo. Y, sin embargo, otros días siento que me envuelve la ignorancia.

—En ese sentido, todos somos niños, desde luego. No quería decir lo que dije en el salón. Cuando Marin... Me pone...

—Lo único que quiere Marin es que no te pase nada, Johannes. Lo mismo que yo.

—No tenéis que preocuparos.

Nella cierra los ojos al oír esas palabras y siente un enorme desasosiego. ¡Cómo tiene que haber sufrido su cuñada durante todos esos años con un hombre que cree que la fuerza de su voluntad basta para despejar todos los problemas de la existencia! Vive en Ámsterdam: ha de saber por fuerza que en esa ciudad no puede sobrevivir solo.

—Éste no es el matrimonio que te habías imaginado, Nella —reconoce entonces.

Nella se queda mirándolo. Imagina las fiestas, cierta sensación de seguridad, las risas lejanas de criaturas rollizas. Las imágenes se desvanecen entre los dos. Todo eso es cosa de otra Nella, una Nella que jamás existirá.

—Quizá imaginar era una tontería.

—No. Nacemos para imaginar —dice él, y sigue allí, incapaz de marcharse.

Nella piensa otra vez en el último envío de la miniaturista, los pasteles colocados en una cestita que se esconde tras las cortinas color mostaza.

—Johannes, ¿conseguiste vender algo del azúcar de Agnes en Venecia?

—Es una montaña, Nella. —Suspira, tras sentarse al pie de la cama—. En el sentido literal. Y en el metafórico. Tardaré un poco en encontrar compradores en esta época.

—Pero ¿tienes ya alguno?

—Un par, sí. Un cardenal y uno de los cortesanos del papa. Se diría que últimamente la gente tiene menos dinero que gastar —añade, con una sonrisa de tristeza.

—Vas a tener que pensar en algo para el resto. Marin te atosigaría aún más si supiera que sólo has encontrado dos compradores. Piensa que tienes suerte de estar hablando conmigo y no con ella.

—No esperaba que te convirtieras en la mujer que eres hoy —reconoce Johannes, sonriendo de nuevo.

Su principal obsesión es una noruega esquiva que moldea su vida mediante miniaturas; la segunda, evitar que la fortuna de Johannes se pudra junto al mar. No es el panorama que le había pintado su madre en Assendelft.

—Me conoces poco.

—Lo decía como un cumplido. Eres extraordinaria. —Johannes hace una pausa, parece incómodo—. En enero volveré a irme y les conseguiré sus beneficios. Mis mercancías siempre se venden —agrega, y extiende por completo los brazos, como si la magnitud y la decoración de su casa del Herengracht fueran prueba suficiente.

—Pero... ¿me lo prometes, Johannes?

—Te lo prometo.

—Una vez creí en tu palabra —recuerda Nella—. Espero que ésta la cumplas.

De fondo, el reloj de pared da la hora con el terciopelo de su péndulo.

—Ten —agrega, levantándose y abriendo con cuidado las cortinas de la casa de muñecas—. Esto es para ti.

Pone la miniatura de *Rezeki* en la mano de Johannes, que la mira con ojos cansados, sin saber muy bien, al principio, de qué se trata.

—¿*Rezeki?* —musita.

—Guárdala a buen recaudo.

Johannes se queda quieto unos instantes observando atentamente la diminuta figura que tiene en la mano. Luego la levanta, acaricia el sedoso pelo gris, los ojillos inteligentes, las patas esbeltas.

—Jamás había visto una cosa así. En ninguno de mis viajes.

Nella repara en que no menciona la marca roja. Si prefiere no verla, mucho mejor.

—Es tu regalo de boda, Johannes —dice en voz baja—. Sé que *Rezeki* no tenía forma humana, pero, de todos modos, no se lo cuentes a los burgomaestres.

Su marido la mira, mudo de emoción, aferrando el regalo como un talismán reconfortante. Nella cierra la puerta tras él y se queda escuchando el andar pausado hacia su cuarto sumida en una extraña paz.

Sin embargo, al amanecer Cornelia la despierta de mala manera. El cielo se divide en franjas de color naranja y azul marino: no pueden ser más de las cinco. Estremeciéndose, deja atrás los sueños de trapos empapados de rojo y cuartos cada vez más pequeños, y enseguida toma conciencia del frío aire de la madrugada.

—¿Qué sucede?

—Despierte, señora, despierte.

—Ya estoy despierta. ¿Qué ha pasado? —pregunta, al ver la cara larga de Cornelia, que no presagia nada bueno. El miedo cruza en picado su cuerpo—. ¿Qué le ha pasado a Johannes?

Las manos de la criada caen del cuerpo de Nella como dos hojas muertas.

—No es el señor, sino Otto —musita, casi sin voz—. Ha desaparecido.

Almas y monederos

Cornelia revolotea alrededor del señor, cumpliendo las funciones de dos criados. Le pone las botas y le mete empanadas y una manzana en los bolsillos, le da de comer para combatir el miedo. Johannes enfunda los brazos en las mangas de la chaqueta.

—¿Dónde está mi gabán de brocado? —pregunta.

—Digno de ti pedir eso ahora —replica Marin entre dientes, pálida de agotamiento.

—No lo he encontrado, señor —dice Cornelia.

—Voy a mirar en el puerto —anuncia Johannes—. ¿Por qué habrá huido así?

—Ve también al almacén del azúcar —responde Nella, que sale tras él a la carrera.

Johannes la mira con incredulidad.

—Toot es lo primero. No podemos perderlo.

Sin embargo, Nella no puede dejar de pensar en el pan que espera arriba con la punta ennegrecida. Es una señal, la miniaturista trata de avisarlos como los avisó de lo de *Rezeki*. Tiene que haber algo que se pueda hacer para no perder también el azúcar, sin duda, pero Johannes se ha ido y ninguna mujer puede presentarse en el almacén de su marido sin previo aviso.

~ ~ ~

La cama de Otto no presenta indicios de lucha, no hay muebles rotos, la puerta no está forzada. Faltan una bolsa y algo de ropa.

—Se ha llevado el gabán del señor, estoy segura —dice Cornelia.

—A lo mejor lo vende —comenta Nella.

—Es más probable que se lo quede para llevarlo. ¿Por qué ha tenido que irse?

Nella se da cuenta de que no le ha preguntado qué hacía buscando a Otto en su cuarto a las cinco de la mañana, pero la ve completamente amedrentada e interrogarla en ese momento podría ser contraproducente.

—Cornelia, ven aquí —la llama Marin desde lo alto de la escalera.

Suben y se la encuentran en el salón con tres chaquetas, un chal y dos pares de calzas de lana, tratando de encender el fuego con torpeza. Cuando se incorpora parece muy corpulenta, mucho más alta que Nella y Cornelia.

—No consigo encender la turba —se queja, y sus palabras se deslizan como un pedazo de mantequilla en una sartén.

—De eso se encarga Toot, señora. —Si da la impresión de que se ahoga y se le llenan los ojos de lágrimas no es por el fuerte olor de la turba—. A mí no se me da muy bien. —Se agacha delante del hogar y su cuerpo hundido refleja un alma acongojada—. He preguntado por el canal. No han mandado a ningún africano ni a la Rasphuis ni a los calabozos de la Stadhuis.

—¡Cornelia! —exclama Marin, acomodándose en la misma silla en la que se hundió Johannes al enterarse de lo sucedido a *Rezeki*.

Con los ojos rojos, incómoda con tanta ropa, no logra estarse quieta. Da un mordisco a un pedazo de tarta de manzana de hace una semana que le ha llevado la criada y luego lo deja a un lado.

Nella manda una oración a la miniaturista, esté donde esté en ese momento: «Señora, haga llegar unas alas a mi marido. Que vuele más deprisa hacia los barcos que están zarpando. Que el querido Otto se quede en esta tierra.»

—Se escabullirá —predice Marin, interrumpiendo la ensoñación de Nella y frotándose las sienes como si tratara de concretar alguna idea inquieta que le vaga por el cráneo—. Se irá a Londres. A orillas del Támesis tendrá posibilidades de pasar inadvertido.

—Muy segura pareces —observa Nella.

—Le dije que no le pasaría nada —afirma Cornelia—. ¿Por qué no me hizo caso?

—Porque tenía miedo —contesta Marin, respirando con más dificultad. Recupera la tarta de manzana y la toquetea, hablando casi consigo misma—. Mejor que se haya ido. Al apartarse nos protege. ¿Y qué le pasaría a un hombre como Otto si lo apresaran los burgomaestres?

—Pero ¿tú sabías que iba a marcharse? —dice Nella.

A Marin se le escapa un atisbo de desaliento por la pregunta.

—Es un hombre con sentido común —replica. Aparta la mirada y se alisa la falda.

—¿Fuiste tú quien le dijo que se fuera? —insiste Nella, furibunda por las evasivas tras las que se esconde su cuñada.

—Era el mal menor. Puede que se lo sugiriese, pero no he obligado a nadie a hacer nada.

—Ya sé yo cómo funcionan tus sugerencias.

—¿Lo ha echado, señora? —Cornelia la mira con el más absoluto de los horrores—. Pero si dijo que Jack no lo denunciaría.

—La capacidad de sorprender de ese muchacho es infinita. Es oportunista. Si se decidiera a atacarnos... Otto no tendría ni juicio, ninguna posibilidad de supervivencia.

—¡Cómo te gusta tenernos a todos en un puño, Marin! Con o sin juicio, Otto puede morir ahí fuera.

Cornelia se pone en pie.

—Es el criado del señor.

—¿Y el mío no? —Marin lanza el pedazo de tarta contra la pared y está a punto de dar a Cornelia, que pega un respingo cuando el plato se estrella contra el mural al óleo que representa una escena campestre y las pasas de Corinto chocan como balas oscuras contra los bucólicos corderos. A gritos añade—: ¿Acaso no me mueve su bienestar? A Johannes le trae sin cuidado.

—Pero ¡si acaba de salir a buscarlo!

—Johannes sólo se quiere a sí mismo —dice Marin entre dientes—. Y por eso estamos como estamos.

Las pasas se deslizan por el mural y caen al suelo como excrementos. Marin sale despacio de la habitación, como si le pesara mucho la ropa.

~

La Navidad, cual pariente pobre de la promesa que fue en su día, pasa sin pena ni gloria, y sigue sin haber ni rastro de Otto. Las donaciones de alimentos se envían a los orfanatos y Johannes entierra a *Rezeki* en un jardín en plena hibernación.

—Nunca había visto así al señor —confiesa Cornelia, consumida por la preocupación, a Nella—. Si hasta ha leído un pasaje de la Biblia. Era como si estuviera ausente.

Consumido y encerrado en sí mismo, Johannes sale todos los días, según él a hacer averiguaciones sobre el criado desaparecido y a trabajar en la venta del azúcar de los Meermans. Por momentos, Nella siente tentaciones de contar a Marin que sigue todo en el almacén y que Frans está furioso, pero no parece que ninguna de las dos pueda hacer gran cosa al respecto y el humor de Marin es impredecible.

No logra sacudirse de la mente las esporas de la miniatura del pan de azúcar y las mira a diario, convencida de que se habrán extendido. Sin embargo, el pan está exactamente igual, y Nella se aferra a ese hecho, pues cree ya a pies juntillas en el poder profético de la miniaturista. «Lucharé para salir a flote», se dice, pero el problema es que no tiene ni idea de en qué lugar está emergiendo. Un callejón sin salida, supone, el fondo de un saco, una existencia lánguida y muda.

Es incapaz de imaginar dónde estará Otto, su ausencia es una pregunta a la que ninguno de ellos puede contestar. De momento, su figurita no da ninguna pista, por lo que Nella se agarra a las especulaciones de los demás habitantes de la casa. Marin se empeña en que está en Londres, Johannes cree que en Constantinopla. Cornelia se ha convencido de que permanece por los alrededores. Le costaría demasiado aceptar que Otto se hubiera alejado tanto por voluntad propia.

—Estará mejor en una ciudad portuaria —opina Nella—. En Assendelft, la gente le cerraría la puerta en las narices.

—¿Qué? ¿Con este frío? —se sorprende Cornelia.

—Me lo creo —replica Marin.

—Me cuesta creer que aceptara marcharse —dice Nella, mirándola a los ojos, pero Marin los aparta—. No me cuadra.

—Ay. Llevas aquí doce semanas, Petronella, y ni siquiera basta con una vida entera para saber cómo va a comportarse una persona.

Cornelia empieza a descuidar los fregados a base de vinagre y zumo de limón, los barridos y los abrillantados, las coladas, las limpiezas, los cepillados y los azotes. Nella manda su carta a Lucas Windelbreke y espera una respuesta. Piensa que el mal tiempo invernal podría retrasar al mensajero, pero le parece que es su único recurso posible.

Un día decide preguntar a Marin si Johannes le ha contado que el azúcar sigue en el almacén. La encuentra en el vestíbulo, donde ha adoptado la costumbre de dar paseos en los que se detiene con la mirada perdida ante el salón en el que discutió con su hermano. Las nueces confitadas han salido de su cuarto y, amontonadas en un cuenco en una mesita auxiliar, resplandecen como escarabajos. Nella se sorprende al verlas; no tiene nada de normal que Marin coma golosinas delante de todo el mundo. «Supongo que si me peleara de esa forma con Carel —piensa—, me comería mi peso en mazapán.»

—Marin, debo preguntarte algo —empieza, y la ve estremecerse y aferrar el chal en el que va envuelta—. ¿Eh? ¿Qué te pasa?

—Las nueces. He comido demasiadas —responde.

Da media vuelta para subir a su cuarto y la oportunidad de conversar se desvanece.

Cornelia y Nella pasan mucho tiempo en la cocina, donde hace más calor. Un día, a última hora de la tarde, cuando Marin duerme y Johannes no está en casa, alguien llama con fuerza e insistencia a la puerta principal.

—¿Y si es la milicia, que viene por Toot? —dice Cornelia—. Que Dios se apiade de nosotros.

—Bueno, no lo encontrarían, ¿verdad? —replica Nella, que jamás reconocería su alivio delante de Marin, pero se alegra de que Otto no esté: se imagina a Jack entre un grupo de milicianos, apuntando con un dedo acusador.

No dejan de llamar.

—Ya voy yo —decide Nella, tratando de mantener, al menos, la ilusión de que lleva las riendas. «Todo funciona al revés en esta casa —piensa—, la señora tiene que recibir a los invitados.»

Pese a sus miedos, tras el vidrio sólo reluce un sombrero de ala ancha en lo alto de una cara grande y alargada. Nella abre la puerta con brío y el alivio que siente al no ver a la milicia apenas disminuye ligeramente cuando Frans Meermans se descubre y entra sin miramientos. El frío de diciembre se cuela con él. Hace una reverencia y manosea el ala del sombrero.

—Señora Brandt —saluda—. He venido a ver a su marido.

—Debe de estar en la Bolsa —contesta Marin.

Nella se sobresalta y al volverse la ve en la escalera. «Es como si supiera que iba a venir», piensa. El ambiente ha cambiado y se queda a la expectativa de alguna señal reveladora de afecto entre los dos. No llega. «Por supuesto —se dice—. Marin tiene mucha práctica, sabe mantener una apariencia tranquila.»

—Ya he ido a la Bolsa —replica Meermans—. Y a la VOC. Y a varias tabernas. Me ha sorprendido no encontrarlo allí.

—¿Acaso soy el guardián de mi hermano, señor? —replica Marin.

—No. Por desgracia —responde Meermans, arqueando las cejas.

—¿Le apetece una copa de vino mientras espera? —le ofrece Nella, puesto que Marin se niega a salir de las sombras.

—En la Iglesia Vieja —prosigue Meermans, dirigiéndose ahora a ella— le dijo a mi mujer que su marido había ido a Venecia a vender nuestro azúcar.

Nella siente el escrutinio de Marin en la nuca.

—En efecto, señor. Ya ha regresado...

—Eso lo sé muy bien, señora. El más mínimo movimiento de un hombre así es objeto de atención. Brandt ha vuelto de su estancia entre los papistas venecianos. Hemos dejado atrás la Navidad y ya casi está aquí el año nuevo. Así pues, me pregunto: ¿dónde están mis beneficios?

—Estoy convencida de que pronto...

—Como no me ha escrito, anoche fui al almacén a averiguar el resultado de ese viaje a Venecia y esta vez me llevé a Agnes. ¡Cómo me arrepiento! —Se vuelve hacia Marin con rabia. Se le salen los ojos de las órbitas—. No se ha retirado ni un grano, señora. Ni un solo grano de ese endiablado azúcar. Son ustedes completamente inútiles: toda nuestra fortuna, todo nuestro futuro, se va llenando de moho en la oscuridad. Lo toqué. Hay una parte que se ha quedado hecha una pasta.

Es evidente que Marin no sale de su asombro. No logra entender la situación y domeñarla. Nella, vencida por la culpa, la ve temblar, desarmada ante la furia del visitante.

—Fr... Frans —tartamudea Marin—, eso es imposible...

—Con eso bastaría para llevar a la ruina a Johannes Brandt, y a Dios pongo por testigo de que ya tenía motivos suficientes, pero al salir del almacén vimos algo peor. Mucho peor.

Marin se echa hacia delante y sale ligeramente de las sombras.

—Lo está vendiendo, Frans —dice en voz baja, tuteándolo—. Que no te quepa duda...

—¿Sabes lo que vimos, allí contra la pared?

Cornelia sube apresuradamente de la cocina. A Nella se le sale el corazón por la boca. Siente deseos de agarrar las manos de la criada y formar un círculo en torno a ese hombre, para mantenerlos a raya a los dos: a él y a su corazón desbocado. «Debería habérselo dicho a Marin —se lamenta, y el aire vibra a su alrededor a medida que crece la cólera de Meermans—. Ya tenía sus sospechas, pero, si yo le hubiera confirmado que el azúcar estaba intacto y que Frans ya había ido a verlo, quizá podría haber parado todo esto. Es la única capaz de poner orden en las cosas.»

Marin sube un peldaño ante el avance de Meermans; es lo contrario de una visión romántica o de un amor tierno. Mientras clava los ojos en ella, dos imágenes de su antigua pasión cobran vida en la cabeza de Nella: los lechones salados que le regaló y la hermosa nota que le entregó él y que ella escondió en un libro. «Que no sea cruel con ella», implora.

—Lo vimos —anuncia Meermans en voz baja, pero con una intensidad hipnótica—. Vimos su perversidad.

—Pero ¿qué dices? ¿Qué perversidad, Frans?

—Supongo que siempre lo has sabido —contesta él—. Cómo pasa el tiempo pegado a las paredes del almacén. Ante una cosa así no se pueden cerrar los ojos.

—No.

—Sí —replica Meermans. Se yergue y mira a Nella, que no puede apartar la vista de su rostro triunfante—. El mundo tendrá que saber, señora, que su repugnante marido satisfacía sus bajos instintos... con un muchacho.

Nella cierra los ojos como si así pudiera impedir que entren en ella esas palabras, pero es demasiado tarde. Cuando los abre, Meermans irradia una complacencia grotesca. «Ay, no es usted quien me sorprende con esa noticia —piensa, sin poder mirarlo a los ojos—. Al menos mi marido tuvo ese detalle.»

Ninguna de las tres consigue decir nada, y Meermans se crispa ante su silencio.

—Johannes Brandt es un degenerado —sentencia, como si quisiera atizar su estupefacción y su pavor—. Un gusano en la fruta de esta ciudad. Voy a cumplir con mi deber de ciudadano piadoso.

—Tiene que haber un error —musita Marin.

—En absoluto. Y, es más, el muchacho asegura que Johannes se aprovechó de él.

—¿Qué? —dice Nella.

—Eres amigo suyo. —La voz de Marin se entrecorta, le resbala la mano por la barandilla—. No busques ese castigo, sabes cómo acabará.

—Mi amistad con ese individuo se extinguió hace mucho tiempo.

—Entonces, ¿por qué se lo pediste a él? Con todos los mercaderes que hay, ¿por qué elegiste a mi hermano?

—Agnes insistió —responde, y se pone el sombrero con brusquedad.

—Pero tú accediste, Frans. ¿Por qué ibas a acceder si no quedaba algo de afecto?

Meermans levanta la mano para hacerla callar.

—Nuestro azúcar está igual de abandonado que su alma. Y cuando vi la blasfemia que estaba cometiendo fue como si el mismísimo Belcebú hubiera caído de los cielos.

—¡Belcebú caerá sobre todos nosotros si sigues adelante, Frans! Hablas de cumplir con tu deber ante Dios, pero creo que piensas más en tus florines. Dinero, riquezas... Antes no eras así.

«Tiene que ser Jack el que estaba con él», piensa Nella. Casi siente deseos de que lo sea, para que al menos haya cierta constancia, acaso algo de amor, en la luz cambiante de ese desastre. Se pregunta si Johannes seguirá en el almacén, sin saber que lo han descubierto. «Tiene que saberlo —se dice—. Tiene que marcharse.»

—¿Habló usted con mi marido? —pregunta.

—Por supuesto que no —replica él con desdén—. Agnes estaba... Tuvimos que marcharnos de allí inmediatamente. Aún no se ha recuperado por completo.

—No busques ese triunfo, Frans —le suplica Marin—. Acabarás con todos nosotros. Podemos llegar a un acuerdo...

—¿Un acuerdo? No te atrevas a hablarme de acuerdos. Johannes ya ha acordado por su cuenta bastantes aspectos de mi vida.

—Frans, venderemos el azúcar y con eso acabará el...

—No, Marin —replica, abriendo la puerta de golpe—. Ahora soy otro hombre y no pienso detener esta marea.

La huida

Cuando Frans Meermans sale como un huracán al frío de la calle, las piernas de Marin ceden. Es una escena perturbadora, como la caída de un árbol especialmente hermoso. Cornelia se lanza hacia ella y trata de mantenerla erguida.

—Es increíble —dice Marin, mirando a su cuñada—. ¿Puede ser cierto? ¿De verdad puede haber sido tan insensato?

—A la cama, señora —ordena Cornelia, y la levanta con un esfuerzo desesperado.

Se encorva bajo el peso de Marin, que se la quita de encima y se sienta en uno de los primeros escalones.

—Frans va a acudir a los burgomaestres —asegura, y sus palabras laceran el frágil ambiente que ha dejado tras de sí el visitante. Su aspecto da escalofríos: la mirada sin vida, el cuerpo flácido, la voz falta de todo ímpetu—. No ha venido aquí primero a ofrecernos clemencia. Sólo pretendía pavonearse.

—En ese caso, tenemos que aprovecharnos de su prepotencia —responde Nella—. Johannes no sabe que lo vieron. Apenas tiene unas horas para huir.

—¿El señor también? —pregunta Cornelia—. Pero no podemos vivir aquí las tres solas.

—¿Se te ocurre algo mejor?

El vestíbulo queda sumido en un silencio sepulcral. Molesta por haberse puesto de mal humor, Nella toquetea las sedosas orejas de *Dhana*, pensando en el pan ennegrecido de Agnes que aguarda arriba y preguntándose dónde andará Johannes. Lo que ha enfurecido a Meermans ha sido el azúcar, más incluso que haber visto a Johannes gozar de una fruta prohibida. Varios miles de florines podrían detener esa rabia contra los Brandt.

—No sé cómo, pero tenemos que vender el azúcar —señala—. Meermans busca una retribución.

—Ha dicho que una parte estaba estropeada.

—Exacto. Una parte. Y seguramente exagera. Le gusta mentir. Quizá guarde silencio si vendemos su mercancía.

—Nada puede cerrar la boca a ese hombre. Hazme caso. ¿Y qué propones? ¿Conoces tú a todos los compradores de Europa y de fuera de Europa, Petronella? ¿A los cocineros de Londres, a los reposteros milaneses, a las duquesas, a los marqueses y a los sultanes? ¿Hablas cinco idiomas?

—Busco la luz, Marin. Entre estas lúgubres tinieblas.

~

Una hora después, Nella se encuentra ante su casa de muñecas, buscando pistas en las habitaciones, alguna señal que le diga qué hacer. El reloj de péndulo dorado le brinda un recordatorio constante y terrible de que su marido aún no ha vuelto, de que transcurren los minutos. «Qué extraño que algunas horas parezcan días y otras pasen volando», rumia. Fuera hace un frío atroz, nota los dedos de los pies entumecidos y se imagina su carne inerte, como el hombre que apareció mutilado debajo del hielo. Al menos el aliento que exhala se convierte en vapor. «Sigo viva», se dice.

La luz de la luna se cuela por una rendija de las cortinas con una fuerza extraordinaria y realza todos los remolinos que dibuja el peltre para convertirlo en mercurio encastrado en la madera. Las nueve habitaciones están iluminadas y los rostros de sus ocupantes prácticamente relucen. La copa de esponsales de Nella es un pálido dedal; el encaje de la cuna, una telaraña resplandeciente. La mano amputada de Agnes sigue encima de una silla cual amuleto de plata, y el pan de azúcar conserva su blanco inmaculado excepto en la punta. Lo sujeta y trata de distinguir si se ha ennegrecido más. No lo sabe a ciencia cierta. Con las esporas negras claramente visibles, permanece en la palma de la mano de Agnes como algo infectado.

«No soy ni siquiera el albañil de la fortuna, mucho menos su arquitecto», piensa. Las sentencias elípticas de la miniaturista y sus hermosas creaciones siguen encerradas en su propio mundo, tan palpable y sin embargo tan inalcanzable. Esta noche parecen burlarse de ella. Cuanto menos entiende los motivos de la miniaturista para actuar así, más poderosa le parece. Pide en sus rezos que Lucas Windelbreke haya recibido la carta, que algo le otorgue la clarividencia necesaria para descubrir la clave.

Saca la figura de su marido del aparador y la sopesa. ¿También previó eso la miniaturista, que el enemigo de Johannes lo descubriría en el puerto? Sigue teniendo la espalda inclinada hacia un lado por la carga de la bolsa de dinero. No parece más ligera y Nella trata de ver en eso un detalle estimulante, aunque no puede estar del todo segura de entender qué quiere decir en realidad.

Oye la puerta de la calle, seguida por el chasquido que indica que Johannes ha entrado en su despacho. Deja la miniatura en la casa de muñecas, baja corriendo y, sin llamar, entra directamente.

—¿Dónde has estado, Johannes? —pregunta, y clava los pies en la blanda capa de lana de la alfombra, cuyas fibras están impregnadas para siempre del olor de *Rezeki*.

—¿Nella?

Parece cansado, y viejo, y al verlo, también ella se siente más vieja. «No sabe que lo han descubierto», concluye. Está claro que no tiene ni idea. Se abalanza sobre él y lo agarra de las mangas.

—Tienes que irte, Johannes. Tienes que marcharte.

—¿Qué...?

—Pero antes debes saber algo. Creo que has hecho lo que has podido por mí, con la casa de muñecas, el banquete de los plateros y las flores y los vestidos. Y con conversaciones que eran para mí algo nuevo por completo. Quiero que lo sepas antes de irte.

—Siéntate, tranquilízate. Tienes muy mala cara.

—No, Johannes. —Se interrumpe y mira los mapas que hay a su alrededor, los papeles, la escribanía de oro, cualquier cosa menos los ojos grises que la miran con serenidad—. Agnes y Frans... Te vieron, Johannes. En el almacén... con un jovencito.

Johannes agacha la cabeza y se apoya en el alto taburete. Se diría que se han roto los engranajes de su interior y que poco a poco va deteniéndose.

—Los burgomaestres te matarán —insiste ella ante su silencio, y oye las palabras que salen de sus labios, sin cautela, arrastradas hasta mezclarse—. ¿Era... Jack? ¿Cómo has podido? Después de que te traicionara con lo que le hizo a *Rezeki...*

—El que me ha traicionado no ha sido Jack Philips, Nella. —Nunca había oído tanta fuerza en la voz de Johannes—. Ha sido esta ciudad. Han sido los años que todos hemos pasado en esta jaula invisible.

—Pero él te ha...

—Cualquiera modificaría su conducta ante un escrutinio constante, ante tanta beatería exaltada: los vecinos se vigilan y retuercen cuerdas que nos atan a todos.

—Pero una vez me dijiste que esta ciudad no era una cárcel para quien trazara su camino correctamente.

—Bueno, pues lo es —contesta Johannes, encogiéndose de hombros—. Y los barrotes están hechos de una hipocresía asesina. Me marcharé esta noche, antes de que la huida sea imposible.

Es brusco, está dolido, no parece él. Nella siente que se le deshacen los huesos, que va a resbalar por la alfombra de su marido y jamás podrá volver a ponerse en pie.

—¿Adónde vas a ir?

—Lo siento, querida Nella. —Su ternura es casi igual de insoportable—. Es mejor que no te lo diga. Te lo preguntarán, y tienen formas de conseguir respuesta. —Revuelve los papeles de la mesa y le entrega uno—. He anotado una lista de nombres, gente que podría estar interesada en el azúcar. Dásela a Marin. Conoce bien los libros de contabilidad, así que con eso no tendréis problemas. Voy a darte también el nombre de un agente de la VOC en el que confío.

—¿Más comisiones que compartir, Johannes? Los beneficios se reducirán mucho.

—Veo que has estado prestando atención. —Sonríe con esfuerzo y abre la solapa para sacar un fajo de florines. Nella se da cuenta de lo vacío que parece el interior de la chaqueta—. Pero no creo que podáis venderlo sin un agente.

—¿Volverás con nosotras?

Johannes suspira.

—No hay otra ciudad como ésta en el mundo, Nella. Es radiante y excesiva, pero nunca la he considerado mi hogar.

—Entonces, ¿dónde está tu hogar?

Johannes mira los mapas de la pared.

—No lo sé —contesta—. Donde haya consuelo. Y eso es difícil de encontrar.

Por la noche, sólo Nella se presenta a despedir a su marido, envuelto en su manto de viaje, encorvado por el frío.

—Adiós, Nella.

—Te... echaré de menos.

Johannes asiente y ella ve lágrimas en sus ojos.

—No te quedas sola —asegura, dejando a un lado la emoción—. Cuentas con Cornelia. —Se detiene, recoloca la correa de la bolsa y a ojos de Nella parece muy vulnerable, un anciano obligado a emprender una aventura. Como si le leyera el pensamiento, añade—: Tengo amigos en muchos países. Todo saldrá bien. —Su aliento es como humo caliente en el aire helado y ella se queda mirando cómo desaparece el vaho—. Pensaré en ti. Debes estar pendiente de Marin, Nella. Cuidarla... Te necesita más de lo que crees. Y no permitas que te obligue a comer nada más que arenques.

La broma se le clava como un dardo con un grado de dolor que no esperaba. No se ve capaz de sobrellevar esa camaradería tardía, la dulzura de un entendimiento a destiempo.

—Johannes —musita—, prométeme que volverás.

Sin embargo, su marido no responde porque ha echado a andar ya en silencio junto al canal, como buen experto en desaparecer, con la bolsa del dinero balanceándose en el costado. «No volveré a verlo», piensa Nella.

La noche se asienta, las estrellas resultan hostiles, el frío es un cuchillo en el cuello, pero Nella espera hasta el momento en que le resulta imposible distinguir entre Johannes y la oscuridad que lo engulle.

Una herradura

La despierta un sonido metálico procedente del exterior. Nella ha pasado la noche en el despacho de Johannes y la alfombra se le ha quedado marcada en la cara. Al principio cree que el ruido procede de las criadas del Herengracht, que sumergen los mochos en los baldes y friegan los escalones para llevarse por delante los restos del último día de 1686. Por un momento lo olvida todo y se queda mirando los hermosos mapas de su marido. Luego recuerda de golpe la rabia de Meermans y la huida de Johannes, que colman cualquier posible vía de pensamiento sosegado. Mira el techo, donde las manchas de las velas son negras como las esporas del pan en miniatura de Agnes.

Alguien la llama. Es Cornelia, con voz aguda, histérica.

—¡Señora Nella! ¡Señora Nella!

Se frota los ojos. El ruido ha cesado. Aturdida, se encarama al baúl y mira por la ventana. Bandas rojas sobre pechos fornidos, un destello de metal bruñido, espadas y pistolas. La Milicia de San Jorge. Entonces empiezan a aporrear la puerta de la calle. Cornelia entra como una exhalación.

—Son ellos —musita, aterrada—. Han venido.

Nella cierra los ojos y da las gracias con rapidez porque Johannes se encuentre en un barco, lejos de allí. Marin ya está en el vestíbulo, los golpes continúan y las tres mujeres se reúnen apresuradamente mientras *Dhana*, entre ellas, patea el suelo.

—¿Se ha ido? —pregunta Marin.

Nella asiente y percibe en el rostro de su cuñada un sufrimiento fugaz que queda enmascarado de inmediato por ese aire ausente ya conocido.

—No podría contenerme delante de esa gente —dice Marin, y empieza a subir los escalones mientras Nella trata de controlar a la perra.

—No, Marin...

—Lo único que conseguiré será perder los nervios, sobre todo si va con ellos Frans Meermans.

—¿Qué? No puedes dejarme sola...

—Confío en ti, Petronella.

Marin se esfuma y Cornelia abre la puerta. En el último escalón hay seis guardias de la Milicia de San Jorge, vestidos con el uniforme de los guerreros adinerados. Exhiben sus petos de plata y peltre, y los trabucos se balancean a la altura de la cadera. Nella no dice nada, entrelaza las manos y empiezan a revolvérsele las tripas. Observa aliviada que Frans Meermans no está entre ellos.

—Venimos por Johannes Brandt —anuncia el que está más cerca de la puerta. Tiene acento de La Haya, sus sílabas son más entrecortadas que las de la gente de Ámsterdam.

—No está, caballero —responde Nella, y nota la mandíbula floja.

«No pienso preguntarle a qué ha venido —decide—. No voy a darle cuerda, ni una pulgada. No tendrá oportunidad de humillarnos aún más.»

El guardia la mira a los ojos. Es alto, aproximadamente de la edad de Johannes y calvo, pero luce una barba más arreglada que los demás, con vetas canosas y terminada en dos puntas, a la antigua.

—¿Y adónde ha ido? —pregunta.

—De viaje —contesta Nella con una mentira instantánea, aunque nota la lengua pesada, empapada, y le cuesta ser convincente.

Trata de emular el gesto autoritario de Marin, pero le afecta la seguridad colectiva que transmiten los seis hombres al mirarla con desaire con todas sus medallas resplandecientes y sus bandas rojas pegadas al cuerpo como adustos gallardetes de fraternidad. Sus pechos se hinchan ante ella y también sus barrigas, bien llenas gracias a los mejores alimentos.

—Sabemos que está aquí —dice otro—. ¿No querrá montar un escándalo en la puerta de su casa?

—Buenos días, caballeros.

Nella empieza a cerrar, pero el miliciano encaja un pie para impedírselo. Entre las risas mal disimuladas de los otros cinco, hace fuerza contra la madera y por un momento la joven y el soldado canoso acaban forcejeando. Gana él y los seis individuos entran en tropel con pasos que reverberan sobre las losas de mármol. Se quitan el casco, echan un vistazo a los tapices y los cuadros, la refinada escalera, los candelabros de pared y las ventanas relucientes. No parecen militares, sino abogados a punto de inventariar las posesiones de un fallecido.

—Ve a buscar a tu señor, jovencita —brama el primer guardia a Cornelia. Al ver que no se mueve, lleva la mano a la empuñadura de la espada—. Ve a buscarlo o te detenemos también a ti.

—Vamos a llevarla a la Spinhuis a que le enseñen lo que es la disciplina —apunta otro, riéndose.

Nella observa a los seis milicianos y duda de que hayan visto una batalla de verdad. Da la impresión de que les gustan demasiado los uniformes que visten. «Corre, Johannes —piensa, tratando de aplastar el pánico que se apodera de ella—. Corre, vete muy lejos de aquí.»

—Se lo repito, señores: mi marido no está. Y, ahora, buenos días.

—¿Sabe por qué lo buscamos? —pregunta el primer guardia, acercándose a ella. Los otros cinco se despliegan en abanico para formar una especie de herradura en torno a las dos muchachas—. Cumplimos órdenes del *schout* Slabbaert y del primer burgomaestre de la Stadhuis, señora Brandt. Los carceleros de la Stadhuis esperan con impaciencia la visita de su marido.

—Cierra la puerta —ordena Nella, y Cornelia se apresura a obedecer. La luz se atenúa al bloquear la vida del exterior—. Podrán hablar con él cuando lo encuentren.

—¿Acaso lo ha perdido? —pregunta uno de los demás guardias.

—Me da en la nariz que sabe dónde está —dice otro, y provoca más risas, que no se disimulan.

Nella les desea la muerte a todos.

—Un inglés ha denunciado una agresión en las Islas Orientales, señora —informa el primer miliciano—. El diplomático de su país ha removido cielo y tierra en nombre de su rey, y hay dos testigos que lo corroboran todo.

«Los Meermans y Jack deben de haber actuado juntos —concluye Nella—. Al muchacho le habrán pagado, desde luego, por interpretar otro de sus papeles. ¿Quién iba a imaginarse a Agnes y a Frans como aliados de Jack Philips? En fin, les habrá dado igual ante la perspectiva de vengarse.» Nella se imagina que arranca la cabeza a sus muñecos y los tres quedan decapitados y despojados de su poder.

Se da cuenta de que la situación se le va de las manos y busca desesperadamente en esos rostros un ápice de bondad, incluso de incomodidad. La más mínima debilidad puede servirle, la explotará sin piedad. Hay un miliciano que parece mayor que Johannes, pero tiene la misma cara bronceada y franca. Cuando se cruzan sus miradas, baja los ojos, y Nella decide explotar lo que espera sea una pizca de vergüenza.

—¿Cómo se llama, caballero?

—Aalbers, señora.

—¿Qué hace usted aquí, señor Aalbers? No se rebaje. Vaya a apresar asesinos y ladrones. —No funciona. Es consciente de su propia voz, asustada y desesperada—. Mi marido ha contribuido a la grandeza de esta república, ¿no es así?

—Me encargaré de que lo traten bien.

—Regresará a su casa, junto a su mujer, y se olvidará de él.

—Su marido está en un aprieto, señora Brandt —interviene el primer guardia, que recorre con paso firme el glorioso vestíbulo de Johannes—. Y nada de esto podrá salvarlo.

Una furia virulenta se apodera de Nella, una rabia temeraria.

—¿Cómo se atreven? —grita, y avanza hacia ellos. Los otros cinco se desbandan como un banco de peces sorprendidos—. ¡Ustedes, hombres imperfectos vestidos con glorias usurpadas!

—¡Señora! —suplica Cornelia.

—¡Fuera! Todos. Me hablan en mi propia casa como bestias...

—Mucho más bestial es la sodomía de su marido, señora mía —replica el primero desde cierta distancia.

La palabra reverbera en el aire. Nella se queda sin aliento, petrificada entre los milicianos enmudecidos. Es una palabra que dinamita los cimientos de Ámsterdam, bajo sus iglesias y todas sus tierras, y hace astillas su preciosa vida. Después de «codicia» e «inundación», es la peor del vocabulario de la ciudad, equivale a la muerte y los guardias lo saben. Amilanados por la bravuconada de su cabecilla, no se atreven a mirar a Nella a los ojos.

Más arriba se oye el chasquido casi imperceptible de una puerta al cerrarse, y unos pasos acelerados en la calle quiebran ese momento extraño y suspendido en el tiempo. Todos se dan la vuelta y un jovencito, que según los cálculos de Nella no pasará de los nueve años, asoma la cabeza en cuanto se abre la puerta, con una cara que rebosa regocijo y con la boca abierta para recuperar el resuello.

—Lo hemos encontrado —anuncia.

—¿Muerto? —pregunta Aalbers.

El muchacho sonríe de oreja a oreja.

—Vivo. A veinte millas al norte de aquí. Lo tenemos.

Nella nota que se le hunde el estómago, que se le vencen las rodillas hacia el suelo duro y frío. Alguien la agarra antes de que se desplome. Es Aalbers, que la sostiene, pero aun así se tambalea mientras la información del jovencito se abre paso a la fuerza. Casi no puede respirar y se siente desamparada entre todos esos hombres a los que les trae sin cuidado que su marido reciba un juicio justo.

—¿Dónde estaba, Christoffel? —pregunta el primer guardia.

—En un barco, señor, en la isla de Texel. —Christoffel se adentra en el vestíbulo con los ojos como platos ante la grandiosidad que lo rodea—. La avanzadilla lo alcanzó. Gimoteaba como un gatito —agrega, y se pone a maullar.

—Santo cielo —musita Aalbers.

—No —dice Nella con un hilo de voz—. Mientes.

—Bromeaba diciendo que no había estado nunca en la Stadhuis. —El muchacho ríe—. Bueno, ahora se le quitarán las ganas de bromear.

Aalbers le da una bofetada en la nuca.

—¡Un poco de respeto! —exclama mientras el crío chilla de dolor.

—Christoffel ha prestado un gran servicio a la república —interviene el primer miliciano, agarrando del brazo a Aalbers.

—Lo mismo que mi marido —espeta Nella—. Durante veinte años.

—No la entretenemos más —dice él, y se dirigen a la puerta.

—Esperen —pide Nella, haciendo un esfuerzo para juntar las palabras—, ¿qué van... a hacer con él?

—Eso no depende de mí, señora. El *schout* estudiará las pruebas. Una audiencia seguida de un juicio. Que será breve, supongo, si es cierto lo que cuentan.

Bajan los escalones hasta la calle con Christoffel como mascota victoriosa entre ellos y se alejan junto al canal hacia el centro. Aalbers vuelve la cabeza una sola vez y hace un gesto de asentimiento, brusco y avergonzado, dirigido a Nella. El paso de los milicianos es desparejo, como si el entusiasmo por el éxito se hubiera impuesto a la disciplina. Tardan poco en romper filas con total indiferencia, dándose empujones, y la risa de Christoffel resuena hasta que desaparecen.

Nella tirita al contacto con el aire azul de la mañana de diciembre. A ambos lados del Herengracht, unas cuantas sombras asomadas a las ventanas se ocultan de su vista. Muchos ojos la vigilan, al parecer, pero nadie acude en su ayuda.

~

—Lo matarán —dice Cornelia, encorvada sobre los escalones del vestíbulo.

Nella se agacha a su lado y le pone las manos en las rodillas.

—Calla, calla. Tenemos que seguirlo hasta la Stadhuis.

—No podéis hacer eso —dice Marin, que ha reaparecido, envuelta en su chal. Su silueta se alarga a la luz de las velas.

—¿Qué?

—Sólo serviría para llamar la atención.

—¡Marin, tenemos que saber qué van a hacerle!

—Lo matarán —repite Cornelia, que empieza a temblar—. Lo ahogarán.

—Cornelia, por el amor de Dios.

Marin cierra los ojos y se restriega las sienes, y Nella siente una punzada caliente de rabia ante su inercia, su reticencia a agarrar la situación por el pescuezo y sacudirla hasta subyugarla.

286

—¿Es que no tienes corazón, Marin? Yo jamás abandonaría a mi hermano a su suerte.

—Pero si es precisamente lo que has hecho, Petronella. Lo dejaste en Assendelft para salvarte tú.

—Yo no diría que esto sea una salvación.

—¿Qué sabes de los burgomaestres? —prosigue Marin—. Tú, que te has pasado la vida subsistiendo en los campos, bebiendo la nata de tus propias vacas.

—Eso no es justo. ¿Se puede saber qué te pasa?

Marin empieza a bajar hacia donde está Nella, al pie de la escalera, peldaño a peldaño, con una precisión lenta y curiosa.

—¿Sabes qué me decía Johannes? —pregunta. La malicia de su voz rasga el aire invernal y a Nella se le eriza el vello de los brazos—. «La libertad es algo glorioso. Libérate, Marin. Tú misma has puesto los barrotes de tu jaula.» Bueno, liberarse está muy bien, pero siempre hay alguien que acaba pagando.

—Sientes lástima de ti misma y eso nos paraliza. Tuviste tu oportunidad...

Marin extiende los brazos de improviso y clava a Nella contra la pared por las muñecas.

—¡Suéltame! —grita la muchacha, debilitada por la magnitud de la furia de su cuñada.

Cornelia se echa atrás, horrorizada.

—No soy yo la que abandona a mi hermano —afirma Marin—. Ya me ha abandonado él. Lo he mantenido todo en secreto, cosa de la que él ha sido incapaz. He pagado sus deudas en la misma medida que las mías. Y ya sé que creerás que ahora lo comprendes todo, pero no es cierto.

—Te equivocas.

Marin la suelta y deja que se hunda contra la madera de la pared.

—No, Petronella —dice—. No. El nudo está demasiado apretado para ti.

Cuerpos ocultos

Nella ha salido al escalón de la entrada de la casa de Johannes. La víspera del año nuevo transcurre sin ceremonia. Quiere que el frío la haga añicos, que la luz la transforme. La calle paralela al canal está desierta, y el hielo es una cinta de seda blanca que pasa entre las casas del Herengracht. Nunca había visto una luna tan grande, es mayor incluso que la de la noche anterior, un impresionante círculo claro de energía. Casi tiene la sensación de que puede extender el brazo y tocarla, de que Dios la ha bajado de los cielos para que su mano humana la agarre.

Tiene la esperanza de que Johannes vea esa luna entre los barrotes de su celda, en las entrañas de la Stadhuis. El intento de huida lo hará parecer más culpable. ¿Dónde está ahora Otto? ¿Y la miniaturista, que sigue escondiéndose? «Si no fuera por Cornelia —piensa—, tal vez yo también huiría.» Mientras la casa de verdad va menguando, y desaparecen sus ocupantes de uno en uno, la de muñecas parece más llena, incluso más viva.

Por la puerta abierta a su espalda ha empezado a surgir un olor extraño y, al entrar, Nella descubre que no procede de la cocina. Oye un lejano sonido gutural en el primer piso, alguien jadea. Sigue el peculiar olor y el ruido escaleras arriba y por el oscuro pasillo hasta donde un fino marco de

288

luz de velas resalta la puerta del cuarto de su cuñada. Esta vez nada de dulce espliego ni de sándalo, sino un hedor a verdura podrida que la asfixia.

«Es un incienso repugnante que está quemando Marin —se dice—, una idea desacertada para enmascarar otros olores.» Pero los jadeos son en realidad sollozos. Nella aguza el oído y se agacha para mirar por el ojo de la cerradura, pero descubre que está tapado.

—¿Marin? —susurra.

No hay respuesta, tan sólo más sollozos. Nella empuja la puerta, que estaba entornada. La habitación apesta, es un olor a maleza apelmazada, raíces y hojas amargas maceradas para extraer sus propiedades secretas. En la cama, Marin sostiene un vaso con una mezcla verde, del mismo color que el agua del canal, como si se hubiera servido con un cucharón el sedimento mismo del fondo del Herengracht. Su colección de cráneos de animales está tirada por el suelo y algunos se han roto en esquirlas desiguales de hueso amarillo. Alguien ha rasgado por la mitad uno de los mapas de la pared.

—¿Marin? Pero, por todos los diablos...

Al oír la voz de Nella, levanta la vista. Tiene la cara surcada de lágrimas y cierra los ojos aliviada. Deja la mano inerte y permite que le quite el vaso. Nella le pone una mano en la mejilla, en el cuello, en el pecho, en un intento de calmar su cuerpo tembloroso, sus lágrimas inagotables.

—¿Qué te pasa? —le pregunta—. Lo salvaremos, te lo prometo.

—No es por él. No estoy...

No logra formar una frase. Nella siente la insólita flexibilidad del cuerpo de Marin bajo los dedos y sigue oliendo la repugnante mezcla del vaso, que le revuelve el estómago. Piensa en sus vómitos, en sus dolores de cabeza, en su novedosa apetencia de azúcar, de tartas de manzana y de frutos secos confitados. En su cansancio, en sus cambios de humor; Marin es la colmena que no hay que patear por miedo a las picaduras. En su ropa abultada, en sus andares más lentos. En sus vestidos negros forrados de pieles, en su carta de amor secreta, hecha mil pedazos. «Te quiero. Te quiero. Por detrás y por delante, te quiero.» Y en ese «¿Qué has hecho?» que preguntó al aire desde su baño de espliego.

Marin no detiene las manos curiosas de Nella, que por consiguiente van bajando, más lentamente, por los pechos firmes y colmados de su cuñada hasta lo alto del abdomen, bien oculto bajo varias prendas de cintura alta.

Al apretar, Nella deja escapar un grito.

El tiempo se detiene. No existen las palabras. Únicamente una mano sobre un vientre, el asombro y el silencio. El abdomen encubierto de Marin es enorme, está duro, lleno como la luna.

—¿Marin? —pronuncia su nombre en un susurro, aunque no sabe a ciencia cierta si ha llegado a sonar.

Nella suelta el aire cuando el niño se da la vuelta en su diminuto hogar, y en el momento en que un piececito le da una patada cae de rodillas al suelo. Marin sigue callada, con la cabeza alta y los ojos, inflamados por el cansancio, perdidos en un horizonte invisible, mientras el enorme esfuerzo de mantener el secreto se va retirando de su rostro.

No es una criatura pequeña. Es un bebé que está casi listo para llegar.

—No iba a bebérmelo —es todo lo que dice Marin.

~

Las paredes del cuarto parecen sencillamente los bastidores de un escenario teatral, y tras ellos hay otro paisaje pocas veces vislumbrado hasta ahora. Un lugar sin pintar que se extiende en todas direcciones, sin postes indicadores ni hitos, tan sólo espacio infinito. Marin permanece inmóvil, sentada.

Nella piensa en la cunita de la casa de muñecas y siente un escalofrío. ¿Cómo lo sabía la miniaturista? Marin está concentrada en la vela, que es de cera de abeja, no de sebo, y desprende un agradable olor a miel. La llama baila como un duendecillo, un pequeño dios de la luz que se burla de la parálisis de los pensamientos de las dos mujeres. ¿Cómo empezar? ¿Qué decir?

—No se lo digas a nadie —comienza Marin por fin, casi sin voz.

—No puede haber más secretos en esta casa. Cornelia tiene que saberlo.

—Si es que no lo sabe ya —contesta con un suspiro—. Me he dedicado a manchar trapos con sangre de cerdo para que no sospechara. —Mira de soslayo a Nella—. Y tú conoces a la perfección los ojos de las cerraduras de esta casa.

—O sea, que eso era lo que hacías en el sótano. Yo pensaba que los lavabas.

—Viste lo que querías ver.

Nella cierra los ojos y la recuerda en el sótano con las manos enrojecidas en alto. Cómo se ha esforzado en nombre de su secreto, preparando su menstruación fantasmal, manteniendo la ilusión de que su cuerpo no había cambiado. La marcada curva de su vientre es sensacional. Se ha duplicado (dos corazones, dos cabezas, cuatro brazos, cuatro piernas) como un monstruo del que queda constancia en el diario de a bordo, en una anotación de uno de los mapas robados a Johannes. Qué bien lo ha ocultado.

¿Cuántas veces ha sucedido? Los momentos robados sin que se enterasen ni Agnes, ni Johannes, ni el resto de la ciudad. Es asombroso, y el hecho de que se trate de Marin acentúa aún más el escándalo. Fornicación, piel sobre piel, la Biblia por la ventana. «Pero así es el amor —piensa Nella—. Esto es lo que te empuja a hacer.»

Marin hunde la cara en las manos.

—Frans —dice, y ese nombre basta para transmitir todo lo que ha encubierto, la verdad que podría echar por tierra su vida.

—Se ha enfadado por lo del azúcar, Marin, nada más. Te quiere. —Marin levanta la cabeza y la sorpresa se dibuja en su rostro exhausto—. Cuéntale lo del niño. Cuando lo sepa no querrá hacer daño a Johannes, porque ese acto te pondría en peligro.

—No, Petronella. Ésta no es una de las historias de Cornelia.

Se quedan en silencio unos instantes y Nella recuerda la horrible agresión de Meermans, su gesto de triunfo mientras relataba lo que habían visto Agnes y él.

—La gente no tiene por qué saberlo, Marin. Se nos da bien esconder cosas.

—No lo tengo tan claro —contesta ella, restregándose los ojos. Respira hondo—. Si sobrevive, este niño estará manchado.

—¿Manchado?

—Por el pecado de su madre, por el de su padre...

—Es una criatura, Marin, no un demonio. Podemos marcharnos de aquí —añade Nella con más delicadeza—. Llevarte al campo.

—En el campo no hay nada que hacer.

Nella se muerde la lengua y asimila la pulla.

—Pues eso mismo. Tampoco habrá miradas indiscretas.

—¿Sabes cómo se dice «encinta» en francés, Petronella? *Enceinte*.

A Nella le hierve la sangre. Cómo se parece Marin a su hermano: como él, desvía la conversación con esas lenguas extranjeras, se protege con detalles mundanos.

—¿Y sabes qué más quiere decir *enceinte* en ese idioma? —insiste, y Nella detecta un leve rastro de pánico en su voz—. Un recinto. Una muralla. Una clausura.

Nella se arrodilla ante ella.

—¿De cuánto estás? —pregunta, para ser práctica.

—De unos siete meses —contesta Marin, soltando aire y descansando los brazos sobre el vientre.

—¿Siete? Jamás lo habría dicho. Mi madre ha estado encinta cuatro veces desde que tengo uso de razón, pero contigo no me he percatado de nada.

292

—Porque no mirabas, Nella. He ensanchado las faldas y me he vendado los pechos. —Nella no puede reprimir una sonrisa: incluso en esa situación, la enorgullece lo bien que se ha encubierto, lo bien que ha apartado la verdad de los ojos de todos los demás—. Pero ahora me cuesta andar. Es como doblarse encima de un globo.

—Dentro de nada se te notará, por muchas faldas y chales que te pongas.

—Al menos soy alta. Pareceré una víctima de la glotonería, la encarnación de mi pecado.

Nella mira el vaso de reojo. Ese preparado podría haberla matado. «Preparado», como si fuera el principio de algo, cuando en realidad es el fin. En Assendelft una joven murió por una pócima a base de eléboro y poleo. Los amigos de su hermano la habían forzado y uno de ellos le había «hecho un hijo», como suele decirse. El padre de la chica elaboró la mezcla y algo salió mal, porque la enterraron a la mañana siguiente.

En el campo casi todo el mundo distingue una seta venenosa, un arbusto que provoca la muerte. «Siete meses es demasiado», piensa Nella. Tras haberse esforzado tanto en ocultarlo, Marin habría muerto también. ¿Lo sabrá o no? Las dos posibilidades la perturban.

—¿De dónde has sacado el veneno?

—De un libro —responde Marin—. Los ingredientes proceden de tres boticarios distintos. Johannes cree que todas las semillas y las hojas que tengo se las he robado a él, pero lo cierto es que la mitad son de curanderos de Ámsterdam.

—Pero ¿por qué esta noche? ¿Hasta ahora no te habías planteado qué ibas a hacer? —pregunta Nella, pero su cuñada mira hacia otro lado y se niega a responder—. Marin, estos preparados son muy peligrosos si no se toman durante los primeros meses —insiste, pero sólo encuentra silencio—. Marin, ¿querías que el niño viviera?

Sigue sin decir nada, mirando al vacío, pero se toca el vientre. Nella se fija en un montón de libros entre los que destaca un título, *Enfermedades infantiles*, de Stephanus Blankaart, y resulta increíble que no le llamara la atención en su primera visita a la habitación.

Marin también lo mira y parece asustada, con un extraño aire juvenil. Nella le toma la mano y un leve pulso pasa de una palma a otra.

—Recuerdo que el día que llegué buscaste mis dedos —dice.

—No. Eso no es cierto.

—Marin, lo recuerdo perfectamente.

—Tú me diste la mano como si fuera un obsequio. Te mostrabas tan... segura de ti misma.

—No, en absoluto. Y tú brindaste la tuya como si me señalaras dónde estaba la puerta. Dijiste que tenía huesos fuertes para alguien de diecisiete años.

—Qué comentario tan ridículo. —Marin parece perpleja.

—Sobre todo porque había cumplido los dieciocho.

Y ahora la piel de Marin se ha ablandado; el intercambio es completo. Su cuerpo se apoya en el de Nella, calmado, en tregua. A la muchacha le cuesta acabar de creer lo que ha sucedido esa noche, en ese cuartito repleto de mapas. Es un hecho demasiado grande para asimilarlo: su mente revolotea por los bordes para adentrarse en él poco a poco. Quiere hacer muchas preguntas, pero no sabe por dónde empezar.

Mientras permanecen en esas circunstancias sin precedentes, se le ocurre una idea. Ese niño podría ser la prueba de que Johannes es el marido que debe ser, el creador de una familia holandesa como Dios manda. Sin embargo, al ver el semblante pálido de su cuñada, se reprime. «Dame a tu hijo, Marin, y protege el destino de tu hermano»: no son palabras fáciles de decir, y probablemente menos aún de escuchar. Marin ha hecho sacrificios durante toda la vida, y una propuesta de ese calibre debe plantearse con tacto.

—Habrá que buscar a una comadrona —propone con cuidado.

—Tienes que ir al almacén a ver cómo está el azúcar —es la respuesta de Marin.

Empieza a tensársele el cuerpo.

—Pero, Marin, ¿qué vamos a hacer contigo?

Nella se asombra ante la capacidad de su cuñada para dividirse de ese modo y guardar el problema del embarazo en el bolsillo como si fuera una joya.

Marin se levanta de la cama con movimientos inseguros y se abre paso entre los cráneos desperdigados por el suelo. Ahora que no lleva volantes ni adornos encima de la falda, Nella ve toda la curva de su cuerpo, la rotundidad de sus pechos. Tras los muros del cuerpo anclado de Marin da vueltas una criatura, poseída y poseedora, para quien la madre que aún no conoce será una diosa. El niño nacerá pronto y, pese a sus ilusiones de sinceridad, Nella sabe que ése será el mayor secreto que deberán guardar.

La mención del azúcar abre en su mente un recuerdo apenas asentado.

—Johannes me dio una lista de nombres para la venta de los panes de azúcar —anuncia, a regañadientes, puesto que no desea que Marin desvíe la conversación y deje atrás el tema de la criatura.

—Ah, muy bien.

Pero, antes de que Nella pueda proseguir, se oyen unos pasos que se alejan por el pasillo.

—Cornelia —dice Marin—. ¡Toda una vida escuchando detrás de las puertas!

—Ya hablo yo con ella.

—Supongo que es imprescindible —suspira Marin—, antes de que se invente otra fabulación.

—No le hará falta —responde Nella, ya de camino a la puerta—. Aquí no hay nada más fabuloso que la verdad.

A la deriva

En el cuarto de Nella, Cornelia se muestra en un primer momento callada y terca, pero acaba desmoronándose. Se desploma sobre la cama como si tuviera los huesos de ceniza.

—Lo sabía —asegura, pero su gesto de perplejidad traiciona tanta firmeza.

Nella corre a su lado y la abraza con fuerza. «Pobre Cornelia —piensa—. Te han engatusado. Pero en la trampa de ese juego de manos han caído todos. Es el mayor truco que ha hecho Marin en toda su vida; sólo que no es un truco, es algo real.»

—Sabía que le pasaba algo —insiste Cornelia—, pero no quería creérmelo. ¿Un niño?

—Manchaba trapos con sangre de animal para engañarnos.

—Una idea inteligente —dice la criada, y el ceño fruncido se transforma en una admiración reticente.

—Desde luego, más inteligente que quedarse en estado sin haberse casado.

—¡Señora!

Cornelia parece escandalizada, y Nella se da cuenta de que no debe mencionar la pócima ante una huérfana. «Aunque no me extrañaría nada —se dice con un arrebato de afecto— que esta reina de las cerraduras lo hubiera oído todo.»

Hay un niño en camino. El secreto de Marin se ha desvelado y ahora Nella lo ve en el abultamiento de las cortinas, en la redondez de los cojines de su cuarto. Se queda mirando hacia el centro de la cama, más allá de Cornelia. «Marin tiene lo que yo nunca tendré», se lamenta. Espontáneamente, la imagen de Meermans y Marin juntos penetra en su cabeza. Sus dos cuerpos, la tumefacción de Frans haciendo fuerza entre sus muslos, la vara que provoca dolor, él que le baja las calzas, que la abre, que grita en el momento culminante. «No soy justa —se dice—. Seguramente fue algo más, ya que ese hombre creía que una caricia de Marin duraba mil horas, que ella era un rayo de sol en el que se bañaba y entraba en calor. Con semejante poesía, ¿cómo puede haber salido todo tan mal?»

—¿Qué vamos a hacer con el niño? —pregunta Cornelia.

—Supongo que Marin podría llevarlo a un orfanato privado.

—¡No! —exclama Cornelia, poniéndose en pie de un salto—. Tenemos que quedárnoslo, señora.

—Eso no puedes decidirlo tú. Ni yo tampoco —responde Nella, pensando en Johannes en su celda.

La criada se cruza de brazos.

—Yo cuidaría a esa criatura como una leona.

—Es posible, Cornelia, pero no sueñes con lo que no puedes tener.

Ha sido demasiado severa y se da cuenta, pero la domina el agotamiento. Esa frase podría haber salido perfectamente de labios de Marin. La criada se aparta y se dirige hacia la casa de muñecas. La luna se ha escondido detrás de una nube y la luz de las velas proyecta un brillo irregular sobre el carey.

Como si quisiera entretenerse con algo, Cornelia abre las cortinas de terciopelo amarillo y observa el interior. Nella, avergonzada por el arrebato, no hace nada para detenerla. Cornelia levanta la cuna y la balancea en la mano.

—Qué belleza —musita.

«Tendría que haberme dado cuenta —piensa Nella— de que, de todos los objetos que podía escoger, Marin eligió en primer lugar la cuna. ¿Qué más he pasado por alto? Demasiadas cosas, y sigo sin fijarme bien.»

—¡Es ella! —exclama Cornelia, que ha cogido la muñeca de su señora y la contempla atónita—. Como si la tuviera en la palma de la mano.

La miniatura de Marin contempla a las dos jóvenes con la boca bien cerrada y los ojos grises inalterables. Cornelia pasa los dedos por la costura de la amplia falda de su señora y la suave lana negra le resulta placentera al tacto. La acerca a la vela.

—Cuídese, señora —susurra, y la aferra con ambas manos.

Cuando sus labios se posan en su vientre para besarla, da un paso atrás, sobresaltada.

—¿Qué te pasa? ¿Qué sucede, Cornelia?

—He notado algo.

Intranquila, Nella le arrebata la figurita, le levanta la falda y luego la enagua, retirando una capa tras otra hasta llegar al cuerpo de lino relleno. Al tocar el descubrimiento de Cornelia, una sacudida nauseabunda le provoca un grito ahogado. La miniaturista se ha llevado otra baza.

El cuerpo disminuido de Marin muestra la curva inconfundible de un embarazo. Un núcleo, una nuez, algo que aún no existe pero no tardará en llegar. La muñeca lleva la misma carga que la mujer que está al fondo del pasillo, con un vientre abultado por el paso del tiempo.

—¿Encargó una muñeca de la señora Marin en estado? —pregunta Cornelia, horrorizada. Cuando sus ojos azul aciano se clavan en ella acusadores, Nella nota que se pone rígida—. ¿Cómo ha podido traicionarnos así?

—No, no —responde, pero el desprendimiento ha empezado, el ladrillo suelto, el agujero en el dique.

—Ya sabe cómo se propagan los rumores...

—Es que... No la encargué, Cornelia.

—¿Y entonces quién ha sido? —La criada está horrorizada.

—Me la envió... Yo sólo pedí un laúd y...

—¿Quién nos espía? —insiste, dando vueltas sobre sí misma y blandiendo la muñeca como un escudo.

—La miniaturista no es una espía, Cornelia. Es algo mucho más importante...

—¿Qué? ¿Una mujer? Yo creía que esas notas eran para un artesano.

—Es una profetisa. ¡Mira el vientre de Marin! Ve nuestras vidas. Trata de ayudar, de advertirnos...

Cornelia saca una figura detrás de otra y las aprieta en busca de más pistas para desecharlas una a una tirándolas al suelo.

—¿De advertirnos? ¿Quién es esa mujer? La que no era nadie... ¿Qué es esa miniaturista? —pregunta a gritos, estrujando su propia figurita en el puño, observándola horrorizada—. Santo cielo, señora, yo he vivido con cuidado, he sido obediente, pero, desde la llegada de este aparador, se han abierto muchas puertas que siempre había logrado mantener cerradas.

—¿Y eso es tan malo?

Cornelia la mira como si hubiera perdido el juicio.

—¡El señor está en el calabozo, Otto se ha marchado y la señora Marin lleva en su seno la vergüenza concebida por el gran enemigo de esta casa! Nuestro mundo se ha desmoronado... y esa... miniaturista... ¿nos vigilaba desde un principio? ¿Cómo nos ha advertido? ¿Cómo nos ha ayudado?

—Lo siento, Cornelia, lo siento mucho. No se lo cuentes a Marin, te lo ruego. La miniaturista tiene todas las respuestas.

—¡No es más que una fisgona! —vocifera Cornelia—. No dependo de nadie más que de Dios.

—Pero, si nosotras no sabíamos nada de lo de Marin, ¿cómo se enteró ella, Cornelia?

—Lo habríamos descubierto. De hecho, lo hemos descubierto. No hacía falta que nos lo dijera ella.

—Y mira esto. —Nella le muestra el pan de azúcar de Agnes ennegrecido—. Cuando llegó era blanco.

—Es hollín del fuego.

—No se va. Y *Rezeki* tenía una marca en la cabeza justo donde Jack le clavó la daga.

Cornelia se aparta de la casa de muñecas y entre dientes pregunta:

—¿Quién es esa bruja?

—No es ninguna bruja, Cornelia. Es una señora de Noruega.

—¡Una bruja noruega convertida en espía en Ámsterdam! ¿Cómo se atreve a mandarle estos objetos maléficos...?

—No son maléficos.

El arrebato de Cornelia le llega al alma. Se siente diseccionada, igual que ante los ojos de su miniaturista secreta: su única posesión ha sido partida en dos y sus entrañas han quedado esparcidas.

—No tenía nada en esta ciudad, Cornelia. Nada. Y ella me prestó atención. No entiendo por qué me eligió a mí, no siempre entiendo los mensajes que me envía, pero lo intento...

—¿Qué más sabe esa mujer? ¿Qué intenciones tiene?

—No lo sé. Tienes que creerme: le pedí que no mandara nada más, pero no me hizo caso. Era como si comprendiera mi desdicha; siguió adelante.

—Pero yo he tratado de que fuera feliz —protesta Cornelia, frunciendo el ceño—. Yo estaba aquí...

—Sí, ya lo sé. Y lo único que he descubierto es que fue aprendiz de un relojero de Brujas. Le he escrito, pero es tan callado como ella. —Nella nota que su voz se convierte en un sollozo, que las lágrimas calientes amenazan con brotar de sus ojos—. ¿Y qué fue lo que dijo Pellicorne en un sermón? «Nada oculto quedará por revelar.»

—Una mujer no puede ser aprendiz —replica Cornelia, haciendo caso omiso de la aflicción de Nella—. Ningún hombre quiere enseñar a una mujer. Ningún gremio, salvo el de las costureras o el de las apestosas porteadoras de turba, la aceptaría. ¿Y, total, para qué? Este mundo lo hacen los hombres.

—Ella ha creado minutos y segundos, Cornelia. Ha creado tiempo.

—Si no me hubiera dedicado a hervir sus esturiones, a echar especias a sus pasteles y a limpiarle las ventanas, señora, yo también podría haber tenido mucho tiempo. Podría haber hecho figuras maléficas y haber espiado a la gente...

—Pero si ya te dedicas a espiar. En ese sentido, eres igual que ella.

Acalorada y sin resuello, Cornelia aprieta los labios y suelta su muñeca dentro del aparador.

—No soy en absoluto igual que ella.

Nella recoge el variopinto reparto de personajes y en voz baja contesta:

—No debería perder los nervios, Cornelia.

—Yo tampoco, señora —reconoce la criada tras una pausa—, pero mi mundo ha cambiado demasiado deprisa últimamente. Se ha venido abajo.

—Ya lo sé, Cornelia. Ya lo sé.

Nella corre las cortinas del aparador para conseguir una paz momentánea. A modo de respuesta silenciosa, Cornelia corre también las de terciopelo de la ventana y las dos muchachas se quedan en penumbra.

—He de atender a la señora Marin —dice la criada, y da la espalda con determinación a la casa de muñecas.

Una vez a solas, Nella se imagina a la miniaturista de joven, tomando su gran decisión. Tal vez Cornelia esté en lo cierto: quizá nadie quería comprar sus relojes, preferían los que había hecho un hombre. Como no podía practicar para mejorar, renunció a controlar los ritmos artificiales del hombre y se volvió hacia su interior. «¿En qué momento se decantó por esos saltos más íntimos e irregulares de una vida personal y por qué me eligió a mí?», se pregunta. Apoya la cabeza en el costado del aparador y el contacto con la madera fría es un bálsamo bienvenido. «Al mostrarme mi propia historia —piensa—, la miniaturista se ha convertido en su autora. Cómo me gustaría recuperarla.»

CUATRO

Enero de 1687

«He aquí que sois hoy vosotros como
las estrellas del cielo en multitud. [...]
¿Cómo llevaré yo solo vuestras molestias,
vuestras cargas y vuestros pleitos?»

Deuteronomio 1, 10-12

Esporas

El primer día del año es para los ciudadanos de Ámsterdam el momento de abrir las ventanas de par en par en un decidido ritual consistente en dejar entrar el aire frío para que se lleve las telarañas y los malos recuerdos. Nella se ha vestido de criada y Cornelia la ayuda a ponerse las botas y le cuelga del cuello la llave del almacén de su señor, como una medalla. Aún no ha llegado la Epifanía, el día de la diferencia, pero no hay tiempo que perder. Al ver a Cornelia se diría que espera que en cualquier momento aparezca el mismísimo Lucifer rodeado de duendes, pero ha prometido no hablar a Marin del secreto oculto bajo la falda de su muñeca, ni de la punta ennegrecida del pan de azúcar de Agnes.

—Necesita paz —le ha dicho Nella—. Piensa en el niño.

Ésta se cierra el basto abrigo de Cornelia hasta el cuello. Trata de mantenerse firme, pero tiene la impresión de estar hundiéndose en la ciénaga de la ciudad hasta una profundidad que parece imposible, como si volviera a los tiempos del lodo y el mar.

—No debería ir usted sola a las Islas Orientales —dice Cornelia.

—No tenemos elección. Tú debes quedarte aquí con Marin. No tardaré.

—Llévese a *Dhana*. Le servirá de escolta.

~ ~ ~

Sale de casa y echa a andar junto al Herengracht con la perra trotando a su lado y la llave pesada contra el pecho. Quería ir antes a la Stadhuis a ver a Johannes, pero en Ámsterdam manda el florín y tiene que ser práctica. No sabe con qué va a encontrarse en las Islas Orientales.

—¿Quién más puede encargarse, Marin? —ha recordado a primera hora de la mañana—. Johannes está en el calabozo. Si Agnes y Frans deciden no tener clemencia, al menos podremos sobornar a Jack para que se retracte.

Marin ha asentido para dar su aprobación con ambas manos en el vientre. Desde que se ha descubierto el embarazo parece que su cuerpo se haya ensanchado. «Soy un pan gigantesco», dijo una vez la señora Oortman cuando esperaba a Arabella. Ahora parece que Marin también esté aguardando para ponerse a prueba, para comprobar si su carne es apropiada. Marin y su nudo demasiado apretado: ¿qué querría decir con eso?

—Después visitaré a Johannes, si me dejan pasar —ha añadido a continuación—. ¿Quieres que le dé algún recado de tu parte?

El semblante de Marin se ha agarrotado de dolor. Ha dejado caer las manos a los lados y se ha alejado para quedarse mirando el salón.

—No puedo decir nada.

—Marin...

—La esperanza es peligrosa, Petronella.

—Es mejor que nada.

El frío le clava pequeños cuchillos afilados en la cara. «Que llegue pronto la primavera», ruega, y luego se pregunta si es buena idea desear que el tiempo pase deprisa para Marin, para Johannes. Cuando empiece la primavera, es posible que su república familiar haya quedado hecha añicos a sus pies. Aprieta el paso para sacudirse el pesimismo y anda durante unos diez minutos hacia el este de la ciudad. La partida de la miniaturista le pesa, pero no ha perdido la esperanza, sigue buscando por las calles un atisbo de su melena rubia, sigue anhelando que llamen a la puerta para entregar otro paquete. Sin embargo, el silencio lleva prolongándose ya muchos días. Aunque a Cornelia le ha dicho que la miniaturista le muestra el camino, Nella se siente sola, como si buscara algo a tientas. Necesita más sentencias, más miniaturas, para comprender lo que va a suceder y lo que ya ha sucedido. «Vuelva —piensa al cruzar uno de los puentes que conducen a las Islas Orientales—. No puedo seguir adelante sin usted.»

Mire a donde mire hay agua, lagunas quietas como si fueran de vidrio, salpicadas de oscuridad cual espejo manchado cuando el tenue sol se esconde detrás de una nube. Cerca de allí una taberna sirve las patatas preferidas de Johannes, muy esponjosas. No es sorprendente que sea la zona que más le gusta, cerca del mar, con menos gente, con muchos escondrijos.

Empiezan a aparecer los almacenes, edificios de ladrillo que se elevan hacia el cielo, mucho más anchos también que las casas arracimadas dentro del anillo de la ciudad. Las Islas parecen desiertas a estas horas. «La mayoría de la gente debe de estar durmiendo todavía —supone—, tras los excesos de la Nochevieja.» Su padre nunca hacía acto de presencia el día de Año Nuevo hasta bien entrada la tarde, cuando se despertaba para decir que no había cambiado gran cosa. «Hoy no puedo decir lo mismo —piensa Nella—. Nada es igual que antes.» Oye sus propios pasos y el leve jadeo de *Dhana*, que trota a su lado.

A pesar de la paz que se respira, esos pedazos de tierra separados por agua dicen algo muy claro, y es que todo tiene un mismo objetivo: el lado menos refinado del comercio, la conservación de suministros, la reparación de barcos, el sustento tanto de los marineros como de los capitanes. Siguiendo las indicaciones de Marin, llega por fin al almacén de su marido, de seis pisos de altura, con una puertecita negra en la fachada.

El cerrojo está bien engrasado y la puerta se abre con facilidad. Nella se recoloca la falda de Cornelia, que le viene grande, y el delantal. Han debatido qué sería peor, que descubran a una criada en el almacén de su señor o que descubran a su esposa, y se han decantado por lo primero. A la reputación de Johannes Brandt no le hace falta el añadido de que la señora Petronella se dedica a curiosear por las Islas. Se imagina a Frans y Agnes llegando hasta allí y dirigiéndose con sigilo a la parte trasera del edificio.

—Siéntate aquí, preciosa —ordena a *Dhana*. Trata de concentrarse en la labor que tiene por delante y acaricia la cabeza de la perra—. Y ladra si se acerca alguien.

«Ahora que Jack ha desaparecido, tendríamos que tener un perro guardián siempre aquí», piensa.

Al ver el interior, Nella se queda boquiabierta. Se siente muy pequeña en el primer peldaño de una escalera de mano larga y estrecha que asciende por cinco pisos repletos de las mercancías de Johannes. Es el hombre que tiene todo lo que pueda llegar a desear, y resulta tan doloroso que casi no consigue ni mirar. A pesar de todas esas cosas, Johannes se ha sentido a menudo despojado de todo.

Nella recuerda que su misión es urgente y empieza a subir los peldaños en busca del azúcar. Tiene la sensación de estar trepando por la vida de su marido. Sube y sube por la cámara cavernosa y más de una vez se le engancha la falda y está a punto de caerse. Deja atrás rollos de seda de Coromandel y Bengala; clavo, macis y nuez moscada en cajones de madera etiquetados con la leyenda «Molucas»; pimienta de Malabar; cortezas de canela de Ceilán; hojas de té en cajas que han hecho escala en Batavia; tablones de madera de aspecto caro; pipas de cobre; planchas de hojalata, y montones de lana de Haarlem. Deja atrás piezas de cerámica de Delft, barriles de vino con las marcas «España» y «Jerez», embalajes de bermellón y cochinilla, azogue para los espejos y la sífilis, baratijas persas de oro y plata. Aferrada a los peldaños, comprende la fascinación de Marin por el trabajo de su hermano. «Esto es la vida real —piensa Nella, mareada y sin aliento—. Aquí es donde acaban las aventuras de verdad.»

Tiene que subir casi hasta el alero para encontrar los panes de azúcar. Johannes los ha colocado en mitad de la tarima, tapados con lino, lejos de la humedad. Ante tal grado de atención, Nella se emociona y casi se pone a llorar. Meermans le había dado a entender que había dejado el cargamento de Agnes tirado por el suelo entre velas de repuesto y cabos sin alquitranar y luego había cerrado la puerta sin más. No es así. Johannes ha sido cuidadoso. Hay tantos panes que tocan las vigas del techo.

Nella baja a la tarima con cierta dificultad, se acerca a la cobertura de lino y levanta una esquina con cautela. Los panes de azúcar están amontonados como cañones. Parece que falta uno, sin duda el que Agnes llevó a la cena, con el que en realidad no endulzó nada. «Si esto se derrumbara —piensa—, me aplastaría.»

Los conos superan con creces el millar. Nella se arrodilla junto a los que parecen refinados más recientemente. Siguen en buen estado, relucientes, y están marcados, en efecto, con las tres cruces de la ciudad de Ámsterdam. En la otra mitad, refinada en Surinam, hay algunos humedecidos, según nota al tocarlos, y se le quedan los dedos ligeramente cubiertos por una pasta blanca. En la parte trasera de la estructura de azúcar han aparecido, es cierto, unas diminutas esporas negras que se extienden por un cuarto de esa mitad. Nada puede salvar los preciosos cristales ya afectados por el hongo. «Sin embargo, Meermans exageraba —piensa Nella—, vio lo que quiso ver. Quizá podríamos secarlo: sin duda puede salvarse una parte de cada pan.»

Entusiasmada, prueba lo que se le ha pegado a los dedos. «Si muero por lamer azúcar en mal estado, por un antojo de *lekkerheid*, seguro que al pastor Pellicorne le encantaría», se dice.

Saca del bolsillo la lista de Johannes, repleta de nombres largos y recargados. Contiene los domicilios de condes y cardenales, una infanta, un barón, gente con deseos de endulzar su tiempo de recreo en Londres, Milán, Roma o Hamburgo, incluso en lejanas dependencias de la VOC. Es asombroso que Johannes haya logrado comerciar con individuos de España y de Inglaterra, con lo mucho que ha combatido su país con esos dos. Nella recuerda algo que le oyó decir delante de Meermans en el banquete de los plateros: «Fuera de nuestras fronteras se nos considera poco fiables. Yo no tengo intención de serlo.»

Hay mucho más azúcar de lo que esperaba. La realidad del desamparo actual de Johannes y Marin pesa sobre sus hombros. Cuando se lamentó de que buscar a un agente para que viajara al extranjero en su nombre supondría un recorte demasiado grande por su valiosa comisión, Johannes no lo negó. Les hace falta alguien que esté más cerca, alguien que comprenda, alguien con ganas de echar mano de ese azúcar. Nella se queda en jarras, pensativa, mirando el patrimonio de Frans y Agnes. Y entonces se le ocurre: recuerda un comentario que oyó durante su primer mes en Ámsterdam, mientras paseaba con los ojos como platos por una pastelería. Lo hizo una persona que le cayó bien de inmediato, una mujer con desenvoltura y experiencia. «Esta mañana, bolados. Y por la tarde, mazapanes.»

Nella estruja la lista de su marido. «Sí —dice en silencio a los ladrillos y a las vigas, a la cubierta de madera calafateada de los dominios de Johannes—. Sé lo que tenemos que hacer.»

La Stadhuis

Nella sigue a un guardia por el primer pasaje subterráneo de los calabozos de la Stadhuis y luego por un largo lateral del edificio. Oye las toses roncas y las quejas de los reos. El lugar es mayor de lo que creía. Parece crecer inexplicablemente a medida que avanzan, desafía su sentido de la proporción. Celda tras celda, ladrillo tras ladrillo, no se ve capaz de abarcarlo.

Empieza a oír chillidos y gemidos, barrotes aporreados y lloros. Levanta bien la cabeza para que no se note que el miedo se apodera de ella y trata de bloquear la cacofonía de los aullidos de los hombres.

El guardia y ella recorren uno de los lados de un patio al aire libre, en cuyo centro ve artilugios hechos de tablones unidos por pernos regulables. Otro artefacto tiene una hilera de pinchos afilados. El objetivo es reformar a los reos, en el sentido más literal de la palabra. Nella aparta la vista, decidida a no dejarse amedrentar; toca la llave del almacén, que lleva oculta en el pecho, y recuerda su nueva idea: «No dejes que las dulces armas caigan en el olvido.»

—Aquí está —anuncia el guardia, y abre la puerta de la celda de Johannes.

Se queda rezagado durante unos momentos innecesarios y luego cierra con llave tras ella.

—No vuelva demasiado pronto —pide Nella, y le entrega un florín entre los barrotes. «Las cosas que me ha enseñado esta ciudad», se dice.

El guardia se mete el dinero en el bolsillo y enseguida sus pasos se alejan hasta dejar de oírse. Del exterior llegan el ruido de las gaviotas que dan vueltas por el cielo y el estrépito lejano de los carros sobre los adoquines.

Entre las sombras está Johannes, apoyado en una mesita. No hay ni sillas ni taburetes, de modo que Nella se queda recostada contra la puerta. El ambiente es húmedo, el musgo cubre las paredes cual mapa de verdes islas carentes de latitud. Johannes parece pensativo, pero está cargado de energía. Incluso allí, despojado de sus derechos, conserva la capacidad de impresionar.

—¿Sobornas a los militares? —pregunta.

—Nos conviene ganarnos su amistad —recuerda Nella, y el grosor mineral de los muros amortigua su voz.

—Hablas como Marin —responde él, sonriendo.

Le han pegado en los dos ojos y tiene la piel de alrededor del color de un tulipán mortecino. El pelo, alborotado, parece un montón de algas blanqueadas por el sol, y lleva la ropa muy sucia. Le tiemblan los brazos, pero sigue apoyado en la mesa.

—No me dejan tener una Biblia —dice—. Ni nada que leer en absoluto.

Del bolsillo en el que no está la lista arrugada de compradores de azúcar Nella extrae tres lonchas de jamón ahumado envueltas en papel, medio panecillo cubierto de pelusa y dos *olie-koecken* pequeños. Cruza la celda con las manos abiertas y Johannes acepta la ofrenda, claramente emocionado.

—Te habrías metido en un lío si lo hubieran encontrado.

—Sí —reconoce ella, que vuelve a apartarse y empieza a barrer un rincón con el pie.

—Estuve a punto de conseguirlo.

Nella se concentra en ese rincón de la celda, donde unos ratones recién nacidos hacen crujir la paja y se revuelcan unos encima de otros con ciega familiaridad. Se deja caer en el jergón y por su interior se despliega una profunda tristeza que aturde sus ansias de luchar.

—¿Qué te han dicho?

—Son hombres de pocas palabras —responde Johannes, señalando los ojos morados.

—Cuando te conocí —dice ella, desesperada por aplastar su tristeza— te traían sin cuidado la Biblia, Dios, la culpa, el pecado, la vergüenza.

—¿Y eso cómo lo sabes?

—No ibas a la iglesia, te molestaban los rezos de Marin en casa. Y comprabas tantas cosas... Comías sin mesura, disfrutabas de los placeres que te apetecían. Eras tu propio dios, el arquitecto de tu fortuna.

—Y mira el edificio que he construido. —Sonríe, señalando las paredes que lo rodean.

—Pero has sido libre, ¿no es cierto? Piensa en los lugares que has conocido. —Nella traga saliva, le cuesta mucho esfuerzo seguir hablando.

—Mi hermana siempre ha dicho que soy una mezcla terrible de irresponsabilidad y resolución.

—¿Por eso volviste a ver a Jack? —dice, y él cierra los ojos como si el nombre lo anegara—. Te ha traicionado, Johannes. El dinero que se paga y se recibe...

—No le he dado ni una moneda desde que clavó la daga a mi perra. —Las palabras de Johannes caen como piedras—. Le encargué la vigilancia del azúcar, pero Marin se preocupó tanto que decidí despedirlo. Entendía a mi hermana, por supuesto. Jack volvió a hacer de recadero, y entonces fue cuando todo se torció. Es verdad que seguí viéndolo después de que matara a *Rezeki*, sí. —Su rostro se relaja en la penumbra—. Jamás me he topado con un cuerpo más cargado de arrepentimiento por lo que había hecho.

Nella se muerde la lengua. Seguramente Jack no tenía otro remedio que aparentar que lo sentía mucho, y Johannes a su vez se vio obligado a creer en su sinceridad.

—Debes de tenerle mucho aprecio... para perdonar una cosa así —dice. Su marido guarda silencio—. Johannes, ¿era... amor?

Él se queda pensativo y ella se sorprende una vez más de que siempre la tome tan en serio.

—Con Jack tuve la impresión de que... algo imposible de asir... se volvía real muy deprisa. Y a qué velocidad, Nella. Al mentirme, Jack me hizo ver la verdad. Como un cuadro, que puede representar tan bien algo sin llegar a serlo jamás. Llegó a ser para mí casi indistinguible del amor. —Suspira—. Pero en realidad no fue más que un cuadro del amor. ¿Lo entiendes? La idea del amor fue mejor que el desastre que dejó a su paso.

Le ofrece su sinceridad como otro regalo inesperado. Para Nella, el canal abierto entre los dos puede ser muy claro, cristalino, pero al cerrar los ojos sólo ve un arroyo estancado.

—¿Te encuentras bien, Nella?

—Marin cree que el amor es mejor perseguirlo que atraparlo.

—No me sorprende —asegura Johannes, arqueando las cejas—. No es mejor, pero sí más fácil. Se puede confiar más en la imaginación. Y, sin embargo, al final la persecución siempre te agota.

«¿Qué perseguimos todos? —se pregunta ella—. Vivir, no estar atados por las cuerdas invisibles de las que me habló Johannes en su despacho, o al menos sentirnos felices entre sus nudos.»

—¿Adónde ibas cuando te atraparon en Texel?

—A Londres. Tenía la esperanza de dar con Otto. Marin parecía muy segura de que se había ido allí. ¿Cómo está mi hermana?

—Eres poderoso, Johannes. —Nella se siente forzada a evitar esa pregunta, consciente de que en caso contrario su gesto revelaría la verdad—. Te vi en el banquete de los plateros. Tú mismo lo dijiste: los burgomaestres no pueden hacerte nada.

Al oírla se sienta en el jergón, a su lado.

—Es el *crimen nefandum*, Nella. Dos hombres juntos. Ante esa acusación nadie tiene poder, solamente Dios. No hacer nada sería consentirlo, tiene que verse a los burgo-maestres actuar.

—¡En ese caso hay que conseguir que Meermans cambie de opinión!

Johannes se pasa una mano trémula por la coronilla, como si allí fuera a encontrar una respuesta.

—Han transcurrido muchos años ya, pero una vez hice algo que molestó mucho a Frans Meermans —confiesa—. Y luego cometí un delito aún más grave, porque me fueron bien las cosas. El eco de aquel asunto viene ahora a perseguirme.

Nella se imagina al joven Johannes echando a Frans de su casa y a Marin mirándolo todo a escondidas, detrás de una ventana, esa desagradable humillación que ahora los ha envuelto a todos.

—Me pareció que aceptar el encargo de vender su azúcar podría llevarnos quizá a una entente —prosigue Johannes—, pero Frans se ha... amargado. Ha esperado mucho tiempo para vengarse de los Brandt. Represento todo lo que odia y quiere ser. Y Agnes... Bueno, Agnes seguirá siempre el rastro de las migas envenenadas de su marido.

—Yo creo que te admira.

—Pues eso sería aún peor. —Los ojos de Johannes resplandecen como dos cuentas grises en la penumbra—. Me alegro de que hayas venido. No me lo merezco —agrega, tomándole la mano.

Nella supone que como mínimo, ya que no puede amarla, el agradecimiento significa algo. Otro sustituto más: ¿hasta cuándo van a seguir así? Y, sin embargo, prefiere quedarse a su lado que estar en cualquier otro lugar.

—Si no confieso, habrá juicio —afirma Johannes—. Dentro de unas semanas. Sea como sea, no espero salir de aquí con vida.

—No digas eso.

—Lo dejaré todo previsto. Para ti, para Marin, para Cornelia. Y para Otto, si es que vuelve. —De repente se muestra enérgico, como un notario que divide una herencia ajena—. En la audiencia habrá varios individuos del *schepenbank* de Ámsterdam, aunque la presidirá el *schout* Pieter Slabbaert.

—¿Por qué no estará sólo el *schout*?

—Por la gravedad de la acusación. Porque se trata de mí. Porque, cuanto más escandaloso es el caso, mayor es el número de nuestros devotos ciudadanos que se implica. —Hace una pausa—. Pero me imagino que terminarán pronto.

—Johannes...

—Las acusaciones de gravedad suelen acabar con una condena a muerte —continúa, y su voz empieza a prender—. Además, al *schout* le gusta compartir la culpa. Cuanta más gente participa en un ritual, más justificado parece.

—Encontraré a Jack. Le pagaré más para que se retracte. —Nella se imagina el cofre de florines de Johannes cada vez más vacío y el azúcar cada vez más negro en el sexto piso del almacén—. Y se me ha ocurrido...

—Hay un guardia —la interrumpe Johannes, que piensa en otras cosas—. Lo llaman «el Pastor Sangriento». —Le agarra la mano con fuerza—. Su oficio es el de sacerdote; su naturaleza, la de un monstruo.

La última palabra se queda flotando en el aire enmohecido, gigantesca, imbatible. Nella se lleva una mano a la cara. Se ha enfriado por la humedad del ambiente. ¿Cómo ha podido sobrevivir allí Johannes un solo día?

—He visto a sus víctimas —prosigue—. Las arrastraban con todos los huesos desencajados. Y no hay manera de recomponerlos. Piernas que ya no son piernas, brazos de algodón empapado, tripas como carne podrida. Me abrirán en canal para obligarme a decir lo que sea. Lo diré, Nella, y será el final.

Hunde el rostro todo lo que puede en el hombro de Nella, que nota el hueso de la nariz clavado en la carne y abraza a su marido. Siente deseos de lavarlo de pies a cabeza, de dejarlo bien limpio, con olor a especias, con cardamomo metido debajo de las uñas.

—Johannes —musita—. Johannes. Tienes una esposa. Me tienes a mí. ¿No es prueba suficiente?

—Con eso no basta —contesta.

«¿Y un hijo? —ansía preguntar—. ¿Serviría un hijo?» Nota el secreto de Marin en la punta de la lengua. «Más tiempo —piensa—. Lo único que quiero es más tiempo. ¿Quién sabe qué historia podríamos haber contado, de habérsenos concedido dos meses más?»

—Ojalá hubiera sido bastante para ti —dice.

Johannes se aparta y le pone una mano en la mejilla.

—Has sido un milagro.

La luz de la celda va disminuyendo, el guardia no tardará en regresar. Nella no ha pasado tanto tiempo a solas con su marido durante los cuatro meses de su matrimonio. Recuerda haberle dicho, en su despacho, lo mucho que la fascinaba. Al verlo ahora, esas palabras siguen siendo ciertas. Su conversación y sus conocimientos, su mordaz adaptación a las hipocresías del mundo, su deseo de ser lo que es. Lo ve levantar la mano hacia la vela y las crestas de sus dedos, fuertes y duras, le parecen hermosas. Con qué ganas desea que siga con vida.

De tanto dar vueltas a las transformaciones, a cómo pueden cambiar las cosas, a las habitaciones que se ocupan y se vacían, a los cuerpos de dos hermanos que se abren para revelar dos secretos tan distintos, le entran ganas de mencionar a la miniaturista. Le parece que ha pasado toda una vida desde que bajó la escalera y vio el aparador que la esperaba sobre el mármol. Cómo se ofendió ella y cómo se enfureció Marin.

317

—¿Llegó a decirte Jack para quién trabajaba en la Kalverstraat? —pregunta.

—Trabajaba para mucha gente.

—¿Para una mujer de Bergen? Es rubia. Se formó con un relojero.

Johannes da un leve mordisco a uno de los buñuelos azucarados y enciende una vela en la mesa. Nella nota la mirada fría en la nuca.

—No la mencionó. Lo recordaría.

—Es la miniaturista a la que encargué amueblar la casa de muñecas. Es la que hizo la figura de *Rezeki*.

Al oír eso, los cansados ojos de Johannes se abren.

—¿Una mujer?

—Sí, eso parece.

—Qué habilidad y qué capacidad de observación tan extraordinarias. La habría ayudado, de haber tenido la más mínima oportunidad. —Mete la mano en el bolsillo y, con gesto tierno y emocionado, extrae el animalillo—. La llevo siempre encima. Es mi mayor consuelo.

—¿De verdad? —dice ella, con voz ahogada.

Johannes le entrega la miniatura, Nella la acepta respetuosamente y con la yema de un dedo tembloroso acaricia la suavidad de la cabeza de *Rezeki*, con su piel gris de ratón. En la nuca no queda ni rastro de rojo. Lo mira varias veces, pero la marca herrumbrosa de la que estaba tan segura no aparece por ninguna parte.

—No lo entiendo —susurra.

—Yo tampoco. Nunca había visto una cosa así.

Nella mira por última vez el cráneo diminuto de la perra. Nada. «¿Lo vi de verdad?», se pregunta. La duda se enfrenta a la certeza, y lo que ha visto y no visto durante los últimos meses le da vueltas por la cabeza.

—A veces me pregunto, cuando me quedo bien quieto —dice su marido al cabo de un rato—, si no me habré muerto yo también.

—Estás vivo, Johannes. Estás vivo.

—Qué mundo tan extraño. Los seres humanos se confirman mutuamente que no han muerto. Sabemos que ésa no es *Rezeki* y, sin embargo, en cierto modo nos parece que sí, y así un objeto sólido da lugar a un recuerdo informe. Ojalá fuera al revés, ojalá pudiéramos hacer aparecer lo que quisiéramos. —Suspira y se pasa las manos por la cara—. Cuando Otto se marchó me reconocía tan poco en mí mismo que podría haber estado muerto.

Se detiene y vuelve a guardar a *Rezeki* en el bolsillo.

—Esta celda será a partir de ahora la brújula de mis horas de vigilia —dice, abriendo los brazos como un molino encorvado—. Hay horizontes entre los ladrillos, Nella. Espera y verás.

La muchacha se marcha en ese momento, incapaz de seguir soportando el calabozo. El musgo y los ratones, los ruidos de los hombres que chillan como aves: se diría que Johannes está encerrado en una pajarera, su gran búho rodeado de cuervos. Nella sale tambaleándose al sol invernal y entonces, por fin, rompe a llorar lágrimas intensas y silenciosas, apoyada en la pared.

Verkeerspel

Al abrir la puerta de entrada de la casa, el deseo de hablar con Marin del estado del azúcar y la situación de Johannes desfallece en la garganta de Nella.

En medio del vestíbulo hay una cuna de tamaño natural que se mece sobre sus balancines. Está hecha de roble y taraceada con marquetería de rosas y margaritas, madreselva y aciano. Tiene una capota forrada de terciopelo y con un ribete de encaje. Ese objeto hermoso y turbador es una réplica exacta de la cuna que hay en la casa de muñecas.

Alterada todavía por la visita a Johannes, Nella cierra la puerta. Lo que en un primer momento le pareció una burla, una cuna enviada a una mujer cuyo matrimonio era una farsa, se ha convertido en una realidad. Cornelia sube corriendo desde la cocina.

—¿Qué es esto? —pregunta Nella—. ¿Crees que lo manda...?

—No —responde Cornelia con brusquedad—. La ha encargado la señora Marin. Ha llegado de Leiden en un embalaje.

Nella toca la estructura de madera y tiene la impresión de que canta al acariciarla, ya que la marquetería está perfectamente afinada.

—Es igual que la que me mandó la miniaturista.

—Ya lo sé. Esa que no era nadie.

En ese momento sale Marin del salón. De cerca, parece haber adquirido el diámetro de un roble.

—Es un trabajo extraordinario —comenta—. Justo lo que esperaba.

—¿Cuánto ha costado fabricarla? ¿Y enviarla hasta aquí? —Nella se imagina que la nube de dinero de Johannes, cada vez más reducida, se desvanece por fin del todo—. Marin, si algún vecino ha visto llegar esto, ¿qué crees que habrá pensado?

—Exactamente lo mismo que tú.

—¿Qué?

—No creas que no me he dado cuenta de lo que maquinas. —Marin se le acerca con pasos pesados—. Quieres quedarte a mi hijo.

¿Cómo sabe Marin más deprisa que nadie lo que piensan los demás? «Podría inventarme algo —se dice—, pero ¿de qué serviría? He sido yo la que ha dicho que no debe haber más secretos.»

—Marin, no es que quiera quedármelo...

—Pero crees que sería útil —insiste su cuñada, tapándose el vientre con las manos como si Nella fuera a arrancárselo allí mismo—. ¿El último sacrificio? Renunciar a mi hijo por mi hermano... Por ti.

—Johannes está en la Stadhuis, Marin. ¿De verdad sería tan terrible fingir durante un tiempo que es hijo mío? Podríamos demostrar que Johannes tiene los mismos deseos... que otros hombres. ¿No quieres que viva?

—De verdad, no lo entiendes.

—¿El qué? Entiendo más que tú.

—Petronella, este niño no será útil en absoluto. Eso te lo aseguro.

—Ya lo sé, Marin, ya lo sé. Y mientras yo trato de salvarte te dedicas a gastar un dinero que, sencillamente, no tenemos.

Nella recibe un bofetón, del todo inesperado, que le arde en la cara.

—Me sorprende que haya podido amarte —espeta, frotándose la mejilla. Crueles y acaloradas, las palabras se le escapan sin darle tiempo a reaccionar.

—Pues me amó —contesta Marin—. Me ama.

—Vamos a tener que buscar una comadrona —dice entonces Nella, con calma—. No puedo llevar todo el peso de este nacimiento sobre mis hombros.

—Ja. Tú no vas a llevar ningún peso.

—Déjenlo, déjenlo —suplica Cornelia.

—Marin, la ley dice...

—No. De ninguna manera. —Marin da un empujón al extremo de la cuna, que empieza a mecerse sin contenido alguno, fastidiosa—. ¿Sabes qué más dice la ley, Petronella? —Se ha puesto colorada y se le ha soltado el pelo por los lados del tocado—. La comadrona debe hacer constar la identidad del padre. Y, si no se la damos, también lo anotará. —Detiene la cuna, jadeante—. Así pues, como con todo lo demás, me encargaré de esto yo sola.

Vuelve a ponerse la mano en el vientre, pero se estremece como si hubiera tocado un carbón al rojo vivo.

~

Por la tarde, Nella recorre lentamente los pasillos. Las silenciosas habitaciones le dan la impresión de que no hay nadie más en toda la casa. Sigue llevando la llave del almacén colgada del cuello, caliente al contacto con la piel, más valiosa que cualquier collar de plata que pudiera haber encargado Johannes.

Con la ayuda de una cuerda, Cornelia carga la cuna hasta la pequeña celda de Marin, donde aguarda expectante y ocupa casi todo el espacio libre entre los cráneos, los mapas y las plumas. La actitud de la criada ante el secreto de su señora ha sufrido una rápida metamorfosis: ahora el niño es una maravilla, un crisol en el que arderán todos sus problemas. Cornelia inhala su presencia invisible, la respira siempre que puede como si fuera aire fresco. Ha vuelto a limpiar y abre ventanas pese a que detesta el frío; cera de abeja en los pilares de las camas, en las tablas del suelo, en los armarios y en los alféizares, quemadores de aceite con espliego, vinagre en las ventanas, gotas de zumo de limón en las sábanas recién lavadas. «En fin, siempre será mejor que tenerla apesadumbrada», supone Nella.

En el cuarto trasero de la planta baja, lejos de las miradas indiscretas de la calle, Nella oye a Marin y a Cornelia preparar una partida de *verkeerspel* y piensa en las semillas de cilantro que hacen las veces de fichas en la casa de muñecas, dentro de la caja de madera tallada de forma exquisita por la miniaturista, y que le llegó como un milagro fruto de la casualidad. Casi ha perdido la esperanza de recibir noticias de Lucas Windelbreke desde Brujas, a cincuenta millas holandesas de distancia, por carreteras heladas. «La carta debió de perderse», concluye, mientras se acerca con sigilo a la puerta para espiarlas.

—Mi cuerpo de ballena —se lamenta Marin.

—Su pequeño Jonás —contesta, alegre, la criada.

Nella aún está dolorida tras el encontronazo de la mañana. «No se encarga de todo ella sola —piensa—. ¿Quién ha ido al almacén, a la Stadhuis?» Pero no tienen tiempo de discutir. El tiempo es el último lujo que escasea.

¿Qué diría Agnes si viera ahora a Marin? Sin duda, Frans Meermans habrá pensado en esa posibilidad todas las veces que ha estado con Marin, oculto a los ágiles ojos de su mujer. ¿A ninguno de los dos le preocupaba que la naturaleza siguiera su curso?

—Da patadas —dice Marin a Cornelia, mirándose el cuerpo—. Cuando me pongo delante del espejo, a veces se marca dentro de mí la huella de un piececito. En la vida había visto una cosa así.

Nella sí, cuando sus hermanos pequeños presionaban el revestimiento del vientre de su madre, pero prefiere no contárselo, porque disfrutar del asombro de Marin es toda una maravilla.

—Me encantaría verlo —afirma, en cambio, mientras entra en el cuarto.

—Si vuelve a hacerlo, te avisaré —contesta Marin—. A veces, es la cabeza. Parece la patita de un gato.

—¿Crees que es un niño?

—Me parece que sí. —Da una palmada autoritaria al bulto de su cuerpo. Los dedos se quedan allí, como si quisiera acariciarlo—. He leído algo —añade, señalando *Enfermedades infantiles*, de Blankaart, encima de una mesa.

Cornelia hace una reverencia y se va.

—Ya debe de quedar poco —dice Nella.

—Necesitaremos agua caliente, trapos y un palo para morder —responde su cuñada.

Nella siente únicamente lástima al recordar lo que le contó Cornelia sobre la señora Brandt: «A duras penas superó el nacimiento de la señora.» ¿Tendrá idea Marin de la sangre que brotará, de la rebelión del cuerpo, de los ruidos y del miedo calenturiento? Parece decidida a aplicar su prodigiosa voluntad a la llegada al mundo de ese niño, como si, igual que la criatura hermética que lleva en su interior, estuviera por encima de los ardides del mundo exterior, como si fuera inmune al sufrimiento.

—He pensado que podíamos jugar una partida —propone, y coloca las fichas de *verkeerspel* como quien dispone monedas—. Puedes empezar tú.

Nella acepta esa ofrenda de paz y pone la primera ficha en el tablero. Marin valora la jugada, estudiando ese único disco, y agita los dados como si tuviera dos dientes dentro del puño. Luego da vueltas a la ficha negra, sin saber qué hacer con ella.

—No me has preguntado por el almacén —recuerda Nella, y su cuñada sigue con la vista clavada en el tablero.

Sin poder evitarlo, la muchacha siente que pierde la paciencia—. Y tampoco por Johannes.

—¿Qué? —pregunta Marin, levantando los ojos.

—Van a... ponerlo... en el potro de...

—Calla.

—Si no nos...

—¿Por qué tienes que martirizarme? Sabes perfectamente que no puedo ir a verlo.

—Pero necesito tu ayuda. Dos testigos respetables, Marin. Frans y Agnes. Piensa en lo que eso significa.

Su cuñada se queda inmóvil.

—Supe lo que significaba desde el momento en que Frans llamó a la puerta de esta casa.

—Pues entonces habla con él. Dile que va a tener un hijo.

Marin deja los dados con mucho cuidado en el tablero de *verkeerspel*. Parece que le falta aire, arruga las cejas y aprieta los labios.

—Das la impresión de que mantener una conversación así es fácil —contesta—. No sabes lo que dices.

—Sé más de lo que imaginas. —Nella hace una pausa y trata de recoger su mal humor para desecharlo. Con más amabilidad añade—: Meermans es un hombre. Puede hacer algo.

—Puede hacer muy poco, créeme.

—No tiene heredero, Marin...

—¿Qué? ¿Me propones que negocie con mi hijo? ¿Cómo crees que recibiría esa noticia Agnes? —Se levanta bruscamente y empieza a dar vueltas por el cuartito—. Tendría aún más motivos para hundirnos. Siempre con tus intromisiones...

—No es una intromisión. Es supervivencia.

—Tú no sabes nada de supervivencia...

—Sé lo que sucedió, Marin —espeta Nella—. Cornelia me lo ha contado.

—¿«Lo que sucedió»?

—Sé que Frans y tú estabais enamorados, pero Johannes impidió vuestro matrimonio.

Marin apoya una mano en la pared para sostenerse y dobla el otro brazo por debajo de su futuro hijo.

—¿Qué? —Su voz es extraordinaria, un silbido feroz.

—Sé que Frans se casó con Agnes para mortificarte, que hasta ella sabe que es verdad. He visto cómo te mira ese hombre. Estoy al tanto de lo de los lechones salados, de la carta de amor de tu libro. No haces más que decirme que no entiendo nada, pero no es cierto.

—Los lechones salados —repite Marin. Calla, como si contemplase un recuerdo sumergido hace mucho tiempo en la memoria que ha reaparecido de repente—. ¿Y Cornelia se ha atrevido a contarte eso?

—No te enfades con ella —pide Nella, mirando la puerta de reojo—. La obligué, tenía que enterarme. Era importante.

Marin no dice nada por un momento. Exhala exageradamente y se deja caer en la silla.

—Frans quiere a su mujer —dice, y cuando Nella hace ademán de protestar levanta una mano—. Tú no sabes lo que es el amor, Petronella. Llevan doce años juntos, es algo que hay que tener muy en cuenta.

—Pero...

—Y todo lo demás es una buena historia, hilvanada con los retales que obtenía escuchando detrás de las puertas. Ni inventándomela habría conseguido algo tan complejo. Tendría que haber dado más trabajo a Cornelia.

—No es ninguna historia...

—Salgo bien parada, ¿verdad? Mi hermano no tanto. Sin embargo, la verdad es ligeramente distinta. —Nella se fija en que le tiemblan las manos. Con tristeza, agrega—: Sí, Johannes rechazó la petición de Frans Meermans.

—Lo sabía...

—Porque yo se lo pedí.

Nella se queda mirando las fichas del tablero de *verkeerspel*, que parecen deslizarse ante sus ojos. Lo que acaba de oír no tiene sentido. La revelación de su cuñada la deja muda: su certeza se tambalea.

—Estuve enamorada de Frans, en efecto —prosigue Marin, severa—. A los trece años. Pero jamás quise casarme con él.

Aunque la ve sumida en una tristeza indescriptible, Nella detecta otra emoción que surge como un sol tenue en su rostro. Intuye que es el alivio agridulce de confesar una verdad.

A pesar de todo, no entiende nada. El escenario y los actores son conocidos, pero en papeles que no deberían estar interpretando. «Hice algo que molestó mucho a Frans Meermans», le ha reconocido Johannes en el calabozo de la Stadhuis. ¿Por qué no le ha contado en ese mismo momento de qué se trataba? ¿Por qué no ha aprovechado para realizar un acto de expiación? ¿Qué es esa cuerda de lealtad que ata a los dos hermanos, esa cuerda tan resbaladiza que Nella no tiene esperanzas de poder asirla?

—A los dieciséis, yo no quería renunciar a quien era y a lo que tenía —dice Marin en voz baja—. Ya llevaba una casa y, cuando Johannes estaba de viaje, era la que mandaba. —Aparecen entonces las lágrimas, que se acumulan en sus ojos grises. Abre los brazos, como si fueran alas, un gesto conocido con el que señala el cuarto en el que se encuentran—. Ninguna mujer tenía eso, salvo las viudas. Entonces llegaron Cornelia y Otto. «Las rejas de nuestra jaula son obra nuestra», decía Johannes. Me prometió libertad. Durante mucho tiempo, lo creí. Me consideraba realmente libre. —Las manos regresan corriendo al vientre.

—Marin, vas a tener un hijo de Meermans...

—Y, a pesar de sus imperfecciones, mi hermano siempre me ha dejado vivir mi vida. Él, en cambio, no puede decir lo mismo de mí. —Marin hace fuerza con los dedos debajo de los ojos como si eso fuera a detener las lágrimas. Es un gesto fútil, pues empiezan a caer, acompañadas de sollozos—. He arrebatado cosas a Johannes sin estar en mi derecho.

—¿A qué te refieres?

A su cuñada cada vez le cuesta más hablar. Baja las finas manos por la cara y toma aire muy despacio.

—Cuando Frans me pidió en matrimonio, no supe cómo rechazarlo. No estaba preparada para esa situación. Me pareció mejor que me creyera algo prohibido, en lugar de descubrir esa... reticencia por mi parte. Así pues, pedí a mi hermano que cargara con la culpa. —Sus ojos han enloquecido de consternación—. Y aceptó. Johannes mintió por mí. Yo era muy joven, ¡todos éramos jóvenes! ¿Cómo iba a imaginarme que esto se retorcería y...? —Se tapa la boca con la mano, incapaz de detener el llanto—. Se perdió toda la amistad —añade—. Toda posibilidad de entendimiento. Por mi incapacidad de tolerar el papel de esposa.

El azúcar de la esperanza

Ante el almacén de su marido, Nella espera a Hanna y a Arnoud Maakvrede con la llave colgada del cuello. Resuena en su mente la nueva verdad sobre los hermanos Brandt, un acuerdo hecho en la misma medida de luz y de sombras. El amor, convertido en un rayo de sol que a veces nubla el corazón. «Por lo visto, Marin consideraba que al casarse renunciaría a algo —comprende Nella—, mientras que muchas mujeres, incluida mi propia madre, creen que es la única forma de ejercer influencia a nuestra disposición. Se supone que el matrimonio se sirve del amor para incrementar el poder de la mujer, pero ¿es cierto? Marin se consideraba más poderosa estando soltera. No se aprovechó el amor y han sucedido cosas extraordinarias. Un niño, una celda en la prisión, es verdad, pero también la capacidad de elegir y la de moldear el propio destino.»

Ayer, tras la revelación sobre su pasado, Marin quiso ocuparse en algo, distraerse, prácticamente lo exigió, y Nella aprovechó la oportunidad. «No fuiste insensible —se dice, recostándose contra la pared del almacén—; era una necesidad imperiosa.» Y así, sentada Nella frente a ella, con la mesita del cuarto trasero entre las dos, lejos de las miradas indiscretas de los transeúntes, Marin accedió a escribir una carta a Arnoud Maakvrede imitando la letra de Johannes. De acuerdo con la idea de Nella, lo invitó a probar el azúcar con la propuesta de que se suministrara exclusivamente en la república: una venta más rápida a un público disponible. «El matrimonio me ha proporcionado al fin algo de influencia», pensó la joven con ironía.

Oye mentalmente la voz de su cuñada:

—Está en nuestra mano fijar el umbral del beneficio. Hay mil quinientos conos por los que, si nos va bien, calculo que podemos sacar treinta mil florines. Empieza por encima del precio de venta. Recuerda que, si se lo quedan, ahora nos toca dividir los beneficios entre tres, y el grueso del dinero sigue siendo para Frans.

—Pero ¿y si Arnoud se ha enterado de lo de Johannes? ¿Y si no quiere comprar?

—Tendrá que escoger entre el dinero y la devoción —afirmó Marin—. Sólo nos queda rezar para que Arnoud Maakvrede sea más ciudadano de Ámsterdam que ángel.

—Tal vez se dé cuenta de que tenemos prisa por vender. Tal vez vea el moho.

—Mantente firme, Nella. Empieza con un precio alto y que parezca que le haces un descuento por las esporas.

Nella no pudo evitar admirar la capacidad de Marin para dejar a un lado la tristeza cuando había algo importante en juego, para adoptar una distancia inasequible para los demás. Se preguntó si la idea no le vendría grande, si aquello no se la llevaría por delante, si no la ahogaría su propia ambición. Y, sin embargo, cuando Marin habló le dijo todas las palabras que quería oír.

—Petronella —la llamó, en voz baja.

—¿Sí?

—No te encargas de esto tú sola. Estoy a tu lado.

Desde el otro extremo del tablero de *verkeerspel* abandonado, la mano de Marin se acercó a la suya y la estrechó, y, sorprendida consigo misma, la joven tuvo la impresión de que iba a estallarle el corazón.

~ ~ ~

La pareja se acerca, iluminada por un rayo de luz fría. ¿Les habrá contado alguien lo sucedido en la Stadhuis? No parece que el escándalo de la detención de un mercader acaudalado haya circulado ya por las calles de Ámsterdam. Cornelia no ha oído nada en el canal. Quizá Aalbers, haciendo gala de su decencia, haya logrado mantener callados a los carceleros de la Stadhuis. De todos modos, es cuestión de tiempo que la ciudad entera esté al corriente de la situación de Johannes Brandt. No se puede sobornar a un fanfarrón de nueve años con la misma facilidad que a un carcelero con varias bocas a las que dar de comer. La superficie de Ámsterdam se nutre de esos actos de vigilancia mutua, de la capacidad de asfixiar el espíritu de una persona entre todos sus vecinos.

En la calle, a la sombra del almacén, Arnoud parece menos visceral; el delantal ha cedido su lugar a un elegante traje negro y un sombrero. Nadie diría que es el mismo individuo que aporreaba las bandejas de bolados; es como si el aire lo hubiera encogido.

—Señores —saluda Nella, girando ya la llave en la cerradura—. Feliz año nuevo y gracias a los dos por acudir.

—En la carta de su marido no se mencionaba que nos recibiría usted —contesta Arnoud, incapaz de disimular la sorpresa de ver allí a Nella sola.

—Es cierto, caballero —responde ella, sintiendo la mirada perspicaz de Hanna—, pero mi marido está de viaje.

—¿Y Marin Brandt?

—Ha ido a visitar a unos familiares, señor.

—Entiendo.

Está claro que la juventud y el sexo de Nella inquietan a Arnoud, como si se tratara de un truco, de una representación teatral. «Espere y verá», piensa ella, apretando los puños dentro de las mangas del abrigo.

—Acompáñenme, señores, y tengan cuidado con los peldaños.

Empieza a subir la escalera por delante de Arnoud y Hanna, pensando en la manita de la muñeca de Agnes. Quizá el pan de azúcar no haya ennegrecido más en la casa de muñecas, pero fuera de ese mundo en miniatura ha pasado un día, otra noche de frío, otra noche de humedad. Igual que con la marca roja de *Rezeki* o la revelación de Marin, Nella ya no sabe qué va a encontrar. Lo que antes era ha dejado de ser. Se le acelera el corazón al oír a Arnoud estornudar unos peldaños más abajo y a Hanna dar golpecitos con el pie rítmicamente tras él.

—Ahí están —anuncia, señalando los panes de azúcar, cuando llegan al último nivel.

—No esperaba que hubiera tantos —comenta Arnoud.

—Imagíneselos transformados en florines —responde Nella.

Él arquea las cejas y ella se arrepiente de inmediato del burdo comentario. «Piensa en Marin —se dice—. Sé tan atenta como Johannes.»

Hanna se acerca al extremo correspondiente a Surinam y aspira con ímpetu.

—¿Moho? —pregunta.

—Sólo en unos cuantos —dice Nella—. El invierno no ha sido clemente.

Arnoud se arrodilla con veneración, como un sacerdote ante el altar.

—¿Me permite?

—¿Cómo no?

El pastelero retira un cono del lado de Surinam y otro marcado con las tres cruces de Ámsterdam. Saca del bolsillo una navajita afilada y con un corte veloz y experto retira una buena viruta de cada uno. Las parte en dos y ofrece la mitad a Hanna. Cuando se ponen la muestra de Surinam en la lengua, sus miradas se cruzan.

¿Qué se dirán sin palabras? Está claro que mantienen una conversación. Hacen lo mismo con la muestra de Ámsterdam, la disuelven en la boca y entran en comunión silenciosa. «Sea cual sea su verdadero propósito, desde luego el matrimonio es algo curioso», piensa Nella. ¿Quién habría emparejado a la elegante Hanna con un *puffert* orondo como Arnoud Maakvrede? Ojalá estuviera allí Johannes. Hombre de muchos idiomas, entendería el silencio de los dos comerciantes. La visión de su marido en aquella celda es insoportable y Nella la entierra para concentrarse en el azúcar.

—Aquí hay mil quinientos panes —informa—. Setecientos cincuenta se refinaron en Surinam. Los demás, aquí, en la ciudad. Nuestra idea es venderlos todos.

—Creía que Johannes Brandt comerciaba con productos orientales.

—Y así es, pero una plantación de Surinam contaba con un excedente y quería mantenerlo dentro de la república. Tenemos otros compradores que van a venir a verlo esta tarde —miente—. Están muy interesados.

Hanna se limpia con delicadeza las comisuras de los labios.

—¿Cuánto por el lote de Ámsterdam?

—Treinta mil —contesta Nella tras fingir que hace cálculos mentales.

Hanna abre mucho los ojos, sorprendida.

—Imposible —dice Arnoud.

—Sí, me temo que sí —confirma Hanna—. No tenemos tanto dinero.

—Somos bastante prósperos —murmura Arnoud—, pero no idiotas.

—Nos dedicamos a hacer pasteles, no a vender azúcar —apunta Hanna, poniéndole mala cara—. Puede que no tengamos que vérnoslas con un gremio, pero como reposteros no dejamos de estar sujetos a los caprichos de los burgomaestres y a su odio por los ídolos papistas de pan de jengibre.

—Es un azúcar excelente, como sin duda han comprobado. Solamente su calidad ya garantiza la venta. No parece que la pasión por los dulces vaya a decaer: mazapanes, pasteles, gofres —argumenta Nella. Mira a Arnoud, que piensa mientras contempla los conos que llegan hasta la cubierta—. Por descontado, su reputación aumentaría. Ni me imagino qué otras puertas podrían abrirse.

No está segura, pero le parece que Hanna reprime una sonrisa. Es muy poco probable que puedan gastar treinta mil florines, aunque en Ámsterdam nunca se sabe. Se trata de una suma desproporcionada, pero ¿qué se le va a hacer? Marin le indicó que pusiera un precio alto, para que Arnoud se sintiera cómodo al ir bajando. Necesitan su porcentaje, y Agnes el suyo. Nella empieza a desesperarse.

—Le daremos nueve mil —dice Arnoud.

—No puedo permitir que se lleven todo este azúcar por nueve mil florines.

—Muy bien. Nos llevamos cien pilones de Ámsterdam por novecientos florines y ya le informaremos de cómo se vende. Si sacamos beneficio, volveremos por más.

Nella trata de pensar deprisa, tan deprisa como él, que pretende comprar un cono por nueve florines, cuando ella debería venderlos más bien por veinte. «Ha venido preparado», se dice, y contesta:

—Es muy poco, caballero. Tres mil quinientos.

—Ja, ja, ja. Mil cien.

—Dos mil.

—Mil quinientos —propone él, torciendo el labio.

—Muy bien, señor Maakvrede, pero tengo dos visitas más esta tarde. Puedo darles tres días para tomar una decisión sobre el resto, pero si nos ofrecen más que ustedes habrán perdido su oportunidad.

—Acepto. —Arnoud se cruza de brazos. Parece impresionado. Lo ve feliz; es la primera vez que sonríe delante de ella—. Por cien pilones.

A Nella le da vueltas la cabeza. No ha conseguido tanto como esperaba, pero al menos se pone en circulación parte de la mercancía, y en Ámsterdam, donde las palabras son como el agua, solamente hace falta una bandeja de bollos deliciosos. Mete un cono de Surinam en una cesta para que Cornelia compruebe si es posible secarlos.

Arnoud le entrega mil quinientos florines en billetes nuevos. Es emocionante tocarlos; le da la sensación de tener opciones, de montar en una balsa salvavidas de papel. Mil deben ir directamente a Agnes y a Meermans en el Prinsengracht, como dulce incentivo para no prestar testimonio contra Johannes. Los otros quinientos tienen que servir para sobornar a Jack Philips. Ya pensarán en guardar algo para ellas más adelante.

—¿Cómo está Cornelia? —pregunta Hanna, que ha empezado a cargar el azúcar en una cesta.

«Asustada —quisiera decir Nella—, amarrada a su cocina.» La ha dejado en pleno frenesí, abriendo con esfuerzo la compacta esfera de una col de Milán y cortando a tiras cebolletas y puerros.

—Bien, gracias, señora Maakvrede.

—Unos pierden estatura y otros crecen —comenta Arnoud, negando con la cabeza ante la montaña de conos.

Hanna aprieta la mano de Nella para reconfortarla antes de decirle:

—Venderemos este azúcar y regresaremos. Ya me encargaré yo.

~

Vuelve a casa a toda prisa y llega justo cuando empieza a llover. Tiene la sensación de que los billetes que lleva en el bolsillo anuncian un pequeño triunfo. Es un principio, y Nella confía en Hanna Maakvrede. Aunque no será agradable visitar a Agnes y a Frans Meermans en el Prinsengracht, la interpretación lo es todo. Esconderá su verdadero ser, igual que Marin. Existe la posibilidad de que al ver algún dinero se ablande el corazón de Frans Meermans, de una dureza peculiar, o se despierte el espíritu generoso de Agnes, dormido desde hace mucho. ¿De verdad pueden desear la muerte de Johannes? ¿Cuánta amargura tiene que acumular en su interior quien desea el fin de otra persona?

Al entrar en el vestíbulo y sacudirse las gotas de lluvia, Nella oye el llanto de Cornelia. Sus gemidos disimulados proceden de la cocina de trabajo. Suelta la cesta con el pan de azúcar de Surinam ennegrecido, baja corriendo por la escalera y casi tropieza con su propia falda.

El suelo está cubierto de peladuras, cintas verdes y blancas de un almuerzo que ha acabado en desastre.

—¿Qué sucede? —pregunta Nella, y la criada señala una nota encima de la mesa—. ¿Es de ella?

Le sube la moral. «Por fin —se dice—, la miniaturista ha vuelto.» Se abalanza sobre el papel. Al leer las palabras, una afilada lámina de miedo le corta el aliento y los florines de Arnoud y la emoción por la venta del azúcar se esfuman al instante.

—Dios mío —exclama—. ¿Hoy?

—Sí. Su fisgona noruega no lo había predicho.

Los hombres deben domar
a las bestias salvajes

Los juicios de la Stadhuis se celebran en una sala cuadrada de altos ventanales con una tribuna para observadores que recorre la parte superior, un cruce entre una capilla y una celda excavada. No hay oro ni terciopelo, ninguna sensación de lujo, sólo cuatro paredes de un blanco resplandeciente y muebles sencillos y oscuros. El resto de la Stadhuis es monumental, portentoso, con arcos que ascienden hasta cornisas doradas y mapamundis tallados en mármol reluciente, pero aquí, donde se aplica la ley, la atmósfera es sobria. Nella y Cornelia se sientan en la tribuna y ven la sala a sus pies.

Empiezan a entrar en fila el *schout* Pieter Slabbaert y seis hombres más que ocupan sus asientos para dar inicio a la audiencia de Johannes.

—Serán los miembros del *schepenbank* —susurra Nella a Cornelia, que asiente, con graves dificultades para dejar de temblar.

Nella se fija en que esos seis hombres tienen distintas edades. Los hay que parecen más adinerados que otros, pero ninguno de ellos lleva un manto y cintas como el *schout*, que preside la sesión. La individualidad es en Ámsterdam una marca negra, y Nella teme que a la vista de los cargos de que se acusa a Johannes se fundan en una masa farisaica, unificada por el odio.

~ ~ ~

Le cuesta un gran esfuerzo mirar al *schout* Slabbaert, que se parece bastante a un sapo, con el rostro bulboso, la boca ancha y los ojos vidriosos. A su alrededor, la tribuna empieza a llenarse de espectadores de la ciudad, entre ellos varias mujeres e incluso un puñado de niños. Cree reconocer a Christoffel, el jovencito soplón que anunció la detención de Johannes.

—No deberían traer a los críos —dice entre dientes Cornelia, a la que incomoda la presencia de tantos pececillos, como si hubieran acudido a presenciar la captura de una ballena.

A su izquierda, Nella descubre a Hanna y a Arnoud Maakvrede. «O sea que lo saben», piensa, y los saluda con un asentimiento y un nudo en el estómago. Arnoud la mira y se da un par de golpecitos en la nariz. Nella trata de sentirse reconfortada por ese gesto de complicidad. ¿Lo ha sabido desde el principio? La posibilidad de que en efecto sea más ciudadano de Ámsterdam que ángel la consuela, hasta que se plantea si, en función del resultado del juicio, tratará de quedarse el resto del azúcar a un precio todavía más rebajado.

En primera fila, en el lado contrario de la tribuna, está Agnes Meermans, envuelta en pieles.

—¿Ha visto qué cara? —susurra Cornelia.

En efecto, tiene los rasgos aún más pronunciados que cuando Nella la vio en la Iglesia Vieja en diciembre; se diría que está enferma, con los pómulos y las cuencas de los ojos demasiado marcados. Contempla la sala jugueteando con algo que guarda en el regazo y de repente aferra con ambas manos la barandilla de madera, de modo que Nella alcanza a ver que tiene las uñas muy mordidas. La cinta del pelo, antes perfecta, está torcida, y los aljófares que la rodean, sin lustre; parece que se haya echado la ropa encima de cualquier modo. Como un animal atrapado, recorre la tribuna con la vista en busca de algo.

—Ya le digo yo lo que le pasa, señora —apunta Cornelia—. Mala conciencia, ni más ni menos.

Nella no está tan segura. ¿Qué es lo que toquetea como una niña pequeña? ¿Qué es ese objeto diminuto que de repente esconde en la manga?

Detrás de su mujer está Frans Meermans con su sombrero de ala ancha. A Nella le llama la atención que no se hayan sentado juntos. Su rostro, grande y atractivo, está mojado por la lluvia matutina, y se recoloca la chaqueta a tirones, como si tuviera calor. Nella se toca el bolsillo, que contiene todavía los florines de Arnoud. Debe convencer a Meermans de que va a haber dinero, y mucho. «Vamos a enterrar este feo asunto, vamos a decir que nos hemos equivocado, caballero. Sin duda, ya ve usted que Agnes no está en condiciones de prestar testimonio.» Mientras repasa esos argumentos, Nella trata de cruzar la mirada con él, pero Meermans la aparta y prefiere concentrarse en la palestra, más allá de la cabeza de su mujer.

Cuando los guardias entran a Johannes, los presentes sueltan un grito ahogado al unísono. Nella se cubre la boca con la mano, pero Cornelia no puede evitar una exclamación:

—¡Señor! ¡Mi señor!

Johannes se quita de encima a los hombres que lo sostenían, pero apenas puede andar. Los miembros del *schepenbank* lo observan con gesto tenso. Es evidente que ha pasado por el potro, donde lo han malherido, aunque sin poner en peligro su vida. Se inclina hacia un lado (sus tobillos apenas tienen fuerza para moverse) y arrastra un pie tras de sí como un trapo inerte. Johannes le dijo que había horizontes entre los ladrillos, pero cómo ha cambiado su aspecto en apenas unos días, sus ojos parecen piedras deslustradas. Lleva el manto deshilachado y, sin embargo, cuando toma asiento lo echa hacia atrás como si fuera una tela de oro.

De todos modos, en otro sentido la brutalidad de los pernos y las correas no ha funcionado. Está claro que el desgarbado prisionero se ha aferrado a sus secretos. En caso contrario, ninguno de los presentes se encontraría en la sala de juicios. «¿No les ha dicho nada?», se pregunta Nella. El propósito de esta audiencia será, en ese caso, montar un espectáculo mediante la humillación verbal, con sus conciudadanos como testigos, una brutalidad distinta. ¿Qué dijo Johannes en su celda? «Cuanta más gente participa en un ritual, más justificado parece.»

Nella lo recuerda en el banquete de los plateros, con todo su encanto, sus conocimientos y su ingenio, con aquella forma de atraer a todo el mundo. ¿Dónde está ahora esa gente? ¿Por qué sólo han acudido niños y empleados a verlo defenderse?

—Debería andar con bastón —le dice la criada al oído.

—No, Cornelia. Quiere que nos hagamos una idea de la brutalidad que han empleado con él.

—Y también poner a prueba nuestra compasión.

Es la voz de Hanna Maakvrede, que acaba de sentarse con ellas y toma a Nella de la mano. Las tres mujeres forman una cadena y la joven tiene la impresión de que se le parte en dos el corazón. ¡Ella que creía que Johannes había negado a Marin la vida que anhelaba, cuando en realidad había tratado de liberarla! Qué corazón tan fuerte y, sin embargo, no había más que ver adónde lo había llevado.

Ojalá Marin le devolviera ahora el favor, cuando más falta le hace. Puede ser demasiado tarde para convencer a Jack de que se retracte o para aplacar la ira de Frans; y, ahora que está por medio la república, ¿qué puede oponerse a la maquinaria indignada que ha descubierto a un posible sodomita en su seno? «Mi fortuna no es tangible —le dijo Johannes en una ocasión—. Está en el aire.» Sin embargo, un recién nacido está hecho de carne sólida. «Préstanos a tu futuro hijo, Marin —piensa Nella—. Permítenos al menos vivir la farsa de ser un matrimonio normal.»

Pensando en la cuna en miniatura, en la barriguita hinchada de Marin, en el pan de azúcar de la mano de Agnes y en la figurita intacta de Jack, Nella maldice en silencio a la miniaturista por no advertirla a tiempo de lo que había que hacer, de lo que podía prevenirse. ¿De qué sirve una profetisa que no avisa de lo inevitable? «En fin —se dice—, ¿qué podría haber hecho? ¿Qué podría haber prevenido?»

Hanna se le acerca.

—Ya hemos prometido la mitad de los panes que nos hemos llevado esta mañana, señora. Arnoud quiere mandar más a La Haya, donde tiene familia. Estoy segura de que no tardaremos en comprarle más. Téngalo en cuenta cuando vea a esas otras visitas que están interesadas —le dice, mirándola atentamente.

Nella trata de contener la humillación. No le importa mentir delante de Arnoud (que casi lo pide), pero con Hanna le parece que no está bien.

—¿Alguno de sus clientes conoce la procedencia del azúcar? —le pregunta.

—Arnoud prefiere no mencionar su origen —responde Hanna, que también se ruboriza—. Pero es un azúcar excelente, señora. Creo que, aunque proviniera del mismísimo Belcebú, mi marido no dejaría de venderlo.

Esas palabras dan esperanzas a Nella, pero allí en la sala de juicios tiene la sensación de que la tragedia de Johannes ha cobrado impulso y ella ya no puede hacer nada. La lluvia cae con más fuerza, es un rugido apagado en el tejado.

—Buenas gentes de Ámsterdam, somos afortunados —empieza el *schout* Slabbaert.

Su voz es grave y clara, y llega hasta lo alto, donde la gente de a pie escucha desde los duros bancos de madera. Es un hombre en la flor de la vida, en la cima de su poder judicial, que tiene la vida de los ciudadanos en un puño. «Come bien, duerme plácidamente —calcula Nella—. Los horrores de las salas de torturas que hay bajo sus pies le quedan tan lejos como las islas Molucas.»

—Hemos hecho de la nuestra una ciudad próspera —prosigue. La tribuna se agita orgullosa a modo de aceptación y los hombres del *schepenbank* asienten—. Hemos domado las tierras y los mares y disfrutamos de sus riquezas. Todos ustedes son personas rectas. No se han dejado arrastrar por los excesos de la buena suerte.

»Sin embargo... —Slabbaert hace una pausa y mantiene un dedo en alto antes de señalar con él a Johannes—. He aquí un hombre que ha sido víctima de la petulancia. Un hombre que se ha creído por encima de su propia familia, por encima de la ciudad, de la Iglesia, del Estado. Por encima de Dios. —Se detiene de nuevo y deja que el silencio confiera a su retórica aún más ímpetu—. Johannes Brandt cree que puede comprar cualquier cosa. Para él todo tiene un precio. Incluso la conciencia de un muchacho al que tomó para dar placer al cuerpo y cuyo silencio trató de comprar.

Una oleada de tensión recorre la sala. «Petulancia», «placer», «cuerpo»: esas palabras prohibidas excitan a los presentes. En cambio, Nella sólo siente un miedo que se despliega en su interior como una de las plantas venenosas de Marin.

—No puede hacer una acusación así. —La voz de Johannes es ronca, dura—. Los miembros del *schepenbank* no han tomado una decisión, y usted no puede hacerlo por ellos. Déjeles desempeñar su función, señor mío. Son hombres sensatos.

Un par de los miembros del *schepenbank* se hinchan de prepotencia. Los demás lo observan con una mezcla de asombro y desagrado.

—Son buenos consejeros —responde Slabbaert—, pero seré yo quien tome la decisión final. ¿Niega usted la acusación de agresión sodomítica?

Son las palabras que esperaba la tribuna. Es como si se deslizaran entre los espectadores, retando a sus cuerpos a absorberlas, a probar su sabor peculiar y transgresor.

—La niego —responde Johannes, y extiende las maltrechas piernas—. A pesar de todos sus esfuerzos.

—Responda con brevedad, por favor —pide Slabbaert, mientras rebusca entre sus papeles—. Jack Philips de Bermondsey, Londres, afirma que el domingo veintinueve de diciembre del año pasado, en los almacenes de las Islas Orientales, usted lo atacó y lo sodomizó. En el día del Señor lo apaleó y lo magulló, lo dejó casi incapacitado para andar.

Estallan los comentarios en la tribuna.

—¡Silencio! —grita Slabbaert—. Silencio en la tribuna de la sala.

—No fui yo —responde Johannes, levantando la voz por encima del clamor.

—Hay testigos que jurarán sobre la Santa Biblia que lo vieron.

—¿Y de qué me conocen para poder identificarme?

—Es usted un rostro conocido, señor Brandt. No es el momento de fingir humildad. Es una figura rica y poderosa, un ejemplo. Se lo ve a menudo por los muelles, los almacenes, los embarcaderos. El delito que cometió...

—Presuntamente...

—Va en contra de todo lo que es bueno, de todo lo que está bien. Su conducta ante su familia, su ciudad y su país es propia del demonio.

Johannes mira el rectángulo de cielo blanco que enmarca el ventanal. Los miembros del *schepenbank* se revuelven en sus sillitas.

—Tengo la conciencia limpia —dice con tranquilidad—. Todas esas acusaciones son más falsas que su dentadura.

Al oírlo, los niños de la tribuna se echan a reír.

—Desacato al tribunal, además de sodomía...

—No me importa desacatar al tribunal, señor Slabbaert. ¿Qué va a hacer? ¿Ahogarme dos veces por poner en evidencia su vanidad?

A Slabbaert se le salen de las cuencas sus ojos de sapo, y sus bien alimentadas mejillas se hunden con una rabia apenas contenida. «Ten cuidado, Johannes», piensa Nella.

—Cuando le haga una pregunta —dice Slabbaert—, respóndame con el respeto que debe mostrar todo ciudadano ante el imperio de la ley.

—Entonces, hágame una pregunta que merezca ese respeto.

Los hombres del *schepenbank* parecen deleitarse con ese diálogo y van volviendo la cabeza según habla uno u otro.

—¿Está casado? —pregunta Slabbaert.

—Sí.

Nella se encoge en la silla. Agnes la mira desde el otro lado con una sonrisa en los labios que es más bien una mueca inescrutable.

—¿Y qué tipo de marido es?

—Sigo de una pieza, ¿no es cierto?

Algunos hombres de la tribuna se ríen y Johannes levanta la vista. Reconoce la cara de Cornelia, asomada por encima de la barandilla, y logra sonreír.

—No ha contestado a mi pregunta —dice Slabbaert, elevando un poco la voz—. ¿Es usted buen o mal marido?

—Creo ser buen marido —responde Johannes, encogiéndose de hombros—. Mi esposa es feliz. Dispone de riquezas y de seguridad.

—Ésa es una contestación de mercader. Tener riquezas no significa ser feliz.

—Ah, sí, olvidaba sus agonías espirituales en lo relativo al dinero, Slabbaert. Dígaselo a un jornalero, a un hombre que mantiene esta república a flote y, sin embargo, apenas logra pagar el alquiler que le impone su casero. Dígale que tener seguridad no debe equivaler a ser feliz.

Se oyen unos cuantos murmullos de asentimiento en la tribuna y un miembro del *schepenbank* anota algo.

—¿Tiene usted hijos? —prosigue Slabbaert.

—Todavía no.

—¿Por qué?

—Sólo llevamos cuatro meses casados.

Cornelia aprieta la mano de Nella. Sin darse cuenta, Johannes ha echado por la borda la oportunidad de que el hijo de Marin lo salvara.

—¿Con qué frecuencia yace con ella?

Johannes no habla de inmediato. Si quiere poner en evidencia la impertinencia de la pregunta, la grosera invasión de la intimidad de su lecho, no lo consigue. Los hombres del *schepenbank* se echan hacia delante, lo mismo que Frans Meermans. Agnes aferra la barandilla, expectante como una corneja.

—Siempre que puedo —dice Johannes—. Tengo que viajar mucho.

—Se ha casado usted tarde, caballero.

—Por mi mujer valía la pena esperar —responde, mirando a la tribuna, y su ternura resulta creíble.

Nella siente una melancolía que recorre su cuerpo, y a su espalda dos señoras suspiran con admiración.

—A lo largo de los años ha empleado usted a muchos aprendices en varios gremios —observa Slabbaert.

—Es mi deber como ciudadano de Ámsterdam y como miembro de alto rango de la VOC. Lo hago con gusto.

—Hay quien diría que con demasiado gusto. Ha empleado, decía, a toda una serie de jovencitos...

—Si me lo permite, ¿no son todos los aprendices jóvenes por definición?

—...cuya cantidad supera la de cualquier otro miembro de alto rango de un gremio o representante de la VOC. Tengo aquí sus cifras.

Johannes se encoge de hombros con el cuerpo encorvado.

—Soy más rico que la mayoría —responde—. La gente quiere aprender conmigo. Podría decirse incluso que por eso estoy aquí.

—¿A qué se refiere?

—Los cazadores más pobres siempre quieren el mayor venado. Me pregunto, *schout* Slabbaert, quién se quedará mi negocio si muero ahogado. ¿Será usted? ¿Lo dividirá y se lo guardará en los cofres de la Stadhuis?

—¡Insulta usted a la ciudad de Ámsterdam! Nos repugna con sus insinuaciones. —El *schout* se vuelve hacia el *schepenbank*—. Toma esta ciudad por un juguete, socava todo aquello por lo que trabajamos.

—Eso no es un hecho, sino su opinión.

—También ha empleado a un negro, ¿no es cierto?

—Es de Porto Novo, en Dahomey.

—Lo ha mantenido muy cerca, le ha enseñado su forma de actuar. Ha domado al salvaje.

—¿Adónde quiere ir a parar, Slabbaert? ¿Qué tiene en el punto de mira?

—Sencillamente quiero señalar que siente debilidad por lo inusual, señor Brandt. Muchos de sus colegas lo corroborarán. Llamen al demandante —ordena entonces Slabbaert, y Johannes pone los ojos como platos.

—¿Al demandante? —Nella vuelve la cabeza hacia Cornelia—. Creía que hoy sólo se trataba de presentar la acusación.

En ese momento se oyen unos pasos y las dos muchachas comprueban con espanto que los guardias hacen pasar a quien ha acusado a Johannes.

El comediante

Cornelia aprieta la mano de su señora al ver de nuevo al inglés. El asesino de *Rezeki* entra en la sala. Su melena alborotada ha perdido lustre y lleva un vendaje ensangrentado en el hombro.

—Eso no puede ser su sangre —musita Nella—. La herida tiene que estar curada.

Jack mira hacia la tribuna y Nella se fija en que ahora es Agnes quien se encoge en la silla.

Ante la presencia de un demonio inglés en carne y hueso, los hombres del *schepenbank* se ponen derechos.

—¿Es usted Jack Philips de Bermondsey, en Inglaterra? —pregunta Slabbaert.

El joven parece dudar por un momento ante las miradas y los susurros de los presentes. Nella, que recuerda su consumada actuación en el vestíbulo tras apuñalar a *Rezeki*, no sabe a ciencia cierta si está aterrorizado o sólo lo finge.

—En efecto —contesta el muchacho.

Lanza las dos palabras como guantes a los pies de Johannes y el extraño acento con el que habla holandés resuena en la sala. En la tribuna, unas cuantas personas se burlan descaradamente de su forma de hablar.

—Que le den la Biblia —declama Slabbaert, y un ujier se levanta y blande un volumen pequeño y grueso—. Ponga la mano encima y jure decir la verdad.

Jack coloca los dedos temblorosos sobre la cubierta.

—Lo juro.

El semblante de Johannes es una máscara impenetrable. Jack prefiere no mirarlo.

—¿Reconoce a este hombre? —Slabbaert señala a Johannes, pero Jack sigue con la cabeza baja—. He dicho que si reconoce a este hombre. —Jack no se mueve y Nella se pregunta si se siente culpable, si finge miedo o si, sencillamente, recurre a uno de los trucos aprendidos en los teatros a orillas del Támesis—. ¿Es usted sordo? —insiste Slabbaert, un poco más alto—. ¿O quizá no me comprende?

—Sí que lo comprendo —responde Jack, y dirige la vista fugazmente hacia Johannes, que se apoya en las piernas destrozadas, envuelto en el manto harapiento.

—¿Qué acusaciones presenta contra él? —prosigue Slabbaert.

—Presento las acusaciones de agresión sodomítica, asalto y soborno.

El *schepenbank* susurra de emoción.

—Permítame leer su declaración ante la sala. —Slabbaert carraspea—. «Yo, Jack Philips, de Bermondsey, en Inglaterra, residente en una casa con el signo del conejo en el Kloveniersburgwal, cerca de la Bethaniënstraat, fui atacado y violentado sodomíticamente la noche del veintinueve de diciembre. Mi agresor fue Johannes Matteus Brandt, mercader de Ámsterdam y *bewindhebber* de la VOC. Me forzó y me apuñaló en el hombro por resistirme.» ¿Desea añadir algo más? —pregunta Slabbaert, mirando por encima de los lentes.

—No.

—¿Ha dicho que lo apuñaló el señor? ¿Quiere eso decir que Toot no corre peligro? —pregunta Cornelia a Nella, como si le costara creerlo—. Un pequeño milagro, señora.

Nella no consigue alegrarse tanto. Puede que la mentira haya exonerado al criado, pero liga aún más a Johannes a la amenaza de la muerte.

—¿Y todo lo dicho es correcto? —pregunta Slabbaert, en referencia al documento.

—Sí, señor. Sólo que, cuando me apuñaló, no me dio en el corazón por muy poco.

—Entendido. ¿Y dónde lo agredió, señor Philips?

—En las Islas Orientales. Trabajo de vez en cuando de estibador en los almacenes de la VOC.

—¿Cómo se presentó ante usted?

—¿Qué quiere decir?

—Bueno, ¿cómo se comportó Johannes Brandt antes de... violentarlo?

—Estaba enajenado.

«¿Cómo sabe Jack una palabra así en holandés?», piensa Nella.

—¿Hablaron?

La actuación de Jack va tomando cuerpo. Con gran dominio de la pausa actoral, calla para que los presentes no oigan nada más que sus propias elucubraciones y la lluvia.

—¿Le dirigió la palabra? —persiste Slabbaert.

—Me llamó «sobrinita» y me preguntó dónde vivía.

—¿Lo llamó «sobrinita»? —Slabbaert mira al *schepenbank*—. Estos hombres son antinaturales en todos los sentidos. Incluso sustraen el lenguaje de la familia y lo transforman en una mofa. ¿Le dijo algo más, señor Philips?

—Me dijo que llevaba tiempo observándome —prosigue Jack—. Me preguntó si podíamos ir a mi cuarto, que quería verlo.

—¿Y usted qué contestó?

—Lo aparté de un empujón y le pedí que me dejara en paz.

—¿Y después de ese empujón?

—Me agarró por las mangas del abrigo y me arrastró contra la pared de su almacén.

—¿Y entonces? —Jack se queda callado, pero Slabbaert insiste—: ¿Y entonces? ¿Se aprovechó de usted?

—En efecto.

—Lo sodomizó.

—Sí.

Dos miembros del *schepenbank* tienen sendos ataques de tos y arrastran la silla. En la tribuna, la gente murmura. Uno de los niños más pequeños, que no pasará de los tres años, observa a Nella entre los barrotes de la barandilla, atónito y horrorizado.

El *schout* se inclina hacia Jack con una tenue chispa de placer en los ojos anfibios.

—¿Dijo algo mientras lo agredía?

—Dijo... Dijo que tenía que poseerme. Que me demostraría lo mucho que amaba a su sobrinita.

—¿Y usted qué contestó?

Jack echa los hombros hacia atrás, muestra el vendaje ensangrentado e hincha el pecho.

—Le dije que llevaba dentro al demonio. Le dije que era el demonio, pero no se detuvo. Me dijo que iba a enseñar a un miserable como yo lo que era que lo poseyera un hombre como él. Me dijo que siempre se salía con la suya y que, si no me rendía, me pegaría.

—Tenemos un parte médico relativo al estado físico del demandante cuando presentó la acusación en la Stadhuis —anuncia Slabbaert, y distribuye ejemplares al *schepenbank*—. Te apuñaló, jovencito. Un poco más abajo y te habría perforado el corazón.

«Jovencito.» Un término cariñoso, pobre jovencito, atrapado en la oscuridad por el mismísimo Lucifer. Ante esa clara demostración de las simpatías de Slabbaert, Johannes parece hundido, como si tuviera los huesos de piedra.

—En efecto —confirma Jack. Al oírlo, Johannes levanta la vista. Apresuradamente, Jack mira al *schepenbank*—. Y me dio una paliza. Me costaba andar.

—Menuda sarta de mentiras —interrumpe Johannes.

—No puede hablar conmigo, *schout* Slabbaert —afirma Jack—. Dígale que no puede hablar conmigo.

—Silencio, Brandt. Ya tendrá su oportunidad. Señor Philips, ¿está usted completamente seguro de que el hombre que lo violentó aquella noche fue Johannes Brandt?

—Estoy completamente seguro —afirma Jack, pero empiezan a fallarle las rodillas.

—El muchacho está a punto de desmayarse —dice Johannes al ver que se tambalea.

—Sáquenlo de aquí —ordena Slabbaert, señalándolo con un movimiento de mano—. Se levanta la sesión hasta mañana por la mañana a las siete.

—*Schout* Slabbaert —dice Johannes—. Hoy sólo tenían que leerse las acusaciones, pero usted ha traído a mi acusador. ¿A qué juega? ¿Cuándo será mi turno de hacer preguntas? Usted se ha dedicado a difamarme y a escandalizar a los presentes. Tengo derecho a intervenir.

—Ya habla demasiado cuando no le toca. Aún no hemos escuchado a los testigos.

—Está escrito que debe ser así —dice Johannes—. Ambos debemos tener una oportunidad. «No mostréis parcialidad en el juicio: así al pequeño como al grande oiréis. La causa que os fuere difícil, la traeréis a mí, y yo la oiré» —recita, señalando la Biblia, y luego añade con desdén—: Deuteronomio. Por si desea comprobarlo.

—Tendrá usted su oportunidad, Brandt —responde Slabbaert—. Por el momento, se levanta la sesión. Mañana a las siete.

Conducen a Johannes y a Jack por distintas puertas. El segundo mantiene la cabeza gacha, pero el primero mira brevemente a la tribuna, donde Cornelia y Nella ya se han levantado. Su mujer lo saluda con la mano y él responde con una inclinación de cabeza antes de que se lo lleven.

Los espectadores estiran las piernas e intercambian, morbosos, expresiones de sorpresa y consternación mientras rebuscan en los bolsillos para sacar bolsas de frutos secos y pedazos de queso y jamón. Agnes recorre el pasillo a toda prisa y Nella se sorprende una vez más ante su escualidez, sus pasos de pajarito. Frans Meermans ya ha desaparecido. La muchacha sabe que no tiene mucho tiempo.

—No tardaré —anuncia a Cornelia—. Vuelve con Marin.

La curiosidad de Hanna se despierta de inmediato, pero Nella se limita a dirigir a la criada una mirada de advertencia. No puede saberlo ni siquiera la pastelera. Cornelia devuelve la mirada con un asentimiento casi imperceptible.

Al rodear la tribuna hacia la puerta por la que ha salido Agnes, Nella descubre que hay algo en el suelo, debajo del asiento que ocupaba. En el polvo, entre restos de una naranja recién pelada, sobresalen por debajo del banco dos piececillos embutidos en sendos zuecos. «Conozco esos pies», piensa Nella, y se arrodilla en la suciedad. Pertenecen a una muñeca vestida de oro. En la cara ve reflejada la suya propia. Mechones de pelo se escapan de la cinta de color azafrán de la cabeza.

—Por todos los ángeles —musita.

Esa versión de sí misma parece menos sorprendida que la que tiene en la casa de muñecas, más serena. Instintivamente busca en ese cuerpo en miniatura alguna herida, se dice que para protegerse de posibles peligros, pero en un rincón oscuro y poco visitado de su mente sabe que lo que desea encontrar es algún rastro de una criatura. No lo hay, no hay ningún bulto oculto. Nella aparta de sí la tristeza. «Al menos no tienes ni cortes ni roturas —se consuela—. No ha llegado tu momento.»

Florines y muñecas

«Puede haber estado en posesión de Agnes desde hace meses. Le daba envidia mi casa de muñecas —recuerda Nella—. Tras la cena del azúcar, se inventó que tenía una, pero a la puerta de casa ella misma descubrió su mentira y pidió a Frans una mejor que la mía. Sin duda, sólo puede haber sacado mi muñeca de un lugar.» Está hecha con tanta maestría, con tanto detalle, que le duele aceptar que la destinataria no fuese ella.

Guarda su efigie reluciente en el bolsillo, junto a los florines de Arnoud, y baja los escalones a la carrera en busca de Meermans. La lluvia ha amainado un poco, la luz es neblinosa. Los espectadores se han quedado rezagados en la callejuela, evitan los charcos. Nella divisa la gorguera blanca y anticuada y el guardapolvo negro y alto del pastor Pellicorne. Su rostro inmaculado, su corona de pelo cano, esos ojos de predicador enloquecido. La gente se ha arremolinado a su alrededor como se pegan los cadillos a la lana.

—Aquí hay pecado —lo oye sentenciar bajo el golpeteo de la lluvia—. Se huele. Johannes Brandt ha llevado una vida pecaminosa.

—Son las consecuencias del lujo —comenta la mujer que tiene al lado.

—Pero ha ganado dinero para la ciudad —dice un individuo—. Nos ha hecho ricos.

—¿A quién exactamente? Y mire cómo ha acabado su alma —replica Pellicorne, que susurra la última palabra, como si con un suspiro final se deshiciera de la abominación que es Johannes Brandt.

A Nella le cuesta respirar. Llegan olores a comida podrida cuando los humos densos de la carne de las tabernas avanzan pegados a las paredes. Pellicorne la mira de reojo.

—¿Se encuentra bien, jovencita? —pregunta una de las mujeres que lo acompañan, pero ella no contesta.

—La esposa —musita alguien, y se vuelven más cabezas.

«Miradme, pues —piensa Nella—. Miradme.»

—¡Sí! —grita—. Soy su esposa.

—Dios ve detrás de las puertas, señora —dice la que ha hablado primero—. Lo ve todo.

Nella camina en dirección contraria, estrujando la muñeca que lleva en el bolsillo. Trata de imaginarse la casa sin Johannes. «No —se dice, sintiendo que la vida de su marido se le escapa de las manos—. No puedes permitir que muera.»

—Señora Brandt —la llama una voz.

Se da la vuelta y se topa con Frans Meermans. «Tranquila, Nella Elisabeth.»

—Lo estaba buscando, caballero —dice—. ¿Dónde está su mujer?

—Agnes se ha ido a casa —contesta Meermans, hundiéndose el sombrero en la cabeza— y regresará mañana. Se encuentra... trastornada desde que contempló el horror...

—Tiene que detener esto. ¿Vale la pena matar a su amigo a cambio de unos florines? —Vacila—. ¿O hacer sufrir tanto a Marin?

—Johannes Brandt no es amigo mío, señora —afirma Meermans, que parece incómodo—. Y Agnes es testigo ante Dios de lo sucedido. Lamento la situación de la señora Marin, pero lo que hizo su marido con ese muchacho no puede quedar impune.

—Pero no se trata de lo que hizo mi marido con Jack, ¿verdad?, sino de lo que sucedió hace doce años. Usted cree que mi marido le destrozó la vida, pero no fue él.

El pecho de Meermans se hincha.

—Señora...

—Sé lo que pasó, caballero —dice, desesperada—. Marin y usted. Comprendo los celos de Agnes, pero...

—Silencio —ordena él entre dientes—. Guárdese esas suposiciones maliciosas.

—Hace doce años, Johannes tomó una decisión que le atañía, pero en realidad...

—Me niego a mantener esta conversación, señora. —Mira precipitadamente a un lado y otro de la calle, poniendo mala cara a la lluvia que sigue empapándole el ala del sombrero—. Agnes es mi mujer.

—Pues no se ha terminado, señor Meermans. Y hay algo más que debe saber. —Nella saca los mil florines y la muñequita que la representa queda debajo del fajo—. Es parte de su dinero. Johannes ha vendido una parte sustancial de su azúcar a Arnoud Maakvrede.

—¿Mil florines? ¿Siguen tomándome por tonto? —El semblante de Meermans cambia; parece ponerse tenso de miedo—. ¿Y eso qué es?

Nella se da cuenta de que mira la figurita desencajado. Lo recuerda marchando por la Kalverstraat con la Milicia de San Jorge y mirando el signo del sol.

—¿De dónde la ha sacado? —susurra.

—Soy... Soy yo.

—Guárdela. Ahora mismo.

Nella respira hondo. «Tengo que contarle lo de Marin —decide—. Puede ser lo único capaz de detener esta locura.»

—Caballero —empieza—, Marin está...

—No se la enseñe a nadie. Jamás. ¿Me oye?

Se limpia el ala del sombrero de agua de lluvia y salpica el vestido de Nella, que se mete la muñeca en el bolsillo con gesto decidido.

—¿Por qué no? —pregunta, pero él guarda silencio—. ¿Acaso encargó Agnes una casa de muñecas que representa su residencia?

—Una bala de cañón habría hecho menos daño a mi matrimonio que esas dichosas miniaturas —replica Meermans de mala manera, y le arrebata el dinero—. Voy a contar estos florines y luego me despediré de usted.

—Hay más en camino. Puede que entonces se replantee su plan contra mi marido.

—Yo no tengo ningún plan, señora. Es la voluntad de Dios.

—¿Qué les mandó la...? ¿Qué les mandó el miniaturista? —se corrige Nella, consciente de que él seguramente no sabe que se trata de una mujer.

Meermans levanta los florines salpicados de lluvia y replica:

—¿No debería preocuparse más bien de encontrar otros fajos como éste?

El agua empieza a caer con más fuerza. El público pasa corriendo a su lado para volver a refugiarse en la sala. Nella agarra a Meermans del brazo e impide que se escape.

—¿Les envió el miniaturista cosas que aún no habían sucedido, caballero? ¿O cosas que ya habían pasado?

—Insinuaciones maléficas y burlas insidiosas: ningún holandés debería tener que soportar algo así. —Duda, pero entonces parece abandonarse a la oportunidad de hablar del asunto, al alivio de que haya una persona que quizá lo crea—. Escondí los paquetes y los mensajes, pero aun así Agnes los encontró, o ellos encontraron una forma de llegar hasta Agnes. No la han trastocado los celos, señora, sino esa casa de muñecas. Si no se hubiera enterado de la existencia de la suya, nada de esto habría sucedido.

—Pero ¿nada de qué? ¿Qué le pasa a Agnes?

—«Es la verdad. Me cuenta la verdad», no deja de decirme. Fui a la Kalverstraat para detener a ese miniaturista.

—¿Cómo dice?

—Su casa de muñecas permanecerá inacabada, señora, del mismo modo que la de Agnes ha quedado arrasada. A los burgomaestres les interesó mucho descubrir que había alguien que trabajaba dentro de los límites de la ciudad sin estar afiliado a ningún gremio. «Miniaturista» —se mofa—. Ni siquiera es un oficio como Dios manda.

El miedo parte en dos a Nella. No siente el cuerpo, solamente ve el voluminoso semblante de Meermans, unos ojos como los de un cerdo y el contorno de su ancha mandíbula.

—¿Qué le ha hecho usted?

—Ese espía repugnante había huido, pero me he encargado de que no pueda volver. Han puesto una multa cuantiosa a Marcus Smit por permitir que un forastero anuncie sus servicios en su lista, y esa casa de la Kalverstraat la ocupará alguien de esta ciudad. —Meermans le pone los mil florines debajo de la nariz—. No se da usted cuenta de lo insultante que es esto, señora, de que podríamos haber ganado cientos de miles. La negligencia de Brandt ha echado por tierra mi patrimonio.

Cómo lo obsesiona el dinero, cómo descuida todo lo demás. La sangre de Nella calienta las cuerdas de su temperamento, que echan humo y se parten.

—He visto los panes de azúcar de Agnes —desvela—. La gloria de la que usted se ha apropiado. No están todos podridos, pero usted sí, lo mismo que su mujer. Marin escapó de una buena al rechazar su petición de matrimonio. —Meermans se tambalea—. Y creo que... No. Sé que, aunque Johannes hubiera vendido ya hasta el último cono, usted encontraría una forma de verlo ahogarse.

—¿Cómo se atreve? No es más que una simple...

—Guarde esos florines. —Nella da media vuelta y, mirando al cielo, sentencia—: Que el miniaturista los persiga a los dos hasta el infierno.

La llegada

Desde la Stadhuis se dirige a toda prisa a la Kalverstraat, pero unos pasos acelerados y la llamada de Cornelia la hacen detenerse en seco.

—¡Señora, señora!

—¿Por qué gritas, Cornelia? He hablado con Meermans...

—¿Le ha contado... lo de la señora Marin?

La criada mira apesadumbrada a un lado y otro de la calle. Con esa luz tenue, entre la lluvia, tiene la piel verdosa. Junta las manos como si sostuviera un ramillete de flores invisibles.

—No. —De repente, Nella está exhausta—. Le he propuesto un trato: dinero a cambio de una vida.

—Pero ¿lo ha convencido para que no testifique? —pregunta Cornelia, desencantada.

—Le he dado mil florines como primer pago por sus preciosos cristales. No puedo asegurar que vaya a cambiar nada, Cornelia. Lo he intentado. Le ha hecho algo a la miniaturista. Mandó a los burgomaestres a su casa. No sé si la han...

—Tiene que volver a casa.

—Pero...

—Ahora mismo. Es el corazón de la señora Marin.

~ ~ ~

—Ven —dice Marin, que sale con paso inseguro de la penumbra en cuanto llegan las dos muchachas y cierran la pesada puerta de la entrada—. El corazón me late muy deprisa.

Nella pone cuatro dedos en el cuello de su cuñada y nota el pulso apresurado, los latidos enérgicos. Marin da un grito y se agarra a ella.

—¿Qué te pasa?

—Me duele —contesta con un hilo de voz—. Es insoportable.

—¿Le duele, señora? —pregunta Cornelia, aterrada—. Me había dicho que aún no tenía dolores.

Marin gime. En la falda, un líquido empapa la lana oscura y baja hacia el dobladillo en un círculo que va extendiéndose.

—Arriba —ordena Nella, tratando de parecer tranquila, aunque su corazón también se ha acelerado y late con fuerza, angustiado—. Vamos a mi cuarto. Está más cerca de la cocina, por si hay que ir a buscar agua.

—¿Ha llegado el momento? —pregunta Marin con la voz aguda por el miedo.

—Me parece que sí. Tenemos que ir a buscar a una comadrona.

—No.

—Podemos comprar su silencio.

—¿Con qué, Petronella? No eres la única que mira en el cofre de Johannes.

—Por favor, Marin. ¡Nos basta para una cosa así! Tranquilízate.

—No quiero que haya nadie más que Cornelia y tú. —Marin le aprieta la mano, como si aferrarse a ella pudiera solucionarlo todo—. Las mujeres hacen estas cosas constantemente, Petronella. No puede verlo nadie más que vosotras.

—Voy por agua caliente —dice Cornelia, y baja corriendo a la cocina de trabajo.

Nella se fija en el libro de Blankaart, abierto encima de una silla.

—¿Sabes lo que tienes que hacer, Petronella?

—Voy a intentarlo.

Tenía cuatro años cuando nació Carel y nueve cuando sacaron a Arabella de su madre. Recuerda los gritos, los jadeos y los mugidos, como si hubiera una vaca suelta por la casa. Las sábanas manchadas de rojo, amontonadas luego en el jardín, preparadas para la pira. La exigua luz del rostro sudoroso de su madre, la mirada de admiración de su padre. Hubo otros, por descontado, los hermanos que no sobrevivieron. Entonces ya era algo mayor. Cierra los ojos y trata de recordar lo que hacían las comadronas, esforzándose por olvidar aquellos cadáveres diminutos.

—Muy bien —dice Marin, pero está pálida.

—Cuando le dolía mucho —recuerda Nella—, mi madre andaba de un lado para otro.

Durante dos horas, Marin da vueltas por el primer piso, gruñendo cuando los truenos retumban en su interior. Nella se acerca a la ventana y piensa en Johannes en su jergón de paja; en Jack, que con sus dotes de comediante ha sabido salir de una caja cerrada con llave; en Meermans, con su orgullo mojado por la lluvia y sus florines, y en Agnes, que aguarda un mensaje de la Kalverstraat. ¿Dónde está ahora la miniaturista? Con el rabillo del ojo mira la casa de muñecas, que palpita detrás de las cortinas amarillas, repleta de personajes congelados en el tiempo. «Su casa de muñecas permanecerá inacabada, señora.»

En la calle, la lluvia ha arreciado aún más, una lluvia de enero, fría e implacable. Una refriega entre perros, la silueta borrosa de un gato anaranjado. De repente, un intenso hedor inunda la habitación y Nella se aparta de la ventana para ver el gesto de terror absoluto de Marin, que contempla el montón de heces calientes y ensangrentadas que hay a sus pies.

—¡Dios mío! —exclama, y se tapa la cara con las manos. Nella la acompaña hasta la cama—. Mi cuerpo no me pertenece. Estoy...

—No lo pienses más. Es buena señal.

—Pero ¿qué me pasa? Me desmorono. Cuando llegue el niño ya no quedará nada de mí.

Nella limpia el suelo y mete la toalla sucia en un cubo con tapa. Al volverse se encuentra a Marin acurrucada de costado.

—No me lo imaginaba así —reconoce, con la cara hundida en los cojines.

—No —contesta Nella, y le entrega una toalla húmeda limpia—. Nadie se lo imagina así.

Marin estruja unas ramitas de espliego con el puño e inhala profundamente.

—Estoy muy cansada —dice—. No puedo más.

—Todo irá bien.

Nella sabe que no son más que palabras. Sale al pasillo y respira el aire fresco, aliviada por haber escapado del ambiente cargado del dormitorio, de su lento latido de miedo. Cornelia sube por la escalera, la toma de la mano y le sonríe.

—Ha sido una bendición, señora. Su llegada a esta casa ha sido una bendición.

Cae la noche, sigue lloviendo y las oleadas de dolor se suceden sin pausa. Marin se retuerce en una especie de espiral. Afirma que siente una agonía intensa y profunda.

—Soy una nube llena de sangre —murmura—. Un moratón gigantesco, mi piel se revienta sin descanso.

Para que esté cómoda, le han quitado la falda y no lleva nada más que una blusa de algodón y una enagua.

Es un vehículo para el dolor y es el dolor en sí mismo. Marin no es nada de lo que había sido hasta ahora. Cornelia y Nella le aplican compresas en la frente y le frotan aceites aromáticos en las sienes para calmarla, y la segunda se la imagina como una montaña, inmensa y anclada, inamovible. El niño que lleva dentro es un peregrino que desciende de las alturas de su madre, en movimiento mientras ella permanece paralizada. A cada paso que da, a cada aguijonazo de su bastón contra el costado de Marin, a cada patada, cobra más poder.

La parturienta chilla. Tiene el pelo pegado a la frente y la cara, habitualmente tersa, está hinchada y colorada. Se asoma por un lateral de la cama y vomita en la alfombra.

—Tendríamos que ir a buscar a alguien —susurra Nella—. Mírala. Ni se enteraría.

Cornelia se muerde el labio y contempla el semblante retorcido y empapado de sudor de su señora.

—Sí que se enteraría —responde, también en voz baja, con la mirada cargada de miedo y agotamiento—. No podemos. No quiere que se entere nadie más. —Echa una toalla encima de la sustancia acuosa que ha expulsado Marin y la ve empaparse—. Además, ¿a quién podríamos llamar?

—Seguro que hay alguien en «La Lista de Smit». No sabemos lo que hacemos. ¿Es normal que vomite así?

—¿Dónde se ha metido? —farfulla Marin, y se limpia la boca con un cojín.

Nella le da la esquina de una manopla mojada para que chupe la humedad y, reuniéndose con Cornelia, murmura:

—Vamos a tener que mirar debajo de la enagua.

—Si hago eso, me corta la cabeza. —La criada palidece—. Ni siquiera me deja mirarle la espalda desnuda.

—No hay más remedio —insiste Nella—. No sé si este dolor es normal.

—Encárguese usted, señora. Yo no puedo.

Los párpados de Marin palpitan y empieza a emitir un sonido grave, gutural, que se vuelve más agudo y surge de ella como un toque de corneta. Cuando suelta otra de esas exhalaciones desgarradoras, Nella deja de vacilar y se pone de rodillas para levantar el dobladillo de la enagua. Mirar entre las piernas de su cuñada es casi inconcebible. Es una blasfemia.

Introduce la cabeza en el aire recalentado y viciado del interior de la enagua y trata de distinguir algo. Es lo más extraordinario que ha visto en la vida. No es ave ni pescado, ni divino ni humano, y sin embargo, curiosamente, es todo eso al mismo tiempo. En ese momento parece que llega algo de otra tierra. Lo que era pequeño se ensancha, se vuelve gigantesco, es una boca enorme con el tapón de una cabeza de niño.

Nella ve una coronilla diminuta, siente arcadas debido al calor de las sábanas y saca la cabeza para tomar aire.

—Lo he visto —anuncia, eufórica.

—¿De verdad? —pregunta Marin agotada.

—Ahora tienes que hacer fuerza —pide Nella—. Cuando se ve la coronilla del niño hay que empujar.

—Estoy muy cansada. Tendrá que salir él solo.

Nella vuelve a meterse debajo de la enagua y extiende las manos para tocar a la criatura.

—No ha salido la nariz, Marin. No podrá respirar.

—¡Empuje, señora, tiene que empujar! —chilla Cornelia.

Marin ruge y Nella le coloca un palo entre los dientes.

—¡Vamos, empuja otra vez! —la espolea.

Clavando las muelas en la madera, Marin empieza a hacer fuerza y a emitir sonidos guturales. Escupe el palo y dice entre jadeos:

—Me está desgarrando. Lo noto.

Nella levanta la enagua y Cornelia se tapa los ojos.

—No tienes ningún desgarro —asegura, aunque ve una fisura roja entre la masa de pelo amoratado, y más sangre aún. Prefiere no decir nada—. Ya sale. Sigue empujando, Marin, sigue empujando.

Cornelia se acerca a la ventana e inicia una oración larga y febril.

—Padre nuestro, que estás en los...

Entonces Marin se pone a ulular, a soltar un gemido agudo e interminable de tormento, de epifanía. Es un sonido capaz de despellejar a alguien. Y entonces, sin previo aviso, con la inmediatez del aleteo de un pájaro, aparece toda la cabeza de la criatura. Está boca abajo, con la nariz contra la sábana, es una masa oscura de pelo empapado.

—¡Ha salido la cabeza! ¡Empuja, Marin, empuja!

Marin chilla y perfora los oídos de las otras dos. Sale mucha más sangre, un torrente cálido que empapa la cama. Nella se preocupa, no sabe si tiene que haber tanta o no. Marin casi le arranca una mano a Cornelia al hacer fuerza para expulsar al niño. La cabecita gira un cuarto de circunferencia y Nella comprueba atónita que ese ser diminuto trata de liberarse.

Aparece un hombro y Marin vuelve a rugir. El niño gira de nuevo la cabeza hacia la cama.

—Empuje, señora, empuje —insiste Cornelia.

Marin hace más fuerza, se entrega a la agonía, deja de oponer resistencia y la acepta como su esencia misma. Luego se queda quieta, agotada, incapaz de moverse, sin resuello.

—No puedo —dice—. El corazón.

Cornelia le pone una mano en el pecho con temor.

—Vuelve a agitarse, señora —asegura—. Da golpes.

El cuarto se sume en el silencio. Nella de rodillas, Cornelia junto a la almohada; el cuerpo de Marin, tumbada con todas las extremidades abiertas y las rodillas dobladas, parece una estrella. Las llamas de la chimenea son escasas, habría que atizar los últimos troncos. Del exterior sólo llega el ruido de la lluvia. *Dhana* araña el suelo, desesperada por entrar.

Las mujeres esperan. El otro hombro, como el de una muñeca, aparece por el cenagal ensanchado de Marin, que vuelve a hacer fuerza. Cuando Nella trata de agarrar los hombros de la criatura, esa cabecita del tamaño de una taza de té, el cuerpo sale deslizándose y cae en sus manos sorprendidas con un último chorro de sangre. Con los dedos empapados, la joven siente el peso denso de ese ser, que tiene los ojillos cerrados como un filósofo, los brazos y las piernas empapados y azulados, cubiertos por pegotes de una pasta blanca, bien plegados en las palmas temblorosas de Nella. La mira bien. La peregrina del dolor de Marin es una niña.

—¡Ay, Marin! —dice, levantándola—. ¡Mira, Marin!

—¡Una niña! —exclama Cornelia, emocionada—. ¡Una niñita!

El largo cordón que sale de ella es metálico, musculoso, y se adentra como una serpiente en su madre.

—Trae un cuchillo —ordena Nella—. Hay que cortarlo.

Cornelia se aleja a toda prisa. Marin respira entrecortadamente y trata de levantar la cabeza clavando los codos para ver a su hija, pero al final se deja caer.

—Mi niña. —Apenas puede hablar. Su voz es casi un delirio, hueca—. ¿Está viva?

Nella mira a la recién nacida, cubierta por una capa de líquido que va secándose y por las huellas ensangrentadas de su tía. Tiene el pelo negro y apelmazado, y los ojos aún cerrados, como si no fuera el momento de darse a conocer.

—No hace ningún ruido —dice Marin—. ¿Por qué no hace ningún ruido?

Nella empieza a frotar los brazos flácidos de la niña, las piernas, el pecho, con un trapo mojado en el agua caliente del balde.

—¿Sabes lo que haces?

—Sí —responde Nella, pero no es cierto.

«Despierta, niñita —piensa—. Despierta.»

Llega Cornelia con un cuchillo de trinchar. La niña sigue callada y en el cuarto también hay un silencio sepulcral:

las tres esperan, ruegan con el último ápice de su cuerpo que se oiga un ruidito de vida.

Nella entrega la niña a Cornelia y trata de cortar el cordón, pero pese a estar hecho de sustancia humana parece más fuerte que un roble. Tiene que serrarlo y con ello salpica de sangre las sábanas y el suelo. *Dhana*, que se ha colado en el cuarto, se acerca al trote para ver si puede comer algo.

Puede ser por la llegada de la perra, o tal vez por la torpe sección de su cordel, pero la recién nacida se pone a llorar.

—Gracias, Dios mío —dice Cornelia, y se deshace en un mar de lágrimas.

Marin suelta el aire con una exhalación irregular y prolongada que termina en un sollozo.

Con la niña colocada en las manos ahuecadas de Nella, Cornelia ata un lacito azul marino en el cabo de cordón que le ha quedado en el abdomen, y que por fin cae flácido: la criatura ha ganado finalmente la batalla.

Nella la frota bien con un trapo húmedo y observa fascinada que la sangre empieza a bombear por el encaje de venas que se ve bajo la piel. Cornelia, que sigue a su lado, asoma la cabeza.

—¿Lo ha visto? —susurra.

—¿El qué? —pregunta Nella.

—Mire bien —insiste la otra, señalando a la criatura—. Mire.

—Thea. —La sobresalta Marin. Su voz es pesada como una piedra—. Se llama Thea.

Se remueve incómoda en la cama. Sigue teniendo el resto del cordón unido a su interior, del que aún mana sangre. Intenta levantar los brazos, pero está demasiado cansada.

—Thea —repite Cornelia, observándola mientras Nella la coloca sobre el pecho de Marin.

La niña se mueve arriba y abajo con la respiración entrecortada de su madre, que le pone unos dedos trémulos en la espalda y siente su grupa, la curva felina de la columna vertebral. Se le llenan los ojos de lágrimas y vuelve a derramarlas mientras Cornelia la tranquiliza acariciándole la frente. Agarra a su hija, que acurruca la cabecita en el valle del cuello de su madre. Marin parece pasmada, a medio camino entre el triunfo y el dolor.

—¿Nella? —la llama.

—¿Sí?

—Gracias. Gracias a las dos.

Se miran a los ojos mientras Cornelia hace un fardo con los trapos y las toallas destrozados. La respiración de Marin es por momentos un leve estertor. Al oírla, Nella nota que se le pone la carne de gallina, que se le contrae, y se vuelve hacia la ventana para mirar la oscuridad que se ha apoderado del canal. La lluvia ha cesado al fin. Sobre los tejados, escasamente separados, las veletas y los gabletes, la luna se alza en lo alto de un cielo surcado de estrellas, media circunferencia desigual de luz resplandeciente.

Al ver las cortinas de terciopelo del aparador corridas, a Nella se le ocurre que Johannes se olvidó de algo al encargarla. ¿Qué ha sido del cuarto de Marin, su celda de vainas de semillas y mapas, de caparazones y de especímenes? Sí están las dos cocinas, el despacho, el salón, los dormitorios e incluso el desván. Quizá quería proteger a su hermana, o quizá se le olvidó. La miniaturista no ha enviado nada que hiciera referencia al reducto de Marin. Su cuarto secreto ha eludido toda definición.

El delator

Nella y Cornelia tratan de dormir un poco en dos sillas de palisandro, con el respaldo recto, que han subido del salón. Se retuercen incómodas mientras Marin gime y suspira en la cama.

Cuando Nella se despierta, las campanas están dando las ocho. Ha quedado un olor perturbador en el cuarto, a órganos expuestos, heces, sangre y carne vulnerable. Se ha apagado el fuego y a su alrededor están desperdigadas las inútiles espigas de espliego ya casi sin olor, junto al aguamanil de plata, derribado por Marin en su agonía. De repente, se da cuenta de que llega con una hora de retraso a la audiencia de su marido.

Descorre las cortinas con frenesí. Cornelia abre los ojos y se abalanza sobre la cama.

—Tengo que ir a ver a Johannes. Ahora mismo —anuncia Nella.

—No puede dejarme sola —suplica la criada—. No sé qué hacer.

Y es que la almohada de la parturienta está empapada de sudor. Thea, envuelta en una manta, duerme sobre su pecho. Al oír sus voces, Marin abre los ojos de golpe. Debajo del brillo salado, su piel sigue oliendo levemente a nuez moscada, y Nella aspira el aroma. Tiene que irse a la Stadhuis, pero no quiere dejar a su cuñada en ese estado.

—Ve, Nella, para contarme qué le hacen —pide Marin, con menos fuerza en la voz que la noche anterior—. Vete. Cornelia, tú quédate conmigo.

La criada le toma la mano y la besa con el cariño intenso de una niña.

—Por supuesto, señora. Aquí estoy.

Nella se dirige al pie de la cama y comprueba que un extremo del cordón sigue dentro de ella, mientras que el otro está enroscado sobre el colchón. Tira de él, como si con eso fuera a llevarse algo por delante, esa sensación de pavor, pero está pegado a Marin, que protesta de dolor.

—Tiene que descansar —dice Cornelia—. Deberíamos dejarla.

—Sé que quieres ir a buscar ayuda, Nella, pero no debe enterarse nadie —recuerda la parturienta, enronquecida.

Su vientre se ha deshinchado un poco tras la salida de Thea, pero sigue habiendo un bulto en el interior. Cuando Nella ejerce presión, se estremece. «Algo no va bien —piensa Nella—. Nada va bien.» El bulto es duro, rígido, y por un momento se plantea si hay otra criatura ahí dentro, una gemela silenciosa que se resiste a salir a ese caos. Le gustaría tener más conocimientos, que su madre estuviera allí. Jamás se había sentido tan indefensa.

Marin jadea y la criada aparta al momento a la recién nacida. La aspereza se adentra en las profundidades de los pulmones de su madre.

—¿Señora? —la llama Cornelia, pero Marin se limita a agitar el aire con una mano. Otro eco de su hermano.

Al oír esos ruidos extraordinarios, Thea empieza a hacer otros por su cuenta. Son los chillidos desgarradores, estimulantes, breves y anhelantes de una voz novísima. Al abrigo de ese llanto, Nella indica a Cornelia con un gesto que se acerque.

—Mírela, señora, mírela —susurra ésta, contemplando abatida a la niña—. ¿Qué vamos a hacer?

—¿De qué estás hablando?

—No parece posible. No puede ser verdad.

—Busca «La Lista de Smit» —pide Nella en voz baja, sin hacerle caso—. Y que venga un ama de cría, una comadrona, alguien que entienda lo que le pasa.

Cornelia mira a la niña aterrorizada.

—Pero Marin me matará.

—Haz lo que te digo, Cornelia. Johannes guarda dinero en el cofre de su despacho. Págale lo que haga falta para que no hable. Y, si no hay suficiente, pues... vende la plata.

—Pero, señora...

Nella sale como una exhalación. La desesperación no le permite detenerse.

~

Tras correr hasta la Stadhuis, sin aliento y sofocada, Nella se encuentra la tribuna ya abarrotada y la sesión en marcha. Tiene que sentarse al fondo. Le fallan las fuerzas y está aturdida, le duele la cabeza, nota los ojos muy cansados y secos, lleva bajo las uñas el residuo oxidado de la sangre de Marin. Siente deseos de gritar a Johannes lo que ha logrado su hermana, la maravilla que lo espera en casa a su vuelta, pero sabe que no puede. «¿En qué mundo vivimos, donde el mero hecho de anunciar la existencia de Thea podría perjudicarla?», se pregunta.

Mira por encima de las cabezas de los espectadores la sala que queda a sus pies. Johannes mantiene el cuerpo maltrecho muy rígido en la silla, con la cabeza bien alta. Slabbaert está sentado a su mesa y los miembros del *schepenbank*, alineados a su lado. Jack se encuentra ahora entre el público de la parte inferior, observando a Frans Meermans, encaramado a su silla en medio del embaldosado.

«¿Por qué no está Agnes ahí con él? —piensa Nella—. ¿Qué me he perdido?» Distingue la nuca del pastor Pellicorne, su cuerpo inclinado hacia delante, expectante, ansioso.

—¿Ya ha testificado Agnes Meermans? —pregunta a la mujer que tiene al lado.

—A las siete, señora. Cómo temblaba y qué rara estaba. Daba la impresión de que no pensaba soltar la Biblia.

Y mueve la cabeza de un lado a otro cuando la voz de Slabbaert ya llega a oídos de Nella con todo su ímpetu.

—Su esposa nos ha contado por encima lo que vio la noche del veintinueve de diciembre, señor Meermans —dice—. Ni por asomo se me habría ocurrido ofender la sensibilidad de una mujer, pero ahora es su turno y me gustaría ir más allá. Cuéntenos qué presenció.

Meermans, pálido e imponente en su silla, asiente.

—Fuimos a la parte trasera del almacén. Se oían voces. El señor Brandt había aplastado a este joven contra el edificio, con la cara pegada a la pared. Los dos llevaban los calzones por los tobillos. Sus sombreros estaban en el suelo.

Se oyen gritos ahogados ante esas palabras, ante esa imagen en que la humillación y el deseo violento van de la mano.

—Jack Philips, ahora sé que se llama así, le suplicaba que lo soltara. Nos vio y pidió auxilio. Mi esposa, como comprenderá, estaba terriblemente alterada. Había sentado a ese individuo a su mesa alguna vez.

La voz temblorosa de Meermans llena la sala, y Nella tiene la impresión de que las paredes de la Stadhuis se le vienen encima.

—Prosiga —pide Slabbaert.

—Oímos el grito del repugnante alivio de Brandt. Me aparté de Agnes y al dirigirme a él vi la lujuria en sus ojos. Se subió los calzones cuando ya me aproximaba y empezó a pegar al señor Philips. Con rapidez, con rabia. Apareció una daga y lo vi clavársela en el hombro. Casi le atravesó el corazón, no miente. Ninguna mujer tendría que haber presenciado esa escena. Ni ningún hombre.

La sala parece fascinada con el relato. Johannes ha bajado la cabeza y ha encorvado el cuerpo penosamente en una postura de resistencia.

—Frans Meermans —dice Slabbaert—, usted conoce a Johannes Brandt desde hace muchos años. A pesar del episodio que presenció, a pesar del testimonio que ha dado su esposa tras jurar sobre la Biblia, tiene ahora la oportunidad de confirmar que hay algo bueno en él.

—Lo comprendo.

—Él ha asegurado que ustedes se conocen bien.

—De jóvenes trabajamos juntos.

—¿Y qué clase de hombre era?

Meermans parece incómodo. Ni siquiera es capaz de mirar la curva de la espalda de Johannes y prefiere clavar la vista en el cono negro de su sombrero.

—Astuto —responde—. Propenso a sus propias filosofías.

—Johannes Brandt estaba vendiendo una mercancía de su propiedad. ¿No es cierto?

Nella nota una sensación que avanza poco a poco por su interior, como si su corazón hubiera empezado a supurar sus últimas fuerzas. Una acusación más está a punto de caer a los pies de su marido: desidia en la actividad comercial, un delito nada trivial en Ámsterdam.

—Lo es.

—Y con respecto a ese acuerdo, ¿estaba bien almacenado el azúcar? ¿Hacía Brandt su trabajo correctamente?

Meermans vacila.

—Sí —contesta por fin—. Así es.

Nella endereza la espalda. ¿Por qué ha dicho eso? Según sus palabras, todo el azúcar está en buen estado. Cuando un par de hombres del *schepenbank* anotan algo, comprende que Meermans no desea revelar la rabia que siente por Johannes. Al ocultar el problema del azúcar sin vender, le niega la posibilidad de blandirlo como motivo de venganza. Está obstruyendo sus vías de defensa. Pretende que se considere simple y llanamente un caso de conducta impía contra Dios y la república, nada más. Y es poco probable, supone Nella, que Johannes reconozca que le ha costado vender la mercancía, pues con eso dañaría su reputación.

Nella no esperaba que Meermans fuera tan calculador. Y, sin embargo, echa una mirada a Arnoud Maakvrede y piensa que, con esa declaración pública sobre la calidad del cargamento, puede haber puesto en bandeja a la familia Brandt la posibilidad de venderlo en el futuro. Nella se siente culpable por el mínimo instante de placer que ha experimentado al pensarlo y trata de concentrarse en el momento presente.

—Así pues, ¿diría usted que es buen mercader? —pregunta Slabbaert. Meermans respira hondo y el *schout* insiste—. Recuerde que ha jurado decir la verdad. Responda.

—Bajo juramento... pondría en cuestión esa afirmación.

—Entonces, ¿cree que es mal mercader?

—Históricamente, creo que su reputación ha encubierto su egocentrismo. No todos sus éxitos son merecidos.

—Sin embargo, le encomendó la venta de su cargamento.

—Mi esposa... —Deja la frase a medias.

—¿Qué tiene que ver su esposa en esto?

En ese momento, Meermans suelta el sombrero y acto seguido lo recoge del suelo. Johannes levanta la cabeza y ya no aparta la mirada de su antiguo amigo.

—Brandt siempre ha ejercido su voluntad con una insistencia insolente —afirma el testigo, y se vuelve hacia él—. Pero no me daba cuenta de hasta dónde llegaba tu insolencia. Los sobornos que pagaste, las deudas que acumulaste... No sólo ante mí, sino ante los gremios, los empleados y los amigos...

—¿Quiénes son esos hombres? ¿Es una acusación formal? ¡Enséñamelos! —demanda Johannes—. Enséñame sus libros de contabilidad.

—Si estoy hoy aquí es por tu alma...

—No te debo nada, Frans. Ni a ti ni a nadie...

—Dios me ha hablado, Johannes.

—¿Dios?

—Me ha dicho que ya no basta con mi silencio.

Hay un deje de sorpresa en su voz, como si a él mismo le pillara por sorpresa lo que ha dicho, abrumado por su propio impulso, por el sabor amargo que todo el mundo detecta en su interpretación.

—Tú nunca has guardado silencio, Frans —asegura Johannes—, si existía una posibilidad de denigrarme...

—Mi viejo amigo necesita salvación, *schout* Slabbaert. Está perdido. Vive a la sombra del Demonio. No podía guardar silencio tras lo que vi aquella noche. Ningún ciudadano de Ámsterdam habría podido.

Una vez concluida su declaración, Meermans levanta la cabeza como si esperase alivio, pero en lugar de eso se encuentra a Johannes delante de él, con una expresión que sólo refleja repugnancia. Poco a poco, el acusado endereza la espalda con gran dolor. Incluso desde lo alto, Nella oye los chasquidos de sus huesos.

—Todos somos débiles, Frans —afirma—. Pero unos más que otros.

Meermans agacha la cabeza y de nuevo se le escapa el sombrero de las manos, pero en esa ocasión lo deja donde ha caído. La visión de sus hombros, que suben y bajan convulsos, sume a los presentes en una muda incertidumbre. Johannes cumple la función de un espejo, en el que Meermans ha visto un agujero negro en lugar de un reflejo. Nadie lo toca, nadie se acerca a consolarlo o a felicitarlo por lo que ha hecho.

—Frans —continúa Johannes—, ¿acaso no has cazado a un sodomita, a un hombre ávido que toma lo que se le antoja? ¿Acaso no has contribuido a limpiar los canales y las calles de esta ciudad? Entonces, ¿por qué solamente eres capaz de llorar?

La sala estalla en gritos y silbidos. Slabbaert pide silencio para poder deliberar con el *schepenbank* y alcanzar un veredicto.

—¡No! —dice Johannes muy alto, y su mirada se aparta de Meermans para dirigirse al *schout*—. No puede ser.

Se hace el silencio en la sala y los espectadores de la tribuna alargan el cuello para ver a ese hombre, elegante y peligroso, que ha desgarrado las entrañas de su bien ordenada comunidad. Johannes se pone en pie con enorme dificultad, apoyándose en la silla.

—Es costumbre que el acusado tome la palabra.

Slabbaert carraspea y lo contempla sin disimular su desprecio.

—¿Desea hablar? —pregunta.

Como un pájaro con las alas rotas, Johannes levanta tanto como puede los brazos. Cuando los pliegues de su manto oscuro caen torcidos al suelo, Jack suelta un chillido.

—Usted se pone ese disfraz por la mañana, Pieter Slabbaert —empieza Johannes—. Lo mismo que tú, Frans Meermans. Y los dos esconden sus propios pecados y sus debilidades en una caja que guardan debajo de la cama, con la esperanza de que su atuendo nos deslumbre y nos haga olvidarla.

—Hable de usted, Johannes Brandt, no de mí —ordena Slabbaert, y el acusado lo mira.

—¿Soy el único pecador de esta sala? —pregunta, dándose la vuelta y mirando las filas de la tribuna—. ¿El único?

No hay respuesta. El silencio se ha apoderado de la concurrencia.

—Trabajo para esta ciudad —dice Johannes— desde que tengo la edad necesaria. He viajado a tierras de cuya existencia nada sabía, ni siquiera en sueños. He visto a los hombres pelear, morir y trabajar por esta república en playas calurosas y en alta mar, arriesgando la vida por una gloria mayor que la que les correspondía por nacimiento. Luchaban, construían, sin confiarse ni una sola vez. El *schout* Slabbaert se burla de mi criado africano, un hombre de Dahomey. ¿Se imagina al menos dónde está Dahomey mientras sorbe su té azucarado o se come unos bollos? Frans Meermans critica mis libertades, pero no se siente culpable por disfrutar de las suyas. Busquen un mapa, señores, y aprendan.

»Recogimos a una huérfana. He auspiciado a aprendices, he trabajado incansablemente contra las olas que amenazaban con ahogarnos a todos. Y acabarán por conseguirlo, señores. He visto los libros de contabilidad, he comprobado que la VOC se desploma en las aguas... Pero no me he aprovechado de la necesidad de ningún hombre, jamás he hecho jurar a nadie en falso a cambio de un soborno. He tratado de hacer feliz a mi mujer, como me ha hecho feliz ella a mí en el tiempo que hemos pasado juntos. Pero el problema es, señores, señoras, que quienes carecen de horizontes pretenden ahogar los nuestros. No tienen nada, tan sólo ladrillos y vigas, ni un ápice del gran júbilo de Dios. —Mira a Jack—. Los compadezco en el alma. Jamás darán a la república la gloria de la que he sido testigo.

Andando como un anciano, Johannes se acerca a Meermans. Levanta una mano y su acusador se estremece, creyendo que va a golpearlo. Johannes se limita a tocar sus agitados hombros.

—Frans. Tienes todo mi perdón. —Meermans parece hundirse bajo la extraña fuerza de ese contacto—. ¿Y tú, Jack Philips?

Jack levanta los ojos y se topa con los de Johannes.

—¿Yo?

—Eres una piedra arrojada en medio de un lago. Pero las mismas ondas que provocas jamás te permitirán vivir tranquilo.

—¡Sáquenlo de aquí! —clama Slabbaert, señalándolo.

Los miembros del *schepenbank* contemplan al prisionero perplejos, como si fuera un gigante entre hombres, un ser dotado del poder de derrumbarlos con un mero contacto. La sala se convierte en una cacofonía de murmullos y reprobaciones, y Pellicorne parece enfermo de tanta agitación. La muerte ronda por los aires y se les insinúa a todos, con su terror y su gozo. No quieren que Johannes se vaya, quieren retenerlo allí. No es la primera vez que los ricos tratan de acallar al pueblo, pero ni uno solo había hecho ese uso de su poder, ni provocado sus carcajadas al mencionar la dentadura postiza de un magistrado.

Sin embargo, los guardias lo sacan de la sala y el *schepenbank* se reúne en torno a Slabbaert para formar una media circunferencia, mientras Meermans se desploma en una silla apartada, blanco como el papel y conmocionado. El Estado está a punto de ejercer su poder y los cuerpos se tensan, el de Nella incluido. Siente una presión entre las piernas, como si estuviera a punto de orinarse de miedo.

Pasan los minutos. Diez, luego veinte, treinta. Ver a esos hombres decidir el destino de Johannes es espantoso. «Siempre existe la posibilidad del indulto», se dice Nella, pero el murmullo de Slabbaert, agachado en el centro de la media luna, sólo llega a oídos de los seis hombres que la forman.

Finalmente se separan y regresan a sus asientos. El *schout* avanza pesadamente hasta el recuadro de losas que preside la sala y ordena que se haga entrar de nuevo a Johannes Brandt. Sin acompañamiento, el prisionero llega a paso lento, arrastrando los pies magullados. Se detiene ante el *schout* y lo mira a los ojos. Nella se pone en pie entre las sombras y alza un brazo.

—Estoy aquí —musita, pero su marido sigue concentrado en el rostro de Slabbaert y ella no se ve capaz de hablar más fuerte para vencer el miedo que la invade.

—Lo han descubierto —dice el *schout*—. El delito de sodomía pretende destruir la virtud y la integridad de nuestra sociedad. Está usted tan henchido de engreimiento y de riqueza que se ha olvidado de su Dios. Alguien oyó y contempló su deseo, pero también su pecado.

Da una vuelta al recuadro central. Johannes coloca las manos a la espalda. Algo surge dentro de Nella, que se asfixia al intentar reprimirlo.

—La muerte nos llega a todos —proclama Slabbaert—. Es lo único seguro que hay en esta vida.

«No —piensa Nella—. No, no, no.»

—Por el inmundo delito que ha cometido, debe saberse que hoy, nueve de enero de 1687, yo, Pieter Slabbaert, *schout* de Ámsterdam, y estos seis miembros del *schepenbank* de la ciudad declaramos a Johannes Matteus Brandt culpable de la acusación de agresión sodomítica a Jack Philips, culpable de asalto y subsiguientemente de intento de soborno. En consecuencia, decreto que su justo castigo es que se le ate un peso al cuello y se lo ahogue en el mar este domingo al atardecer. Que el nuevo bautismo de Johannes Brandt sirva de advertencia para todos ustedes. Y que Dios se apiade de su alma pecadora.

Hay un momento, un instante de lo más fugaz, en que la sala se aleja del alcance de Nella. Liberada de su cuerpo, de su mente, forcejea con el aire para tratar de impedir que su mundo se desintegre. Luego, cuando Johannes se desploma, el dolor que la joven trataba de mantener a raya la anega. La sala se llena de ruidos estridentes que la abruman, que la hunden. Trata de oponer resistencia, de abrirse camino entre la gente del pasillo, con la sola idea de salir de allí antes de desmayarse. Ya levantan a Johannes, se lo llevan a rastras, sus pies se separan de las losas del suelo.

—Johannes —lo llama—. ¡Iré por ti!

—No —dice una voz.

Está segura de haberla oído. Es una voz de mujer y procede de lo alto de los escalones de la tribuna. Se da la vuelta y busca a ciegas a su propietaria. Y entonces la ve; un movimiento repentino, el inconfundible fogonazo de una melena rubísima.

Hijas

Su sangre canta notas tan agudas que le parecen imposibles, y Nella huye de la Stadhuis. Nunca había corrido tan deprisa, ni siquiera cuando era niña y perseguía a Carel o a Arabella por el bosque, por el campo. La gente se vuelve para mirarla, una joven enloquecida, boquiabierta, a la que se le saltan las lágrimas... Por el viento, suponen. «¿Dónde está? ¿Dónde se ha metido?», se pregunta. Los burgomaestres aún no la han atrapado. No había ni rastro de ella cuando ha bajado a trompicones los escalones de la tribuna, así que ha echado a correr Heiligeweg arriba hasta llegar a la Kalverstraat. Nella, siempre ágil, se impulsa con una fuerza que la hace volar.

No obstante, al alcanzar la casa de la miniaturista se detiene en seco.

La puerta sigue allí, pero el signo del sol ha desaparecido. Alguien ha martilleado toscamente los ladrillos para destruir los rayos del astro celestial, y el lema también está medio borrado. Sólo queda «por un juguete». Sobre el escalón de entrada se acumula el polvo de los ladrillos en unos montoncitos. Han dejado la puerta entornada.

Por fin, justo hoy, Nella puede entrar. Mira a un lado y otro de la calle. El lanero de enfrente no aparece por ninguna parte. «Que me metan en la Spinhuis por allanamiento de morada —decide—. Que me ahoguen a mí también.»

Nella empuja la puerta y penetra en una habitacioncilla. Se sorprende al verla tan vacía, con los tablones del suelo sucios y arañados, y estantes desiertos en paredes desnudas. ¡Cómo le gustaría a Cornelia meter mano en esa casa con su vinagre y su cera de abeja! Se diría que jamás ha estado habitada.

Hay otro cuarto al fondo, pero también carece de vida. Nella asciende en silencio por una escalera de madera, pensando que sus costillas apenas podrán contener unos pulmones tan agitados.

Cuando llega al primer piso se le corta la respiración. Alguien ha construido un amplio banco de carpintero que va pegado a las cuatro paredes. Es otra habitación cuadrada, con el suelo polvoriento y las ventanas manchadas por churretes de lluvia. Pero encima del banco hay todo un mundo.

Ve muebles diminutos por terminar desperdigados por un lado. Sillas y mesas, camas y cunas, incluso un féretro, cómodas, marcos de cuadros, todo de roble, fresno, caoba y haya, todo a medio serrar, abandonado. Con esas piezas se podrían amueblar diez, veinte casas de muñecas, hay reservas para toda una vida. En la chimenea ennegrecida ve minúsculos cazos de cobre e imperfectos platillos de peltre, derramados como monedas extranjeras, y los brazos de un candelero diminuto se extienden como zarcillos.

Y luego los muñecos. Hileras e hileras de figuritas: ancianos, jovencitas, sacerdotes y milicianos, una vendedora de arenques, un muchacho con los ojos vendados... ¿Y ése es Arnoud Maakvrede, con su delantal y su cara redonda y colorada? A algunos les falta la cabeza, a otros las piernas, unos tienen la cara por dibujar y otros el pelo cuidadosamente rizado, con sombreritos del tamaño de la cabeza de una polilla.

Con dedos estremecidos, Nella rebusca en la ciudad de Ámsterdam un nuevo Johannes, una última y remota esperanza de que sobreviva. «Este domingo al atardecer»: esas cuatro palabras le dan vueltas por la cabeza como una maldición sin fin. Divisa a un recién nacido, de la misma longitud que la uña de su pulgar, acurrucado, con los ojos cerrados y una sonrisita en la cara.

Y entonces se le escapa un grito. Ante ella hay una casa en miniatura, tan pequeña que le cabe en la palma de la mano. Es la suya: con nueve habitaciones y cinco figuras humanas talladas en el interior de la estructura de madera, compleja y detallada. Cada compartimento contiene una miniatura de las miniaturas que le mandó la artesana: las sillas verdes, el laúd, la cuna. Perpleja, cierra la mano con su vida entera dentro.

Se la mete en el bolsillo del abrigo junto con el recién nacido, y tras vacilar unos instantes se lleva también a Arnoud. Los vestigios de la superstición de Cornelia con respecto a los ídolos son pertinaces, pero Nella aferra las piezas con fuerza, desesperada por hallar algo de consuelo en ausencia de una miniatura de Johannes.

A su izquierda, en un montoncito ordenado, sujetas con una pinza, hay unas cuantas cartas. Las agarra con las manos aún trémulas y empieza a ojearlas. Una: «Por favor. He venido a verlo varias veces, pero nunca me responde.» Otra: «He recibido su miniatura. ¿Insinúa que no debería casarme con él?» Otra: «Mi marido amenaza con poner fin a todo esto, pero yo no podría seguir viviendo.» Otra: «Ha enviado un gato a mi hija de doce años; le ruego que se abstenga de mandarnos nada más.» Otra: «Gracias. Lleva diez años muerto y lo echo de menos a diario.» Otra: «¿Cómo lo ha sabido? Siento que la locura se apodera de mí.» Algunas son simples listas: «Dos cachorros, en blanco y negro, pero uno tiene que ser enano. Un espejo en el que se vea un rostro hermoso.»

Nella rebusca hasta dar con una de las suyas. Es la primera, escrita en octubre del año pasado, al poco tiempo de llegar, cuando Marin removía el limo y todavía no podía considerar a Cornelia como una amiga. Escribió: «He llegado a la conclusión de que está especializado en el arte de los objetos pequeños.» Le parece que fue hace una eternidad.

«Todo este tiempo —piensa— me ha vigilado y protegido, me ha enseñado y provocado.» Nunca se había sentido tan vulnerable. Y ahí está, oculta entre muchas otras mujeres de Ámsterdam, entre sus miedos secretos y sus esperanzas. No es distinta de las otras. Ella es Agnes Meermans. Es la niña de doce años. Es la mujer que echará de menos a su marido a diario. «Somos legión las mujeres esclavas de la miniaturista —piensa—. Creía que me robaba la vida, pero en realidad abrió sus compartimentos y me permitió ver lo que había dentro.»

Se seca los ojos y encuentra todas sus cartas, incluida la larga misiva que perdió el día que se presentó Jack en casa, donde le pedía el juego de mesa. Sigue adjunta al pagaré por quinientos florines. «Espero que con este aceite se lubriquen las testarudas bisagras de la puerta de su casa», le dijo, pero la miniaturista no lo cobró. Ni siquiera había aceptado su dinero.

«Debía de estar vigilándome aquel día en la Iglesia Vieja —concluye Nella—, cuando Otto fue a rezar y Agnes me agarró de la manga. Sin duda la única forma que tenía de saber que quería un tablero de *verkeerspel* era acercarse con sigilo y meterme la mano en el bolsillo. Dicen que en Ámsterdam alguien vigila siempre a los vigilantes, incluso a los que no ven.»

Sin embargo, todo eso hace pensar mucho en la espía de Cornelia y poco en la profetisa de Nella. Olfatea las hojas, como si quisiera aprehender el aroma de la miniaturista, a pino noruego, quizá, o la fragancia refrescante de la menta junto a un lago, pero sólo huelen a papel seco y, vagamente, al cuarto de la propia Nella. La destinataria era la miniaturista y, de algún modo, llegaron a sus manos.

En los márgenes de sus cartas hay anotaciones. «Periquito: verde. Marido: sí, Johannes Brandt. Lucha para salir a flote. Muchas puertas sin llave y más de una exploradora. La perra. La hermana, el criado. Mapas que no pueden abarcar su mundo. Una búsqueda constante, un tulipán plantado en mi terruño que no tendrá sitio para crecer. No vuelvas. Soledad. Habla con el muchacho inglés. Hay que conseguir que vea.»

«Un tulipán plantado en mi terruño», repite Nella.

De repente oye en el piso de abajo a alguien que cierra la puerta de la calle y anda con paso firme, con botas pesadas. Nella busca con desespero un escondrijo y se mete a toda prisa en la habitación trasera del piso superior. Lo único que hay allí es una cama sin hacer, estrecha. Se arrastra debajo y aguarda.

—¿Estás arriba? —pregunta una voz. Es de hombre, tenue y ligeramente quejumbrosa. Los oídos de Nella detectan algo raro, no es de esta ciudad—. He tenido que venir. Han sido demasiadas cartas. Te advertí una y otra vez que no lo hicieras.

El hombre espera y Nella también. El polvo del suelo se le mete en la nariz y, sin poder evitarlo, estornuda. El ruido de las botas aumenta. Está subiendo por la escalera de madera. Recorre el taller, chasqueando la lengua a medida que va cogiendo y soltando objetos, murmurando mientras rebusca entre las piezas artesanales de la miniaturista.

—Menudo talento —lo oye decir la muchacha—. Menudo desperdicio.

Se detiene. Nella se queda paralizada, apenas respira.

—Petronella, ¿por qué te has escondido debajo de la cama? —pregunta desde el otro cuarto.

Ella no se mueve. Un escalofrío trepa por su cuerpo, la sangre le martillea la cabeza. Se le estrecha la garganta y nota los ojos calientes. «¿Cómo sabe mi nombre?»

—Te veo los pies —prosigue el individuo—. Vamos, niña. No tenemos tiempo para estas cosas. —Con ese último comentario se ríe entre dientes. Nella tiene la impresión de que va a vomitar de miedo—. Vamos, Petronella. Tenemos que hablar de todas las cosas extrañas que te han sucedido.

Su voz no carece de cordialidad. A pesar de que Nella preferiría pasar el resto de ese día aciago acurrucada debajo de la cama desaseada de la miniaturista, antes que enfrentarse al mundo, la invitación, hecha con tanta delicadeza, tan tentadora, la empuja a salir de su escondrijo.

Al ver al anciano que tiene delante, se le escapa un grito de sorpresa. Es tan bajito que le da la impresión de que le dobla la altura.

—¿Quién es usted? —pregunta.

Los ojos legañosos del desconocido se abren mucho y da un paso atrás. Una borla solitaria de pelo cano corona su cabeza cual ocurrencia tardía.

—Pero usted no es Petronella —afirma, desconcertado.

—¡Claro que sí! —exclama ella, cada vez más atemorizada. «Eres Petronella. Por supuesto que eres Petronella», se dice. Y tratando de imponer su autoridad, repite—: ¿Quién es usted?

—Soy Lucas Windelbreke —contesta el anciano, mirándola con recelo, y Nella se deja caer en la cama—. Se ha marchado —añade, escrutando los rincones de la habitación—. Estoy seguro.

—¿La miniaturista?

—Petronella.

Nella niega con la cabeza, como si quisiera expulsar su propio nombre de sus oídos.

—¿Petronella? Perdone, ¿la mujer que vivía aquí se llamaba Petronella?

—En efecto, señora. En nuestra lengua. ¿Es un nombre muy inusual?

Nella comprende que no: su propia madre se llama como ella, y Agnes hizo el mismo comentario en el banquete de los plateros.

—Pero ella es noruega —recuerda, haciendo un esfuerzo para controlar su confusión—. Es de Bergen.

El rostro de Lucas Windelbreke se ensombrece.

—Su madre era de allí. Petronella creció conmigo en Brujas.

—Pero ¿por qué?

—¿Por qué? —repite Windelbreke, mirando entristecido el cuarto—. Porque Petronella es mi hija.

Nella ha oído esa última palabra, pero no tiene sentido. Parece imposible que alguien llame así a la miniaturista, de un modo que le trae recuerdos de Assendelft, de una madre, de una extraña seguridad, del consuelo de la debilidad humana.

—No me lo creo —replica—. Es la miniaturista, no se...

—Todos tenemos que venir de algún lado, señora. ¿Creía que había nacido de un huevo?

La pregunta la impresiona. Está convencida de haberla oído antes.

—La familia de su madre no quiso quedársela...

—¿Por qué no?

Windelbreke no contesta y mira hacia otro lado.

—Le mandé una carta, caballero —dice, mareada, y se sienta en la cama.

—En ese caso, fue una de muchas.

Nella mira de reojo hacia el montón de misivas visible encima del banco de carpintero, en la otra habitación.

—Su hija empezaba a asustarme —explica—. Pero no me contestó, y usted tampoco. Quería saber por qué me enviaba esos objetos.

—Para ser sincero, señora, hace años que no la veo. —Carraspea y se toca la borla de pelo, antes de darse unas palmaditas en el cráneo como si quisiera contener el sufrimiento que se agita para salir a la superficie—. No dejaban de llegar cartas. Y luego me enteré de que había puesto un anuncio en «La Lista de Smit». «Todo y, sin embargo, nada.»

—Pero...

—Me cuesta creer que Petronella tratara de asustarla.

Nella piensa en Agnes, en sus uñas mordidas, en su comportamiento extraño, ausente.

—Me parece que asustó a mucha gente, caballero —replica, y él frunce el ceño.

—Mi hija siente una gran pasión por el mundo, señora, pero lo reconozco: con frecuencia desdeña la forma en que el mundo se presenta ante ella. Siempre decía que había algo fuera de su alcance. Lo llamaba «la eternidad fugaz». —Se sienta en el borde de la cama y los pies no le llegan al suelo—. ¡Ojalá hubiera sido feliz con los relojes! Pero desde pequeña deseó vivir fuera de los límites del tiempo medido. Siempre díscola, siempre curiosa. Se burlaba de la gente que se aferra a sus relojes, que quiere tenerlo todo ordenado. Mi trabajo era demasiado limitado para ella; no obstante, las creaciones que confeccionaba en mi taller casi nunca se vendían. Eran extraordinarias, lo reconozco, pero yo me mostraba reacio a ponerles mi nombre y venderlas como mías.

—¿Y eso por qué?

—¡Porque no daban la hora! —contesta él con una sonrisa—. Medían otras cosas, cosas que la gente no quería recordar. La mortalidad, un desamor. La ignorancia y la locura. Donde tendrían que haber estado los números pintaba las caras de los clientes, les enviaba mensajes que surgían con resortes de los relojes cuando la manecilla llegaba a las doce. Tuve que rogarle que no siguiera. Decía que lo hacía porque veía el alma de esa gente, su tiempo interior, un lugar que no tenía en cuenta ni horas ni minutos. Era como domar a un felino.

—¿Usted creía que veía de verdad el alma de la gente? —pregunta Nella—. Daba la impresión de que sabía muchas de las cosas que iban a sucederme.

Windelbreke se frota el mentón.

—No me diga. —Contempla el taller de su hija—. Es usted tan categórica como todas esas mujeres que me escribieron. Parece muy dispuesta a ceder el dominio de sí misma.

—¡No! En todo caso, la miniaturista me ha ayudado a recuperarlo.

Se queda en silencio ante la verdad de esas palabras, ante su protesta. Windelbreke se encoge de hombros.

—Le devolvió lo que ya era suyo. —Sonríe y, con su timidez, parece satisfecho—. Sólo puedo decirle una cosa, señora. Mi hija estaba convencida de que sus actos tenían un propósito, pero yo traté de inculcarle que su don de observación tenía sus límites. Los demás debían decidir si querían ver lo que veía ella, o todo sería inútil. Si no le contestó, tal vez creyese que usted comprendería, que vería lo que trataba de decirle.

—Pero es que no lo comprendo —contesta Nella, a punto de llorar.

—Yo no estoy tan seguro.

La muchacha se queda mirando las líneas de sus propias manos, que se escapan de la piel para llevarla a lugares que no logra ver. Aprieta los puños con fuerza para enrollar esos mapas de sí misma.

—Puede que tenga razón —reconoce.

Windelbreke la pone nerviosa con sus perspicaces preguntas. Quiere regresar corriendo a casa, al Herengracht, para reunirse con Marin, con Cornelia y con Thea, para sentarse junto a *Dhana* y acariciarle las orejas. Pero le preguntarán por Johannes y tendrá que contárselo. «Este domingo al atardecer.» No sabe si tiene fuerzas.

—Ignoro qué habrá hecho todos estos años, qué extrañas habilidades ha adquirido ni qué compañías ha frecuentado —asegura Lucas Windelbreke—. Mi hija es la persona más inteligente que he conocido. Si la ve, señora, haga el favor de decirle que vuelva a casa.

~ ~ ~

Nella deja a Windelbreke, concentrado en su hija desaparecida, recogiendo pausadamente sus hermosas obras de artesanía en una serie de cajas.

—No puedo quedarme aquí, pero me niego a tirar todo esto. Es posible que venga a Brujas a recogerlo —dice, y casi parece convencido.

La joven piensa en las mujeres de todo Ámsterdam que aguardan el próximo paquete. Algunas turbadas, muchas esperanzadas, otras con la mirada vidriosa de quienes no pueden vivir sin algo más en lo que apoyarse, sin la miniaturista y su esquivo don. Se quedarán a la espera de la felicidad. Cuando no llegue nada (cuando dejen de recibir más piezas, como le pasó a ella), ¿qué harán? Esas mujeres le mandaron sus cartas y, a cambio, la otra Petronella les entregó la divisa de sí mismas. Son dueñas de su propio valor y pueden escoger entre el regateo, el acopio y el gasto.

Nella camina por la Kalverstraat sin prestar atención a las llamadas de los tenderos. «Este domingo al atardecer.» «¿Cómo voy a contárselo? —se pregunta—. ¿Cómo voy a decirles que a Johannes van a atarle una piedra al cuello y van a echarlo al mar?»

Aturdida, sigue recorriendo las calles hasta la Curva de Oro. Ve a Cornelia en la puerta, esperando, y en ese momento las noticias de Johannes y el secreto de Lucas Windelbreke y la miniaturista se le deshacen en la garganta. La criada está pálida, acongojada. Parece muy envejecida.

—Hemos hecho algo mal —es todo lo que dice—. Lo hemos hecho mal.

Una puerta se cierra

El tiempo, en esos casos, no es fácil de medir. Nella surca los recuerdos más recientes: ha dejado a Marin despierta, ha ido corriendo a la Stadhuis y luego a la Kalverstraat, en busca de una salvación que no iba a llegar. Todas esas cosas en un mismo día, aunque es como si la sentencia de Slabbaert y las revelaciones de Windelbreke hubieran sucedido el año pasado. Marin se ha tragado el tiempo, y en el mapa de su piel blanquecina Nella no encuentra ninguna pista que le diga cuándo se ha hundido ni cómo ha desaparecido.

La astucia de Marin ha perdurado hasta el final y le ha permitido marcharse sin ser vista. Su espíritu se ha escapado entre los dedos de quienes la cuidaban. Hasta en su último suspiro se ha zafado; se ha guardado para sí el momento de su muerte.

—¡No! —exclama Nella, sin poder respirar—. No. Marin, ¿me oyes?

Pero sabe muy bien que ya no está. Pegadas al lecho, Cornelia y ella le tocan la cara. La cubre una película de humedad, como si se hubiera expuesto a la lluvia.

Temblorosa, la criada recoge el legado solitario de Marin de su pecho inerte. Sostiene el cráneo diminuto de Thea con toda la mano abierta para levantarla. La ha envuelto en tantas capas de algodón que sólo asoma la carita. Las dos muchachas se quedan junto a la cama; la conmoción las tiene todavía a las órdenes de Marin.

—No es posible —musita Nella.

—No he podido hacer nada —dice una voz en la puerta.

Nella se sobresalta y se da la vuelta aterrada para encontrarse a una mujer corpulenta que se les acerca arremangada. Tiene la constitución de una vaquera de Assendelft.

—¿Quién...?

—Lysbeth Timmers —la interrumpe la recién llegada—. Su criada me ha encontrado en «La Lista de Smit». Deberían sacar a la niña de aquí de inmediato.

—Era la que estaba más cerca —explica Cornelia a su señora, con la voz ronca, aferrando a Thea—. Usted me lo ordenó.

Nella, incapaz de apartar los ojos de Lysbeth Timmers, protege el cadáver de su cuñada de la intensa mirada de la desconocida. En ese extraño momento de calma se da cuenta de lo irresponsable que ha sido al mandar a Cornelia que abriera sus puertas de par en par y expusiera sus secretos. Como un zorro en un corral, Lysbeth se queda quieta con los brazos en jarras.

—Es ama de cría —añade Cornelia con un hilo de voz—, pero no aprobó el examen de comadrona.

—He dado a luz a cuatro hijos propios —apunta sosegadamente Lysbeth, que la ha oído.

Se les acerca a grandes zancadas y arranca a Thea de los brazos de Cornelia.

—¡No! —chilla ésta mientras el ama de cría se lleva a la niña hasta el umbral y se sienta en una silla.

La examina por delante y por detrás, como si fuera una verdura sospechosa en un mercado. Tras pasarle los dedos enrojecidos por el gorrito, muy ajustado, sin más preámbulos se baja el corsé, que ya llevaba flojo, y la blusa. Acerca a la criatura al pezón rosa oscuro y la alimenta.

—No lo han hecho bien —observa.

—¿A qué se refiere? —pregunta la criada, con un pánico inexplicable, según aprecia Nella.

—Mira que envolverla de este modo... —dice Lysbeth.

Agotada, Nella enfurece:

—No le pagamos por criticar, señora Timmers.

—Mire. —Lysbeth parece imperturbable—. A esta edad las extremidades son de cera. Si se las vendan mal, cuando cumpla el año tendrá la columna desviada y las piernas torcidas.

Aparta a Thea del pecho y empieza a desenvolverla como si fuera un paquete. Al cabo de un segundo ya le ha quitado el gorrito.

Cornelia da un paso al frente, tensa, atenta.

—¿Qué sucede? —pregunta Nella.

Con las prisas por irse a la Stadhuis, a primera hora apenas ha mirado a la niña, pero de repente recuerda la inquietud de Cornelia. No parece posible. No puede ser cierto. Ve con sus propios ojos lo que la perpleja criada trataba de decirle anoche tras el parto.

La piel lavada de Thea, con su mata de pelo negro, muy oscuro para una niña holandesa, es del color de una nuez confitada. Ha abierto los ojos y sus iris son pequeñas charcas de noche. Nella se acerca; no puede desviar la vista.

—Thea —musita Cornelia—. Ay, Toot.

Como si la hubiera entendido, la hija de Otto se vuelve hacia ella y le ofrece una mirada de recién nacida, un mundo exclusivamente propio.

Lysbeth mira a Nella y espera que hable primero. Mientras se espesa el silencio en la habitación, las palabras de Marin empiezan a arremolinarse en la cabeza de su cuñada: «Este niño no será útil en absoluto», «Si sobrevive, este niño estará manchado». Sin duda, Lysbeth oye el repiqueteo de su corazón. A su lado, Cornelia está paralizada.

—Recibirá una buena recompensa... por toda su ayuda. Un florín diario —logra decir Nella, con una vibración en la voz que desvela su asombro ante lo que ve, un rostro en otro, un secreto que sale a la superficie. «Por detrás y por delante, te quiero.»

Lysbeth hincha las mejillas, pensativa, y una mano basta da leves palmaditas al pelo negro de Thea; observa los cuadros, el reloj de péndulo, el aguamanil de plata. Sus ojos se dirigen a la enorme casa de muñecas que contiene sus vidas en miniatura, tan opulenta en apariencia, tan superflua, y Nella se avergüenza.

—No lo dudo, señora —afirma por fin Lysbeth—. Cobraré cuatro florines al día.

Nella sigue demasiado aturdida para decir gran cosa, pero lleva ya bastante tiempo en Ámsterdam y sabe que el regateo empieza desde la primera respiración. En líneas generales, es un alivio que Lysbeth parezca más interesada por su dinero que por sus secretos, aunque quizá esté disfrutando demasiado de su suerte repentina. «Me niego a estar en deuda con nadie», piensa. Parece que la comadrona se percata del caos que late bajo la superficie, pero por desgracia también sabe su precio.

Quizá tenía razón Johannes, e incluso las cosas abstractas como el silencio pueden negociarse como se negocian una pata de ciervo, un par de faisanes o un buen pedazo de queso. Nella recuerda el cofre de florines de su marido, cada vez más vacío. «Tienes que ir a ver a Hanna —dispone—, hay que vender todo ese azúcar.» Pero ¿cuándo? Las cosas han empezado a desbordarse, como pronosticó Otto.

—Dos florines al día, señora.

Lysbeth Timmers arruga la nariz.

—Teniendo en cuenta la peculiaridad de las circunstancias, estoy segura de que lo entenderá: tres.

«Estuve a punto de decirle a Frans Meermans que Marin había tenido un hijo suyo», piensa Nella, y algo se contrae en su interior al imaginarse lo que podría haber pasado si su enemigo también hubiera conocido ese secreto.

—De acuerdo, señora Timmers —contesta—. Tres florines al día. Por toda su colaboración.

Lysbeth asiente, satisfecha.

—Puede confiar en mí —asegura—. Con los burgomaestres no se me ha perdido nada.

—No tengo ni idea de a qué se refiere, señora Timmers.

—¿Así que ésas tenemos? —Lysbeth sonríe de oreja a oreja—. Muy bien. Para mí, un padre es un padre. Da igual. La niña es preciosa, no se equivoque.

—No me equivoco —repite Nella, tratando de mantener a raya su turbación.

«¿Lo sabrá Otto? —se pregunta—. ¿Llegaría a decírselo Marin? ¿Huyó por eso?» Cornelia está a punto de desmayarse y Nella se plantea si sospechaba esa extraordinaria verdad. Con qué entusiasmo le contó la historia de Marin y Frans Meermans, cómo alardeó de sus credenciales como reina de las cerraduras. Otto era su amigo, su igual en la casa. Ha perdido la corona.

—Les gusta, ¿sabe usted? —comenta Lysbeth.

—¿Se puede saber de qué está hablando? —pregunta Cornelia de malos modos.

—De la ropita muy apretada —responde Lysbeth secamente, rechazando la provocación—. Les recuerda al vientre de su madre.

El sufrimiento y la confusión se extienden por el rostro de Cornelia. Cuando Nella piensa en Johannes en la Stadhuis y en la condena que ha recibido, se da cuenta de que contar otra verdad más a la criada será una labor casi imposible.

En el cuarto de Marin, entre semillas y plumas, Lysbeth hace una demostración del orden correcto de las vendas que han de envolver a Thea, dócil y adormilada. Luego vuelve a darle el pecho y la niña se despierta y se aferra como si le fuera la vida en ello, con tal determinación que Nella recuerda a su cuñada cuando estudiaba el libro de contabilidad o uno de los mapas de Johannes. Permanece allí, contemplando ese enigma maravilloso, el brillo de tofe y de melocotón de la piel de Thea, que sorbe un poquito y enrosca los dedos en un puño. El dibujo de su rostro de recién nacida es deudor de su padre, sin duda, pero todavía es pronto para saber exactamente en qué medida se parecerá a uno o a otra.

Cornelia, que se mueve como en un sueño, empieza a encender quemadores de aceite por toda la casa para mantener a raya el olor a muerto, y da la vuelta a todos los espejos de las paredes con el fin de asegurarse de que el espíritu de su señora encuentre el camino del cielo. No quieren que Marin se quede atascada en la chimenea, sino que su alma vuele entre las nubes por encima de los tejados de Ámsterdam.

Lysbeth les dice que van a tener que trasladar pronto el cadáver de Marin. A Thea no le conviene el aire enrarecido.

—Póngale una sábana normal y corriente por encima, señora.

—¿«Una sábana normal y corriente»? —dice Nella—. Marin se merece el mejor damasco.

—Seguramente habría preferido una corriente —apunta la vocecilla de Cornelia.

Cuando la niña se duerme, Lysbeth cobra sus tres florines y se los guarda en el bolsillo del delantal.

—Avísenme cuando se despierte. No vivo lejos.

Cuando ya sale, por la puerta de la cocina (la principal no se abre para Lysbeth Timmers, insiste Nella, por muy bien que se le pague), se detiene de nuevo y se vuelve hacia su nueva patrona.

—¿Qué es eso que tiene ahí arriba? —pregunta—. Ese armario enorme del rincón. En la vida había visto una cosa así.

—No es nada —responde Nella—. Un juguete.

—Menudo juguete.

—Señora Timmers...

—Tiene que bautizar a la criatura. Dese prisa, señora. Estos primeros días son peligrosos.

Nella está a punto de llorar. Piensa en las últimas palabras de Slabbaert: «Que el nuevo bautismo de Johannes Brandt sirva de advertencia para todos ustedes.»

El ama de cría la mira con una mezcla de lástima e impaciencia.

—Y no le quiten el gorrito, señora —recomienda en voz baja—. Ha salido con un pelo precioso, creo yo, pero la pobre niña tiene que vivir en estas calles.

Al oírla, Nella se pregunta si eso va a ser posible. Pero Cornelia jamás aceptará deshacerse de ella.

La criada se ha acurrucado junto a la cuna. Está blanca como el papel, ausente. Se ha marchitado, y Nella recuerda su primer encuentro en el vestíbulo, su petulancia, la seguridad con que miró de arriba abajo a la recién llegada. No parece posible que sea la misma.

—Lo he intentado, señora —asegura.

—Has hecho todo lo que estaba en tu mano.

Nella calla y escucha la casa. En el jardín, un amasijo de sábanas rígidas y amarronadas arde y desprende ligeros copos, fibras de algodón carbonizadas que flotan en el cielo. Desde la ventana del vestíbulo, entre las llamas, reconoce el cuadrado bordado de un cojín, un vistoso nido rodeado de follaje. «Cornelia ha exagerado con los bordados.» En todo momento, la voz de Marin.

—Vamos a quedarnos a Thea, ¿verdad, señora? —susurra Cornelia—. ¿Dónde va a estar mejor que aquí?

—Ya estamos sobornando a alguien que no conocemos para ocultar nuestro último secreto. ¿Cuándo acabará esto? —pregunta Nella.

Y su propia voz le contesta por dentro: «Cuando ya no quede dinero.»

—Moriría antes de permitir que le pasara algo a esta niña.

La mirada de la criada es furibunda.

—Cornelia, aunque haya que sacarla de aquí para llevarla a Assendelft, te prometo que no se la entregaremos a nadie.

Ahora es Assendelft lo que parece tan lejano como Batavia, no Ámsterdam, como dijo una vez Agnes. Nella vuelve a oír a Marin, con una voz diáfana y los ojos grises cargados de desprecio: «En el campo no hay nada que hacer.»

La criada asiente.

—Cuando salga puede llevar el pelo tapado, y en casa se lo soltamos.

—Cornelia...

—Y habrá que informar al pastor Pellicorne del fallecimiento de la señora Marin. No podemos enterrarla en cualquier parte. No quiero que acabe en San Antonio. Está demasiado lejos. La quiero aquí, dentro de las murallas...

—Voy a traerte algo de comer —propone Nella, que percibe su histeria creciente—. ¿Queso y una rebanada de pan?

—No tengo hambre —contesta Cornelia, y se levanta de un brinco—. Pero hay que preparar algo y llevárselo al señor.

Nella se queda quieta, extenuada ante el nerviosismo de la criada, incapaz de encontrar las palabras con las que contarle lo que ha sucedido esa mañana en la Stadhuis. Anhela ver a Johannes, pero tienen que ocuparse de Marin, a primera hora, después de dormir un poco. Hoy es jueves. Este domingo al atardecer, Cornelia, Thea y ella misma empezarán a caer en picado, con Lysbeth Timmers agarrada de la falda. En esa ciudad, segar una vida parece igual de fácil que levantar una ficha en un tablero de *verkeerspel*.

Puede que nunca haya habido un niño así en todo Ámsterdam. Están los judíos sefardíes, por supuesto, los muchachos de piel morena de ambos sexos, procedentes de Lisboa, y los mulatos traídos por los mercaderes portugueses, que aguardan ante la sinagoga del Houtgracht y reservan los asientos para sus señoras. Están los armenios que huyen de los turcos otomanos, y a saber qué pasa en las Indias, pero en Ámsterdam la gente no se mezcla: cada uno con los suyos. Por eso siempre se quedaban mirando a Otto. Y, sin embargo, he aquí una auténtica fusión de los contrarios de la república, nacida no a centenares de millas de distancia, sino en los pliegues secretos de la madre patria, en la parte más acaudalada de la Curva de Oro. La singularidad de Thea es aún más escandalosa que la de su padre en estas calles adoquinadas y estos canales.

«Por detrás y por delante, te quiero.» Otto y Toot, el círculo completo, la nota y la niña que dejó atrás conservan su reflejo. Nella recuerda los susurros nocturnos, las puertas que se cerraban, la cara inexpresiva de Cornelia cuando por la mañana le preguntaba si se había acostado tarde. Marin, con lágrimas en los ojos en la Iglesia Vieja. Otto, espantado, unas semanas después en el mismo lugar. ¿Se lo habría dicho ya ella?

Lo único que Nella quizá llegue a comprender de la historia de Otto y Marin es Thea, que a su vez será en cambio un secreto para sí misma; su madre muerta y su padre desaparecido. Nella piensa en otra madre, en Bergen, y en otra niña frustrada que creció en Brujas con un padre mayor. ¿Por qué tuvo que llevarse Windelbreke a la miniaturista? «La falta de sueño me hace delirar», concluye Nella, y trata de hacer memoria, de recordar detalles que se le pasaron por alto sobre el amor de Otto y Marin, o sobre la otra Petronella. No puede estar segura de si el nuevo día facilitará la comprensión de alguna de esas cosas.

Cornelia contempla la carita de Thea.

—Quería que fuera del señor Meermans —asegura, en voz baja—. Quería que fuera el padre.

—¿Por qué?

Pero Cornelia no contesta; hasta ahí llega su confesión. Parecía muy convencida de la identidad del amor secreto de Marin, con los regalos de lechones salados y los celos de Agnes. «Tendría que haber dado más trabajo a Cornelia», se lamentó Marin, recordando su tendencia a adornar las historias. La mirada de Meermans siempre se posaba en ella, que en cambio nunca dio indicio alguno de interés por él. ¿Y qué contestaba si le preguntaban por ese idilio? Cuando Nella le dijo que iba a tener un hijo de Frans, su respuesta fue: «He arrebatado cosas a Johannes sin estar en mi derecho.» Marin *la Enigmática*, como siempre, viviendo en las sombras entre la mentira y la verdad.

—Quiero que todo sea como antes —dice la criada.

—Cornelia, tengo que hablarte de Johannes —empieza Nella con calma, tomándola de la mano.

Es consciente de que rebrota en ella el dolor, como una rosa agarrotada cuyos pétalos se caen demasiado pronto. Con los ojos bien abiertos, tranquila, Cornelia se sienta en la cama.

—Cuéntemelo —pide, sin soltarla.

Nella tiene la impresión de que las paredes van a venirse abajo por la fuerza de las lágrimas de Cornelia. Thea se despierta, por descontado, y Nella levanta a la llorosa recién nacida de su nube de algodón. Es un ser fascinante, como una nota negra envuelta en un pentagrama bien blanco, unos pulmoncitos que gritan con todas sus fuerzas.

—¿Por qué nos ha castigado Dios, señora? ¿Lo tendría previsto desde el principio?

—No lo sé. Quizá él planteó la pregunta, pero nosotras somos la respuesta, Cornelia. Tenemos que aguantar. Por el bien de Thea, no hay más remedio que salir de ésta.

—Pero ¿cómo? ¿De qué vamos a vivir? —pregunta la criada, y hunde la cara en el hombro de Nella.

—Ve a buscar a Lysbeth. La niña tiene hambre.

Calmada por la necesidad de calmar a alguien, Cornelia calla ante el barullo de Thea. Con la cara llena de manchas, abotargada, deja a su señora en la cama y a la criatura berreando en sus brazos. Nella se tumba con la niña y se le clava algo en la parte superior de la espalda. Cuando mete la mano debajo de la almohada, sus dedos encuentran un objeto pequeño y duro.

—Otto —dice con un hilo de voz, mirando su figurita, con su hija en el pliegue del otro brazo.

Ni se había dado cuenta de que había desaparecido de la casa de muñecas. ¿Dormía Marin allí, noche tras noche, con su amante escondido debajo del cuerpo, un consuelo que no sirvió para hacerlo volver?

—¿Dónde estás? —pregunta en voz alta, como si sus palabras pudieran cumplir el propósito de hacerlo regresar, en el que con tanto estrépito falló el muñeco.

Thea sigue llorando, pidiendo leche, ruidoso querubín de un mundo nuevo. «Esta niña tiene un principio, del mismo modo que Johannes y Marin se han topado con un final.»

En voz baja, entre el caos de su sobrina, Nella reza una oración muy particular. En Assendelft, cuando la muerte de su padre los dejó sin nada, Carel escribió un mensaje para Dios, desafiante e infantil en el buen sentido de ambas palabras. En ese momento, su hermana lo recuerda; lleva las palabras grabadas a fuego en el corazón. Lo musita ante la orejita de Thea, esa pequeña caracola. Es una petición de consuelo, un deseo de resurrección. Una esperanza inagotable.

Cuartos vacíos

Lysbeth Timmers duerme en la cocina. A la mañana siguiente, viernes, tiene la cara empapada por el aire cargado de humedad.

—El cadáver de la señora —dice—. Necesitarán ayuda.

Nella siente un arrebato de gratitud. Oye mentalmente la voz de Johannes, enfrentándose a su hermana: «Marin, ¿crees que esta casa funciona por arte de magia?» Y piensa: «Por arte de magia no, pero sí gracias a gente como Cornelia y Lysbeth Timmers.»

La criada, cuyos dedos apenas rozaron a su señora en vida, ahora tiene que agarrarla y moverla.

—No soportaba que la tocaran —afirma, pero Nella recuerda la existencia de Thea y se pregunta hasta qué punto será cierta esa afirmación—. Ésta. —Cornelia muestra una falda negra larga. Hoy tiene ganas de hablar, como si su voz fuera a ahuyentar a los demonios que llaman desde la Stadhuis. Ahora las palabras «este domingo al atardecer» también dan vueltas por su cabeza. El corsé que eligen está forrado con pedazos de marta cibelina y ardilla, y a lo largo de la columna lleva una tira de terciopelo—. Es perfecto para la señora Marin.

Nella tiene la sensación de estar pisando arena mojada, a punto de hundirse en cualquier momento. Se le han empapado las axilas de sudor y se nota la tripa suelta.

—Desde luego —responde con una leve sonrisa.

—Escoger ropa está muy bien. —Lysbeth frunce el ceño—. Pero primero hay que prepararla.

~

Ésa es la parte más difícil.

La sientan y Lysbeth corta la enagua y la blusa de algodón con un cuchillo afilado. Nella saca fuerzas de flaqueza cuando la tela se abre y trata de concentrarse únicamente en la labor que tienen por delante. Se le hace casi insoportable ver la bolsa vacía y hundida en la que ha vivido Thea durante casi nueve meses, e inevitable fijarse en los pechos llenos, preparados. Entre las piernas sigue estando el cordón que la unía a su hija, esa cosa que no lograron sacar.

Cornelia se ahoga; de dolor o de repugnancia, Nella no sabría decirlo. La entrada por la que llegó al mundo la niña parece bien cerrada, pero Nella no se atreve a acercarse demasiado, por miedo a que mane más sangre. Lo que sí hacen es frotar lo que queda del aceite de espliego en otras partes del cuerpo de Marin, para atenuar el olor que desprende, que va intensificándose y que es sorprendentemente dulzón.

Nella y Lysbeth se tambalean al levantarla, y Cornelia le pone la falda con cuidado y la ata con dedos inseguros. Cuando Nella se echa hacia delante, la cabeza de su cuñada cae sobre el pecho. La criada pasa un brazo por el corsé.

—Hace años que no la visto —dice, con voz distendida y demasiado aguda, pero aún sin respirar con normalidad—. Lo hacía siempre ella sola.

Le pone unas calzas de lana y unas zapatillas de piel de conejo bordadas con las iniciales «M» y «B». Nella le lava la cara reverentemente con toallas limpias mojadas en agua. Lysbeth le suelta el pelo para hacerle unas trenzas nuevas antes de recogerlo en una elegante cofia inmaculada.

—Espere —pide Nella, y corre al cuartito de Marin, donde duerme Thea en su cuna de roble. Descuelga el mapa de África, cuyas preguntas siguen sin respuesta: «¿Tiempo?», «¿Comida?», «¿Dios?».

—Deberíamos meter más posesiones suyas en el féretro, a su lado —propone Cornelia, al ver lo que lleva su señora—. Las plumas y las especias, esos libros.

—No —contesta Nella—. Nos lo quedamos todo.

—¿Por qué?

—Porque un día será para Thea.

Cornelia asiente y se diría que la idea, lógica pero melancólica, la deja abrumada. Nella se la imagina al cabo de cuatro años, mostrando a la niña el ancho mundo que en su día reunió su madre con tanta diligencia y tanto cariño. Al ver que sus ojos azules miran a la nada, Nella se pregunta si también estará pensando en ese futuro: Thea, con las piernecillas colgando de la cama, observa esa extraña herencia que le enseña la criada que quería a su madre. Más que cualquier otra cosa, Nella espera que Cornelia se aferre a eso, una ilusión de futuro que la saque del espanto del presente.

—Parece serena —dice Cornelia.

Sin embargo, Nella ve en la frente de su cuñada una arruga que conoce bien, como si hubiera estado haciendo una suma bastante compleja, o pensando en su hermano. Marin no parece en absoluto serena. Se diría más bien que no quería morir.

Aún quedaba mucho por hacer.

Mientras Lysbeth y Cornelia van al cuarto de Marin a atender a Thea, Nella baja y abre el armario de las herramientas de Otto, que están dispuestas en estantes ordenados, siempre listas, engrasadas y afiladas. Encuentra lo que busca. Los granjeros de Assendelft las llamaban «destrales». De pequeña los veía asestar fuertes golpes con aquellos brazos fornidos a los árboles enfermos.

Sube de nuevo y oye las voces de las otras dos mujeres al fondo del pasillo. Cierra la puerta de su cuarto con llave por vez primera.

Lo ve allí, en el rincón, el hermoso regalo de Johannes. En octubre él dijo que la casa de muñecas era una distracción, pero Nella, en el umbral de una nueva vida, se lo tomó como un insulto, dada su fragilidad. Al principio rechazó ese mundo inhabitable y luego, gradualmente, fue creyendo que contenía las respuestas, que la miniaturista era la que mostraba el camino. «Pero Johannes tenía razón, en cierto modo —piensa—. Todo lo relacionado con esta casa de muñecas era, en el fondo, una distracción. Cuántas cosas han pasado mientras yo miraba hacia otro lado... Estaba convencida de haberme quedado estancada y no veía que he avanzado muchísimo.»

Por fin, ahora, tiene claro lo que debe hacer. Se acerca al aparador y levanta los brazos, como los campesinos que daban tajos a los troncos crujientes. Una respiración contenida, un momento detenido, y luego cae el hacha. Atraviesa el carey y comba la madera de olmo, que se astilla; las venas de peltre serpentean como las raíces de una planta y las cortinas de terciopelo se desploman. Nella golpea una y otra vez hasta destrozar la casita. Los suelos se hunden, los techos ceden, el trabajo de artesanía y el tiempo, el detalle y el poder se desmoronan a sus pies.

Con el corazón latiendo a toda velocidad, Nella suelta el hacha e introduce una mano en los restos de la casa. Arranca el papel de las paredes, de cuero italiano, y también los tapices y las juntas del suelo de mármol. Arranca las páginas diminutas de los libros. Estruja la copa de esponsales cerrando el puño y el blando metal sucumbe a la presión, mientras que la pareja del borde queda aplastada, aniquilada. Reúne las sillas de palisandro, la jaula, *Peebo*, la caja de mazapanes y el laúd, y los pisotea; quedan todos irreconocibles, completamente descuartizados.

Con dedos como garras, Nella abre en canal el cuerpo de Meermans y hace trizas su sombrero de ala ancha.

Arranca la cabeza de Jack como si fuera una flor moribunda. Con un pedazo de madera de olmo destroza la mano de Agnes, que sigue aferrada al pan de azúcar ennegrecido. No perdona ni a Cornelia ni a las dos versiones de sí misma: la gris y dorada que le envió la miniaturista ni la otra, la que se olvidó Agnes en el suelo de la tribuna de la Stadhuis. Las tira al montón junto con la bolsa de dinero de Johannes. Solamente deja intactos a Marin y a Johannes, que se mete en el bolsillo con Otto y la criatura. «Para Thea cuando sea mayor —se dice—; retratos desfasados.»

Nota a Arnoud dentro del bolsillo y duda. «No es más que un muñeco —piensa, maravillada todavía por la extraña alquimia de habilidad y espionaje de la miniaturista—. No es nada.» Lo sopesa en la palma. La mayor parte del azúcar aún está por vender. Casi despreciándose, vuelve a guardar al repostero en la falda, donde nadie lo vea, donde no corra peligro.

Vacía, exhausta, no puede proseguir con su destrozo. Su regalo de bodas ha quedado convertido en una pira. Se deja caer a su lado, descansa la cabeza en las rodillas recogidas. Como no tiene a nadie que la abrace, se abraza ella misma. Se viene abajo entre sollozos.

Un cáncer en el jardín

Esa tarde, no hay forma de disuadir a Cornelia para que no vaya a los calabozos de la Stadhuis. Presa de una actividad febril, ha preparado empanadas de gallina y ternera, agua de rosas y calabaza azucarada, repollo y carne de buey. Huelen a casa, a una cocina como Dios manda con buen instrumental, a una cocinera sensata que lleva las riendas.

—Voy a ir, señora —afirma. La resolución le ha devuelto algo de color a las mejillas.

—No le cuentes lo que ha pasado aquí.

Cornelia se pega al cuerpo el paquete de comida, aún caliente, y se le llenan los ojos de lágrimas.

—Preferiría morir antes que hacerle daño, señora —responde, y hunde aún más las empanadas en el delantal.

—Ya lo sé.

—Pero si le dijéramos lo de Thea, una criatura, algo que empieza...

—Sentiría más pesar por la vida que está a punto de abandonar. Creo que no podría soportarlo.

Cornelia tuerce el gesto, sin duda por las terribles decisiones que se ven obligadas a tomar. Nella ve su figura melancólica alejarse canal arriba.

Lysbeth está en la cocina de trabajo doblando la ropita de la recién nacida.

—¿Puede quedarse con ella un par de horas? —pide Nella—. Tengo que salir.

—Encantada, señora.

Se alegra de que no le pregunte adónde; qué diferencia con Cornelia. Piensa en el destrozo de su cuarto, en lo que diría el ama de cría si viera cómo ha dejado su juguete la niña casada con un hombre.

—Arriba está el fuego encendido —le dice—. Es mejor que Thea no pase frío.

~

Hacen pasar a Nella por la puerta del cuarto del *kerkmeester*, detrás del órgano de la Iglesia Vieja. El pastor Pellicorne está sentado a su mesa de trabajo. Si ha ido a verlo ha sido por Cornelia. Ella preferiría enterrar a Marin discretamente en la iglesia de San Antonio, lejos de las miradas ajenas.

—¿No es eso lo que habría querido ella? —ha preguntado a la criada.

—No, señora. Ella habría querido el mayor honor que puede conceder esta ciudad.

Eso es la normalidad: Cornelia apacigua la superficie. Así perdura el legado de Marin, y para Nella es alentador y amargo a la vez que la preocupación más obsesiva de su cuñada se perpetúe en la criada.

Pellicorne la mira tratando de enterrar un destello de aversión. «Sabes perfectamente quién soy —piensa Nella, con un odio creciente—. Estabas a la puerta de la Stadhuis, pegando gritos para que te oyera todo el mundo.» Ha acudido protegida por sus riquezas, pero las perlas y un vestido plateado parecen una endeble armadura frente al desdén de Pellicorne.

—He venido a informar de un fallecimiento —anuncia, mirándolo fijamente y con voz clara.

El pastor clava el mentón en el frondoso cuello de la camisa.

—Creía que no era hasta el domingo —contesta.

A continuación se acerca el grueso registro de entierros, un gran libro de tapas de cuero que recoge toda la circulación de cadáveres de la ciudad, sea de camino al cielo o al infierno. Moja la pluma en el tintero.

Nella toma aire con fuerza y controla los nervios.

—He venido a informar del fallecimiento de Marin Brandt.

La pluma de Pellicorne se queda en el aire. Mira con curiosidad a Nella y su rostro curtido se levanta sobre el volumen cuando alarga el cuello.

—¿De su fallecimiento?

—Ayer por la tarde.

La pluma queda depositada en la mesa y Pellicorne se recuesta.

—Que Dios se apiade de su alma —dice por fin. Entrecierra los ojos—. Y, cuénteme, ¿cómo abandonó este mundo nuestra hermana Marin Brandt?

Nella piensa en el cadáver de su cuñada, en las sábanas ensangrentadas, en la recién nacida, y luego en Otto y Marin entrelazados, en el secreto oculto en las profundidades de una Marin aún con vida.

—Ha muerto de unas fiebres, pastor.

—¿La peste, cree usted? —pregunta él, asustado.

—No, señor. Llevaba un tiempo enferma.

—Cierto, no la he visto por la iglesia en las últimas semanas. —Pellicorne junta las manos y apoya la barbilla en las puntas de los dedos alargados—. No tenía claro si esa ausencia guardaba relación con su hermano.

—El disgusto no la habría ayudado mucho, pastor. Estaba ya muy débil —relata Nella, cada vez más llena de un odio que casi no la deja respirar.

—No, sin duda alguna. —Nella no le contesta. No tiene intención de ofrecer a ese hombre el estímulo que anhela—. ¿Ha acudido en su ayuda su *gebuurte*?

Recuerda el entierro de su padre en Assendelft y a los vecinos que acudieron a ayudar a su madre en aquel mal momento, para desvestirlo, para ponerle un camisón, para colocar el cadáver ya rígido en una plancha de hierro con una capa de paja con el fin de que no se filtraran líquidos. Luego las jóvenes solteras del pueblo fueron a llevar hojas de palma, flores y laurel. No ha habido *gebuurte* en el caso de Marin, tan sólo Cornelia y ella, presas del desconsuelo y del pánico, y Lysbeth, una mujer que ni siquiera la conoció en vida. Al menos Cornelia ha encendido esos quemadores de aceite.

La apena la falta de dignidad que está sufriendo Marin una vez muerta. Tendría que haber habido un *gebuurte*, porque era buena persona, era fuerte. En otra vida podría haber encabezado un ejército. Sin embargo, no tuvo amigos cercanos, o solamente uno, que ha desaparecido.

—Sí, pastor —contesta—. Han venido las vecinas. Pero tenemos que trasladarla pronto. Hay que traerla a la iglesia.

—No se casó —recuerda Pellicorne—. Qué desperdicio.

«Para algunas —piensa Nella—, el desperdicio es estar casada.»

Fuera ya es completamente de noche. En la parte pública de la iglesia oye que el organista practica y se encienden las antorchas para la oración vespertina. El pastor se levanta y se alisa la negra vestimenta como si fuera un delantal.

—Si ha venido a enterrarla aquí —dice—, es imposible.

Hay un momento de silencio. Nella mantiene los pies en el suelo, la espalda recta.

—¿Por qué, pastor?

Habla con voz potente y razonable, porque se obliga. No piensa permitir que le falle, ni que la domine la emoción. Pellicorne cierra el registro y la mira sorprendido, como si no tuviera costumbre de que le pidieran explicaciones.

—No podemos acogerla, señora. Está mancillada por parentesco. Lo mismo que usted. —Hace una pausa y la taladra con unos ojos glaciales—. Merece usted toda mi lástima, señora.

—Pero ni un ápice de su misericordia.

—Estamos desbordados. Pronuncio los sermones ante más esqueletos que carne. Santo cielo, qué hedor —dice, para sí—. Ni todos los perfumes de Arabia pueden enmascarar los efluvios de esos holandeses en proceso de putrefacción. —Para Nella se limita a añadir—: Le doy el pésame, pero no puedo enterrarla aquí.

—Pastor...

—Vaya a ver a los hombres de San Antonio. La ayudarán.

—No, pastor. Fuera de las murallas, no. Ésta era su iglesia.

—Para la mayoría de la gente, hoy en día no es posible un entierro dentro de la ciudad, señora.

—Debe serlo para Marin Brandt.

—No tengo sitio. ¿Lo entiende?

Nella saca del bolsillo doscientos florines de Arnoud y los deja encima del registro de Pellicorne.

—Si se encarga usted de la losa, del féretro, de los portadores y de encontrar un lugar en el suelo de la iglesia, cuando termine todo doblaré esta suma —anuncia.

Pellicorne mira el dinero. Procede de la esposa de un sodomita. Procede de una mujer. De un mal profundamente arraigado. Pero es una cantidad considerable.

—No puedo aceptarlo —replica.

—«La codicia es el cáncer que debemos extirpar» —cita Nella, con gesto afligido.

—Eso mismo —dice él, y Nella se da cuenta de que se alegra de que cite su sermón.

—Usted, un hombre de Dios, es sin duda el que está mejor situado para vigilarlo.

—Antes hay que arrancarlo —responde Pellicorne, mirando de reojo los billetes.

—Desde luego.

—Hace falta mucha limosna para los desgraciados de nuestra ciudad.

—Y hay que hacer algo por ellos, pastor, o el cáncer empieza a crecer.

Se quedan en silencio.

—Hay un rinconcito en el lado oriental de la iglesia —propone por fin Pellicorne—. Con sitio para una losa modesta, nada más.

«Menudo bufón —piensa Nella—. Es un hombre como todos los demás, no está más cerca de Dios que cualquier otro.» Se pregunta qué parte de los cuatrocientos florines desaparecerá antes de pagar a los portadores del féretro y las limosnas. ¿Le gustaría a Marin estar en un rincón? Ya se ha pasado la vida en un rincón, quizá preferiría la nave, aunque también es cierto que entonces la gente la pisotearía. Seguramente hay ciudadanos que desean acabar así, para que no se los olvide, para permanecer en la memoria y en las oraciones, pero Nella lo considera muy poco digno para su cuñada. Mejor en el rincón.

—Estoy diciéndole la verdad, señora —sostiene el pastor Pellicorne—. Está todo lleno. Ese rincón es lo mejor que puedo ofrecerle.

—Bastará. Pero para el féretro quiero la mejor madera de olmo.

Pellicorne recoge la pluma y vuelve a abrir el registro.

—Me encargaré de ello. El entierro podría celebrarse el martes por la tarde, tras el servicio.

—Muy bien.

—Es mejor a esa hora. El olor que emana al abrir el suelo quita las ganas de rezar.

—Entiendo.

—¿Cuánta gente acudirá?

—No mucha —contesta Nella—. Vivía bastante retirada.

Lo dice casi como un desafío, para ver si la contradice o hace algún comentario cómplice sobre la vida secreta de Marin. «Las librerías que visitaba —podría decir—. Las compañías que frecuentaba, ese negro que exhibía por las calles.»

410

Sin embargo, Pellicorne se limita a fruncir los labios. La reclusión es algo malo, Nella sabe lo que significa su expresión. El espíritu cívico, la vigilancia vecinal, que todo el mundo controle a todo el mundo: así sale adelante esta ciudad, no enclaustrándose para evitar las miradas indiscretas.

—La ceremonia será breve —informa el pastor, y mete los florines entre las páginas del libro.

—No somos dados a la pompa.

—Eso mismo. Bueno, además de su nombre y las fechas, ¿qué habría que grabar en la losa?

Nella cierra los ojos y se imagina a Marin con su largo vestido negro, la perfección de la cofia y los puños de la blusa, que servían para ocultar tanto alboroto interior. En público rechazaba el azúcar, pero a hurtadillas comía nueces confitadas, escondía las cartas de amor de Otto, anotaba países jamás visitados en los mapas sustraídos a su hermano. Marin, que mostró tanto desdén por las miniaturas, pero dormía con la de Otto bajo la almohada. Marin, que no quería ser la mujer de nadie, pero que tenía el nombre de Thea esperando en la punta de la lengua.

Nella se siente abrumada por la pérdida inútil de la vida de su cuñada, por las muchas preguntas sin respuesta. Frans, Johannes, Otto: ¿la conocía ese trío de hombres mejor que ella?

—¿Y bien? —pregunta Pellicorne con impaciencia.

Nella carraspea.

—*T'can vekeeren* —contesta.

—¿Eso es todo?

—Sí. «*T'can vekeeren.*»

«Las cosas pueden cambiar.»

La vida, en mayor o menor grado

El sábado por la mañana, Nella coge una empanada de la despensa, creyendo que está rellena de frutos rojos. Se muere de hambre, ya que apenas ha comido nada desde el veredicto.

La corteza es engañosa, pues resulta que contiene pescado, un chasco de lo más prosaico cuando tenía la ilusión de comer frutos invernales. En su estado de nervios actual, casi le da la sensación de que la comida se burla de ella. Decepcionada, se pregunta si alguna vez en la vida Cornelia volverá a escarchar algo. Las nueces azucaradas podrían traer recuerdos de Marin y sus deliciosas contradicciones.

Le resuena el estómago y decide dirigirse a la tienda de Hanna y Arnoud, amparada por el signo de dos panes de azúcar.

—Queremos más —dice Arnoud en cuanto la ve—. Va bien para los bolados y sin duda estará usted desesperada por deshacerse de él.

—Noud —lo reprende Hanna—. Lo siento, Nella. En La Haya no le enseñaron buenos modales.

Nella sonríe. Un negocio es un negocio. «No hace falta que me caigas bien, Arnoud», se dice, aunque de Hanna sí se ha encariñado: habla con claridad, es toda una diplomática con un delantal manchado de harina. En cuanto haya vendido el azúcar, Nella se promete echar la figurita del pastelero en un colmenar de la ciudad, para que la cubran las abejas golosas.

—Pase —dice Hanna, y con un gesto la invita a sentarse en el banco lustrado, mientras Arnoud vuelve con paso pesado a la trastienda para dar golpes a sus bandejas—. Pruebe esta nueva bebida de cacao con la que estoy haciendo experimentos —propone de buen humor—. He puesto un poco de su azúcar y unas cuantas semillas de vainilla.

Es realmente deliciosa. Como un recuerdo feliz de la infancia, hace que Nella entre en calor.

—¿Se ha enterado? —pregunta Hanna.

—¿De qué?

—Los burgomaestres han eliminado la prohibición de hacer dulces con forma humana. Aunque los perros se vendían muy bien, me alegro de poder volver a moldear las parejitas que nos pidan los que tengan la suerte de ser jóvenes y estar enamorados. Es una buena noticia para la venta de su mercancía.

Agradecida, Nella rodea con sus dedos la taza de terracota caliente. Es una buena noticia, sí, aunque no basta para aliviar la abrumadora desolación que siente.

—No puedo estar demasiado rato fuera —señala, pensando en su casa, recién remodelada, con sólo tres habitantes, a una de las cuales acaba de conocer.

—Por supuesto —contesta Hanna, mirándola con atención.

«¿Se habrá enterado? —piensa Nella—. ¿O Cornelia habrá mantenido la boca cerrada por una vez?»

—Pero le doy las gracias —agrega—, por su amistad y por la transacción.

—Por ella haría lo que fuera —dice Hanna.

Nella se las imagina a las dos en el orfanato: ¿qué pactos harían?, ¿qué juramentos de sangre, hasta el día de su muerte?

—Desde que me casé... —empieza Hanna, en voz baja, pero se interrumpe y mira a Arnoud volviendo la cabeza— llevar un negocio ocupa todas las horas del día.

—Tiene usted a Arnoud.

—Exacto. —Hanna sonríe—. No es un hombre cruel. Ni egoísta. Con mi pan me lo como. —Se inclina hacia delante y susurra—: Le daremos el dinero que le hace falta. De algo tan pequeño como una semilla nacen grandes flores.

—Pero ¿qué dirá Arnoud? —pregunta Nella, mirando hacia la cocina—. No puedo bajar mucho el precio.

—Hay formas de convencerlo —afirma Hanna, encogiéndose de hombros—. El dinero también es mío. Antes de casarme gané y ahorré todo lo que pude. Mi hermano jugaba a la Bolsa en mi nombre y en cuanto tuve beneficios le dije que lo dejara. Me escuchó, no como otros. —Suspira—. Arnoud admira mi capacidad, pero parece que poco a poco va olvidándose del origen de la mitad de sus fondos. Le gusta su nuevo papel de vendedor de azúcar. Le ha dado reconocimiento en el gremio de pasteleros. Puede que lo nombren supervisor. El producto es bueno, así que creen que él también. —Hanna sonríe con cariño—. Nuevas recetas, un proyecto de ampliación. Quiere ir a vender la siguiente remesa a Delft y a Leiden, además de a La Haya. —Una pausa—. Yo he fomentado todas esas decisiones.

—¿Lo acompañará?

—Alguien tiene que llevar el negocio aquí. Nos quedamos trescientos panes más. Le daremos seis mil florines. Es justo, ¿verdad? Los cristales de azúcar me resultan más útiles que los diamantes, señora Brandt.

¿Qué está comprando exactamente? ¿Paz, un momento para disfrutar de todo su esfuerzo personal? Nella se emociona al oír la cifra propuesta por Hanna.

—A largo plazo —concluye la pastelera—, creo que saldremos todos ganando.

~ ~ ~

Nella se marcha de la tienda de Hanna y Arnoud a toda prisa para dirigirse a la Stadhuis. Espera a que el guardia la deje entrar, recorre el mismo pasillo y encuentra la puerta de Johannes abierta. Esta vez paga tres florines para quedarse más que el cuarto de hora habitual. La existencia finita de su marido lo ha encarecido, pero ella pagaría diez veces más si fuera necesario. Se fija en que el guardia desprende un claro olor a agua de rosas y calabaza. El hombre comprueba el dinero que Nella le ha puesto en la mano, asiente y cierra la puerta de la celda.

Alguien, tal vez Cornelia, ha afeitado a Johannes, con lo que aún está más cadavérico, como si el cráneo quisiera salir a la superficie. «Tendría que haberle traído una camisa —piensa Nella, mirándolo en la penumbra—. La que lleva está hecha jirones.» Traga saliva, busca fuerzas para soportar esa visión. Él está sentado en el jergón de paja, con la cabeza apoyada en los ladrillos húmedos y las largas piernas torcidas de un modo extraño a partir de las caderas.

Se percata de lo mucho que se parece a Marin, altivo sin pretenderlo, con cierto atractivo incluso en ese momento. Se le cierra la garganta. Hay excrementos en un rincón, tapados de cualquier modo con paja. Aparta la vista.

«Si se lo contara todo —conjetura—, ¿quién le parecería que lo ha traicionado más?» Recuerda los gritos de Jack a Otto: «Sabe que has hecho algo.» En aquella pelea en el salón, Johannes puso en duda la devoción de Marin, y luego ella reconoció haber arrebatado cosas a su hermano sin estar en su derecho. ¿Lo sabía él y prefirió no verlo? Parece increíble, pero es cierto que hay muchas cosas increíbles en él. Los dos hermanos competían con frecuencia por Otto, lo reclamaban como si fuera un territorio, discutían sobre quién lo apreciaba o lo necesitaba más.

Quedan dos empanadas sin probar al lado de Johannes.

—Deberías comértelas ahora que están recién hechas —recomienda Nella.

—Siéntate a mi lado —contesta él, en voz baja.

Qué débil parece, sin brillo en la mirada. Nella casi siente que se desvanece su espíritu, que se evapora. Le entran ganas de aferrarlo, de agarrarlo a puñados, de impedir que se escape.

—Estoy vendiendo el azúcar —anuncia, mientras se sienta—. Me ayuda un confitero.

—No creo que lo coloquéis todo antes de mañana —contesta él, con un atisbo de sonrisa.

Nella reprime las ganas de llorar. Al parecer, Cornelia ha cumplido la promesa de no hablar de Marin, pero ¿cómo no van a confesarle lo sucedido? Su hermana, su adversaria más amada, ha muerto. ¿Cómo es posible que no descubra el dolor en los rostros de sus mujeres?

—Además, a estas alturas Meermans no aceptaría un soborno —dice Johannes—. Por lo visto, era cierto eso de que hay cosas que no tienen precio. Marin tenía razón, lo abstracto no se compra. Al menos la traición.

Nella recuerda a Lysbeth Timmers negociando su silencio.

—Pero estamos en Ámsterdam...

—Donde el péndulo va de Dios a un florín. Frans dice que lo hace para salvar mi alma, pero en el fondo está furioso porque no he vendido el azúcar de un día para otro. Al llamarme «sodomita» lo que hace es luchar por sus panes de azúcar.

—¿Es ése el único motivo, Johannes? ¿La venganza?

La mira en la penumbra y Nella se queda a la expectativa. «Ahora —se dice—. Ahora sin duda va a hablarme de la petición de mano de Marin y de su negativa a casarse.» Pero Johannes es leal hasta el fin.

—Ese azúcar significaba mucho para Frans —dice—. Y yo me mofé de él con mi indiferencia.

—¿Por qué lo hiciste? ¿Por Jack?

—No. Porque notaba el sabor de la codicia de Frans y Agnes en el aire y me repugnaba.

—Pero eres mercader, no filósofo.

—La codicia no es requisito indispensable para ser buen comerciante, Nella. Yo reclamo muy poco para mí mismo.

—¿Sólo patatas?

—Sólo patatas. —Su marido sonríe—. Y tienes razón: no soy filósofo. Soy simplemente un hombre que resulta que ha estado en Surinam.

—Dijiste que el azúcar era delicioso.

Johannes mira con tristeza a su alrededor.

—Y he sido recompensado con creces. El secreto del comercio es no implicarse demasiado, estar siempre preparado para perder. Por lo visto, me impliqué demasiado por un lado y demasiado poco por el otro.

La perspectiva de la gran pérdida que se le avecina a Johannes se cierne ahora sobre ambos.

—Calculé mal. Resquemores —prosigue—. Ahora da igual. Vamos, no hay nada que hacer. Cornelia ya me ha empapado con sus lágrimas y ahora tú también. Podrías haberme traído una camisa. Qué mala esposa eres —la reprende, apretujándole la mano—. Tienes que decirle a Marin que no puede venir.

Nella siente que la pena la barre como una marea salobre.

—No quiero que me vea en este estado —añade él.

—Johannes, ¿por qué te traicionó Jack?

—Por dinero, supongo, y por lo que significa el dinero. Tuvo que ser por eso, porque no encuentro otra razón —dice, tras pasarse una mano por el pelo cano. En el denso silencio que se forma, Nella percibe la lucha de su marido para dominar el dolor—. Tendrías que haber oído el testimonio de Agnes. Siempre ha tenido una personalidad quebradiza, pero en ese momento creo que de verdad se partió en dos. —Habla deprisa para alejarse de ideas más sombrías—. Ha querido a Frans desde el principio, pero un exceso de amor así puede ser un veneno. Lo que no sé es hasta qué punto ha aceptado de buen grado seguirle la corriente en este caso. Cree en Dios, por supuesto, y en el orden sacrosanto que debe acatarse. Pero el jueves por la mañana le noté algo raro. Parecía bastante desorientada, como si supiera perfectamente que hacía algo malo, pero estuviera dispuesta a hacerlo de todos modos. Es probable que Agnes nunca haya tenido una idea más clara de sí misma, y al mismo tiempo que nunca se haya sorprendido tanto.

Se ríe y Nella retiene ese sonido en su interior.

—La opinión de Marin sobre Agnes y Frans era acertada desde el principio —continúa él—. Son de los que ven azúcar ennegrecido por todas partes.

Nella se dice que, desde luego, su marido no siempre ha sabido juzgar el carácter de los demás con la prudencia deseable, pero, en el caso de su hermana, sabía qué tenía delante. Durante años se empapó de su esplendor y de sus momentos de mejor humor. Quizá la vio cambiar, pasar de una joven radiante a una mujer más dura que no encontraba el camino que había trazado en su mente. Se muestra generoso con ella, y para Nella es como si tuvieran allí, entre los dos, a las distintas versiones de Marin, resplandeciente de orgullo en la penumbra de la celda.

Nella no es como Jack. No será ella quien arranque el retrato de Marin del marco en el que cuelga. No es capaz de decirle lo que ha perdido ni, en el fondo, qué exiguo era el conocimiento que tenían todos de ella.

—Los odio, Johannes —dice—. Con toda el alma.

—No, Nella, no te molestes. Cornelia me ha contado el trabajo que has hecho con Arnoud Maakvrede. No me sorprende, pero me ha alegrado mucho oírlo. ¡Y pensar que el azúcar va a quedarse aquí, en la república!

—Marin ha sido de mucha ayuda —responde, sintiendo la llave del almacén debajo de la blusa, pegada a la piel.

Se hace el silencio y entrelazan las manos, como si el contacto de la carne pudiera impedir la llegada del amanecer.

Una piedra de molino

Nella ve los centenares de barcos amarrados, sus cascos alineados en el largo embarcadero de la VOC, que se pierden en la distancia. Filibotes y galeotas, barcos de pesca, popas cuadradas, diferentes formas y propósitos, siempre por el bien de la república. Casi todos los mástiles están desnudos, con las jarcias y las velas recogidas para protegerlas de los elementos hasta que llegue el momento de volver a calafatear, de desplegarse, de extenderse sobre la madera.

Los que tienen velas izadas parecen estar en flor, preparados para aprovechar los vientos alisios y llevar a su tripulación muy lejos. Los cascos crujen, hinchados por la incontenible humedad salada que tanto amarga la vida de los marineros. El aire se pega a la lengua, huele a las aguas putrefactas que golpean contra el borde del puerto, a los despojos que las gaviotas no han podido terminarse, a cadáveres de peces picoteados. La luz ya decae, pero aún permite ver los residuos que los barcos echan al agua.

Normalmente, sería un panorama impresionante, con el balanceo entre las olas de esas vastas embarcaciones, esos vehículos imperiales, esos perros de la guerra que se encargan de los asuntos sucios de todo el mundo. Sin embargo, al caer la tarde de ese domingo todos los ojos se fijan en el hombre que lleva una piedra de molino atada al cuello.

Sea una boda o un entierro, en Ámsterdam las ceremonias se miran con malos ojos, los rituales pueden ser demasiado burdos, demasiado papistas, y hay que evitarlos. Pero ver ahogarse a un hombre rico es distinto, es algo jugoso desde un punto de vista moral, con un simbolismo sacado directamente de la Biblia, y por descontado los ciudadanos han acudido en masa. Se han ubicado a lo largo del embarcadero, muchos de ellos trabajadores de la VOC, capitanes de navío y empleados. Ahí están el pastor Pellicorne, el *schout* Slabbaert e incluso Agnes Meermans, sola con su cuello de pieles raído. No la acompaña su marido. Hay miembros de distintos gremios, regentes de la Stadhuis con sus mujeres, varios pastores y los tres individuos solemnes que han escoltado a Johannes.

Nella se ha quedado detrás de la muchedumbre. La mirada severa de Pellicorne le pasa por encima, como si no la viera. Unos individuos contratados por él se presentaron anoche para meter a Marin en un féretro y llevársela, y en estos momentos aguarda en la cripta de la Iglesia Vieja su último servicio religioso.

Pellicorne se concentra en su tarea. «Qué esplendor interior tiene que estar sintiendo ahora», piensa Nella. La voluntad de la ley y la de la Iglesia se cobran su sanguinaria demanda y él parece asquerosamente satisfecho.

Nella ha prometido a Johannes que acudiría esa tarde, y jamás ha tenido que cumplir una promesa peor. Anoche se quedaron en la oscuridad de su celda agarrados de la mano, sentados en el catre en silencio, y el guardia los dejó en paz. Esa tranquilidad y esa hora tenían algo que Nella no volverá a experimentar. En el futuro la llamará su primera noche de bodas, una comunión en la que no hicieron falta palabras. Habían perdido su capacidad de enredar, de engañar, sustituida por un lenguaje más profundo, más intenso.

Al irse, se detuvo a la puerta de la celda y Johannes sonrió y le pareció sorprendentemente joven, y ella se sintió terriblemente vieja, como si, de algún modo, el silencio hubiera transferido todo el sufrimiento del uno a la otra. Nella tendrá que cargar con él mientras su marido se aleja volando, vacío, liviano y libre.

En casa ha quedado Cornelia, sedada gracias a una pócima letárgica preparada con una facilidad alarmante por Lysbeth Timmers. El ama de cría ha aparecido al amanecer para dar de comer a Thea y ha decidido no marcharse.

—Puede que hoy me necesiten más —ha dicho.

Se han mirado a los ojos. Nella ha asentido sin decir palabra y, así, esa tarde Lysbeth espera en la cocina su regreso.

Incapaz de fiarse de la solidez del suelo, Nella trata de mantenerse firme con los pies separados. El viento tempestuoso de enero, afilado como las uñas de un gato, atraviesa el abrigo. Lleva capucha y una falda marrón sencilla de Cornelia. Ha acudido vestida así para poder soportar la tortura, como si el disfraz pudiera protegerla de la verdad.

Johannes también va disfrazado. Le han puesto un traje de satén plateado que no le sienta bien y una pluma afectada que él jamás llevaría, cual mordaz recordatorio de que el atuendo es el reflejo de la persona. Nella lo vislumbra apenas entre los hombros de la multitud, una manga vistosa como una armadura entre el color pardo y el negro. De repente se apoya en la mujer que tiene al lado, que pega un brinco al notar su contacto y se da la vuelta.

—No te preocupes, cariño —dice, al ver el espanto de Nella—. No mires si no puedes soportarlo.

Su amabilidad casi le parte el alma. ¿Cómo puede ir una buena persona a ver ese espectáculo?

Slabbaert posa la mano en el hombro de Johannes y Nella deja de mirar. Se limita a escuchar, con los ojos cerrados, con el viento en la cara, las velas que restallan como la ropa tendida. Oye que los dos verdugos hacen rodar la piedra de molino. Johannes, atado a ella, debe de estar tambaleándose ya en el borde del embarcadero. Pesará media tonelada y hace un ruido áspero, un chirrido que se cuela bajo la piel de Nella para llegarle al centro de los huesos.

La muchedumbre contiene la respiración, y Nella siente el chorro cálido de orina que le baja impaciente por las piernas, embutidas en calzas, que empapa la lana y le irrita la piel. Lo oye hablar. Se lo imagina volviéndose en busca de ella, de Marin, de Cornelia. «Que me vea, por favor —suplica—. Que crea que le mando una oración.»

Sin embargo, el viento desvía las últimas palabras del condenado, que no llegan hasta su mujer.

—Johannes —susurra Nella.

Aguza el oído, pero la envuelven murmullos prosaicos, rezos y comentarios triviales. Johannes está demasiado débil para levantar la voz y, cuando los bisbiseos se convierten en silencio, ya han hecho rodar la piedra de molino hasta hacerla caer por el borde del embarcadero. Johannes. La piedra se estrella contra la agitada superficie del mar y se hunde.

Nella abre los ojos. Se levanta una gruesa ola, alcanza su punto más alto con un círculo blanco y desaparece en cuestión de segundos.

Nadie se mueve.

—Era uno de nuestros mejores mercaderes —dice por fin un individuo—. Qué estúpidos somos.

La muchedumbre suspira. El viento agita mechones de pelo en las frentes.

—No habrá nada que enterrar —añade alguien—. No lo van a subir.

Nella da media vuelta. En parte está viva, y en parte no. Se ha hundido en el agua con Johannes. Se apoya en una pared, con la cabeza gacha, y su cuerpo amenaza con volverse del revés. ¿Cuánto tiempo tardará el mar en llenar los pulmones de su marido? «Date prisa —le dice en silencio—. Alcanza la libertad.»

Nota algo. Un cosquilleo en la nuca, las rodillas que ceden. Levanta la cabeza y busca entre la multitud el destello de una melena clara. «Sigue aquí —piensa—. Lo presiento.» Escruta las caras en busca de esa mirada fría e inquisidora, un último instante para que la miniaturista se despida.

Pero no es esa mujer quien aparece ante sus ojos.

Ha adelgazado, lleva la misma ropa con la que se fue, el ostentoso gabán de brocado. Por un momento, Nella cree que su marido ha resurgido del agua, que un ángel le ha devuelto la vida. Pero no, se trata de un hombre inconfundible. Nella levanta la mano en señal de reconocimiento y Otto, boquiabierto, imita su gesto. Cinco dedos vacilantes, una estrella que refulge en la oscuridad.

CINCO

Esa misma tarde,
domingo 12 de enero de 1687

«Embriaguémonos de amores hasta la mañana. Porque el marido no está en casa, se ha ido a un largo viaje: el saco de dinero llevó en su mano; el día señalado volverá a su casa.»

Proverbios 7, 18-20

Nueva Holanda

Nella se da cuenta de que Otto se ha quedado estupefacto por lo que acaba de presenciar, porque ha de tirarle de la manga para llevárselo de allí, resbalando sobre las losas.

—Vamos a casa —dice—. Vamos.

El sufrimiento es enorme. Le falta el resuello de tanto dolor. La luz se ha desvanecido casi por completo y los rodean las tinieblas. Nella trata de borrar la visión de la cresta de la ola, el sonido de Johannes al ser arrastrado bajo la superficie del mar. Aprieta el paso por miedo a que la pesadumbre la paralice, por miedo a hacerse un ovillo junto al canal para no moverse nunca más.

Otto la mira aturdido y se pega el gabán de Johannes al cuerpo. Se detiene y señala el muelle que acaban de abandonar.

—¿Qué ha pasado aquí, señora?

—No puedo... No conozco las palabras, Otto. Ya no está entre nosotros.

Él niega con la cabeza, todavía perplejo.

—No tenía noticia de que lo hubieran detenido. Creía que yéndome a Londres los protegería a todos, señora. De haberlo sabido, jamás me...

—Vamos.

~ ~ ~

Cuando llegan al Herengracht, la visión de la casa es demasiado para Otto. Agarra la aldaba en forma de delfín como un sostén para evitar el desmayo y su rostro refleja la batalla entre la tortura y el dominio de sí mismo. Lo que está a punto de descubrir al otro lado de la puerta se despliega como una flor maliciosa en el cuerpo de Nella; parece imposible que una persona sea capaz de soportar ese doble dolor. Se tambalea tras los pasos de Otto en ese terrible regreso al hogar; sin embargo, la calma del interior parece desmentir la desaparición de Marin.

—Por aquí.

Nella lo conduce al salón, donde Lysbeth Timmers ha encendido un buen fuego que danza con una alegría incongruente. Hacía semanas que nadie sentía tanto calor en esa casa. Nella recupera un poco el ánimo. En el fondo de las llamas, unas puntas de peltre se doblan haciendo una reverencia, mientras que planchas de carey se parten y crepitan.

El ama de cría está en el centro de la estancia, con Thea pegada al pecho y mirando a Otto, que ha clavado la vista en la niña.

—¿Quién es? —pregunta.

Nella se vuelve hacia él sin saber si está en condiciones de presentarse, si se pregunta lo mismo que Lysbeth Timmers. Como en un sueño, Otto se acerca a la criatura y extiende unas manos expectantes. Nella se da cuenta de que ya le ha visto hacer ese gesto antes: también tendió las manos abiertas el día en que ella llegó a la casa de su marido, cuando le ofreció unos zuecos para protegerse del frío.

La mujer se aparta.

—Lysbeth, le presento a Otto. Haga el favor de entregarle a la niña —dice Nella.

Su voz transmite una autoridad tan tangible que la comadrona obedece de inmediato.

—Con cuidado —murmura al entregarla.

Otto se lleva a Thea al pecho como si fuera la vida misma, como si el latido de su corazoncito fuera a mantener vivo el de su padre. Incluso Lysbeth se queda sin habla al contemplar una presentación tan extraña, y sin embargo tan natural, en mitad de tanta desgracia.

—Lysbeth —musita Nella—, vaya a despertar a Cornelia.

~

En cuanto se quedan a solas, Nella sabe que tiene que hablar.

—Se llama Thea —informa—. Otto, tengo algo que contarte.

Pero no parece que el criado, concentrado en la carita de la niña, absorto en ese espejo, preste atención.

—Otto...

—La señora Marin dijo que sería un niño.

Al principio, Nella no sabe qué contestar. Parece imposible articular palabra.

—Entonces, ¿lo sabías? —pregunta al fin.

Otto asiente y, cuando su semblante se mueve ante el fuego, Nella descubre sus lágrimas, comprende que también él está buscando la palabra adecuada, cualquier palabra que pueda sostener una pequeña parte del peso que parece llevar sobre los hombros. De repente señala el suelo sin abrillantar, las sillas de palisandro polvorientas.

—No está —dice, como si esos objetos inanimados fueran prueba fehaciente de su desaparición.

—No. No está —confirma Nella. Traga saliva, consciente de lo cerca que se encuentra el llanto, de que llorar será una invasión de su desconsuelo—. Lo siento, Otto.

—Señora —empieza él, con la voz rota, partiendo la simple palabra por la mitad. Nella levanta la vista y Otto ve en esos ojos la desolación—. Ha salvado a la niña. Ella habría sacrificado su vida para que esta criaturita sobreviviera.

—Pero ¿por qué ha tenido que ser así? —pregunta Nella. Las lágrimas acaban por caer, no puede impedirlo, el esfuerzo por contenerlas sólo consigue que se derramen más deprisa, con más fuerza, y le nublen la visión—. Empeoró tan rápido. No pude... No pudimos rescatarla. Lo intentamos, Toot, pero no sabíamos...

—Lo comprendo —contesta él, pero el sufrimiento que se ve en su rostro indica con claridad que eso es imposible. Nella nota que se le doblan las piernas y se sienta. Él permanece de pie, mirando la coronilla de Thea—. Nunca la he visto tan decidida como cuando me contó que se había quedado en estado. Yo estaba convencido de que era el fin del mundo. Le pregunté: «¿Cómo será la vida de ese niño?»

—¿Y qué respondió?

Otto abraza con fuerza a Thea.

—Que su vida sería lo que él hiciera de ella.

—Ay, Marin.

—Sabía que era mejor que me marchara, pero he tenido que volver. Tenía que verlo.

La existencia misma de Thea, el acto de su creación, flota en el aire, la vida y la muerte se dan la mano. «Puede que Otto guarde para siempre ese secreto —piensa Nella—. Sin duda alguna, Cornelia lo ayudará, se comportará como si no hubiera sucedido nada, como si Thea fuera inmaculada o la hubieran encontrado colgada de un árbol. Tal vez un día nos cuente cómo empezó todo entre ellos, y por qué, y si el amor representó para cada uno de los dos un ejercicio de poder o de abandono, y si intercambiaron sus corazones en libertad, sin carga alguna, o lastrados por el tiempo.»

Thea, el mapa de sí misma, verá los rasgos de la cara de su padre dibujados en la suya y se preguntará dónde está su madre. «Le daré la miniatura —resuelve Nella—. Le mostraré esos ojos grises, esa muñeca delgada, incluso el canesú forrado de piel. Marin dijo que no podía haber más secretos, así que le mostraré esa curva observada, revelaré el regalo de la miniaturista. "Ahí dentro estabas tú, Thea. Petronella Windelbreke vio que estabas en camino y supo que eso era bueno. Hasta te envió una cuna. Empezó a contar tu historia antes de que nacieras, pero ahora debes ser tú quien la termine."»

~

Aún adormilada por la valeriana, llega Cornelia, a quien Lysbeth ha sacado de la cama. Se queda en la puerta del salón. Su rostro es un interrogante: cada vez más asombrada, se regala la vista con la respuesta que tiene ante sí.

—Eres tú —musita.

—Soy yo —contesta él, nervioso—. He estado en Londres, Cornelia. Los ingleses me llamaban «moreno» y «corderito». Vivía en una posada, El Loro Esmeralda. Estuve a punto de escribirte para contártelo. Me...

Unas palabras se desploman sobre otras. Otto va levantando una pared para proteger a su gran amiga de la marea de dolor.

Cornelia se aproxima con pasos vacilantes y le toca los codos y los hombros, los brazos que aún sostienen a Thea. Le toca la cara, lo que sea para comprobar que su carne es real. Le da un cachete en la nuca en un arrebato de cariño.

—Calla —pide, envolviéndolo, absorbiendo su presencia—. Calla.

Nella, que sigue con el abrigo puesto, los deja en el salón y cruza el vestíbulo de mármol hasta la puerta de la calle, que con las prisas ha quedado sin cerrar. La abre de par en par y se detiene en el umbral, donde nota el aire fresco en las mejillas. Las campanas del domingo por la tarde han empezado a doblar sobre los tejados de Ámsterdam, y las armonías metálicas de las iglesias alzan el vuelo. *Dhana* se acerca para recibir a su joven dueña y ofrece la cabeza en busca de una caricia.

—¿Te han dado de comer, preciosa? —pregunta Nella, restregando la seda de sus hermosas orejas.

Mientras las campanas anuncian la llegada de la noche, la muchacha divisa la pequeña luna creciente, blanca como una uña de dama, curvada en mitad del cielo, ya casi negro. Cornelia pasa por el vestíbulo, con el delantal atado, y la cabeza vuelta hacia su cocina.

—Hace frío, señora —dice—. Entre.

Sin embargo, Nella se queda observando el tramo congelado del canal que discurre ante la casa, en cuyos bordes el hielo ha comenzado a derretirse. Aguas más cálidas han empezado a desgastar la capa invernal del Herengracht, que la hace pensar en los huecos de una puntilla, en el forro de una cuna gigantesca.

A Cornelia se le cae una cacerola en la cocina, en el salón alguien trata de hacer callar a Thea, que se ha puesto a llorar. Las voces de Lysbeth y de Otto flotan a su espalda. Mete la mano en el bolsillo del abrigo para sacar la casa en miniatura que se llevó de la Kalverstraat, pero no la encuentra. «No puede ser —piensa, hundiendo los dedos en la tela. La criatura sigue allí, lo mismo que la figurita de Arnoud—. ¿Se me habrá caído al correr por las calles de la ciudad? ¿Me la dejaría en el taller? Tú la viste —se dice—. Era real.»

Real o no, ya no la tiene, aunque los cinco personajes que la miniaturista había metido dentro permanecen en esa casa. La joven viuda, el ama de cría, Otto y Thea, Cornelia: ¿acabarán por conocer los secretos de sus respectivas vidas? Son todos cabos sueltos... «Como siempre —piensa Nella—. Componemos un tapiz de esperanza y no hay nadie que lo teja, más que nosotros mismos.»

El crepúsculo ha dado paso por fin a la noche cerrada y llega un olor a nuez moscada; el cuerpecillo de *Dhana* le calienta un lado de la falda. El cielo es un ancho mar que fluye entre los tejados, tan grande que el ojo no alcanza a ver cómo ha empezado ni dónde va a terminar. Su profundidad, un cúmulo de posibilidades infinitas para Nella, tira de ella y la aleja de su hogar.

—¿Señora? —la llama Cornelia.

Nella se da la vuelta y aspira el aroma de las especias. Tras dirigir una última mirada al cielo, entra en casa.

Glosario holandés del siglo XVII

Bewindhebber. Socio de la VOC. Con frecuencia tenían mucho capital invertido en la compañía.

Bolsa. Entre 1609 y 1611 se construyó el primer Mercado de Materias Primas (o Bolsa) en una parte del canal Rokin. Consistía en un patio rectangular rodeado de pórticos en los que se efectuaban las transacciones.

Florín (*gulden*). Moneda de plata introducida en 1680, dividida en 20 *stuivers* o 160 *duits*. Existían también billetes para las grandes cantidades.

Gebuurte. Grupo vecinal encargado de velar por el orden, la seguridad y la tranquilidad pública, de asistir a los ciudadanos en dificultades, de intermediar en conflictos domésticos y de ofrecer ayuda cuando se aproximaba una muerte y en los entierros.

Herenbrood. Literalmente, un «pan de caballeros» que comían los ricos. Estaba hecho con harina de trigo, lavada y molida, al contrario que el pan de centeno, más barato.

Hutspot. Potaje de carne y verduras en el que todos los ingredientes se echaban en una misma olla.

Kandeel. Bebida con especias hecha a base de vino, espesado con almendras molidas, fécula de trigo, fruta seca, miel, azúcar y yemas de huevo.

Olie-koecken. Buñuelos de harina de trigo con pasas, almendras, jengibre, canela, clavo y manzana, fritos en aceite y rebozados en azúcar, que en Estados Unidos darían lugar a los dónuts.

Puffert. Tortita con levadura que se fríe en la sartén.

Schepen. Si el *schout* era un alguacil o un corregidor, un *schepen* era un concejal y magistrado. Cuando cumplían una función judicial, los *schepenen* recibían habitualmente la denominación de *schepenbank*. Una de las funciones del *schepenbank* era juzgar a los delincuentes, en cuyo caso funcionaba como un jurado o un tribunal de magistrados. En consecuencia, el término *schepen* suele traducirse como «magistrado» en este contexto histórico.

Schout. Cargo equivalente al de alguacil. Era el encargado de supervisar los procesos legales de la Stadhuis, en gran medida como un corregidor.

Spinhuis. Cárcel femenina de Ámsterdam inaugurada en 1597. Las reclusas debían trabajar hilando y cosiendo.

Stadhuis. El Ayuntamiento de Ámsterdam, en la actualidad el Palacio Real, en la plaza Dam. Las declaraciones y las deliberaciones de los casos tenían lugar en la Schoutkamer, y los calabozos y la sala de torturas estaban en el sótano. La pena capital era decretada en el sótano por el *schout*, en presencia del acusado y de un pastor. Cualquier ciudadano podía escuchar la sentencia, de pie en un espacio limitado de la planta baja desde el que se veía esa sala inferior. El Banco de Intercambio de Ámsterdam, que también se encontraba en el sótano de la Stadhuis, guardaba a buen recaudo todo tipo de monedas, pepitas de oro y pedazos de plata. Los depositarios recibían la cantidad equivalente en florines. El Banco de Intercambio realizaba asimismo transferencias de dinero de la cuenta de un cliente a la de otro.

Trabuco (*donderbus*). Arma de fuego predecesora de la escopeta. En holandés, *blunderbuss*; es decir, tubo de truenos.

Verkeerspel. Antecedente holandés del backgammon que solía representarse en los cuadros para recordar los peligros de ser complaciente con uno mismo. Significa «juego de cambio».

Warenar. Tragicomedia de Peter Corneliszoon Hooft, publicada en 1617, sobre la moderación, la codicia y la obsesión. La joven Claartje está embarazada ilegítimamente de un pretendiente que su padre, el avaro Warenar, no aprueba. En el siglo XVII, Ámsterdam se convirtió en el centro del comercio internacional de libros, que no estaban demasiado sujetos a la censura gubernamental. Los que se prohibían en otros países se publicaban en la ciudad de los canales.

Comparación de los sueldos de finales del siglo XVII en Ámsterdam

En el último cuarto del siglo XVII, el 0,1 por ciento de los ricos de Ámsterdam poseía aproximadamente el 42 por ciento de todo el patrimonio de la ciudad.

El recaudador general (máximo cargo gubernamental) tenía un sueldo de 60.000 florines anuales en 1699.

Un comerciante rico como Johannes debía de ganar unos 40.000 florines al año, sin tener en cuenta sus bienes, que representaban otra importante fuente de ingresos. Los más prósperos dejaban herencias de incluso 350.000 florines.

Un *schout* o alguacil de Ámsterdam (alto cargo de la maquinaria de la república) podía ganar 9.000 florines anuales.

Un médico, unos 850.

Un miembro de rango medio o superior de un gremio (zapatero, abacero, panadero) podía llegar a los 650. (Los ingresos de Arnoud y Hanna son elevados, pero han sumado sus patrimonios y han tenido suerte en la Bolsa.)

Un trabajador común y corriente podía ganar unos 300 florines anuales; es decir, 22 *stuivers* diarios.

Algunos gastos domésticos de un ciudadano adinerado de Ámsterdam a finales del siglo XVII

Una camisa de hombre: 1 florín
Una deuda con un boticario: 2 florines con 10 *stuivers*
Una falda sencilla: 2 florines
Una renta otorgada por un gremio a las viudas de sus miembros: 3 florines semanales
Un paisaje o cuadro bíblico de pequeñas dimensiones: 4 florines
Un vestido de diario: 10 florines
Una deuda con un médico: 15 florines
Un cuadro de una batalla naval con marco dorado: 20 florines
Un armario de calidad media para la ropa blanca: 20 florines
Una deuda con un zapatero: 23 florines
Un paisaje de caza italianizado al estilo de Cuyp: 35 florines
Una chaqueta y un chaleco: 50 florines
Un armario elegante de madera de nogal para la ropa blanca: 60 florines
Un vestido de damasco: 95 florines
Una deuda con un sastre: 110 florines
Un caballo con trineo: 120 florines
Cien libras de langosta: 120 florines
El ingreso en uno de los gremios más exclusivos (plateros, orfebres, pintores, vinateros): 400 florines

Doce bandejas de plata: 800 florines

Una casa para un pequeño comerciante y su familia: 900 florines

Un tapiz para una casa del Herengracht: 900 florines

Una sarta de diamantes: 2.000 florines

Una casa de muñecas amueblada con 700 objetos a lo largo de varios años: unos 30.000 florines

Agradecimientos

A los primeros lectores: Jake Arnott, Lorna Beckett, Mahalia Belo, Pip Carter, Anna Davis, Emily de Peyer, Polly Findlay, Ed Griffiths, Antonia Honeywell, Susan Kulkarni, Hellie Ogden, Sophie Scott, Teasel Scott y las mujeres del grupo de lectura Pageturners. Gracias por no decir que era una porquería y por vuestros comentarios, siempre amables, útiles e imaginativos. He tenido tanta suerte con mis amigos que sin duda en la próxima vida me reencarnaré en un mosquito.

A las Tres Gracias, con sus rotuladores y sus signos de admiración: mi editora en el Reino Unido, Francesca Main, que ha aunado observaciones y comentarios extraordinarios con amabilidad y sensibilidad, y mis editoras en Estados Unidos y Canadá, Lee Boudreaux y Jennifer Lambert, que con su perspicacia y su entusiasmo han sacado todo el brillo posible a este libro. Muchas gracias a las tres por creer en mí y en estas miniaturas.

En la editorial Picador, muchísimas gracias a Sandra Taylor, a Jodie Mullish y a Sara Lloyd por todo vuestro trabajo y vuestro buen humor, a Paul Baggaley por el respaldo pastoral y a Nicholas Blake por su detallismo. También a Line Lunnemann Andersen, Martin Andersen y Katie Tooke, el equipo gráfico de Picador, y a Dave Hopkins por diseñar una cubierta tan maravillosa para la edición británica, con una casa en miniatura de verdad. Gracias asimismo a Catrin Welz-Stein por la mágica cubierta de la edición estadounidense. Un agradecimiento enorme a Ryan Willard y a Greg Villepique, de Harper Ecco.

A Marga de Boer, de Luitingh-Sijthoff, por sus fantásticas observaciones sobre la infraestructura de Ámsterdam, sobre la vida de la auténtica Petronella Oortman y su marido, Johannes, y por las precisiones legales y civiles con respecto a la Holanda de finales del siglo XVII. Cualquier error o desvarío es únicamente responsabilidad mía, y la biografía de mi Nella es una creación de ficción de principio a fin.

Por su asesoramiento en lo relativo a aspectos médicos, un agradecimiento a Jessica Cutler, a Prasanna Puwanarajah y a Victoria Scott. También en este caso, las anomalías son exclusivamente culpa mía y de mi imaginación desbordada.

Por sus ojos de lince, gracias a Gail Bradley.

A Edward Behrens y a Penny Freeman, que tan amablemente me permitieron aislarme en sus respectivas casas, donde no había internet, sólo tiempo, paz y tranquilidad. Y vino.

A Sasha Raskin, por manejar *La casa de las miniaturas* en Estados Unidos con tanta brillantez.

Y por último:

A mi agente, Juliet Mushens: asesora, valedora, superestrella y amiga. Por hacer de esta experiencia algo tan divertido y tan maravilloso: eres una agente excepcional y un ser humano increíble.

A Linda y Edward, también conocidos como «mamá» y «papá». Por leerme cuentos cuando era pequeña, por llevarme a la biblioteca y por comprarme libros. Por decirme: «¿Por qué no escribes algo?» cuando estaba aburrida con seis años, con doce y con veintisiete. Por estar siempre, siempre a mi lado.

A *Margot*, por no ser otra cosa que una bola de pelo inútil que me patea el teclado.

Y a Pip. No sé por dónde empezar. Por siete años de amor y amistad, reflexión, hilaridad y prodigios, gracias. Eres extraordinario. Mi alma afortunada.